KB117203

몽
환
화

히가시노 게이고

민경욱 옮김

夢幻花

# 몽환화

비채
x
히가시노
게이고
컬렉션

비채

**일러두기**
- 이 책의 지명, 인명 등 고유명사는 국립국어원 외래어표기법에 준하여 표기하되, 일부 어휘는 예외적으로 의미 전달을 우선시하거나 굳어진 표현을 살려 적었습니다.
- 본문 내 주는 모두 옮긴이주입니다.

마당에서 참새가 지저귀고 있다. 얼마 전, 쌀을 뿌려주니 신나게 먹어대던데 그 참새가 다시 온 건지도 모르겠다. 게다가 한 마리가 아닌 듯하다. 친구를 데려왔나.

가즈코가 좌식 식탁에 음식을 차리고 있는데 구슬발을 제치고 신이치가 들어왔다. 이미 옷을 갈아입고 넥타이까지 매고 있다. 와이셔츠는 반소매다. 벌써 9월에 접어들었는데 무더위가 여전히 기승이었다.

신이치는 방석을 깔고 가부좌를 튼다.

"와! 조개 된장국이네. 고마워라."

"숙취는 없어?" 가즈코가 물었다.

어젯밤, 신이치는 불콰한 얼굴로 들어왔다. 동료와 함께 포장마차에서 청주를 마신 모양이었다.

"아, 괜찮아."

그렇게 말하면서도 제일 먼저 된장국에 손을 뻗는 걸 보니 아직도 술기운이 남아 있는 듯하다.

"너무 많이 마시지 않았으면 좋겠어. 부양할 가족이 나만 있는 게 아니잖아."

"아이고, 알았다고."

신이치는 국그릇을 놓고 젓가락을 들었다.

"정말 알고 있는 거야?"

식탁 앞에 무릎을 꿇고 앉은 가즈코는 두 손을 모으고는 낮게 읊조렸다. "잘 먹겠습니다."

"알고는 있지만 멈출 수가 없네."

그 직후 신이치가 콧노래를 불렀다. 우에키 히토시가 부른 〈스다라부시〉의 한 소절인데 거의 유행어처럼 되었다. 가즈코가 노려보자 그는 하하하 하고 짓궂게 웃었다. 덩달아 가즈코의 표정도 풀어진다. 남편의 이런 밝은 면이 좋다.

아침식사를 끝내고 신이치가 자리에서 일어나 방 입구에 놓아둔 서류 가방을 그러안았다.

"오늘 밤은?" 가즈코가 물었다.

"늦을 거야. 밥은 먹고 올 거니까, 들어오면 바로 씻을 수 있게 부탁해."

"알겠습니다."

신이치는 건설회사에서 일하고 있다. 도쿄 올림픽을 이 년 앞두고 있다 보니 일이 산더미 같았다.

옆방에서 울음소리가 작게 들렸다. 이제 막 한 살이 된 딸아이가 깬 모양이다.

"일어났나봐."

가즈코가 옆방을 들여다보니 딸이 이불 위에 앉아 있다.

"안녕! 잘 잤니?"

가즈코는 딸을 안아 신이치에게 돌아왔다.

"어이, 아빠는 일하러 간다."

신이치는 딸의 뺨을 쓰다듬고는 구두를 신었다. 가즈코도 샌들을 신었다.

"아빠를 역까지 바래다드리자."

지금 살고 있는 집은 일본식 단층집이다. 내 집이 아니라 사택이었다. 언젠가는 내 집을 갖는 것이 현재 두 사람의 꿈이다.

현관문을 잠그고 가족이 나란히 집을 나섰다. 이제 막 7시를 지난 터라 거리에 사람은 별로 없다. 그래도 집 앞에서 길에다 물을 뿌리는 이웃과 마주쳐 인사를 나눴다.

역에 다 왔을 때 멀리서 기묘한 소리가 들렸다. 사람이 화가 나 다투는 소리처럼 들렸다. 여자 목소리도 들렸다. 소프라노 가수처럼 귀청을 찢는 소리였다.

"무슨 일이지?" 신이치가 물었다.

가즈코는 영문을 몰라 "글쎄" 하며 고개를 갸웃했다. 얼마 후 목소리는 들리지 않았다.

상점이 늘어선 역 앞 거리로 나왔다. 가게들은 아직 오픈 전이었다.

"영화 보고 싶다."

건물 벽에 붙은 포스터를 보고 신이치가 말했다. 가쓰 신타로가 주연으로 나온 영화의 포스터였다.

"나도 보고 싶지만······."

"아무래도 좀 그렇지? 이 녀석이 클 때까지는 말이야."

신이치는 아내의 품에 안긴 딸을 바라봤다. 어느새 곤히 잠들어 있다.

그런데 갑자기 쿵 하는 소리와 함께 옆 골목에서 낯선 남자가 나타났다. 붉은색 러닝셔츠 차림에 손에는 긴 막대기를 들고 있었다.

신이치와 가즈코는 걸음을 멈춰 그를 바라봤지만 누군지는 알 수 없었다. 그 순간 남자가 그들을 봤다. 몇 초 후 신이치가 "도망쳐!" 하고 소리를 질렀다.

가즈코는 도무지 영문을 알 수 없었다. 하지만 다음 순간, 공포가 전신을 훑어내렸다.

남자의 손에는 일본도가 들려 있었다. 게다가 피로 물들어 있었다. 셔츠가 붉은 것도 그 때문이었다.

공포에 질린 나머지 소리도 나오지 않았다. 발도 움직일 수 없었다.

남자가 돌진해왔다. 그 눈은 인간의 것이 아니었다. 벌겋게 물든 채 제정신이 아니었다.

신이치가 아내와 아이를 지키려는 듯 둘 앞을 막아섰지만 남자는 기세를 멈추지 않았다. 그 속도 그대로 신이치에게 돌진해왔다.

남편의 등에서 일본도의 칼날 끝이 튀어나오는 게 보였다. 믿을 수 없는 광경이었다. 그의 등이 점점 붉게 물들어갔다.

신이치가 쓰러진 순간, 저도 모르게 뛰기 시작했다. 남자가 남편의 몸에서 일본도를 빼내는 것을 보고 마침내 자신이 해야 할 일을 깨달았다. 가즈코는 딸을 꼭 껴안고 몸을 돌려 달리기 시작했다. 하지만 엄청난 속도의 발소리가 쫓아왔다. 도망칠 수 없겠다는 생각이 들었다.

가즈코는 몸을 웅크리고 딸을 안았다.

그 직후, 등에 충격이 느껴졌다. 벌겋게 달군 거대한 젓가락이 꽂히는 것 같더니 이내 의식이 아득해졌다.

프
롤
로
그

2


　매년 칠석 무렵, 온 식구가 모두 장어를 먹으러 가는 것이 가모 가
족의 연례행사였다. 그 자체에는 소타도 불만이 없었다. 사실 장어
를 무척 좋아한다. 제발 좀 봐줬으면 하는 것은 그전에 거쳐야 하는
행사다.

　이 시기, 다이토 구 이리야에서는 나팔꽃 시장이 열린다. 모두가
그곳을 두 시간 정도 둘러보고서야 겨우 시타야에 있는 유서 깊은
장어집으로 향하는 것이다. 모두라는 것은 부모님과 형, 그리고 소
타 본인까지 더한 네 명이다. 부모님은 유카타목욕을 한 뒤 또는 여름철에 입
는 무명 홑옷를 입는 경우도 있다. 그런 차림으로 지하철을 타고 이리야
역까지 온 후 나팔꽃 도매업자나 수레를 끌고 나온 행상들 사이를
걷는 것이다.

　어릴 때는 별생각이 없었는데 소타는 점점 이 행사에 함께하는

게 귀찮아졌다. 이미 열네 살이다. 축제를 싫어하는 건 아니지만 부모와 함께 움직이는 게 우울했다. 장어만 아니라면 절대 동행하지 않았을 것이다. 애당초 소타는 왜 이런 일이 가모 가족의 연례행사여야 하는지 이해할 수 없었다. 그에 관해 아버지인 신지에게 물어보면 특별한 이유는 없다는 답이 돌아왔다.

"나팔꽃 시장은 여름의 볼거리야. 그러니까 일본의 문화지. 그걸 즐기는 데 무슨 이유가 필요하냐."

하지만 하나도 즐겁지 않다고 솔직히 말하면 "그럼 안 오면 되잖아, 대신 장어도 없다"라며 아버지는 차갑게 내뱉었다.

형인 요스케가 불평 한마디 하지 않는 것도 소타는 불가사의했다. 요스케는 소타보다 열세 살이나 많아 스물일곱 살이다. 가방끈도 길고 공무원이라는 든든한 직업도 있다. 게다가 외모도 나쁘지 않아 여성들에게도 인기가 있을 것이다. 사실 이제까지 사귄 여자가 몇 명 되는 듯했다. 그런데도 이 행사에 매년 착실히 참여하고 있다. 보통 칠석날 밤에는 가족보다 연인과 같이 있어야 하는 게 아닌가.

하지만 이 의문을 본인에게 물어본 적은 없다. 소타는 아주 오래전부터 나이 차이가 많이 나는 형을 어려워했다. 이 경우에도 별것 아닌 질문을 한다고 바보 취급이나 당할 것 같았다.

게다가 나팔꽃 시장에 오면 요스케도 아버지와 마찬가지로 열심히 나팔꽃을 보곤 했다. 그 표정은 즐겁다기보다 뭔가를 관찰하는 것처럼 보였다. 마치 과학자 같은 눈이었다.

"좋잖아, 일 년에 한 번쯤 가족끼리 산책하는 것도." 어머니인 시마코는 소타의 불만을 이런 식으로 흘려들었다. "나팔꽃을 파는 사람들의 얘기를 듣는 것만으로도 즐겁지 않니? 나는 좋던데."

소타는 한숨을 쉬고 반론을 포기했다. 가모 가족의 나팔꽃 시장 순례는 어머니가 시집오기 전부터 있었던 전통으로 그에 관해 어머니는 한 번도 의문을 갖지 않았던 모양이다.

그런 탓에 올해도 모두 이리야로 향하게 되었다. 통행이 금지된 한쪽 삼 차선의 행상 거리는 평소와 마찬가지로 수많은 사람으로 북적였다. 유카타 차림의 여성들도 여기저기 보인다. 경찰 차량이 나와 경찰관이 경비를 서고 있다.

나팔꽃 시장에는 백이십 개 이상의 업자가 가게를 냈다. 아버지와 형은 그 가게를 한 집씩 들여다보는 것이다. 가게 주인과 짧게 대화를 나누기도 한다. 다만 화분을 산 적은 없다. 그저 꽃을 보는 게 전부다.

어쩔 수 없이 소타도 늘어선 화분에 시선을 던졌다. 대다수가 대륜大輪 나팔꽃이지만 가장 핵심인 꽃은 시들어 있다. 나팔꽃이 피는 것은 아침때뿐이라고 한다. 시든 꽃을 바라보며 뭐가 재미있다는 건지 늘 의문이었다.

그런데 화분을 사는 사람이 많았다. 가게 사람들이 "앞으로 점점 더 피니까요"라고 말하는 걸 들었다. 화분에는 '이리야 나팔꽃 시장'이라고 적힌 팻말이 달려 있다. 그 팻말을 원하는 사람도 꽤 많은 듯하다.

소타는 걷다가 오른쪽 발에 통증을 느꼈다. 새끼발가락 바로 옆이다. 새 운동화인 데다 멋을 내느라 양말을 신지 않은 탓이다. 그런 말을 하면 혼날 것 같아 잠자코 있기로 했다.

기시모진<sub>해산과 육아, 양육을 수호하는 여신</sub>당 입구 부근은 매우 혼잡했다. 고개를 드니 제등이 늘어서 있다.

오른발의 통증이 점점 심해졌다. 운동화를 벗어보니 예상했던 대로 새끼발가락 옆 피부가 벗겨져 있었다. 발이 아프다고 시마코에게 호소했다. 어머니는 자식의 발을 보고는 살짝 난감한 표정을 짓더니 앞서 걷고 있던 아버지와 형에게 얘기하러 갔다. 아버지는 마뜩잖은 얼굴로 뭐라고 대꾸했다.

이윽고 어머니가 돌아왔다.

"어쩔 수 없으니까 쉬라고 하시네. 장어집에 가는 길은 알고 있지? 그 길로 꺾이는 모퉁이에 가 있어."

"알았어."

살았다. 아픈 발로 걷지 않아도 되는 데다 나팔꽃을 보는 일도 면했다.

행상 거리에는 중앙분리대가 있다. 걷다 지친 사람들이 그곳을 의자 삼아 앉아 있다. 소타도 적당한 장소를 찾아 자리를 잡았다.

얼마 후 바로 옆에 누군가가 앉았다. 유카타와 게타<sub>왜나막신</sub>가 눈에 들어왔다. 젊은 여성이나 여자아이인 것 같았다. 게타의 끈이 분홍색이었다.

"아프겠다."

옆에서 누군가의 목소리가 들려와 소타는 흠칫 옆을 봤다. 유카타 차림의 여자애가 그의 발을 보고 있었다. 조그만 얼굴에 커다란 눈이 살짝 치켜 올라가 고양이를 연상시켰다. 그러나 콧날은 오뚝하다. 소타와 비슷한 또래일까.

눈이 마주치자 소녀는 당황한 듯 고개를 숙였다. 소타도 고개를 돌렸다. 가슴속에서 무언가가 부풀어오르는 것 같았다. 몸이 뜨거웠다. 특히 귀가 뜨겁다.

다시 한 번 얼굴을 보고 싶었다. 볼까. 그러나 또 쳐다보면 기분 나빠할지도 모른다.

그때였다. 누군가 휙 앞을 지나갔고 동시에 뭔가가 땅에 떨어졌다.

옆에 있는 여자애에게 정신이 팔렸던 탓에 반응이 조금 늦었다. 눈앞에 떨어진 것이 지갑이라는 사실을 깨닫는 데까지 몇 초가 걸렸다. 주워들고 앞을 봤을 때에는 누가 떨어뜨렸는지조차 알 수 없었다.

"저 아저씨 같아. 하얀 셔츠를 입은 사람."

옆의 여자애가 가리켰다. 본 모양이다.

"어? 어떤 사람?"

소타가 운동화를 고쳐 신었다.

"저기, 지금 판매대 앞을 지나쳤어."

누군지도 잘 모르면서 소타는 지갑을 들고 달리기 시작했다. 순간 새끼발가락에 극심한 통증이 찾아왔다. 얼굴을 찡그리고 발을 끌었다.

뒤에서 유카타의 소녀가 쫓아왔다.

"어떤 사람인지 알아?"

"몰라."

"그럼 안 되잖아."

소녀는 심각한 얼굴로 멀리 시선을 던졌다. 몇 번인가 두리번거린 후에 눈을 크게 떴다.

"저기야! 빨간 포렴이 걸린 판매대 앞. 하얀 셔츠에 목에 수건 두른 사람."

소타는 소녀가 가리킨 쪽을 봤다. 빨간 포렴을 내건 판매대가 분명 있었다. 그 앞에 여자애가 말한 인물이 있었다. 쉰 살 전후로 보이는 마른 남자다.

통증을 참고 잰걸음으로 향했다. 그 남자는 같이 온 여자와 이야기를 나누면서 바지 뒷주머니에 손을 넣었다. 얼마 후 놀라는 얼굴로 돌아보고는 다른 주머니를 뒤지기 시작했다. 지갑을 떨어뜨렸다는 것을 깨달은 모양이다.

소타는 유카타의 소녀와 함께 남자에게 달려갔다.

"저기요."

"어, 왜?"

남자는 긴장한 얼굴로 돌아봤다. 눈이 빨갰다.

"이거, 떨어뜨리지 않으셨어요?"

소타가 지갑을 내밀자 남자의 눈과 입이 동시에 크게 벌어졌다. 숨을 들이마시는 소리가 났다.

"맞아. 그런데 어디서?"

**15**

"바로 저기요."

남자는 지갑을 들고 다른 손으로 가슴을 눌렀다.

"아, 다행이다. 큰일 날 뻔했네. 전혀 몰랐어."

같이 온 여자가 쓴웃음을 지었다.

"조심해. 이렇게 덜렁대서야."

"정말이야. 아, 정말 다행이다. 고마워. 귀여운 커플에게 도움을 받았네."

남자의 말에 소타는 깜짝 놀랐다. 바로 옆에 유카타의 소녀가 있다는 것을 자각했다.

"이거, 얼마 안 되지만." 남자가 지갑에서 천 엔짜리 지폐를 꺼냈다. "둘이서 차라도 마시렴."

"아니, 괜찮습니다."

"사양 말고. 이미 꺼낸 거니까 도로 넣을 수도 없어."

남자는 억지로 천 엔을 소타에게 쥐여주고 여자와 함께 사라졌다.

소타는 유카타의 소녀를 봤다.

"어떻게 하지?"

"받아도 괜찮지 않을까?"

"그럼 나누자."

"난 괜찮아."

"왜?"

"그야, 네가 주웠잖아."

"하지만 나 혼자였으면 그 아저씨를 못 찾았을 거야. ······맞다!"

소타는 바로 옆에 있는 판매대를 봤다. "일단 여기서 뭔가 사지 않을래? 주스 같은 거."

그녀의 표정이 싫지 않은 것처럼 보였다.

"그러면…… 소프트아이스크림으로 할까."

"소프트? 그런 걸 파는 데가 있으려나?"

"저기 편의점이 있어."

"아, 그렇지!"

축제라고 해도 판매점에서 꼭 사야 한다는 법은 없다. 편의점에서 소프트아이스크림 두 개를 사고 거스름돈을 나눴다. 수많은 차가 오가는 도로에 면한 인도 한쪽에 서서 나란히 소프트아이스크림을 먹었다.

"혼자 왔어?" 소녀가 물었다.

"그럴 리가, 가족이랑 함께 왔어. 좀 이따 만나서 같이 밥 먹을 거야. 매년 하는 행사인데 좀 귀찮아."

"어머!" 소녀의 눈이 동그래졌다. "우리 집이랑 똑같다."

"그렇다면 너희 집도?"

"음, 이유는 모르지만 옛날부터 이 나팔꽃 시장에 왔대. 이 땅에서 태어나 자란 인간의 의무라나. 너무 촌스러운 얘기지."

"집이 이 근처야?"

"응, 우에노."

그렇다면 확실히 이 동네다. 걸어왔을 것이다.

"우리 집은 고토 구야. 기바라고 알아?"

"알아, 미술관 있는 데잖아."

"맞아. 그런데 가족들은 어쩌고 혼자 있어?"

"어딘가 있을 거야. 나는 좀 피곤해서 쉬던 참이었거든. 너는?"

"비슷해. 발이 이래서." 소타는 오른발을 가리켰다.

"아, 맞다." 소녀가 미소를 지었다.

미소를 보인 것은 처음이다. 소타의 가슴속에서 무언가가 툭 튀어
올랐다.

"나는, 가모 소타야."

목소리가 조금 떨렸다. 지금까지 여자에게 자기소개를 해본 적이
없다.

"가모…… 군?"

"이상한 성이지. 일본 두꺼비일본어로 가마가에루라고 발음함 같고."

소녀는 고개를 흔들었다.

"그렇지는 않은 것 같은데."

한자를 알려줬다. 가모의 가浦 자에 대해서는 "우라야스浦安 지바 현
북서부에 소재한 도시의 포浦 자 위에 풀초艹를 붙이는 거야"라고 설명했다.

소녀도 이름을 알려주었다. 이바 다카미라고 한다. 다카미에 들어
있는 효孝 자에 대해 "효도할 때 효인데, 부모님은 나보고 불효녀라
고, 자주 말씀하셔"라며 웃었다.

얘기를 나누다 보니 소녀도 소타와 같은 중학교 2학년이었다. 그
래서 각자의 학교 이름도 얘기했다. 소타가 다니는 사립학교 이름을
듣고 다카미가 말했다.

"엘리트네."

"그렇지 않아. 너야말로 양갓집 규수들이 다니는 학교잖아."

"사람들이 얘기하는 것과는 달라. 게다가 사실은 공학에 다니고 싶었어."

그렇게 말하고 다카미는 콧등에 주름을 잡았다. 소프트아이스크림을 다 먹었지만 소타는 아직 그녀와 함께 있고 싶었다. 적어도 이대로 헤어지고 싶지는 않았다.

입술을 축이고 과감하게 입을 뗐다.

"저기 말이야. 너, 메일 해?"

"물론 하지."

"그럼 주소 좀 가르쳐줄래?"

얼굴이 붉어졌다는 것을 스스로도 알 수 있었다.

다카미는 눈을 몇 번 깜박이더니 소타를 물끄러미 바라본 후 고개를 끄덕였다.

"좋아."

들고 있던 가방에서 핑크색 휴대전화를 꺼냈다.

"앗! 휴대전화가 있네?"

"학원 다니다 보면 아무래도 늦을 때가 많아서."

"좋겠다. 우리 집은 아직 안 사줘."

"없는 게 나을지도 몰라. 마약이야. 손에서 놓을 수가 없거든."

그럴 것 같지만 그래도 역시 갖고 싶다. 휴대전화가 있었다면 지금 번호를 교환했을 텐데.

소타는 컴퓨터로 메일을 한다. 그 주소를 다카미에게 가르쳐주었다. 그녀는 익숙한 손놀림으로 휴대전화를 만졌다.

"지금, 가모 군 주소로 메일을 보냈으니까 나중에 확인해."

"알았어. 도착하자마자 답장할게."

다카미는 "응" 하며 고개를 끄덕이고 나서 다시 한 번 휴대전화로 시선을 떨어뜨렸다.

"벌써 시간이 이렇게 됐네. 나 이제 가봐야 해."

"나도."

"그럼 또 보자."

그녀는 손을 살살 흔들고 휙 등을 돌려 걷기 시작했다. 그 뒷모습을 한참 바라본 후에 소타도 반대 방향으로 걷기 시작했다.

그리고 얼마 후 가족과 만나 단골 장어집에 갔다. 뭘 하고 있었는지 어머니가 물었지만 별것 없었다고만 대답했다. 아버지와 형은 소타에게 관심이 없는 것처럼 보였다.

집으로 돌아오자마자 곧바로 방에 틀어박혔다. 장어는 모두 먹어치웠지만 맛은 느낄 겨를이 없었다. 오직 다카미만 생각했다.

중학교 입학 선물로 받은 컴퓨터를 켜고 제일 먼저 메일을 확인했다. 친구가 보낸 메일도 있었지만 그런 것은 뒤로 미뤘다. 수신 목록을 재빨리 훑었다.

있다!

제목은 '다카미입니다'였다. 본문을 보니 '잘 부탁해'라는 글과 함께 윙크하는 이모티콘이 붙어 있다. 소타의 가슴이 꽉 조여왔다.

그날 밤부터 소타의 인생이 변했다. 매일매일이 즐거워 견딜 수 없었다. 자신을 둘러싼 공기도 어쩐지 색깔이 다르게 보였다. 학교에서 돌아오면 제일 먼저 컴퓨터 앞으로 달려가 메일을 체크했다. 늘 다카미의 메일이 도착해 있었다. 물론 소타도 매일 메일을 보냈다. 대단한 내용은 아니다. 축구 시합중에 헤딩하려다가 친구와 박치기를 했다거나 티셔츠를 뒤집어 입고는 하루 종일 모르고 지내서 부끄러웠다거나 같은 별것 아닌 이야기였다. 일단 다카미와 메일로 연결되어 있다는 사실이 기뻤다. 아무리 하찮은 내용이라도 그녀는 꼭 답장을 해줬다. 그에 대해 또 답장을 보내고, 하루에 수십 번 이상 오갈 때도 있었다.

당연히 메일만으로 성이 차지 않았다. 그날처럼 직접 만나 얘기하고 싶다. 그런 의미의 메일을 보내자 '정말, 나도 만나고 싶어'라는 답이 왔다. 그 순간 소타는 컴퓨터 앞에서 두 주먹을 불끈 쥐었다.

여름방학을 맞아 두 사람은 우에노 공원에서 만나기로 약속했다. 어머니에게는 친구와 놀기로 했다고 하고 집을 나섰다. 우에노 공원에 도착한 다카미는 파란 셔츠에 반바지 차림이었다. 유카타 때와는 달리 활동적인 인상을 받았다. 반바지에서 뻗어나온 다리가 가늘고 길었다. 소타는 가슴이 두근거려 똑바로 쳐다볼 수 없었다. 그보다 더 똑바로 볼 수 없었던 것은 얼굴이었다. 시선이 절로 다른 곳으로 가버린다. 결국 마주 앉아 얘기할 때 다카미에게 지적을 받았다.

"가모 군, 그거 좋지 않아. 얘기할 때는 상대의 눈을 봐야지."

"아, 미안해. 맞는 말이야."

사과를 하고 소타는 다카미의 얼굴을 정면으로 봤다. 눈이 마주친 순간 주눅이 들어 고개를 숙일 뻔했지만 간신히 참았다. 그리고 그녀의 아름다움을 다시금 확인했다. 큰 눈에는 마음이 빨려들어갈 것 같은 빛이 담겨 있었다. 매끄러운 살결, 완벽하게 좌우대칭을 이룬 윤곽은 하얀 도기 꽃병을 연상시켰다.

"왜 그래?" 다카미는 이상하다는 듯 물었다.

"응? 아무것도 아니야."

또 눈을 피하고 말았다.

둘이서 많은 대화를 나눴다. 다카미의 집안은 대대로 의사라 그녀나 동생이 뒤를 이어야 한다.

"의사라니, 힘들겠다."

"가모 군의 집은?"

"우리는 경찰관. 그런데 아버지는 올해 정년이라 이제는 집주인이라고 해야 하나. 맨션 같은 걸 임대하고 있거든."

"어머, 역시 부자구나."

"그런 건 아니야."

다카미와 나누는 대화에 푹 빠져 있다 보니 시간이 눈 깜짝할 사이에 지나갔다. 다음에 만날 약속을 하고 그날은 헤어졌다.

재회한 것은 닷새 뒤였다. 장소는 역시 우에노 공원. 다카미는 원피스 차림이었다. 바뀐 헤어스타일 때문인지 무척 어른스러워 보였다.

그녀는 박식하고 말을 잘하는 데다 남의 얘기도 잘 들어주었다. 소타는 말하는 데 자신이 없었지만 이상하게도 다카미와 있으면 말이 술술 나왔다. 아마도 교묘하게 유도되는 것 같았다. 이날도 시간이 빨리 지나갔다. 그러나 큰 수확이 있었다. 다카미가 친근하게 '소타 군'이라고 부르게 되었다는 점이다. 소타도 '다카미'라고 불렀다. 부끄러웠지만 이내 익숙해졌다. 그 사실이 무엇보다 기뻤다.

그후로는 일주일에 한 번씩 만났다. 사실은 더 자주 만나고 싶었지만 다카미가 학원을 많이 다녀서 좀처럼 시간을 낼 수 없었다. 공원에서 만나는 것뿐만 아니라 함께 영화를 보기도 했다. 그러나 영화 관람은 곧 후회했다. 영화는 재미있었지만 보고 있는 동안에는 다카미와 얘기를 나누지 못했다. 애써 만났는데 그래서야 의미가 없다.

집에 돌아오면 조금 전에 헤어졌는데도 금방 만나고 싶어졌다. 곧바로 컴퓨터를 켜고 메일을 보냈다. 즐거웠다, 또 만나고 싶다는 내용이었다. 어쨌든 그녀 생각이 머리에서 떠나지 않았다. 스스로도 이상하다고 생각했지만 마음을 제어할 수 없었다.

하지만 그런 장밋빛 일상은 느닷없이 끝나버렸다.

어느 날 밤, 저녁식사 후에 소타가 방으로 들어가려고 하자 아버지가 불러 세웠다.

"소타, 할 얘기가 있으니까 잠깐 여기에 앉아라."

거실 소파를 가리킨 아버지의 얼굴에는 표정이 없었다. 그것이 소타를 불안하게 만들었다. 요스케는 사정을 아는지 말없이 앉아 있었다. 어머니는 부엌에서 설거지하는 중이었다. 소타가 소파에 앉자 맞은편의 아버지가 입을 열었다.

"요즘 여자애와 만나고 있는 것 같더구나."

이 말에 소타는 절로 엉덩이가 들썩거렸다.

"어떻게……."

어째서 아버지가 다카미에 대해 알고 있는 걸까. 짚이는 구석이 하나도 없다.

"혹시 컴퓨터 메일을……."

그렇다면 용서할 수 없다. 그러나 아버지의 다음 말은 소타에게서 반론의 기회를 빼앗았다.

"컴퓨터 살 때 이미 얘기했을 텐데. 불시에 내용을 체크할 거라고."

"아……."

그랬다. 분명히 그런 약속을 했다. 그때는 그다지 상관없다고 생각했다. 일 년이 지나 약속을 까맣게 잊고 있었다. 그런데 지금까지 내용을 보고 있었단 말인가.

"최근에 네가 좀 이상하다고 네 어머니에게서 들었다. 밖에 자주 나가고 공부에도 관심이 없는 것 같다고. 그래서 찜찜했지만 메일을 봤다. 하지만 이번이 처음이야."

소타는 고개를 돌렸다. 분하지만 할 말이 없다.

"소타, 너는 아직 중학생이야. 여자친구를 사귀기에는 너무 일러."

"이상한 짓을 한 건 아니야. 만나서 얘기한 게 다라고."

"지금 그럴 때니? 게다가 넌 해야 할 일이 많아."

"하고 있어. 공부도 빼먹지 않고 하고 있다고."

"거짓말 마. 하루에 수없이 메일을 주고받으면서 어떻게 공부에 집중하니."

이 말에 소타는 아버지를 노려봤다. 메일을 죄다 읽었다고 생각하니 새삼 분노가 치밀었다.

"뭐냐, 그 얼굴은?"

아버지가 매섭게 쳐다봤지만 소타는 무시하고 자리에서 일어나 성큼성큼 문으로 향했다.

"아직 얘기가 끝나지 않았어!"

아버지의 고함을 뒤로하고 거실을 벗어나 계단을 뛰어올라갔다. 그리고 방에 틀어박혀 컴퓨터를 켜고 메일함에 남아 있던 다카미와 주고받은 메일을 모두 삭제했다. 그다음 새 메일을 써서 송신했다. 다음과 같은 내용이다.

잘 지내? 나는 무척 재미없는 일이 생겨서 엄청나게 열 받았어. 자세한 이야기는 못 하지만 정말 어른은 형편없는 것 같아. 빨리 다카미를 만나고 싶어. 다카미의 얼굴을 보면 마음이 후련해질 것 같아.

마지막에 분노를 나타내는 이모티콘을 붙이고 송신했다. 다카미니까 아마도 바로 답장을 줄 것이다.

송신 후에 금방 보낸 메일을 메일함에서 삭제했다. 전부터 이렇게 했다면 아버지에게 들키지 않았을 텐데. 지금까지 알아차리지 못한 자신의 어리석음에 화가 났다.

답장을 기다리는 사이 인터넷 서핑을 했다. 여름방학 숙제가 남아 있지만 공부할 마음은 들지 않았다. 그러나 이는 화가 나서 할 맘이 생기지 않았을 뿐이라고, 결코 메일을 기다리고 있는 게 아니라고, 스스로에게 변명했다.

이상하네. 시계를 보며 고개를 갸웃했다. 메일을 보내고 한 시간가량 지났는데 아직도 다카미의 답장이 없다. 이런 일은 매우 드문 일이었다.

그런데 그로부터 또 한 시간이 지났는데도 다카미는 답장을 보내지 않았다. 소타는 더는 참지 못하고 다시 메일을 썼다.


조금 아까 메일을 보냈는데 제대로 간 건가? 살짝 걱정이 되어서.


보내기 버튼을 클릭했을 때 불길한 예감이 소타의 가슴을 스쳤다. 혹시 다카미에게 무슨 일이 생긴 건 아닐까. 그래서 조금 전 메일에도 답장을 하지 못한 걸까.

진정이 되지 않아 컴퓨터 앞을 떠날 수 없었다. 결국 이날 밤은 씻지도 못하고 내내 메일을 기다렸다.

다음 날 오후, 소타는 집을 나서서 역 앞으로 향했다. 그곳에 공중 전화 부스가 있어서였다.

오전에 다시 한 번 다카미에게 메일을 보냈다. 일단 메일이 갔는지 아닌지만이라도 알려달라는 내용이었다. 그러나 역시 답장은 없었다.

전화 부스에 들어가 카드를 넣고 다카미의 휴대전화 번호를 눌렀다. 어쩌면 연결되지 않을지 모르겠다는 생각에 불안해졌다. 얼마 후 호출음이 들렸고 네 번 울린 후에 연결되었다.

네, 하는 목소리. 다카미가 틀림없다.

"아! 여보세요. 나야, 소타."

응, 하는 나지막한 목소리의 대답.

뜻밖은 아닌 듯했다. 전화를 받기 전부터 소타라는 것을 안 것 같다.

"무슨 일 있는 거야? 어젯밤부터 여러 번 메일을 보냈는데 못 받았어?"

다카미는 침묵을 지키고 있다. 전화 상태가 좋지 않아 안 들리나 싶어 "여보세요?" 하고 다시 불렀다.

"듣고 있어." 다카미가 말했다. "메일은 왔어. 미안해, 답장 못 해서."

말투가 딱딱하다. 거리를 두는 느낌이었다.

"무슨 일 있어?"

또 말이 없다. 초조함이 마음속에 싹텄다. 틀림없다, 무슨 일이 있는 거다.

"다카미……."

다카미가 목소리를 냈다. "저기 말이야, 이쯤 하자."

"이쯤이라니……."

"만나는 거 말이야. 만나거나 메일을 주고받는 것도. 그리고 전화도."

"……왜?"

"그러니까." 그녀의 목소리에는 살짝 짜증이 섞여 있었다. "이제 끝내자고. 우린 아직 중학생이고 공부도 해야 하니까."

"말도 안 돼. 어째서……."

혼란스러웠다. 다카미는 왜 갑자기 이런 말을 꺼내는 걸까.

깜짝 놀랐다. 어젯밤 아버지가 한 말을 떠올렸다.

"혹시 누구한테 무슨 얘기를 들었어? 우리 아버지가 연락한 거야?"

"아니, 그런 게 아니야. 내가 그러는 게 낫다고 생각했어."

"하지만 너도 즐거워했잖아."

"즐거웠어. 하지만 즐거운 게 다가 아니니까."

"정말 끝이야? 다시는 못 만나?"

"응, 가모 씨에게도 그편이 낫다고 생각해."

"가모 씨라니……."

"여러 가지로 고마웠어. 그럼 안녕."

"아니, 잠깐 기다려."

뚝 하고 전화가 끊겼다.

소타는 전화 부스 안에서 수화기를 든 채 우두커니 서 있었다. 영문을 알 수 없었다. 왜 이렇게 되어버린 걸까.

집에 돌아오며 생각했다. 아버지는 메일을 통해 다카미의 신원을 알아냈을까. 그리고 부모에게 연락해 둘이 만나지 않도록 이야기를 한 걸까. 하지만 아무리 생각해도 다카미의 신원을 알 수 있을 것 같지 않았다. 소타도 그녀의 집이 어딘지조차 모르고 있다. 이바라는

성이 흔한 건 아니지만 그렇다고 적은 것도 아니다. 무엇보다 그녀
스스로가 그런 사실을 부정하고 있다.

　그후 몇 번 메일을 보냈지만 다카미의 답장은 오지 않았다. 전화
를 걸어도 받지 않았다. 공중전화에서 걸려오는 전화는 무시하기로
한 모양이다. 그래도 끈질기게 걸었더니 결국 그 번호는 없는 번호
라는 메시지가 흘러나왔다.

　이렇게 소타의, 한여름, 이라고도 할 수 없는 짧은 사랑이 끝났다.
다카미와 만나기 전의 생활로 돌아왔다. 다만 하나만은 변했다.

　다시는 나팔꽃 시장에 가지 말자. 그렇게 결심했다.

## I

그 소식을 휴대전화로 들었을 때 아키야마 리노는 신주쿠 거리를 걷고 있었다. 신주쿠 거리는 여전히 사람들로 북적여 앞에서 오는 사람과 부딪치지 않으려 신경쓰다 보면 전화 상대의 얘기를 놓칠 우려가 있다. 그래서 전화를 받으면서 곧바로 옆 골목으로 들어왔는데 수화기 저편의 어머니 목소리가 제대로 들리지 않았다. 자리에 멈춰서서 다시 물었다.

"어, 뭐라고?"

어머니 모토코는 살짝 들뜬 목소리로 말을 이었다.

"그러니까 나오토가 죽었다고, 창문으로 뛰어내렸대."

리노는 전화기를 움켜쥔 채 우두커니 서 있었다.

그날 밤, 요코하마에 있는 본가로 돌아왔다. 현재 리노는 고엔지에서 혼자 살고 있는데 장례식이나 쓰야장례 전 죽은 사람의 유해를 지키며 밤을 새우는 의식 때 입을 옷이 하나도 없었기 때문이었다. 삼 년 전에 할머니가 돌아가셨을 때 산 검은 원피스를 입었다. 맞을지 불안했는데 그 무렵보다 살이 빠졌는지 조금 여유가 있었다.

도리이 나오토는 리노의 친가 쪽 사촌이다. 아버지 마사타카에게는 여동생이 있는데, 그녀의 장남이었다. 아버지 말로는 나오토가 가와사키에 있는 자택에서 동트기 직전에 뛰어내렸다고 한다. 그때 부모와 차남인 도모키도 각자의 방에서 자고 있었던 터라 뛰어내리는 순간에는 당연히 아무도 알지 못했다. 그런데 시끄러운 소리에 눈을 뜬 아랫집 사람이 맨션 부지 안에서 피투성이의 사체를 발견하고 경찰에 신고했다. 도리이 집안사람들이 장남의 죽음을 알게 된 것은 경찰관이 찾아오고, 누군가 없어진 사람이 없느냐는 기묘한 질문을 받은 후였다. 어머니가 나오토의 방을 보러 갔는데 아무도 없는 데다 창문이 열려 있었다.

"떨어진 게 나오토라는 걸 알았을 때 요시에 씨의 마음은 어땠을까. 상상만 해도 심장이 떨리는구나."

모토코는 침통한 표정을 지으며 실제로도 몸을 살짝 흔들었다. 요시에는 나오토의 어머니 이름이다.

경찰이 나오토의 방을 샅샅이 뒤졌지만 유서 같은 것은 발견되지 않았다. 하지만 사건의 가능성은 인정되지 않아서 자살로 판단된 듯하다. 사고 가능성도 낮았다.

"짚이는 데가 하나도 없나봐. 전날 밤에는 가족들이 다 같이 식사를 했는데 특별히 이상한 모습도 없었고. 어떻게 된 걸까."

마사타카는 미간을 찌푸렸다.

다음 날, 리노는 부모님과 함께 택시를 타고 상갓집으로 향했다. 차 안에서 세 사람 다 말이 없었다. 리노는 나오토와의 추억을 곱씹었다. 얼마 안 되는 또래 친척이라 어릴 때부터 자주 어울렸는데…….
두 가족이 함께 여행을 간 적도 있다. 그녀가 수영을 시작한 것도 한 살 위인 나오토가 먼저 수영교실을 다닌 영향도 있었다.

잠시 후 상갓집에 도착한 리노는 고모와 고모부에게 위로의 말을 건넸는데 너무 마음이 아파 얼굴도 제대로 쳐다보지 못했다. 요시에는 쥐어짜내는 것 같은 목소리로 시종일관 울먹이고 있었다.

고인의 동생인 도모키는 사람들과 떨어진 자리에 홀로 앉아 있었다. 리노가 다가가 말을 걸자 "어?" 하며 표정을 조금 누그러뜨렸다. 그는 그녀보다 두 살 아래로 지난달에 막 대학생이 되었다. 하지만 전체적으로 몸의 선이 가늘어서인지 중학생처럼 보였다.

리노는 그의 옆에 앉아 제단에 놓인 나오토의 사진을 올려다봤다. 액자 속의 나오토는 웃고 있었다. 금발 머리에 귀에는 피어싱을 하고 있다. 라이브 콘서트에서 많은 여자애들이 그에게 열띤 성원을 보내던 모습이 떠올랐다.

"너무 슬픈 일이야."

영정을 보면서 리노가 중얼거렸다. 도모키는 한숨을 쉬었다.

"아직도 믿을 수 없어. 거짓말 같아."

"저…… 같은 말을 여러 번 들었겠지만."

"자살한 이유?"

"응."

도모키는 고개를 딱 한 번 가로저으며 모른다고 대답했다.

"형이 무슨 생각을 했는지 내가 어떻게 알겠어? 아주 열심히 잘 사는 것처럼 보였지만 사실은 어땠을지 아무도 모르지. 혹시 우리가 미처 생각지도 못한 고민이 있었을지도 모르고."

"그렇지." 리노가 대답했다.

사실 맞는 말이라고 생각했다. 젊은이들의 자살이 늘어나고 있지만 그 동기를 주변 사람이 알아차리는 경우는 매우 드물다.

나오토는 전부터 무슨 일을 해도 다른 사람보다 훨씬 잘했다. 학교 성적이 좋고 그림에도 재능이 있는 데다 스포츠도 만능이었다. 그렇다고 해서 고민이 없었다고는 할 수 없다.

그는 작년에 대학을 중퇴했다. 다양한 재능을 타고났지만 직업으로는 결국 음악의 길을 선택했다. 고등학교 때부터 아마추어 밴드를 결성해 계속 활동해왔는데 결국 프로가 되기로 결단한 모양이었다. 리노는 그들의 연주를 몇 번인가 들으러 갔다. 그녀는 음악에 대해 전혀 모르지만 반짝이는 뭔가가 있는 듯 느꼈다. 그래서 진심으로 아티스트로 성공하길 바랐는데…….

제단 옆에 그림을 넣은 액자가 놓여 있다. 거대한 독수리가 새끼 토끼를 잡으려는 찰나를 그린 것이었다.

"저건 나오토의 그림이야?" 리노가 물었다.

"응, 초등학교 때 그린 거야." 도모키가 대답했다.

"초등학생이? 대단하다!"

그림을 다시 바라봤다. 동물들이 마치 살아있는 것 같았다. 자신은 도저히 그릴 수 없을 정도로.

"최근에 그린 건 없어?"

"응, 내 기억으로는 중학교 때 그만뒀어."

"왜 그만뒀을까."

"몰라. 한 번 물어보긴 했는데 시끄럽다면서 대꾸도 안 하더라고."

"흠……."

옆에 누군가 다가와 서는 기척을 느꼈다. 리노가 올려다보니 예복 차림의 아키야마 슈지가 입가에 쓸쓸한 미소를 떠올리며 서 있었다.

"할아버지." 리노가 말했다.

슈지는 마사타카와 요시에의 아버지다.

"힘들겠구나." 그는 도모키의 어깨를 토닥이며 의자에 앉았다. "제대로 먹고 있니. 이런 때일수록 정신을 차리고 있어야지. 밀려오는 슬픔이야 어찌할 수 없지만 몸이 상해선 안 된다."

"알아요. 다른 어른들도 같은 말씀을 하셨어요. 앞으로는 내가 장남이라고. 하지만 갑자기 그렇게 말씀하셔도……."

도모키는 고개를 떨어뜨리고 두 손으로 머리를 감쌌다.

"무리할 건 없다. 지금은 네 생각만 하거라." 슈지는 제단으로 시선을 돌렸다. "나오토는 몇 살이었지? 리노보다 한 살 위였나."

"맞아요. 올해 스물둘이 됐죠."

"스물둘이라. 무슨 일이 있었는지는 모르겠지만 앞으로 한창 꽃이 필 나인데." 슈지는 윗옷 안쪽에 손을 넣어 봉투를 꺼냈다. "이제 이걸 건넬 수도 없구나."

"그게 뭐예요?"

슈지는 봉투에서 한 장의 종이를 꺼냈다.

"옛날에 다 같이 먹으러 갔던 거 기억하니? 리노도 같이 갔었는데."

그것은 니혼바시의 '후쿠만켄'이라는 유명한 서양식 레스토랑의 식사권이었다.

"그럼요." 리노가 말했다. "다 같이 먹으러 갔죠. 비프커틀릿이 무척 맛있었던 기억이 나요."

"그래, 그랬지." 슈지가 흐뭇한 표정을 지었다. "나오토도 같은 말을 했단다. 전에 만났을 때도 그런 말이 나왔어. 그때 먹었던 커틀릿 맛을 잊을 수 없다고. 언제 밴드 멤버들을 데리고 가서 먹이고 싶다고 했어. 하지만 고급 레스토랑이라 제대로 돈을 벌지 않으면 안 될 거라고도 하더구나."

"어머, 그랬구나. 그래서 할아버지가 식사권을?"

"그래, 하지만 이미 늦었구나. 이 식사권을 관에 넣을까 생각하고 가지고 왔다."

슈지는 봉투에 식사권을 넣어 안주머니에 도로 넣었다. 그리고 리노 쪽으로 고개를 돌렸다.

"너는 어떠냐? 잘 지내니?"

"네…… 그럭저럭요."

"수영은? 이제 완전히 그만둔 거니?"

옆에서 고개를 떨어뜨리고 있던 도모키가 놀라 고개를 들어 리노와 할아버지를 번갈아 봤다. 수영. 그녀 앞에서는 아무도 입에 담지 않는 말이기 때문일 게다. 그러나 슈지는 금지어를 말했다는 자각이 없는지 물끄러미 손녀의 눈을 들여다보았다.

하지만 리노는 그 눈을 피하지 않았다.

"네, 그만뒀어요. 이제 수영은 안 해요. 죄송해요."

슈지는 아랫입술을 내밀고 얼굴 옆에서 손을 흔들었다.

"사과할 필요까지는 없다. 본인이 그렇게 결정했으면 그걸로 된 거니까."

리노는 고개를 숙이고 눈을 내리깔았다. 할아버지까지 신경을 쓰게 했다는 사실이 한심했다.

어릴 때부터 수영을 잘했다. 수영교실에서는 곧 선수 코스로 옮겼다. 처음 출전한 대회에서는 3학년 부의 3위였다. 4학년 여름에는 전국대회에 출전했다. 50미터 자유형에 도전해 6위로 입상했다.

그후에도 순조로웠다. 큰 슬럼프 없이 속속 큰 시합에 출전해 좋은 성적을 냈다. 중학교에 올라갈 무렵에는 자연스레 올림픽을 의식하게 되었다. 실제로 주니어 일본 대표로 선발되어 해외 원정 경기에도 나갔다. 특히 고등학교 시절은 황금기였다. 전국고교종합체육대회에는 삼 년 연속 출전해 한 번도 우승을 놓치지 않았다. 심지어 여러 종목에서 우승을 싹쓸이한 해도 있었다.

고등학교 3학년 때는 아시아 대회에 출전했고, 개인 혼영에서 금메달을 땄다. 나리타 공항에 내렸을 때가 지금도 눈에 선하다. 아키야마 리노를 인터뷰하기 위해 보도진이 진을 치고 있다는 것을 알고 기겁했다.

부모님은 기쁨을 감추지 못하셨다. 국제대회에도 어디나 응원하러 달려왔다. 마사타카가 유급휴가를 쓰는 경우는 그때뿐이었다. 하지만 돌이켜보면 그 무렵이 절정이었다. 설마 삼 년 후에 이렇게 되리라고는 꿈에도 생각하지 못했다. 헤엄을 치지 못할 정도라니…….

"리노야"라고 부르는 목소리에 현실로 돌아왔다. 슈지의 손이 그녀의 어깨에 얹어져 있다.

"정답은 하나만 있는 게 아니다. 그 누구도 뭐라고 할 수 있는 게 아니니까. 결론을 빨리 내리려고 하지 마라. 어떤 길을 선택하든 나는 네 편이란다. 계속 응원한다는 데는 변함이 없다."

리노는 뺨의 근육을 풀었다.

"할아버지, 저는 괜찮아요. 고맙습니다."

슈지는 고개를 끄덕였다.

"리노야, 지금 고엔지에 산다고 했지?"

"네, 여성전용 맨션이에요. 왜요?"

"그러면 우리 집 근처구나. 수영을 그만뒀으면 시간이 있겠지? 다음에 한번 놀러 오너라."

"아, 맞다! 할아버지댁, 꽃이 가득했던 게 기억나요."

"지금도 잔뜩 있단다. 보러 오려무나."

"네, 꼭 갈게요."

"나오토에게도 꽃을 보여주고 싶었는데."

슈지는 영정을 올려다보며 눈을 깜빡였다.

6시가 되자 쓰야가 시작되었다. 리노는 부모님과 유가족 자리로 이동해 승려의 독경이 계속되는 가운데 조문객이 분향하는 모습을 지켜봤다. 역시 젊은 사람이 많다. 최근 이런 정보는 따로 연락하지 않아도 메일이나 SNS로 곧바로 전해진다.

눈에 띄는 세 남자가 나타났다. 온몸을 검은색 옷으로 감쌌지만 이런 자리에서는 금기시되는 체인이나 피어싱 같은 번쩍이는 물건을 달고 있다. 게다가 두 사람은 화장한 얼굴이 몹시 튀었다.

그들이 누군지 모르는 사람들은 눈살을 찌푸릴지도 모른다. 하지만 리노는 이것이 그들 나름대로의 이별 방식일 거라고 해석했다. 세 사람은 나오토와 함께했던 밴드의 멤버다.

어색한 손놀림으로 분향을 마친 세 사람은 나오토의 부모님을 향해 깊이 고개를 숙였다. 요시에가 손수건으로 눈두덩을 누르는 모습이 리노가 있는 데에서도 분명히 보였다.

별실에 문상객을 맞는 자리가 마련되어 있다. 리노는 도모키와 함께 있었는데 밴드 멤버들이 다가왔다.

"리노, 오랜만이네."

보컬과 기타를 맡고 있는 오스기 마사야가 제일 먼저 말을 걸어왔다. 키가 큰데 앞머리를 기른 얼굴은 샘이 날 정도로 작다. 라이브 콘서트 때 몇 번 만났기 때문에 리노도 안면이 있었다.

"응, 언제 들은 거야?" 리노는 고개를 끄덕이며 물었다.

"어제 낮. 연습이 있어서 모였는데 아무리 기다려도 나오토가 나타나지 않아서 휴대전화로 연락했더니 어머니가 받으시더라고. 그런데 나오토가 죽었다고 우시면서……."

마사야는 입술을 깨물었다. 눈물을 참고 있는 듯하다.

"마사야와 다른 사람들도 짚이는 데 없어?"

마사야는 다른 두 사람과 얼굴을 마주 본 후 살짝 고개를 기울였다.

"안 그래도 경찰도 물어보더라. 마지막으로 만났을 때의 모습도. 그래서 우리끼리 오랫동안 얘기를 나눴거든. 무슨 일이 없었나, 나오토가 SOS 같은 신호를 보낸 적은 없나, 밤새도록 얘기했어. 하지만 이렇다 할 게 떠오르지 않아."

"오히려 요즘 나오토는 의욕이 넘쳤어."

베이스를 담당한 데쓰라는 작은 체구의 젊은이다.

"공연 평판도 좋았고 메이저에서도 얘기가 있었어. 정말 이제부터 시작이구나 하는 때였다고. 그런데 어째서냐고 도리어 우리가 묻고 싶다니까."

"역시 천재였기 때문이겠지."

드럼을 맡은 가즈라는 젊은이가 후 하고 커다란 한숨을 내쉬었다. 살짝 알코올 냄새가 났다.

"우리처럼 평범한 사람은 천재의 생각을 읽을 수 없지."

"그걸로 끝내자고?" 데쓰가 입을 내밀었다.

"그야 모르니까 어쩔 수 없지."

"이제 그만해." 마사야가 두 사람을 말리고는 리노와 도모키에게 사과했다. "미안해."

"밴드 활동은 어떻게 해?"

마사야는 얼굴을 찡그리고 귀고리를 만졌다.

"아직 아무 생각 없어. 나오토가 없어졌다는 것은 단순히 키보드가 없어진 게 아니라서. 리노도 알겠지만 처음엔 나와 나오토 둘이서 시작했잖아."

"형도 말했어. 마사야 덕분에 계속할 수 있었다고." 도모키가 말했다. "그래서 형은 마사야 형에게 늘 고마워했어." 끝에는 울먹이는 목소리가 되었다.

"그렇게 말했다니 고맙지만 의미는 없어. 이제 그 녀석은 없으니까.”

맑고 높은 매력적인 목소리였지만 그 말은 듣는 사람의 마음에
가라앉듯 무거웠다.


## 2


나오토의 장례식이 끝나고 나흘 후, 리노는 니시오기쿠보에 있는
아키야마 슈지의 집을 방문하기로 했다. 특별한 용건은 없었다. 쓰
야 때 했던 할아버지와의 약속을 지키고 싶었을 뿐이었다.

집은 순수한 일본식의 고즈넉한 목조 주택이었다. 작은 문에 아키
야마라고 적힌 문패가 붙어 있다. 삼 년 전에 할머니가 돌아가신 후
에 슈지는 이곳에서 혼자 살고 있다. 리노가 마지막으로 온 것은 고
등학교 때였다.

슈지는 마당에서 꽃을 돌보고 있었다.

“할아버지, 저 왔어요.”

리노가 뒤에서 말을 걸었다. 할아버지는 돌아보며 미소를 보였다.

“아이고, 잘 왔다.”

리노는 마당에 들어섰다. 잔디밭을 둘러싸듯 많은 꽃들이 심어져
있었다. 직사각형의 화분과 둥근 화분들에서도 자라고 있다. 협소하
지만 그럴듯한 식물원이다.

리노는 꽃 이름을 거의 모른다. 간신히 하얀 은방울꽃 정도만 알

뿐이다.

"할아버지, 이건 무슨 꽃이에요?"

붉은 꽃 몇 송이가 다닥다닥 붙어 있는 화분을 가리켰다.

"제라늄이란다. 지금이 제일 예쁠 때지."

"이건요?"

직사각형 화분 속에 피어 있는 보라색 꽃을 가리켰다.

"버베나, 처녀 벚꽃이라고도 하지. 우리 리노를 닮았구나."

연둣빛 싹을 갓 틔운 작은 화분이 눈에 띄었다.

"이건 무슨 꽃이에요?"

슈지가 다가와 화분을 들여다봤다.

"이 녀석은 아직 뭐가 나올지 모르겠구나."

"어머, 그런 것도 있어요?"

"뭐, 대강은 알고 있지만."

슈지는 의미심장하게 말을 얼버무렸다.

"할아버지, 정말 행복해 보여요. 꽃을 진짜로 좋아하시나 봐요."

슈지는 흐뭇한 표정으로 고개를 끄덕였다.

"사람은 거짓말을 하기 때문에 어울리기가 힘들어. 그런데 꽃은 거짓말을 안 하지. 마음을 담아 기르면 꼭 거기에 응해주거든."

'누가 최근에 할아버지에게 거짓말을 한 건가.'

집 안으로 들어가자, 슈지가 부엌에서 물을 끓이기 시작했다. 그리고 선반에서 인스턴트커피 병을 꺼냈다.

"할아버지, 커피는 제가 탈게요."

"아니, 괜찮다. 너는 앉아 있거라."

"그렇게 말씀하셔도 제가 불편해요."

아키야마 슈지의 집 거실은 정원이 바라다보이는 일본식 방이다. 유리문 너머로 조금 전까지 손질했던 꽃이 보인다.

탁상 위에 노트북이 놓여 있다. 터치패드를 만지자 화면에 붉은 꽃 사진이 나타났다. 조금 전에 봤던 제라늄이다.

"어머, 예쁘다! 할아버지, 사진 엄청나게 잘 찍으시는데요."

"응. 그러냐? 하지만 더 잘 찍고 싶구나."

"충분해요. 다른 것도 봐도 돼요?"

"아, 그러려무나."

리노는 같은 폴더에 모아둔 이미지 파일을 차례차례 열었다. 다양한 종류의 꽃이 촬영되어 있다. 형형색색의 꽃잎을 보고 있자니 기록으로 남겨두고 싶은 마음이 들 것 같았다.

"할아버지, 이 사진들 어떻게 하실 거예요?"

슈지가 두 개의 머그잔을 쟁반에 받치고 돌아왔다.

"그게…… 언젠가 기회가 되면 어떤 형태로 만들면 좋겠다고 생각은 하는데."

"형태요?"

슈지가 옆에 놓인 대학노트를 집어들었다.

"그동안 여기에 각각의 생육기록을 해놓았단다. 꽃 사진에 이 메모를 첨부하면 알기 쉬울 게다. 작은 출판사를 하는 지인이 있는데 거기서 사진집 같은 것을 내볼까 얘기중이란다……."

"잠깐 보여주세요."

노트를 펼치자 연필로 쓴 잔글씨가 빼곡했다. 날짜와 꽃 이름, 그리고 어떻게 손질했는지 등이 적혀 있다.

"왜 손으로 직접 쓰세요? 컴퓨터로 치면 될 텐데."

"마당에 나가 쓰는 경우가 많으니까 손으로 쓰는 게 훨씬 편하지."

"하지만 텍스트 데이터가 있으면 더 간단히 정리할 수 있잖아요." 거기까지 얘기했을 때 한 가지 생각이 떠올랐다. "맞다! 할아버지, 블로그를 하세요. 거기에 꽃 사진을 올리고 이어서 이 메모를 적으면 정리도 할 수 있고 다른 사람도 볼 수 있으니까, 일석이조잖아요."

"블로그라는 게, 인터넷 일기를 말하는 거냐. 그런 거 좋아하지도 않고, 또 무엇보다 귀찮구나."

그렇게 말하고 슈지는 커피를 마셨다.

"그렇게 귀찮지 않아요. 게다가 꽃 재배를 취미로 하는 사람은 많아요. 그런 사람들과 정보를 주고받으면 재미있고 또 유용하잖아요. 제가 해드릴까요?"

"네가?"

"전에 블로그를 해봐서 요령은 알아요. 이렇게 예쁜 사진이 많은데 다른 사람에게 보여주지 않으면 아깝잖아요."

슈지는 팔짱을 끼고 음 하고 신음했다.

"그야 그렇지. 사진집을 자비로 출판한다 해도 예산 때문에 겨우 백 권 정도밖에 못 만든다고 하고."

"그렇다면 제게 맡기세요. 걱정 마시고요, 멋지게 만들어드릴게요."

"하지만 바쁘지 않니?"

리노는 입가로 가져가던 머그잔을 내려놓았다.

"그럴 리 없죠. 할 일이 없어서 매일 곤란할 지경인데요."

"대학 공부로도 무척 바쁠 텐데, 너는 대학생이잖아."

"할아버지, 엄청 짓궂으시네. 제가 공부 못하는 거 잘 아시면서."

하하하, 하고 슈지는 크게 입을 벌리고 웃었다.

"공부를 못하는 게 아니라 하고 싶은 공부를 아직 못 찾은 것뿐이다."

"그럴까요. 저한테도 그런 게 있을까요."

"없는 사람은 없단다. 다만 발견하는 게 좀 어려울 뿐. 찾으려고 하지 않으면 알 수 없단다."

리노는 머그잔을 양손으로 감쌌다. 하긴 수영을 그만둔 후 자신은 아무것도 찾지 않았다.

"초조해하지 말거라." 슈지는 다정한 눈빛으로 말했다. "시간은 아주 많아. 그때까지 시간을 때울 겸 블로그를 만들어준다면 좋겠구나. 부탁하마."

리노는 환하게 웃으며 고개를 힘차게 끄덕였다.

그날부터 그녀는 한 달에 한두 번씩 할아버지의 집을 찾았다. 블로그에는 사진과 텍스트만이 아니라 할아버지의 일상적인 이야기도 조금씩 적어야 했고 물론 장래에 대한 고민을 털어놓고 조언을 구하는 것도 목적이었다. 식품회사에 기술자로 취직해 정년 후에도 촉탁 연구원으로 육 년간 일했던 할아버지는 사회 경험도 풍부했다.

그런 식으로 두어 달이 지났을 무렵, 평소와 다름없이 리노가 집을 찾았는데 슈지는 거실 옆에 있는 서재에서 두꺼운 책을 펼친 채 바라보고 있었다.

"뭐 하세요? 자료 조사?"

"응." 슈지는 손녀딸의 질문에도 기운 없이 대답했다. 정신이 딴 데 있는 듯했다. 탁상 위에는 노트북이 놓여 있고 이제까지 본 적이 없는 꽃 사진이 나와 있다.

"이거 뭐예요? 새로 핀 꽃?"

슈지가 책에서 고개를 들었다.

"응, 그렇구나."

"신기해라!"

"네가 처음 왔을 때 막 싹을 틔웠던 화분이 있었는데 기억나니? 그게 오늘 아침에 꽃을 피웠구나."

"어머, 그 화분이?"

작은 화분을 떠올렸다. 그러고 보니 올 때마다 조금씩 자랐었는데. 몇 주 전인가는 큰 화분으로 옮겨 심었다.

노란 꽃이었다. 가느다란 꽃잎이 살짝 꼬이면서 사방으로 펼쳐져 있다. 잎도 가늘고 길었다. 식물에 대해 잘 모르는 리노는 무슨 꽃인지 전혀 알 수 없었다.

리노는 마당으로 시선을 돌렸다. 그 화분은 바로 찾았지만 꽃은 보이지 않았다.

"그 꽃은 어떻게 됐어요?"

"유감이지만 시들어버렸구나."

"네? 벌써요?"

리노는 가방에서 USB메모리를 꺼내 컴퓨터에 끼우고는 이미지 파일을 재빨리 복사했다.

"그래서 결국 이 꽃은 뭐예요?"

슈지가 책을 책장에 다시 꽂고 거실로 돌아왔다.

"응, 그건…… 아직 얘기할 수 없구나."

"네? 왜요?"

"분명하지 않아서 알아보고 있는 중이란다. 앞으로가 문제야. 앞으로가."

컴퓨터 화면을 바라보는 슈지의 눈이 생기로 가득했다. 할아버지가 흥분해 있음을 리노는 알아차렸다. 할아버지의 그런 모습은 처음 보았다.

"그럼 블로그에 뭐라고 적을까요? 종류는 아직 확인하는 중이라고 해요?"

리노가 묻자 갑자기 슈지의 표정이 심각해졌다.

"아니, 그만둬라. 이 꽃은 공개하면 안 된다."

"네? 왜요?"

"아직 자세한 얘기는 할 수 없구나. 하지만 그랬다가는 큰 소동이 벌어질 거다. 이건 당분간 우리 둘만 아는 비밀로 하자. 괜찮지?"

신중한 말투였지만 그 눈에는 기대에 가득 찬 빛이 담겨 있었다. 할아버지에겐 꽤나 기쁜 사건일지 모른다.

"알았어요. 그럼 이 일은 아무한테도 말 안 할게요."

"미안하구나. 하지만 언젠가는 틀림없이 내 마음을 이해할 날이 올 거다."

슈지는 컴퓨터 화면에 드러난 노란 꽃을 사랑스럽게 손가락으로 쓰다듬었다.


## 3


스타터 피스톨 소리가 울렸다. 그 순간 온몸의 근육이 반응했다. 두 발을 박차고 나온 타이밍은 완벽했다. 쭉 뻗은 손가락 끝에서부터 입수한다. 물의 저항을 받지 않는 자세를 유지한 후 수면으로 나옴과 동시에 두 팔과 다리를 움직였다. 그 흐름은 부드러웠다. 옆 라인 선수의 모습이 시야에 들어온다. 자신이 조금 앞서고 있다.

그후로도 쾌속으로 나아갔다. 킥의 리듬도 좋다. 피로는 전혀 느껴지지 않는다. 이대로 단숨에 스퍼트하자. 잘만 하면 자기기록 경신이다.

골이 다가왔다. 조금만 더. 마지막 힘을 쥐어짜냈다.

그런데 어떻게 된 일이지? 앞으로 나아가질 않는다. 얼마 안 되는 거리가 멀게만 느껴진다. 다른 선수들이 속속 골인한다. 시상식까지 시작되고 있다.

열심히 팔다리를 움직이지만 몸은 가라앉을 뿐이다. 사람들의 웃음소리가 들렸다.

다음 순간, 주위에서 물이 사라졌다. 자신이 헤엄치지 않고 있음을 깨달았다. 수영하던 때를 떠올린 것뿐이다. 아니, 그것도 아니다.

또 악몽을 꾸고 있는 것이다. 며칠에 한 번씩 꾸는 꿈. 패턴은 다양하지만 골인할 수 없다는 결말은 언제나 같다.

이미 정신은 들었지만 리노는 한동안 눈을 감고 있었다. 이대로 다시 잠들면 좋겠다고 생각했다. 이번에는 조금 괜찮은 꿈을 꾸고 싶다. 하지만 유감스럽게도 무더위만 더 심해질 뿐 다시 잠들 것 같지 않았다. 식은땀을 흘린 탓에 목덜미도 불쾌했다. 잠을 포기하고 눈을 뜨고는 천천히 몸을 일으켰다. 머리맡의 시계를 보니 오전 11시 반이 되려 하고 있다. 새벽 5시가 넘어 잠들었으니까 여섯 시간 이상은 잤다. 최근 들어서는 그래도 푹 잔 편이다.

침대에 걸터앉아 오늘 일정을 생각했다. 오후에 수업이 하나 있다.

테이블로 시선을 돌렸다. 빈 맥주캔과 추하이소주에 탄산 및 과즙을 탄 음료캔이 굴러다니고 있다. 이렇게나 많이 마셔야 취하나 싶어, 알코올에 강한 체질이 한스러웠다.

천천히 일어나 세수를 했다. 거울에 비친 얼굴을 바라보며 스무 살의 피부 같지 않다고 생각했다. 운동선수의 몸도 아니다.

적당히 화장을 하고 옷을 갈아입은 후 방을 나섰다. 하늘을 보니 금방이라도 비가 쏟아질 것 같은 구름이 떠 있었다. 곧 여름방학이 시작되는데도 아직 장마가 끝났다는 예보가 나오지 않았다.

리노가 사는 여성용 맨션에서 대학까지는 걸어서 십 분 정도 걸린다. 중간에 햄버거 가게에서 점심을 때우고 학교로 향했다. 리노는 3학년이지만 수영부원 외에는 친한 사람이 없다. 그런 수영부를 그만두었으니 학교에 가도 외톨이다. 수영장이나 수영부실에는 되도록 가까이 가지 않으려고 한다. 부원들이 자신을 괴롭히는 건 아니다. 오히려 마음을 써주는 편이다. 그게 싫다기보다 미안해서 리노가 피하는 것이다.

대학 정문을 들어선 후 걸으면서 전화를 걸었다.

"여보세요?"

슈지의 느긋한 목소리가 들렸다.

"아, 할아버지. 저예요."

"그래, 리노구나."

"오늘, 학교 수업 끝나고 들를게요. 괜찮으세요?"

"괜찮다. 특별한 일은 없구나."

"그럼 과자 사 갖고 갈게요. 할아버지, 뭐 드시고 싶은 거 있어요?"

"너무 달지 않은 걸로 부탁하마. 그래, 가능하면 양과자가 좋겠구나."

"그럴게요."

전화를 끊고 시계를 봤다. 곧 오후 1시가 된다.

계단식 강의실 구석자리에 앉아 수업을 들었다. 문화인류학의 한 분야로, 문화와 개인에 대해 분석하는 학문이다. 흥미 같은 건 전혀 없다. 왜 이런 데 들어왔을까. 스스로 생각해도 이상했다. 게다가 국제문화학과라니, 고3 때 아무 생각이 없었다는 것을 새삼 깨달았다. 이 대학을 선택했던 건 수영부의 훈련 환경이 좋다는 이유가 전부였다.

공부를 못하는 게 아니라 하고 싶은 공부를 찾지 못한 것뿐이라는 할아버지의 말이 떠올랐다. 용기를 주려는 말이지만 도망쳐봤자 아무것도 시작할 수 없다는 훈계의 말씀이기도 했다.

졸음을 간신히 참고 구십 분간의 수강을 무사히 끝냈다. 다른 학생들은 눈을 반짝이며 교실을 나간다. 앞으로 꽤 재미있는 일이 있나 보다, 라고 생각했다.

대학을 나와 몇 개의 작은 가게들을 들여다보면서 역으로 향했다. 귀여운 원피스를 발견했지만 사이즈가 하나밖에 없어서 포기했다.

역 앞 케이크 가게에서 와플을 샀다. 전철에 탔더니 메일이 와 있었다. 어머니에게서였다. 어떤 내용인지 짐작이 갔다. 예상했던 대로 다음에는 언제 돌아오느냐는 내용이었다. 집에는 나오토의 장례식 이후 한 번도 가지 않았다. 흔들리는 전철 안에서 뭐라고 답장할지 고민했다. 리포트 과제가 있어서 당분간은 못 간다고 쓸까. 설마 무슨 리포트냐고 묻진 않겠지.

전철에서 내려 할아버지 집으로 향했다.

문을 지나 마당을 바라보며 현관으로 향하다가 걸음을 멈췄다. 삼주 전에 왔을 때랑 미묘하게 풍경이 달라 보였다. 하지만 뭐가 달라졌는지는 알 수 없었다. 막연한 위화감을 안은 채 현관문에 손을 대자 문이 쉽게 열렸다. 변함없이 조심성이 없다. 평소 할아버지는 문을 잠그지 않는다.

안으로 들어가니 할아버지가 평소 신는 샌들과 구두가 아무렇게

나 뒹굴고 있다. 이런 일은 없었는데……. 들어가자마자 오른쪽에 있는 서재의 장지문이 열려 있는 것이 보였다. 보통 닫아놓는 편인데, 이상하다고 생각하면서 집 안을 둘러보다 깜짝 놀랐다. 종이 상자와 쇼핑백 같은 것들이 방바닥에 흩어져 있었다.

서재 너머가 거실인데 문은 닫혀 있다.

"할아버지, 저 왔어요."

안쪽을 향해 할아버지를 부르면서 리노는 스니커즈를 벗었다. 대답이 없어서 그냥 안으로 들어섰다. 서재를 가로질러 문을 열었다. "할아버지" 하고 다시 한 번 불렀다.

거실 중앙에는 평소대로 네모난 탁상이 놓여 있고, 그 위에는 찻잔과 페트병이 나란히 놓여 있었다.

발바닥이 차가워 내려다보니 밟고 있는 방석 끝이 젖어 있었다. 황급히 방석에서 발을 뗐다.

슈지는 탁상 건너편에 있었다. 자고 있는 듯 리노가 있는 자리에서는 발만 보였다.

"뭐야, 주무시는 거예요? 감기 걸려요."

그렇게 말하면서 다가가다가 걸음을 멈췄다. 이상한 냄새를 맡아서였다.

조심조심 다가가니 슈지의 얼굴이 보였다. 그 순간, 어떤 덩어리가 목구멍 저 안에서 빠져나오는 것 같았다.

슈지는 눈을 크게 뜨고 있었다. 피부는 잿빛이었다. 그 얼굴은 리노가 알고 있는 할아버지가 아니었다. 점토로 만든 정교한 마스크를 억지로 일그러뜨린 것처럼 보였다.

이럴 때는 어떻게 해야 하지? 어디에 전화를 걸어야 하지?

리노는 가방에서 휴대전화를 꺼냈다. 손이 떨리고 있음을 깨달았다.


# 4


피해자의 성과 이름을 듣고 설마설마했다. 하야세 료스케는 현장으로 향하는 차 안에서 휴대전화 화면을 켜고 '아키야마 슈지'라는 사람이 주소록에 있는지 확인했다. 역시 전화번호와 주소가 저장되어 있었다.

틀림없다, 목적지의 장소와 주소가 일치했다. 즉 동성동명의 다른 사람이 아니라는 말이다. 그 노인이 살해되었단 말인가.

"왜 그러십니까?" 옆에 앉아 있던 후배 형사가 물었다.

"아니, 아무것도 아냐."

하야세는 휴대전화를 안주머니에 넣었다. 후배가 크게 한숨을 쉬었다.

"살인이라, 한동안 수사본부가 서질 않았는데. 또 위는 신나겠네요. 빨리 해결해주면 좋겠는데 질질 끌면 또 이리저리 단속이 심해지겠죠."

"그렇지, 가을맞이 경찰 체육대회는 그냥 넘어가겠구먼."

하야세는 농담으로 한 말인데 "바로 그거예요, 진짜 마음에 안 듭니다"라는 진심 어린 대답이 돌아왔다.

수사본부가 개설되면 관할 경찰관은 잡무로 정신없이 바빠지는 데다 철저한 긴축을 강요받는다. 본부 운영에 드는 모든 비용은 대부분 관할서가 부담하기 때문이다.

현장에 도착하자 현관 앞에 형사과장과 계장이 있었다. 과장은 어딘가에 전화를 걸고 있는 듯했다.

"늦었네."

계장이 하야세 일행에게 말했다.

"그 뺑소니사건 때문에 탐문을 했습니다. 오늘 아침, 말씀드렸죠?"

"그랬나. 그래서 결과는?"

"증언의 신빙성은 확보했습니다. 일단 재료는 다 갖춰진 셈입니다."

"수고했네. 그 건은 이제 됐고, 앞으로는 이쪽 사건일세."

"살해된 거죠?"

"그래. 피해자는 혼자 사는 노인이야."

전화를 끊은 과장이 계장을 쳐다봤다.

"본청에서 연락이 왔네. 곧 감식과 기동수사대가 도착할 거야. 우리도 초동수사를 시작하지. 나는 서로 돌아간다."

알겠다는 계장의 대답을 기다리지도 않고 과장은 잰걸음으로 사라졌다. 수사본부가 개설되는 바람에 벌써부터 심기가 불편한 모양이었다.

"현장을 봐도 되겠습니까?" 하야세가 계장에게 물었다.

"안 돼, 감식이 끝날 때까지는 들어가지 마. 자네 일은 저쪽이라고." 계장이 옆에 정차되어 있는 순찰차를 가리켰다. "제일 처음 발견한 사람이야."

하야세는 시선을 집중했다. 뒷좌석에 앉아 있는 젊은 여성이 보였다.

이름은 아키야마 리노. 피해자의 손녀라고 했다. 그녀는 순찰차 안에서는 완전히 넋을 놓은 듯 거의 아무 말도 하지 않았다. 그래서 하야세는 그녀를 니시오기쿠보 서의 응접실로 데려가 따뜻한 차를 대접했다. 리노는 차를 몇 모금 마신 후 "고맙습니다"라고 드디어 말이라 할 수 있는 소리를 냈다.

"말씀하실 수 있겠습니까?"

"네." 리노는 고개를 아래위로 끄덕였다.

그리고 하야세의 질문에 떠듬떠듬 대답했다. 충격이 너무 큰 탓인지, 기억이 단편적이 되어버린 듯했다. 그래도 서서히 발견에 이른 경위가 밝혀졌다.

오후 12시 50분께, 아키야마 리노는 나중에 집에 가도 되느냐고 피해자에게 전화를 걸었다. 피해자는 괜찮다, 특별한 일은 없다고 대답했다. 그녀가 쇼핑을 마치고 아키야마 슈지의 집에 들러 시신을 발견한 것이 오후 4시 30분 무렵이다. 전화로 얘기한 후 네 시간이 채 못 되는 사이에 도대체 무슨 일이 일어난 것인가.

"피해자의 집에 자주 왔나요?"

"피해자라니······."

"할아버님 말입니다. 아키야마 슈지 씨의 집에는 자주 들렀습니까?"

"글쎄, 자주라고 해야 하나······. 한 달에 한 번이나 두 번 정도예요."

"할아버지를 돌보려고?"

"돌본다고요? 아니요, 할아버지는 건강하셨어요."

"그럼 왜?"

리노는 의아한 표정을 지었다.

"왜라니······ 이유가 없으면 안 되나요?"

"아뇨, 그런 건 아닙니다. 하지만 요즘에는 드문 일인 것 같아서. 혼자 사는 할아버지 집을 손녀가 정기적으로 찾는 일이."

이해가 간 듯 아, 하고 그녀가 고개를 끄덕였다.

"블로그 일도 있어서요."

"블로그?"

"할아버지는 꽃을 키우는 게 취미셨어요. 예쁘게 피면 그 꽃을 사진으로 찍어 컴퓨터에 저장해두셨죠. 그냥 두기엔 아까우니까 모두가 볼 수 있도록 블로그를 하시는 게 어떠냐고 제가 권했어요."

"그랬군요. 그래서 할아버지는 블로그를 시작하셨습니까?"

"그런 건 귀찮다고 하셔서, 그래서 제가 대신 블로그를 만들고 꽃 사진을 올렸어요."

마음이 좀 차분해진 듯 리노의 입에서 막힘없이 말이 나오기 시작했다. 하지만 동시에 새삼 슬픔이 벅차오르는 듯 말끝이 울먹이는 소리가 되었다.

"사건 현장이 몹시 어질러져 있었는데 뭔가 눈에 띄는 점은 없었습니까. 휴대형 금고가 없어졌다거나."

"뭐가 없어졌느냐면……." 리노가 고개를 흔들었다. "모르겠어요. 원래 뭐가 있었는지도 잘 모르고요."

하야세는 얼굴을 찡그리고 고개를 끄덕였다. 한 달에 한두 번이라면 당연한 일이다.

"할아버님은 집단속을 잘하시는 편이었습니까?"

리노는 미간을 찌푸리고 살그머니 한숨을 내쉬었다.

"아뇨, 현관문을 잘 안 잠그시더라고요. 조심하셔야 된다고 몇 번이나 말씀드렸는데 괜찮다고, 훔쳐갈 게 아무것도 없다고만 하시고. 좀더 확실히 말씀드렸어야 했는데……."

한곳에 오래 사는 노인에게 자주 있는 일이다. 지금까지 아무 일도 없었기 때문에 앞으로도 그럴 것이라고 과신했을 것이다.

"할아버님을 마지막으로 뵌 게 언제였습니까?"

리노는 생각에 잠긴 표정을 짓더니 스스로에게 확인하듯 읊조렸다.

"삼 주 전이었던 것 같아요."

"그때, 할아버님에게 이상한 점은?"

"특별히……."

하지만 그 순간 리노는 문득 뭔가 생각난 것 같은 얼굴을 했다.

"왜 그러십니까?"

"아니요, 별건 아닙니다. 꽃이 피었다고 좋아하시던 일이 떠올라서요."

"꽃?"

"새로운 꽃이에요. 그때까지 핀 적이 없는 꽃이었는지 무척 기뻐하셨거든요. 그런데 이렇게 되다니……."

다시 울먹이는 바람에 목이 메었다.

하야세는 계속 질문하는 게 괴로웠다. 어차피 단순 강도살인사건이다. 동기나 인간관계 쪽을 조사해도 아무것도 나오지 않을 것이다.

노크 소리가 났다. 하야세가 실례한다며 자리에서 일어났다. 문밖에서 유족이 도착했다고 알려왔다.

"유족이라니?"

"피해자의 아드님입니다."

아키야마 리노의 아버지인 모양이다.

"모시고 와주게." 하야세가 말했다.

몇 분 후, 안내를 받으며 중년 남성이 들어왔다. 어깨가 넓고 키가 큰 체격으로, 장신인 리노는 아버지의 피를 물려받은 듯했다. 중년 남성이 내민 명함에는 아키야마 마사타카라고 적혀 있다. 외식산업으로 유명한 기업에서 꽤 높은 자리에 앉아 있었다.

하야세는 아키야마 슈지가 어떻게 생활해왔는지 물었다.

"육 년 전까지 촉탁 연구원 생활을 하셨지만 지금은 하지 않았습니다. 퇴직금과 연금으로 생활하면서 나름은 편안하게 지내시는 편이었어요." 마사타카가 대답했다.

"퇴직금은 은행에 맡겨두셨나요?"

"그랬을 겁니다."

"자택에도 어느 정도의 현금은 가지고 계셨겠죠. 소위 장롱 예금이라고 하는 거 말입니다."

"글쎄요." 마사타카가 고개를 갸웃거렸다.

"그렇게 큰돈은 없었을 겁니다."

"최근, 어딘가에 투자…… 이를테면 부동산을 샀다거나 금을 샀다는 얘기는요?"

"들은 적이 없습니다. 원래 아버지는 그런 데 관심이 없으셨습니다."

"그렇습니까."

그후 하야세는 아키야마 슈지의 인간관계에 대해 물었다. 평소 어떤 사람과 어울렸는지, 특히 친했던 사람은 누군지 등에 대해서. 그러나 마사타카에게서 쓸 만한 대답은 듣지 못했다. 들어보니 오봉일본의 추석 명절로 양력 8월 15일이나 새해 정도에만 아버지를 만났다고 했다. "일이 바빠서요"라는 말을 그는 세 번쯤 했다.

"할아버지는 사람들과 잘 어울리지 못하셨어요." 곁에 있던 리노가 참지 못하고 나섰다. "꽃이 유일한 대화 상대였어요. 마당에 화분이 많죠? 그것들을 손질할 때 가장 즐거워하셨어요. 꽃은 거짓말을 하지 않는다고 늘 말씀하셨거든요. 그러니까 아마 사건의 진상을 알고 있는 것은 꽃들일 거예요."


5


하야세가 원룸 맨션의 자기 방으로 돌아온 것은 자정이 넘어서였다. 내일 아침에 수사본부가 개설될 예정이라 그 준비에 쫓겼다. 게다가 경시청우리나라의 서울지방경찰청에 해당 수사1과의 수사관이 몰려와 자세한 설명을 요구했기 때문에 그쪽도 상대해줘야만 했다.

방 불을 켜자마자 수돗물을 컵에 받아 마셨다. 그리고 넥타이를 풀고 안주머니에서 꺼낸 수첩을 테이블에 놓은 다음 상의를 벗어 침대에 던졌다. 소매에 부딪혔는지 머리맡에 있던 액자가 쓰러졌다.

하야세는 혀를 차고는 와이셔츠 단추를 풀면서 침대로 다가가 액자를 다시 세웠다. 액자에는 아들 유타의 사진이 들어 있다. 초등학교 4학년 때 찍은 사진이다. 현재 아들은 중학생이다. 새로운 사진이 있으면 좋겠는데 차마 그 말을 꺼낼 수 없다.

아내와는 사 년 전부터 별거하고 있다. 유타도 아내와 살고 있다. 하야세의 불륜이 원인이었다. 상대는 교통과 소속 경찰로 이 년 남짓 이어지던 관계가 사소한 일로 발각되었다. 하야세가 상대에게 돈을 건넨 것도 아내의 분노를 증폭시켰다.

아내는 이혼 얘기를 꺼내진 않았다. 이혼하면 생활만 힘들어질 뿐이라고 판단했던 것이다. 그러나 바람을 피운 남편과 같은 지붕 아래에서 계속 살 마음은 없었다.

"집에서 나가줘요. 당신도 그쪽이 좋겠죠? 원하는 여자와 마음대로 만날 수 있으니까."

아내는 가면을 쓴 것 같은 얼굴로 선언했다. 하야세는 반론의 여지가 없었다.

현재 월급의 반 이상을 생활비로 보내고 있다. 아내와 아들이 사는 맨션의 대출금도 아직 상환이 끝나지 않았다. 하야세의 수중에 남는 것은 좁은 임대 맨션에서 검소하게 살 수 있을 정도의 돈뿐이다. 별거의 원인이 된 상대 경찰과는 바로 헤어졌다. 원래 그렇게 좋아하지도 않았다. 기분 전환 정도였는데 관계가 조금 깊어졌던 것이었다.

스스로도 한심한 짓을 했다고 생각하고 있다. 하지만 지금 상태에 그다지 불만은 없다. 자업자득이고 애당초 자신에게 결혼생활은 무리였을지도 모르니까. 금전적으로 힘겹지만 견딜 수 없을 정도는 아니다.

유일하게 걸리는 점은 유타였다.

별거의 원인을 아들에게 자세히 설명하지 않았다. 하지만 중학생이나 되었으니 어떤 일이 있었는지 어렴풋이 알아차렸을 것이다. 하야세는 부모로 인해 아들이 마음에 깊은 상처를 입은 것이 가슴 아팠다.

별거를 시작하며 아내와 합의한 사항 중에는 하야세가 아들을 찾아와서는 안 된다는 게 있었다. 만남은 아내나 유타가 원할 때만 가능했다. 그러나 사정을 알아차린 유타가 어머니를 불쾌하게 만들면서까지 아버지를 만나고 싶다고 하지는 않을 것이다. 실제로 별거 후 이 년 동안 하야세는 아들의 얼굴을 볼 수 없었다. 동네 중학교에 갔다는 것은 아내에게서 들었다. 아내가 그 사실을 알려준 것도 입학 때 보호자로서 필요한 절차가 있어서였다.

아들과의 재회는 뜻밖의 형태로 찾아왔다. 어느 날, 하야세의 휴대전화로 아내가 연락해왔다. 무척 혼란스러운 듯했다. 맥락 없는 말을 빠르게 떠들어댔기 때문에 무슨 말을 하는지 알아차릴 수 없었다. 수없이 다시 물어 앞뒤 맥락을 간신히 이해했다. 큰일이 났다는 생각에 겨드랑이에서 식은땀이 흘렀다.

유타가 물건을 훔치다 잡혔다. 대형마트에서 블루레이 디스크를 훔치려 했다는 것이다. 믿을 수 없었다. 함께 살지는 않지만 유타에 대해서 잘 알고 있다고 생각했다. 그런 일을 저지를 아이가 아니다.

아내의 말로는 본인은 기억이 없다면서 부정하고 있단다. 하지만 그 탓에 마트 측은 한층 험악해졌고 경찰에 신고하겠다는 말을 꺼내는 지경에 이르렀다.

망설일 때가 아니었다. 곧 가겠다고 말하고 하야세는 전화를 끊었다.

대형마트 사무실에 들어서자 아내와 아들의 모습이 보였다. 유타는 마지막에 봤을 때보다 몸집이 커지고 얼굴도 어른스러워졌다. 그는 달려온 아버지와 눈을 마주치려고 하지 않았다.

하야세는 점장에게 신분을 밝히고 자세한 설명을 요구했다. 점장은 순간 움츠러드는 듯한 표정이었지만 말하면서 점점 말투가 강해졌다. 아이의 아버지가 경찰이라는 사실을 알고 분노가 배로 증폭한 것이다.

점장의 말로는 유타가 가게를 나설 때 경보기가 울렸다고 했다. 하지만 유타는 그대로 나가려고 했고 경비원이 뒤를 쫓았는데, 가게로 데려와 들고 있던 가방 안을 뒤지니까 알루미늄 포일로 감싼 블루레이 디스크 신제품이 들어 있었다. 틀림없이 이 가게의 상품이었다. 거기에 붙어 있던 방범 태그에 센서가 반응한 것이다.

"계획된 범죄입니다." 점장은 밉살스럽게 단정했다. "알루미늄 포일로 감싸면 센서가 반응하지 않을 거라고 생각했겠지만 애석하게도 우리 시스템은 그리 단순하지 않습니다."

유타는 격렬하게 고개를 저었다.

"몰라. 그런 거, 훔치지 않았어. 진짜야. 도둑질 따위 안 했다고!"

그런 유타를 점장이 노려봤다.

"대단한 금액도 아니고 솔직히 죄를 인정하고 사과하면 저희도 온정을 베풀려고 했습니다. 하지만 이렇게 고집을 부리면 그냥 넘어갈 수 없지요. 도둑질은 정말 뿌리를 뽑아야 합니다."

그러나 유타는 인정하려 들지 않았다. 절대로 하지 않았다고 울며 항의했다. 누가 자기 가방에 몰래 넣었다는 것이다. 그때 아들이 들고 있던 남성용 토트백은 입구가 벌어져 있으니 분명 물건을 던져넣기 쉬웠다. 게다가 헤드폰으로 음악까지 듣고 있는 상태였다. 누군가 일부러 몰래 넣었다면 깨닫지 못했을 가능성이 높다.

하야세는 CCTV를 보여달라고 했다. 혹시 유타가 그쪽 코너에 가까이 가지 않았다면 무고를 증명할 수 있다고 생각했던 것이다. 그런데 예상은 빗나갔다. 영상에는 블루레이·DVD매장에 있는 유타의 모습이 분명히 남아 있었다. 게다가 CCTV를 등지고 상품을 고르는 것 같은 모습도 찍혀 있었다.

변명의 여지가 없었다. 무엇보다 상품을 가지고 있었다는 사실은 부정할 수 없는 사실이었다.

점장이 말했다. "경찰에 신고하겠습니다. 원래 그래야 하니까요. 금액이 적어도 피해신고서를 제출하도록 경찰의 지도를 받고 있습니다. 그쪽도 경찰이니까 아시겠죠?"

맞는 말이라 할 말이 없었다. 하지만 이대로 가면 틀림없이 죄를 묻게 된다. 그후에는 어떻게 될까. 잘못하면 하야세 본인이 직업을 잃을 우려도 있었다. 아내는 하야세에게 매달리는 듯한 눈빛을 보내고 있었다. 그는 고개를 숙이고 있는 아들을 내려다봤다.

그냥 빨리 사과하면 될 텐데. 비싼 물건도 아니고, 무릎 한 번 꿇으면 될 일이다. 일단 사과하라고 말해볼까.

그때였다. 전화 한 통이 걸려왔다. 전화를 받은 점장은 이야기 도중 놀랍다는 듯 표정이 변했다. 게다가 전화를 끊고 하야세 가족에게 말했다.

"경찰이 아드님의 얘기를 듣고 싶어합니다."

깜짝 놀랐다. 이미 점장 이외의 다른 사람이 이 사건을 신고했단 말인가.

그런데 그게 아니었다. 점장 말로는 근처에서 상해사건이 일어났는데 그 수사의 일환이라는 것이었다. 게다가 그 사건에 이번 절도사건이 연관되어 있다고 했다.

"무슨 소립니까?"

하야세의 질문에 점장도 모르겠다며 고개를 갸웃했다. 조금 전까지 분출했던 분노의 감정이 어딘가로 사라진 모습이었다. 영문을 모르는 채 기다리고 있자니 관할 형사가 찾아왔다. 그는 점장과 유타에게서 절도사건에 대해 듣더니 알겠다는 얼굴로 고개를 끄덕였다.

"그랬군요. 이제야 앞뒤가 맞아떨어지네요."

형사는 마트와 50미터 떨어진 인도에서 어떤 노인이 두 젊은이에게 구타당하는 사건이 발생했다고 설명했다. 지나가던 사람이 그 장면을 목격하고 신고했는데, 경찰이 출동했을 때는 이미 젊은이들은 도망치고 없었다. 노인은 쓰러지면서 허리를 부딪혀 움직일 수 없는 상태였다. 곧바로 구급차가 왔고, 병원에 실려가는 도중에 노인은 동승한 경찰에게 휴대전화 화면을 보여주었다. 거기에는 도망간 두 남자의 모습이 찍혀 있었다. 경찰이 이 남자들에게 폭행당했느냐고 묻자 노인은 그렇다고 대답했다. 게다가 의외의 말까지 했다. 현재 근처 대형마트에서 절도 혐의에 몰린 소년이 있을 텐데 그것은 누명이다, 도망친 두 남자가 그 소년의 가방에 몰래 넣은 것이다, 자기가 두 사람의 뒤를 쫓아 뭐 하는 짓이냐고 호통을 쳤더니 도리어 화를 내며 주먹을 휘둘렀다는 것이었다.

"그러니까." 형사는 유타에게 미소를 던지며 말을 이었다. "이 소넌은 훔치지 않았습니다."

기적 같은 역전극이었다. 유타는 기쁨보다 믿을 수 없다는 얼굴로 멍하니 있었다. 아내는 뭔가가 무너진 듯 울음을 터뜨리며 아들을 껴안았다. 그리고 점장은 여우에 홀린 듯한 얼굴로 머리에 손을 댔다.

후련하게 무죄 방면된 유타는 그 노인에게 감사의 말을 전하고 싶다고 했다. 하야세와 아내도 같은 생각이었다. 형사에게서 병원이 어딘지를 알아내 곧장 찾아갔다.

그 노인이 바로 아키야마 슈지였다. 병원 침대에 누워 있던 노인은 얼굴의 절반에 찜질팩을 붙이고 있었지만 건강해 보였다.

"그랬군. 절도 혐의를 벗었구나. 잘됐어."

슈지의 말로는, 처음에는 친구끼리 장난을 치고 있다고 생각했다고 한다. 두 젊은이가 선반에서 상품을 훔치고는 다른 친구의 가방에 숨긴다, 어떤 순간에 그것을 본인에게 알려 놀라게 하는 놀이라고. 그런데 지켜보고 있자니 아무래도 가방을 든 소년은 친구가 아닌 듯 느껴졌단다. 얼마 후 소년이 가게를 나가려는 찰나에 경보기가 울리고 경비원이 달려왔다. 그것을 몰래 지켜보던 두 사람은 아무 일 없었다는 듯 가게를 나왔다. 그래서 단순한 놀이가 아니라 매우 못된 장난, 아니 범죄라는 것을 깨달았다.

"하지만 내가 그렇게 증언을 해도 증거가 없잖나? 나와 이 소년이 한패라고 의심할 수도 있고 말일세. 무엇보다 그 두 놈을 용서할 수 없었어. 그래서 쫓아가 잡으려고 했지. 오히려 이런 일을 당할 줄은 정말 생각도 못 했다네." 그렇게 말하고 슈지는 웃었다.

'정의감이 강한 인물이구나.' 하야세는 생각했다.

평범한 사람이라면 귀찮은 일에 휘말리는 게 싫어서라도 모른 척하고 가버렸을 텐데. 다소 기개가 있는 사람이라도 증언은 할지언정 범인을 잡으려고 하지는 않을 것이다.

유타는 수없이 고개를 숙였고 이 은혜는 꼭 갚겠다고 했다. 하지만 슈지는 손을 저으며 그런 생각 할 필요 없다며 얼굴을 찡그렸다.

"앞으로는 조심하거라. 세상에는 다른 사람이 불행에 빠지는 걸 즐기는 사람도 있는 것 같구나. 슬픈 얘기지만."

"명심하겠습니다."

유타는 복잡한 얼굴로 대답했다.

범인 둘은 곧 체포되었다. 아키야마 슈지가 찍은 사진이 결정적인 단서가 되었다. 범인 한 명이 학교 교복을 입고 있었던 것이다. 둘은 알루미늄 포일로 방범 태그를 무력화시킬 수 있는지를 확인하고 싶어 마침 옆에 있던 유타의 가방에 상품을 넣었다고 했다. 만약 무사히 가게를 나가면 유타를 위협해 상품을 빼앗을 생각이었다면서. 하지만 경보기가 울렸기 때문에 모르는 척하고 가게를 벗어났다. 그런데 생판 모르는 노인이 불러 세우더니 가게로 돌아가 당장 사과하라며 훈계를 하니 화가 나서 폭력을 휘둘렀다는 것이다.

이후 하야세는 슈지와 연락하지 않았다. 하지만 유타가 고맙다는 편지를 써 보냈다는 말을 아내에게서 들었다.

그 노인이 살해됐다.

하야세는 테이블에 놓인 수첩에 손을 뻗었다. 펼치니 읽기 힘들 정도로 갈겨쓴 글자가 눈에 들어왔다. 현장 상황을 기록한 것이다. 감식의 말로는 범인이 신발을 신은 채 침입한 흔적은 없다고 했다. 창문은 모두 안쪽에서 잠갔기 때문에 현관으로 들어온 것으로 여겨진다. 손녀의 말에 따르면 현관문을 종종 잠그지 않았다고 하니 조금만 신경쓰면 누구나 쉽게 들어올 수 있었다는 소리다.

피해자가 손녀와 전화를 한 것은 오후 1시 전이고, 시신을 발견한 것은 오후 4시 30분 무렵. 사후 적어도 두 시간은 경과되었다고 했으니 범행 시각은 오후 1시께부터 2시 30분 사이가 된다. 부검 결과에 따라서는 더 좁혀질 가능성도 있다.

범인이 아는 사람인지 아닌지는 단정할 수 없다. 이를테면 화장실을 빌리겠다는 구실로 들어와 강도로 돌변했을 가능성도 있다. 아키야마 노인이 저항해서 살해했다는 말이다.

집 안에서 현금과 예금 통장, 신용카드 등은 하나도 발견되지 않았다. 범인이 가지고 갔으리라 생각되지만 단순히 물품을 노린 것이었다고 결정지을 근거도 현시점에서는 없다. 탁상 위에는 찻잔과 마시다 남은 페트병이 놓여 있었다. 둘 다 피해자의 지문만 나왔다. 찻잔 속에는 차가 삼분의 일 정도 남아 있었다.

수사관이 출동했을 때 방바닥에는 케이크 가게의 상자가 떨어져 있었고 내용물은 와플이었다. 그것이 손녀의 선물이었다는 건 이미 판명되었다. 기묘한 일은 옆에 있던 방석이 젖어 있었다는 점이다. 시신이 소변을 흘렸지만 방석은 시신과 떨어진 곳에 있었고 소변이 아니라는 것까지 이미 확인되었다. 페트병의 차가 아닐까 여겨지고 있지만 오늘 시점까지는 정확히 밝혀지지 않았다.

깨알 같은 글씨를 보고 있자니 눈이 아팠다. 하야세는 수첩을 덮어 테이블에 올려놓았다. 손끝으로 눈두덩을 문지르면서 목을 돌렸다. 관절이 뚝뚝 하고 소리를 냈다.

부조리라는 말로밖에 설명할 수 없는 상황이었다. 부정을 저지르고도 장수하는 사람은 얼마든지 있다. 슈지처럼 정의를 관철했던 인물일수록 부조리한 불행을 맞는다.

갑자기 아키야마 리노의 말이 떠올랐다. 할아버지는 사람들과 잘 어울리지 못하셨어요.

그럴 수도 있겠구나, 하고 하야세는 생각했다. 정의감이 강한 사람은 주위 사람에게도 정의를 요구한다. 하지만 실제로 그것을 관철하는 사람은 적다. 아키야마 슈지에게는 모두가 불성실하게 보였을 수 있다.

나는 어떤 아버지로 보일까, 라는 생각을 잠깐 하다가 곧바로 고개를 흔들었다. 명목뿐인 아버지에게는 그런 생각조차 할 자격이 없다.


6


"……그런 이유로 복리후생에서는 다른 기업에 결코 뒤떨어지지 않을 뿐만 아니라 오히려 상당히 높은 수준이 아닐까 자부하고 있습니다. 대외적인 면에서는 누누이 말씀드리다시피 직원이 결코 불쾌한 일을 겪지 않도록 최대한 노력할 생각입니다. 지금은 이런 시기이기 때문에 이런저런 얘기를 들을 거라 생각합니다만 곧 모든 시설이 없어지는 게 아니니까 당사의 존재 가치는 전혀 내려가지 않습니다. 부디 긍정적으로 검토해주시길 바랍니다."

안경을 쓴 남자는 청산유수로 말을 끝낸 후 강의실 전체를 둘러보고 고개를 숙였다. 정수리에는 머리숱이 별로 없었다.

"질문 있나?"

구석에 앉아 있던 교수가 물었다. 오사카 사투리다.

하지만 학생과 대학원생을 포함해 십여 명이 자리를 지키고 있음에도 아무도 손을 들려고 하지 않았다. 교수가 불만이라는 듯 미간을 찌푸렸다.

"뭐야, 하나도 없다고? 설마 그렇진 않겠지."

그러자 한 학생이 주뼛주뼛 손을 들었다.

"지진 후라기보다 후쿠시마 원자력발전소 사고 후 회사를 그만둔 사람은 얼마나 됩니까?"

단상에 선 남자가 곤혹스러운 표정을 지었다. 교수도 씁쓸한 얼굴이다.

"정확한 숫자는 파악하지 못했습니다만 매년 일정 수의 퇴직자가 있습니다. 다만 그 사고를 계기로 대량 퇴직이 일어나지는 않았습니다."

"그래도 몇 명은 그만뒀겠지." 옆에 앉은 후지무라가 소타에게 속삭였다.

그후 두 명의 대학생이 질문했다. 둘 다 원자력발전소 사고의 영향에 관한 것이었다. 안경을 쓴 남자는 당사는 관계가 없기에 특별히 큰 영향은 없다고 강조했다. 그는 원자력발전소의 배관 설비를 제조, 관리하는 회사의 직원이다. 오늘은 회사 설명을 하러 소타가 다니는 대학에 온 것이다. 그 목적은 물론 구인이었다.

소타가 적을 두고 있는 물리에너지공학 제2과는 간단히 말하면 과거의 원자력공학과이다. 명칭을 바꾼 것은 조금이라도 이미지를 개선하기 위해서였다. 하지만 그런 노력이 무색하게 인기가 눈에 띄게 떨어지고 있다. 사실, 소타가 입학했을 때만 해도 원자력 자체에는 미래가 있다고 생각했다. 화석연료에 의존하는 시대가 아닌 것만은 분명했고 태양광발전이나 풍력에는 한계가 있다고 생각되었다. 'CO$_2$ 감소의 기대주'라는 간판도 원자력 추진의 힘이 될 것 같았다. 그래서 소타도 '미래를 바라보고' 이 학문을 선택했던 것이다.

그런데 그 지진과 원자력발전소 사고가 미래 지도를 완전히 망가뜨렸다. 같은 생각을 하는 학생이 많은 듯 예전에는 교수 추천으로 원자력 관련 기업에 들어가는 것이 정해진 진로였는데 지금은 원자력발전과 무관한 회사에 취직하려는 사람이 늘었다. 그런 경향은 앞으로도 계속될 것으로 전망되었기 때문에 관련 기업 중에는 인재 확보에 적극적으로 나서는 곳이 늘었다. 이번 설명회도 그런 사정 때문에 만들어진 자리였다. 다른 학과에서는 취업난 때문에 고생하는 학생이 많다고 하니 알고 보면 아이러니한 이야기였다.

설명회가 끝난 후 소타는 후지무라와 함께 대학 근처에 있는 백반집에 갔다.

후지무라가 젓가락질을 멈추고 물었다.

"소타, 너는 어떻게 할 거야?"

"취직?"

소타의 물음에 후지무라가 고개를 끄덕였다.

"우리 아버지는 원자력발전과 관계없는 회사에 들어가길 바라셔."

"뭐, 지금은 그게 타당한 생각이겠지."

후지무라는 차를 마시며 입가를 일그러뜨렸다.

"애써 몇 년씩이나 원자력을 공부했는데 관계없는 회사에 들어가라고? 어쩐지 아깝다고 해야 하나 허무하다고 해야 하나, 받아들이기 힘들어."

우동 정식을 다 먹은 소타는 젓가락을 내려놓았다.

"동감이지만 앞으로를 위해 필요한 생각이야. 세상 이미지가 너무 나빠. 예를 들어 결혼하려는데 여자 쪽에서 어떻게 생각하는지 신경써야 하고 태어난 아이가 따돌림을 겪는다면 견딜 수 있겠어?"

후지무라는 얼굴을 찡그렸다.

"결국 얘기가 그렇게 되나?"

"우리는 속은 거야. 국민도 속았다고 생각하겠지만 가장 큰 피해자는 바로 우리라고. 도대체 뭐가 꿈의 핵연료 사이클이냐! 꿈도 희망도 아니었어." 소타가 내뱉듯 말했다.

"그러니까 너도 원자력과는 연을 끊겠다고?"

"당연하지!"

"그렇구나. 그러면 피차 괜히 시간만 낭비했다. 대학원 같은 데는 오지 말아야 했어."

"그렇진 않지. 4학년 때는 지진이 없었으니까 일말의 고민 없이 원자력 관련 기업에 취직했겠지. 그랬으면 지금 더 곤란했을 거야."

"음, 그렇게 생각할 수도 있겠구나."

소타도 후지무라도 학부는 이미 졸업하고 지금은 대학원에서 공부를 계속하고 있다. 석사과정도 끝나 지금은 박사학위를 따려고 공부하고 있다. 대지진과 후쿠시마 원자력발전소 사고는 그러는 사이에 일어났다. 어떻게 해야 할지 몰라서 그냥 대학에 남아 있는 것 같은 기분이었다.

"그렇지만 취직할 데가 있을까. 우리 같은 특수한 기술자들이 말이야."

후지무라가 풀 죽은 표정을 지었다.

"찾아보는 수밖에 없지. 그게 일반적이야. 다른 학과 녀석들은 수없이 회사를 찾아다니잖아."

"그야 그렇지. 힘을 낼 수밖에……. 그런데 너는 도쿄에 갈 거야?"

소타는 낮게 신음했다. 이 질문이 지금의 그에게는 더 어려운 문제다.

"취직을 생각하면 그게 더 유리해. 하지만 집과 가까워지는 게 좀 걸려."

"하긴 넌 집에 거의 안 가더라." 후지무라가 두 손 들었다는 듯 말했다. "그렇게 싫어?"

"싫다기보다는 뭔가 안 맞아. 궁합이라고 해야 하나."

후지무라가 웃었다. "그렇게 이상한 말이 어디 있냐? 태어나고 자란 집이다, 가족이잖아? 맞고 안 맞고가 어디 있어?"

"그게 있다니까, 말로는 잘 설명이 안 되긴 하지만."

"흠."

이해할 수 없다는 듯 후지무라는 여러 번 고개를 갸웃거렸다.

후지무라와 헤어져 집으로 향했다. 소타의 대학은 히가시오사카 시에 있다. 자취중인 맨션은 학교에서 역으로 두 정거장 떨어져 있다.

지금 다니는 대학에 응시하자고 결심했을 때 왜 군이 오사카로 가느냐고 많은 사람이 물었다. 특히 어머니의 반대가 심했다.

"지방 출신도 취직을 염두에 두고 도쿄로 오는 경우가 많잖니. 그런데 어째서 오사카니?"

"원자력을 공부하려면 그 대학이 최고야. 게다가 도쿄에만 갇혀 있고 싶지 않아. 다른 지역도 알고 싶다고. 오사카는 일본에서 두번째로 큰 도시야. 살아봐서 손해볼 건 없어."

그렇게 얘기하고 결국 말을 끊어버렸지만 구실에 불과했다. 진짜 이유는 집에서 나오고 싶다는 것 한 가지였다. 도쿄 소재의 대학이라면 당연히 집에서 다녀야 한다.

대학에 입학하고 육 년도 더 지났지만 그동안 집에 간 것은 손에

꼼을 정도다. 게다가 겨우 이틀이나 사흘만 묵으며 아버지나 형과는 거의 대화를 나누지 않고 돌아오는 경우가 많았다.

맞다, 집이 싫은 건 아니다. 그 두 사람, 신지와 요스케를 피해온 것이다.

다만 지금은 상황이 다르다. 피할 상대는 요스케뿐이다. 아버지는 이 년 전에 췌장암으로 세상을 떠났다. 도쿄로 돌아갈지를 놓고 슬 슬 결정해야만 한다. 원자력공학과 결별하는 이상 대학에 남는다는 선택은 더는 불가능하다.

침대에서 뒹굴면서 이런저런 생각을 하고 있는데 휴대전화 벨이 울렸다. 번호를 보니 어머니였다. 저도 모르게 목이 움츠러든다. 용 건은 뻔했다.

"네."

"소타야, 엄마다."

시마코의 목소리가 들렸다.

"응. 왜?"

"그게 무슨 소리니? 무뚝뚝하기는. 이번 주말에 오는 거지?"

수화기 너머에서도 들리도록 커다랗게 한숨을 쉬었다. 일요일이 아버지의 삼주기였다.

"바쁜데."

"무슨 소리야? 네가 그때가 좋다고 해서 그날로 잡은 거야. 다음 주부터 여름방학이잖아."

"우리는 학생이 아니라서 방학하고 상관없어. 게다가 대학에 안

나가도 해야 할 일이 산더미라고."

"안 돼, 와야 해. 네가 없으면 친척들한테도 그렇고 체면이 말이 아니다. 도대체 네가 오사카까지 간 것 자체가."

"알았어. 알았다고. 갈게, 가면 되잖아."

서둘러 말을 가로막았다. 잠자코 있으면 어머니의 불평이 한없이 이어질 것이다.

"양복도 잊지 마라. 넥타이는 준비해둘 테니까."

"알았어."

"그리고 말이야." 시마코는 운을 떼고는 한 박자 쉰 다음에 말을 이었다. "취직은 어떻게 할 거니?"

"지금 생각중이야."

"그래? 어렵지 않니?"

"그야 쉽지는 않지. 하지만 어떻게든 해야지."

"그렇지. 저기, 실은 여기 전력 관련이라면 어떻게든 할 수 있다고 요스케가 말하던데."

어머니의 말투가 어색했다.

"그게 무슨 소리야? 형이 어떻게 전력 쪽을 알아서? 분야가 완전히 다르잖아?"

"무슨 연줄이 있는 것 같아. 그래서 어떠냐고?"

"장난하지 마, 그런 일로 형한테 신세지고 싶지 않아. 언제까지고 꼬마가 아니라고 전해줘."

"요스케는 너를 생각해서 그러는 거야."

"쓸데없는 참견이야. 일할 곳 정도는 내가 찾을게. 다른 용건 없으면 끊는다."

"그래……. 그럼 주말에 보자."

"응."

무뚝뚝하게 대꾸하고는 전화를 끊었다.

아마도 어머니는 소타의 말을 그대로 형에게 전하진 않을 것이다. 일단은 스스로 취직자리를 알아보겠다고 하더구나, 정도가 아닐까. 옛날부터 그랬다. 시마코는 늘 요스케의 낯빛만 살폈다.

후지무라가 했던 말이 떠올랐다.

그렇게 이상한 말이 어디 있냐? 태어나고 자란 집에다, 가족이잖아? 맞고 안 맞고가 어디 있어?

후지무라의 말이 맞을 것이다. 하지만 그게 말대로 되지 않아서 힘들다.

7

"짚이는 데가 하나도 없습니다. 사건에 대해 듣고 정말 놀랐습니다. 설마설마했습니다. 정말 유감입니다."

남자는 목소리에 온갖 억양을 넣는 데다 수시로 표정을 바꾸면서 말했다. 나이는 사십대 후반일까. 몸집은 작은데 머리가 크고 어깨도 넓다. 그 탓인지 금테 안경이 너무 작아 보인다.

하야세는 테이블에 놓인 명함으로 시선을 내렸다. 거기에는 '구온 식품 연구개발센터 분자생물학연구실 실장 후쿠자와 다미오'라고 인쇄되어 있다.

후쿠자와의 직장에는 아키야마 슈지가 육 년 전까지 적을 두고 있었다. 다만 정년퇴직 후에는 촉탁이었다. 또 슈지가 있었을 때의 명칭은 '식물개발연구소'로 그가 퇴직한 직후에 지금의 명칭으로 변경되었다고 했다.

후쿠자와의 말로는, 이전 명칭이었을 때의 가장 큰 목표는 자연계에 존재하지 않는 새로운 식물을 만들어내는 것이었다고 한다. 하지만 결국 상품화라는 성공적인 결과를 내지 못해 초조해진 윗선에서 꽃 비즈니스 철수를 결정했다. 슈지와의 계약을 계속 이어나가지 않았던 것도, 조직 명칭이 변한 것도 그런 방침의 결과였다고 한다.

"그 무렵, 아키야마 슈지 씨 주위에 어떤 문제는 없었습니까. 공적으로나 사적으로나 어느 쪽이든 상관없습니다. 혹시 인상에 남은 게 있으면 말씀해주시면 좋겠습니다만."

하야세 옆에서 질문하는 사람은 경시청 수사1과에서 온 야나가와라는 형사였다. 아직 삼십대 중반으로 생각되는데 얼굴이 험상궂고 가슴이 튼실해 위압감이 있다. 미소를 보이면 권위가 손상된다고 여기는지 결코 표정을 무너뜨리지 않는다. 하야세와 팀이 된다고 결정되었을 때도 무뚝뚝하게 잘 부탁한다는 한마디만 던지고 꾸벅 고개를 숙인 게 다였다.

야나가와의 질문에 후쿠자와가 살짝 고개를 기울였다.

"글쎄요, 제가 기억하는 한 특별한 문제는 없었던 것 같습니다."

"크지 않아도 좋습니다. 아주 사소한 거라도 좋으니까 문제 비슷한 것이 있었으면 알려주십시오."

초조함을 숨기지 못하는 야나가와의 말투에 후쿠자와는 꼿꼿하게 허리를 세웠다.

"아니, 아주 사소한 거라도 그게 좀…… 무엇보다 아키야마 씨가 퇴직한 게 벌써 육 년이나 되었고 제가 직접 같이 일했던 것도 아니라서."

"그럼, 그때 아키야마 씨와 함께 일했던 사람을 불러주시겠습니까?"

"아, 예…… 누가 있을까. 잠깐 기다려주시겠습니까?"

"알겠습니다."

후쿠자와가 자리에서 일어나 재빨리 방을 나갔다.

야나가와는 찻잔에 담긴 차를 다 마시고 "아아" 하며 한숨 섞인 소리를 흘리더니 자리에서 일어나 창문으로 다가갔다.

"여기서도 별다른 얘기가 안 나올 것 같군."

하야세에게 말하는 게 아니라 혼잣말인 듯했다.

피해자의 인간관계를 조사하는 기초 조사 담당을 맡은 것이 야나가와는 불만인 것 같았다. 원한이 얽힌 살인사건은 인간관계를 조사하다 범인을 찾는 경우가 대부분이기 때문에 수사관으로서 보람이 있지만 단순 강도 같은 범행의 경우는 무엇보다 그런 형태로는 해결되지 않는다. 그리고 이번 사건으로 말하자면 단순 강도일 가능성이 높다고 야나가와는 생각했을 것이다. 사실은 하야세도 그렇게 생각했다.

사건 발생으로부터 닷새가 지났다. 유족이나 근처 이웃들의 이야기는 모두 들었다. 그러나 아키야마 슈지가 어떤 문제를 안고 있었다는 얘기는 여전히 나오지 않았다. 애당초 사람들과 잘 어울리지 않는 사람이었다. 하야세는 아키야마 리노가 한 말을 새삼 곱씹었다. '할아버지는 꽃이 유일한 대화 상대였어요.' 그 말이 맞는지도 모른다.

노크 소리가 나고 문이 열렸다. 후쿠자와가 들어오고 그뒤를 따라 조그만 남자가 따라 들어왔다. 작업복 차림의 얌전해 보이는 인물이었다.

후쿠자와가 그를 소개했다. 이름은 히노 가즈오라고 하며, 아키야마 슈지가 재직하고 있었을 때 공동연구를 진행했다고 한다.

소파에 다시 앉은 야나가와가 조금 전 후쿠자와에게 던졌던 질문을 히노에게 다시 던졌다.

"큰 문제는 없었습니다." 히노는 느린 말투로 말했다. "다만 사소한 충돌은 있었습니다."

야나가와는 살짝 몸을 내밀었다.

"충돌? 누구와 말입니까?"

"윗분들과요." 히노는 천장을 가리켰다. "좀처럼 성과가 나오지 않아서 어느 날부터 규제가 심해졌습니다. 예산도 깎이고 인원도 줄어서 연구를 제대로 할 수 없었습니다. 그런 상황에서 아키야마 씨가 혼자 위에 항의했습니다. 예산을 낭비하는 다른 부서도 있는데 왜 그쪽에는 뭐라고 하지 않느냐고. 평소에는 말이 없는 분인데 그럴 때는 아주 말씀을 잘하셨어요."

그 말을 듣고 그 노인답다고 하야세는 생각했다. 회사원이었을 때도 강한 정의감에는 변함이 없었던 듯했다.

"개인적으로 원한을 살 만한 일은 없었습니까?"

야나가와의 질문에 히노는 단호하게 대답했다.

"그런 일은 없었던 것 같습니다. 저를 포함해 아키야마 슈지 씨에게 고마움을 느끼는 사람은 많으리라 생각합니다만 그 반대는……."

"그렇습니까?" 야나가와는 성가시다는 듯 손끝으로 눈썹 언저리를 긁었다. 수사에 도움이 될 만한 얘기가 나오지 않기 때문일 것이다. "아키야마 씨가 그만둔 후 만나신 적이 있습니까?"

"아, 네……." 히노의 눈동자가 오른쪽 위로 움직였다. "퇴직한 다음 해, 딱 한 번 뵈었습니다. 아키야마 씨가 쓰신 보고서 때문에 몇 가지 확인할 게 있어서요."

"전화를 하신 경우는?"

"정확히는 기억하지 못하지만 몇 번 있었습니다. 역시 보고서 때문이었다고 기억합니다."

"최근에는 언제 통화하셨습니까?"

"아, 네. 지난달 말이었던가, 전화가 왔었습니다."

"용건은요?"

"최근 식물 개발 동향 같은 걸 물으셨습니다. 저는 그다지 새로운 정보를 가지고 있지 않아서 도움이 되지 못한 것 같지만요."

아무래도 이 인물에게서는 유익한 정보를 얻을 수 없을 것 같다. 야나가와도 같은 생각인 듯 슬쩍 하야세에게 시선을 던졌다. 뭔가 더 묻고 싶은 게 있느냐는 뜻일 것이다.

"일단 당일의 행적을 확인해두면 어떨까요?"

하야세가 조그맣게 야나가와에게 속삭였다.

"아, 그렇지." 야나가와는 그렇게 말하고 두 사람에게 시선을 돌렸다. "7월 9일의 행적에 대해서만 여쭙겠습니다. 정오부터…… 그게, 오후 3시까지만 부탁드립니다."

7월 9일은 아키야마 슈지가 살해된 날이다. 후쿠자와와 히노의 낯빛이 변했다.

"정오부터는 사원 식당에서 점심을 먹었습니다." 히노가 설명을 시작했다. "오후에는 1시 반부터 회의가 있었고요. 끝난 게 아마 3시 무렵일 겁니다."

"맞습니다." 후쿠자와가 수첩을 내려다보면서 말했다. "그 회의에 저도 참석했습니다. 의사록이 있으니 확인해보면 아실 겁니다."

"알겠습니다. 나중에 보여주시죠. 그리고 아키야마 씨가 일하던 당시의 사원명단 같은 게 있으면 빌려가고 싶은데요." 야나가와가 말했다.

"아마 있을 겁니다." 후쿠자와가 대답했다.

"그리고 혹시 여기에 아키야마 씨의 개인 물품이 남아 있지 않습니까?"

"개인 물품……요?"

"편지나 일기 같은 것도 좋습니다."

"그런 건 없습니다만 보고서나 논문은 몇 개 있습니다."

"그거라면 제게 있습니다." 히노가 대답했다.

"그러면 그것도 빌려주십시오. 물론 외부에는 공개하지 않겠습니다."

"네, 그건……."

히노가 판단을 바라듯 후쿠자와를 봤다. 대외비 내용일지도 모른다.

"괜찮습니다. 특별히 극비사항이랄 것도 없고."

하지만 후쿠자와는 가볍게 대답했다. 아키야마 슈지의 연구 내용을 중시하지 않는 것 같았다.

자료를 갖추는 데 꼬박 한 시간이 걸렸기 때문에 하야세와 야나가와는 1층 로비에서 기다렸다. 하지만 야나가와는 소파에 앉지도 않고 어딘가 전화를 하기 시작했다. 수사본부에 연락하는 것이리라.

"……네, 헛걸음이었습니다. 무엇보다 퇴직하고 육 년이나 지났고 왕래하던 사람도 없었던 것 같습니다. ……일단 당시 업무 내용을 파악할 만한 것을 요청했습니다만 아마 도움은 안 될 겁니다. ……네? 뭐라고요? ……아, 그렇습니까? ……그럼, 그쪽을 알아보겠습니다."

야나가와는 전화를 끊고 하야세를 내려다봤다.

"피해자가 사건 전날에 간 찻집 영수증을 발견했다고 합니다. 자

82

주 다니던 가게라 얼굴을 아는 점원이 있을지도 모릅니다. 저는 지금부터 거기로 갈 테니까 이곳을 부탁합니다."

아무래도 그쪽이 영양가 있다고 생각한 모양이다. 쓸모없는 자료를 가지고 돌아가는 귀찮은 일은 관할에 맡기면 된다는 말인가.

"네, 저는 괜찮습니다." 하야세가 대답했다.

계급도 나이도 자신이 위였지만 야나가와에게는 존댓말을 사용했다.

"그럼 부탁드립니다."

그렇게 말하고 수사1과 형사는 성큼성큼 중앙현관으로 향했다.

그로부터 십 분쯤 지나 후쿠자와가 나타나 들고 있는 쇼핑백을 내밀며 말했다.

"이게 전부인 것 같은데요."

"죄송합니다. 가능한 한 빨리 돌려드리겠습니다."

"아니, 아닙니다." 후쿠자와는 손을 내저었다. "서두르지 않으셔도 됩니다. 육 년 전 리포트이니 최신 기술이라 할 수도 없고요. 게다가 회사에서는 철수한 부문이라."

"하지만 히노 씨 얘기로는 지금도 보고서를 활용하고 있는 것 같은 인상을 받았습니다."

후쿠자와가 쓴웃음을 지었다. "활용이 아니라 남은 업무를 정리하는 정도입니다. 일단 데이터만으로도 꽤나 숫자가 많아서요."

하야세가 쇼핑백을 들어봤다. 꽤나 무거웠다.

후쿠자와에게 고맙다는 인사를 건네고 '구온 식품 연구개발센터'

건물을 나왔다. 택시를 타려는 찰나 휴대전화가 울렸다. 액정화면을 바라보고는 의외라는 생각이 들었다. 집이었다. 물론 현재 하야세가 살고 있는 집이 아니다.

"네, 하야세입니다."

"아, 난데."

들어본 적이 없는 남자 목소리였다.

"아, 누구?"

"나라고, 유타."

하야세는 걸음을 멈췄다.

"아……."

어느새 변성기가 지난 모양이다. 순간 말이 나오지 않았다.

"여보세요. 듣고 있어?"

"그래, 듣고 있다. 잘 지내냐?"

"응. 그런대로."

"그렇군."

도무지 대화가 이어지질 않는다. 유타가 전화를 걸어온 건 이번이 처음이라. 무슨 말을 해야 할지 모르겠다.

"저기, 아버지. ……그 사건 수사하고 있지?"

유타가 주저하다가 물었다.

"그 사건이라니 뭐?"

"그러니까……." 유타는 한 호흡을 쉰 다음에 말했다. "아키야마 씨가 살해된 사건."

놀랐다.

"알고 있었니?"

"그야 알지. 인터넷에 올라왔어."

"아, 그랬구나……."

"살해된 아키야마 씨, 그 아키야마 씨 맞지? 주소도 같고."

"그래."

살해된 곳이 자택이기 때문에 인터넷 기사에도 주소가 어느 정도 노출되었을 것이다.

"관할이 아버지 쪽인 것 같아서 아버지도 수사에 참여할 거라 짐작했어."

하야세는 한숨을 내쉬었다.

"아, 그래. 하고 있어."

"역시 그랬구나. 그래서 어때?"

"뭐가?"

"그러니까 범인 말이야. 잡을 수 있겠어?"

하야세는 미간을 찌푸렸다. 뭐라고 대답해야 좋을지 알 수 없었다.

"잡으려고 수사하고 있는 거야. 지금도 그 건으로 움직이고 있고."

"그건 알지만 어떤 느낌이냐고. 용의자가 있어?"

굵은 목소리가 묻는다. 마치 녹음한 자신의 목소리를 듣는 것 같았다.

"그런 건, 네가 걱정할 일이 아니야."

판에 박힌 말로 끝내려고 했지만 반론이 들어왔다.

"그건 아니지. 아키야마 씨는 은인이야. 그분이 안 계셨다고 생각하면 지금도 무서워진단 말이야. 그래서 그 사람을 죽인 인간은 절대 용서할 수 없어." 유타가 강한 어조로 말했다.

하야세는 전화기를 꽉 쥐고 입을 다물었다. 대답할 말이 생각나지 않았다.

유타 입장에서는 그럴지도 모른다. 여차했으면 절도범이라는 누명을 썼을 것이다. 그랬다면 아들의 인생은 크게 뒤틀려버렸을지도 모른다.

"여보세요? 아버지 듣고 있어?"

하야세는 헛기침을 하고 입을 열었다.

"듣고 있어, 네 마음은 잘 알았다."

"그러면 꼭 잡아줘. 가능하면 아버지 손으로 범인을 잡았으면 좋겠어."

"그건." 무리야, 라고 말하려다 말을 삼켰다. "그래, 어떻게든 해보마."

"꼭 붙잡아. 아버지가 아들을 대신해서 은혜를 갚아줘."

"그래, 알았다. 할 얘기가 그거니?"

"응. 수사 방해하면 안 되니까 이만 끊을게."

몸조심하라고 하야세가 말을 건넸을 때에는 이미 전화는 끊어져 있었다.

아들 대신에 은혜를 갚아달라고…….

하야세는 머리를 한 번 흔들고 야나가와가 '아마 도움이 되진 않을 것'이라고 말한 자료가 담긴 쇼핑백을 들고 천천히 걷기 시작했다.


## 8


출관을 지켜본 후 화장장으로 이동하기 전에 화장실에 들어갔다. 거울에 자기 모습을 비춰보고 리노는 한숨을 쉬었다. 이 검은 원피스를 올해 들어 두 번이나 입었다. 나오토의 장례식을 끝냈을 때는 설마 이렇게 빨리 또 입으리라고는 생각지도 못했다.

할아버지의 쓰야와 장례식은 요코하마에 있는 장례식장에서 치렀다. 상주인 마사타카가 본인의 집 근처에서 하는 게 모든 면에서 좋겠다고 생각했을 것이다. 대대적으로 알린 것도 아니어서 아주 가까운 사람들끼리 모인 조촐한 장례식이 되었다. 그에 대해 아버지는 "평범하게 돌아가신 것도 아니니까"라고 설명했다. 아무래도 부친이 강도살인의 피해자가 된 사실을 숨기고 싶은 것 같았다.

화장실에서 나와 화장장으로 향하려는 찰나 "저기" 하는 목소리가 들렸다. 몸집이 작은 노년의 남자가 조심스레 다가왔다.

가까운 사람들만 모여 치르는 장례였지만 어떻게 알았는지 조문객이 몇 명 찾아왔다. 이 인물도 그중 하나였다. 분향하던 모습을 리노는 기억하고 있다. 꼿꼿이 선 자세로 할아버지의 영정을 바라보는 눈은 매우 진지했고 합장한 후에도 좀처럼 고개를 들려 하지 않았다.

"실례합니다만 아키야마 씨의 손녀분이시죠?" 남자가 말했다.

"혹시…… 리노 씨?"

"그렇습니다만."

이름이 불려 리노는 조금 당황했다.

"저는, 이런 사람입니다."

내민 명함에는 '구온 식품 연구개발센터 분자생물학연구실 부실장 히노 가즈오'라고 적혀 있다.

"아키야마 씨가 회사에 계셨을 때 여러 가지로 신세를 졌습니다. 삼가 명복을 빕니다." 고개를 숙인 후 히노는 리노를 올려다봤다. "아키야마 씨는 종종 아가씨 얘기를 하셨습니다. 그래서 염치없지만 말을 걸게 되었습니다."

"할아버지가 제 얘기를……."

"수영대회 기사를 인터넷으로 보다가 아가씨 기사가 나오면 다 스크랩을 해두셨죠. 일하시다가도 이따금 기사를 읽었고요. 요즘 최고의 즐거움은 리노가 올림픽에 나가는 거다, 그게 이뤄진다면 연구가 조금 미뤄져도 괜찮다, 라고까지 말씀하셨습니다."

리노는 대꾸할 말이 생각나지 않아 잠자코 눈만 깜빡였다. 의외의 말이었다. 선수 시절, 주위 사람들 모두 올림픽에 대해 떠들어댔지만 할아버지만은 예외였다. 그런 얘기는 한 번도 들어본 적이 없다.

"왜 그러십니까?" 히노가 물었다.

"아니요, 할아버지는 제가 수영하는 데 관심이 없다고 생각했거든요."

히노는 고개를 끄덕였다.

"아키야마 씨가 말씀하셨어요. 주위 사람들이 난리를 치니까 틀림없이 부담이 될 거라고. 그래서 자신만은 아무 말도 하지 않을 거라고."

'역시 그랬구나.'

할아버지와 만나는 근래 두 달 동안, 그가 손녀딸의 미래를 신중하게 생각하고 있음을 피부로 느꼈다.

"그 말을 하고 싶었습니다. 괜히 시간을 뺏어서 죄송합니다."

히노는 고개를 숙이고는 자리를 뜨려 했다.

"저기…… 연구라고 하셨는데 할아버지는 어떤 일을 하셨나요?" 서둘러 물었다. "식품회사니까 역시 음식을 연구한 건가요?"

히노는 주름 잡힌 눈을 가늘게 뜨고 희미하게 웃음을 지었다.

"간접적으로 음식과 이어지는 경우도 있지만 그것을 목적으로 한 것은 아닙니다. 우리는 꽃을 개발했습니다."

"꽃?"

"신종 꽃을 만드는 겁니다. 이제까지 없었던 꽃이죠. 과학의 힘으로."

"아…… 바이오테크놀로지 같은 건가요?"

리노가 들은 적이 있는 단어를 입에 올리자 히노가 미소로 긍정했다.

"그렇습니다. 몇 년 전에 주조회사가 파란 장미꽃을 만들었죠. 자연계에 존재하지 않는 꽃입니다."

"아아, 들은 적이 있어요."

"사실은 아키야마 씨도 파란 장미를 연구했습니다. 저도 도왔고요."

"그랬나요?"

"유감스럽게도 다른 회사가 앞지르고 말았지만요." 히노는 쓸쓸한 쓴웃음을 지었다. "그때는 모두 아키야마 씨를 위로했어요. 이제까지의 연구가 모두 쓸모없어지는 것은 아니라고. 실제로 많은 노하우를 얻었습니다."

"그렇게 말씀해주시니 저세상에서 할아버지가 기뻐하실 거예요."

히노는 어두운 얼굴을 하고 어깨를 움츠렸다.

"정말 안타깝습니다. 도대체 누가 그런 짓을…… 하루라도 빨리 범인이 잡히기를 기원합니다."

"고맙습니다."

"그러면 이만."

뒤돌아선 히노의 작은 몸집을 바라보면서 리노는 마음이 조금 따뜻해지는 것을 느꼈다. 할아버지는 회사에서도 존경받고 있었다. 그리고 일하면서도 수영에 매진하고 있는 손녀딸을 염려해주었다.

그건 그렇고 할아버지가 꽃을 개발했을 줄이야.

그가 열심히 꽃을 재배했던 이유를 조금은 알 것 같았다. 물론 할아버지가 말한 "꽃은 거짓말을 하지 않는다"라는 것도 이유 중 하나일 것이다. 하지만 현역 연구자 시절의 꿈을 계속 꾼다는 목적도 있지 않았을까.

갑자기 그 꽃이 마음에 걸렸다. 아직 블로그에 올리지 말라고 할아버지가 말했던 노란 꽃이다. 그 꽃은 어떻게 되었을까.


　화장장에서 슈지의 관이 화장로에 들어가는 것을 본 후 대기실에서 친척들과 기다렸다. 모두 씁쓸한 표정이어서 제대로 대화를 나누지도 못했다. 간단한 식사와 음료수가 준비되어 있었지만 손을 대는 사람은 적었다.

　리노는 창가에 서서 바깥을 바라봤다. 부지 안에는 화단이 조성되어 다양한 색깔의 꽃이 여름 햇살을 받고 있었다. 할아버지가 살아 계셨다면 꽃 이름을 일일이 가르쳐주었을 것이다.

　사건이 일어난 지 엿새가 지났다. 수사에 진척이 있는지 아닌지 리노로서는 알 수 없었다. 그날 이후, 형사는 찾아오지 않았다. 아버지의 말로는 경찰은 아무래도 단순 강도살인으로, 면식범의 소행은 아닌 것으로 판단하고 있다는 것이다.

　할아버지의 뒷머리에 무언가에 맞은 흔적이 있었다고 했다. 옆에서 구르고 있는 위스키 병이 흉기로 여겨지기도 했다. 다만 치명상은 아니었다. 사인은 질식사. 맞아서 혼절한 상태에서 손으로 목이 졸렸다는 것이다.

　그밖에 리노 가족이 현재 알고 있는 사실은 누군가 현금, 지갑, 노트북을 훔쳐갔다는 것이다. 그 물건들이 집 안에서 사라진 것이다. 다만 다른 것도 도난당했을지 모른다. 원래 무엇이 있었는지 알 수 없기 때문에 무엇이 사라졌는지도 정확히 파악할 수 없었다.

　리노의 눈앞에 컵을 든 손이 쑥 나타났다. 컵에는 오렌지주스가 들어 있다. 옆을 보니 도모키였다. 고맙다고 말하고 리노는 컵을 받았다. 주스를 한 모금 마시고 저도 모르게 한숨을 내쉬었다. 목이 마르다는 것을 깨닫지 못하고 있었다.

이번 일을 겪으며 도모키와는 제대로 된 대화를 나누지 못했다. 아버지가 의식을 지나치게 간소화한 탓에 시간에 쫓기는 경우가 많았기 때문이었다.

"누나, 괜찮아?" 도모키가 물었다.

"뭐가?"

"누나가 할아버지를 제일 처음 발견했다며. 충격을 많이 받았을 것 같아서."

"아아……." 리노는 고개를 갸웃했다. "충격적이었지만 지금은 뭔가 이상한 느낌이야. 진짜로 일어난 일인가 싶어서. 이렇게 장례식을 치르고 있으니 물론 현실이겠지만."

"누나가 요즘 할아버지 집에 자주 들렀다는 얘기 들었어. 나도 할아버지를 좀더 뵈었으면 좋았을 텐데. 옛날에는 형하고 자주 놀러 갔었거든." 도모키는 손에 든 컵으로 시선을 떨어뜨렸다. "이제 와서는 다 늦었지. 할아버지도 형도 죽고 말았네."

슬픈 일은 연달아 일어나는 것일까. 도모키는 불과 석 달 사이에 형과 할아버지를 잃었다.

"나오토가 떠나고 나서 무슨 일 있었니?"

동기를 물으려던 거였다. 도모키는 체념한 표정으로 고개를 가로 저었다.

"최근에는 집에서도 거의 얘기하지 않아."

"그래……."

"어쩌면 저세상에 있는 형도 제대로 설명 못 하지 않을까. 문득 그런 생각이 들었어." 도모키는 살며시 미소를 지었다. "그러고 보니 얼마 전에 우리끼리 사십구재를 지냈어. 엄마가 이상한 말을 하긴 했는데."

"무슨 말?"

"죽기 직전에 형이 콜라를 마셨대."

"콜라?"

"책상 위에 컵이 놓여 있었는데 그 안에 콜라가 남아 있었다고. 죽기 전에 마지막으로 마시고 싶었던 게 콜라였다면서 엄마가 어찌나 울던지. 솔직히 좀 지쳤어. 그런 거 아무래도 상관없잖아. 밴드 멤버들도 왔는데 은근히 곤란했을 거야."

"콜라……라."

'나라면 죽기 전에 뭘 마실까.' 리노는 잠깐 생각했다.

"아, 맞다." 뭔가 생각난 듯 도모키가 고개를 들었다. "키보드, 찾았대."

"뭐?"

"마사야 형이 연락했어. '팬드럼'의 키보드, 형을 대신할 사람을 찾은 모양이야. 다시 연습 시작했다고."

"아, 그랬구나."

'팬드럼'은 나오토가 활동했던 밴드 이름이다.

"아직 어떻게 할지는 모르겠지만 일단은 그렇게 다시 활동을 시작하는 모양이야. 곧 공연을 하니까 괜찮으면 오라고 하더라. 누나도 같이 갈래?"

"그렇구나······."

솔직히 내키지 않았다. 나오토가 있었기 때문에 관심을 가졌던 것이다.

"나도 누나랑 같은 마음이야." 도모키가 말했다. "솔직히 형이 없는 '팬드럼'이 내게 무슨 소용이겠어. 아무려면 어떠냐 싶기도 하고. 하지만 마사야 형과 다른 형들의 마음을 생각하면 가슴이 아파. 내가 안 가면 틀림없이 신경쓸 것 같아. 이대로 밴드를 계속해야 하나 고민할지도 모르고."

"그래······ 그럴지도 모르겠다."

"그래서 응원하기로 했어. 형의 몫까지 힘내줬으면 해서."

도모키는 턱을 치켜들고 허공을 바라봤다. 선언하는 듯한 말투였다.

소년 같은 모습이 남아 있는 사촌동생의 옆얼굴을 보고 리노는 내심 혀를 내둘렀다. 형이 죽고 석 달밖에 지나지 않았는데 도모키는 이미 슬픔을 이겨내고 있었다. 그것만이 아니라 한 걸음 더 어른이 되려 하고 있다.

"알았어, 나도 같이 갈게. 공연 스케줄이 정해지면 알려줘." 리노가 말했다.

"응." 도모키가 고개를 끄덕였다.

이윽고 관계자가 와서 뼈를 수습할 준비가 되었다고 알렸다. 리노와 도모키도 다른 친척들과 함께 화장로 쪽으로 향했다.

화장 순서가 모두 끝나고 그 자리에서 헤어졌다. 리노는 부모님과 함께 요코하마의 집으로 갔지만 옷을 갈아입고 바로 고엔지의 맨션으로 돌아왔다. 오늘 밤은 집에서 자도 좋지 않느냐고 어머니는 불만을 드러냈지만 약속이 많아서 어쩔 수 없다며 집을 나섰다.

부모님이 싫은 것은 아니다. 지금까지 키워주신 것도 진심으로 감사한다. 그렇기 때문에 오히려 지금은 얼굴을 맞대는 게 힘들었다. 수영을 그만둔 딸이 앞으로 어떻게 살지, 그들의 머릿속은 그런 생각으로 가득할 것이다. 그런 고민을 없애주지 못하는 자신이 한심하고 싫었다.

게다가 오늘 도쿄로 돌아오는 데는 또 다른 이유가 있었다. 확인하고 싶은 게 있었다.

리노는 전철을 갈아타고 고엔지가 아니라 니시오기쿠보에 내렸다. 그리고 엿새 전에 걸었던 길을 걸었다. 지금 생각하면 그날 가길 정말 잘했다. 가지 않았다면 할아버지의 시신은 아직도 발견되지 않았을지 모른다.

이윽고 할아버지의 집에 도착했다. 어쩌면 경찰관이 집 앞을 지키고 있을지도 모른다고 생각했는데 아무도 없었다. 리노는 주위를 둘러보면서 문을 들어섰다.

마당에 쭉 늘어선 화분의 식물들이 모두 힘이 없어 보였다. 최근 며칠 동안 아무도 돌보지 않았으니 당연하다. 빨리 물을 줘야겠다고 생각했지만 그전에 해야만 하는 일이 있었다. 리노는 자기 기억 속에서 마지막으로 이 마당을 봤을 때의 그림을 불러냈다.

역시 그랬구나. 확실하다.

화분이 없어졌다. 그 노란 꽃을 피웠던 화분이.


9


"확실히 없어진 게 맞습니까. 할아버님이 어디로 치우신 거 아닐까요?"

마당을 바라보며 제복을 입은 경찰관이 물었다. 나이는 서른이 지난 것처럼 보였다.

리노는 고개를 저었다.

"그렇지 않을 겁니다. 아주 소중한 화분이었거든요."

그러나 경찰관은 탐탁지 않은 얼굴로 고개를 갸웃했다. 리노는 안달이 났다.

그때 또 다른 경찰관이 왔다. 이쪽은 백발이 섞여 있어 나이가 더들어 보였다.

"어때요?" 젊은 경찰관이 물었다.

"집 주변을 쭉 둘러봤는데 특별히 이상한 건 없어. 사건 직후 그대로야."

"그러니까 그 사건이 일어났을 때 없어진 거예요." 리노가 말했다.

나이 든 경찰관이 얼굴을 찡그렸다. "설마 강도살인범이 그런 걸 훔칠까요?"

"그러니까……."

"무엇보다 왜 그때 얘기하지 않으셨습니까?"

"그때는 몰랐어요. 오늘 갑자기 생각났다고요."

"오늘 갑자기요?"

"그때도 뭔가 이상하다고 생각은 했어요. 하지만 그게 화분이라고 알아채지는 못했어요. 그럴 때 있잖아요."

"아가씨가 무슨 말을 하는지는 알겠는데 사건 전에 누가 훔쳐갔을 수도 있죠. 마당에 내놓은 거였으니까 언제 가져갔는지 알 수 없지 않습니까."

"하지만 할아버지는 그런 말씀은 하지 않으셨어요."

"그냥 말씀 안 하신 게 아닐까요?"

"하지만……."

제대로 얘기가 이어지지 않았다.

화분이 사라졌다는 것을 알아채고 곧바로 경찰서에 신고했다. 당연히 강도살인 담당 형사가 오리라 생각했는데 경찰에서는 그녀의 신고를 중요하게 인식하지 않은 모양이다. 의욕이 전혀 없어 보이는 두 경찰관이 출동한 것이다.

그밖에 뭔가 생각나는 게 있으면 알려달라고 말하고 두 경찰관은 물러났다. 별것 아닌 일에 불려나와 화가 났을지도 모른다. 석연치 않은 상태에서 리노도 고엔지 맨션으로 돌아왔다. 가방을 내던지고 침대에 드러누웠다.

아무리 생각해도 이상했다. 장난 같지는 않았다. 왜 그 화분이 없어졌을까.

마음에 걸리는 것은 노란 꽃이다. 그것은 도대체 무슨 꽃이었을까.

리노가 블로그에 사진을 올리려 하자 할아버지는 황급히 말렸다. 그것도 이번 사건과 관계가 없을까.

침대에서 일어나 컴퓨터를 켰다.

할아버지가 촬영한 꽃 사진은 리노의 컴퓨터에 저장되어 있다. 그 노란 꽃 사진도 언제든지 올릴 수 있도록 저장해놓았다. 문제의 꽃 사진을 모니터에 불러왔다.

꽃잎은 선명한 노란색이었다. 가늘고 긴 꽃잎은 촉수처럼 사방팔방으로 뻗어 있다. 사람에 따라서는 그로테스크한 인상을 받을 수도 있다.

왜 할아버지는 이 사진을 블로그에 올리지 말라고 하셨을까. 그보다 꽃 이름조차 함부로 얘기할 수 없다며 알려주지 않았다.

도대체 뭘까? 고개를 갸웃하다가 뭔가가 번뜩였다.

이 사진을 블로그에 올리면 어떨까. 할아버지는 그런 일을 하면 큰 소동이 벌어질 거라고 했지만 그 말을 했던 당사자는 이제 세상에 없다. 이제 와서 무슨 일이 생기더라도 큰 문제가 될 것 같지 않았다. 어떤 소동이 벌어지는지도 궁금했다.

나쁘지 않은 아이디어라는 생각이 들어 곧바로 작업을 시작했다.

블로그라고 해도 어차피 글은 별로 없다. 사진을 올리면서 노트에 기록된 메모를 첨부할 뿐이다. 그 내용도 꽃의 종류와 산지, 손질 내용 등을 기록한 아주 간단한 것이었다.

하지만 이번에는 리노가 글을 쓰기로 했다. 이리저리 생각하다 다음과 같이 썼다.

여러분 안녕하세요. 저는 블로그 주인의 손녀입니다. 늘 재미있게 봐주셔서 고맙습니다. 사실은 슬픈 소식이 있습니다. 할아버지가 얼마 전 타계하셨습니다. 그래서 앞으로 이 사이트를 업데이트할 수 없습니다. 하지만 할아버지가 남긴 사진을 가능한 한 많은 분께 보여드리고 싶어서 잠시 동안은 열어두려고 합니다. 할아버지가 마지막으로 피운 꽃 사진을 올립니다. 할아버지가 안 계셔서 자세한 내용은 저도 모릅니다. 이 꽃에 대해 아시는 분은 메일로 관련 정보를 알려주시면 감사하겠습니다.

제목은 '이름을 알 수 없는 노란 꽃'으로 했다.

자, 이제 어떤 반응이 올까.

그러나 그다지 큰 기대는 하지 않았다. 아마추어 꽃 재배 블로그를 누가 보겠는가. 아무도 보지 않는다고 생각하는 쪽이 편하다. 이전에 방문 횟수를 조회한 적이 있는데 너무 미미해서 뭐가 잘못된 게 아닌가 싶을 정도였다.

컴퓨터 앞에 우두커니 앉아 있는데 휴대전화가 울렸다. 화면을 보고 순간 휴대전화를 들까 말까 고민했다. 고세키였다.

심호흡을 한 번 하고 전화를 받았다.

"여보세요."

"앗! 나야, 고세키."

"네, 오랜만이에요."

말투가 너무 딱딱하다고 스스로도 느낄 정도였다.

"어때, 잘 지내니?"

"잘 지내요. 놀기도 하고 공부도 하느라 바빠서요. 비로소 대학생활을 즐기고 있는 것 같아요."

말하면서도 공허함을 느꼈다.

"그래? 그러면 다행이구나."

"코치님도 건강하시죠?"

"아, 나는 여전해. 늙은 몸을 채찍질해서 어떻게든 힘을 내고 있지. 아니, 특별한 용건이 있어서 전화한 건 아니야. 그냥 잘 지내나 싶어서."

"고맙습니다. 덕분에 매일 즐겁게 지내고 있어요."

"그런 말을 들으니 안심이구나." 고세키는 잠깐 틈을 두고는 목소리를 낮춰 말했다. "음, 리노야. 가끔은 얼굴 좀 보여줘."

리노는 입술을 꽉 다물었다. 뭐라고 대답해야 할지 알 수 없었다.

"수영을 그만뒀다고 인간관계까지 끊을 필요는 없잖아. 모두 걱정하고 있어. 네 얼굴을 보고 싶어해. 수영장에 들어올 필요는 없어. 사는 얘기나 할 생각으로 가볍게 오면 돼."

"……고맙습니다."

"지금 당장이 아니라도 괜찮으니, 내킬 때 와."

"네, 생각해볼게요."

"그럼 또 연락할게. 건강하게 잘 지내렴."

"네, 코치님도 너무 무리하지 마세요."

전화를 끊은 후 긴 한숨을 내쉬었다. 정신을 차리고 보니 겨드랑이에 식은땀이 흐르고 있다.

고세키는 리노가 초등학생 때부터 다니던 수영교실의 코치다. 중학교, 고등학교의 수영부에 들어간 후에도 일주일에 몇 번씩은 수영하러 다녔다. 리노가 뛰어난 성적을 거둔 것은 고세키 덕분이기도 했다.

그러나 그 은인과도 일 년 가까이 얼굴을 마주하지 않았다. 아니, 볼 면목이 없었던 것이다. 차라리 혼을 내지, 다정하게 말을 걸어오면 더 비참해진다.

앞으로 일 년 후 나는 무슨 일을 하고 있을까.


10


블로그에 사진을 올린 다음 날, 낮 무렵에 반응이 왔다. 리노에게 낯선 메일이 도착한 것이다. 다음과 같은 내용이었다.


갑자기 메일을 보내 실례인 줄 압니다만 저는 도쿄에 사는 가모라는 사람입니다.

블로그에 올리신 글을 봤습니다. 할아버지에 대한 애정이 전해졌습니다. 진심으로 명복을 빕니다.

다름이 아니라, 마지막으로 올리신 사진을 보고 연락을 드렸습니다. 그 꽃에 대해 긴히 드릴 말씀이 있습니다. 그래서 갑작스러우시겠지만 꼭 한 번 뵙고 싶습니다. 괜찮은 날짜와 시간, 장소를 정해주시면 어디든 가서 뵙겠습니다.

저는 결코 이상한 사람이 아닙니다. 제 메일 주소와 휴대전화 번호, 집 전화번호, 주소를 적습니다. 부디 연락주십시오. 기다리겠습니다.

가모 요스케.


추신: 실례지만 할아버님은 병으로 돌아가셨습니까. 그렇다면 병명이 무엇이었는지 아십니까. 또 문제의 노란 꽃 사진 말입니다만 지금 바로 삭제하시길 강력히 권합니다. 또 블로그도 빨리 폐쇄하시는 게 좋을 것 같습니다.


리노는 몇 번이나 다시 읽었지만 어이가 없었다.

장난으로 보낸 건 아닌 듯했다. 이름도 밝혔고 연락처도 적어놓았다. 무엇보다 사진을 지우는 게 좋다는 조언은 할아버지의 말과 일치했다. 그 사진에 대해 이런 반응이 오리라고는 생각지도 못했다. 역시 그 꽃에는 어떤 비밀이 숨겨져 있을지 모른다.

리노는 재빨리 인터넷에 접속했다. 일단 사진만 삭제하려고 했다가 왠지 기분이 나빠져서 결국 블로그 자체를 폐쇄해버렸다.

그후 다시 메일을 읽어보았다. 가모 요스케라는 인물이 할아버지의 죽음에 대해 물은 점도 마음에 걸렸다. 병사의 가능성이 높다고 생각한 모양인데 왜 병명을 알고 싶어할까.

밤까지 이런저런 생각을 한 끝에 리노는 메일을 쓰기로 했다. 그 내용은 긴히 할 말이란 게 무엇인지, 그 꽃에 어떤 문제가 있는지를 묻는 것이었다.

얼마 후 답장이 왔다. 얘기하자면 복잡하기 때문에 글로는 쓸 수 없다, 만약 쓴다고 해도 믿지 못할 것이다, 그러니까 꼭 직접 만나 설명하고 싶다고 쓰여 있었다. 속이려는 게 아니라는 말도 덧붙어 있었다.

리노는 고민했다. 이쪽이 젊은 여자라는 것을 알고서 나쁜 일을 꾸미고 있을 가능성도 있다. 하지만 어쩐지 이야기를 들어보고 싶다는 생각이 더 강했다. 노란 꽃 화분이 없어진 점, 그리고 어쩌면 할아버지가 살해된 사건에 대해서도 뭔가 알고 있는 게 있을지도 몰랐다.

만나보자고 마음먹었다. 사람이 많은 낮 시간이라면 위험한 일을 당할 걱정은 없을 것이다.

메일로 그런 뜻을 전하자 곧 답장이 왔다. 무척 기뻐하고 안도하는 듯했다. 리노가 기분이 상해 연락을 끊을까봐 걱정한 모양이었다.

오모테산도에 있는 노천카페에서 만나기로 했다. 만약을 위해 휴대전화 번호를 알려줬는데 혹시 안 좋은 일이 생기면 번호를 바꿔야겠다고 마음먹었다. 본명은 알려주지 않았다.

다음 날 오후, 리노는 약속 장소에 나갔다. 오모테산도 거리는 변함없이 사람들로 북적였다. 젊은이도 있고 노인도 있었다. 데이트하는 걸로 보이는 커플과 관광객으로 보이는 그룹 등 다양한 사람이 지나간다. 외국인도 적지 않다. 마치 축제가 열리는 곳 같았다.

약속한 가게에 도착했는데, 테이블 자리는 반쯤 차 있었다.

몇 미터 떨어진 곳에서 양복 차림의 남자가 스윽 일어나 리노에게 시선을 돌렸다. 그의 테이블에는 갈색의 작은 종이봉투가 놓여 있었다.

"노란 꽃이세요?"

"네, 맞습니다. 가모…… 씨인가요?"

"네, 오시느라 수고하셨습니다." 딱딱하지만 매끄러운 말투였다. 이런 말투에 익숙한 것일까. "이쪽으로 앉으시지요."

리노가 의자에 앉자 그는 한 손을 들어 웨이트리스를 불렀다.

"뭐든 드시고 싶은 걸로 고르세요."

그렇다고 비싼 것을 고를 수는 없으니 무난하게 오렌지주스를 주문했다.

그는 상의 주머니에서 명함을 꺼내 건네주었다. '보타니카 엔터프라이즈 대표 가모 요스케'라고 되어 있다.

"보타니카……."

"식물학이라는 뜻입니다. 우리는 전세계 식물학에 관한 정보를 모으고 있습니다."

리노는 그런 기업이 존재한다는 것조차 알지 못했다. 모호하게 고개를 끄덕일 수밖에 없었다. 이어서 그는 지갑에서 운전면허증을 꺼내 테이블 위에 놓았다. 면허증 사진은 눈앞에 있는 인물과 다르지 않았다. 그리고 이름은 가모 요스케였다. 생년월일로 보면 서른일곱일 것이다.

"어떻습니까?"

"알겠습니다. 어쨌든 가명은 아니시네요."

"일단 그 점이라도 증명할 수 있어서 다행입니다."

하얀 이를 보이며 요스케는 면허증을 도로 집어넣었다.

사실 가모 요스케는, 리노의 직감에 따르면 믿을 만한 분위기를 띠고 있었다. 예리하고 진지한 얼굴 표정에 자세가 반듯하고 깨끗한 느낌이다. 무슨 운동을 했는지 체격도 좋았다.

"저도 이름을 얘기해야 할까요?"

그는 고개를 저었다.

"아직은 괜찮습니다. 저를 믿고 계시다고 확신하니까요. 그건 그렇고, 할아버님이 찍은 꽃 사진을 찬찬히 살펴봤습니다. 멋진 사진이라 놀랐습니다. 희귀한 꽃을 그렇게 잘 키우신 데 감탄했고요. 할아버님께서 꽃을 좋아하셨나 봅니다."

"할아버지의 가장 큰 즐거움이었어요. 말씀은 안 하셨지만 소중하게 키운 꽃을 세상 사람들에게 보이고 싶어하셨을 거예요. 그래서 제가 블로그에 소개한 거고요."

"그랬군요. 할아버님의 연세는……."

"일흔둘이셨어요. 정확한 나이는 저도 장례식을 치르면서 알았지만요."

"흔한 일입니다. 일흔둘이라……. 그건 그렇고 할아버님께서 엠엠사건에 대해 얘기하신 적이 있나요. 알파벳 M이 두 개입니다."

"MM사건……? 글쎄요, 들은 적이 없는 것 같은데요. 그게 뭔가요?"

"아닙니다. 없다면 됐습니다. 그냥 여담이었습니다. 잊어주세요. 그런데 정말 유감입니다. 할아버님이 돌아가셨다니……."

"얼마 전입니다." 리노가 손가락을 꼽았다. "아직 일주일밖에 지나지 않았어요."

"그렇습니까, 병으로?"

"아니요." 리노는 상대 얼굴을 슬쩍 봤다. "할아버지의 사인에 무슨 문제라도 있나요?"

"아니, 특별히 그런 건 아닙니다. 그저 어떤 병으로 돌아가셨는지 궁금해서요. 불쾌하셨다면 죄송합니다. 대답하지 않으셔도 됩니다."

거짓말 같았다. 대화를 여기서 끝내선 안 된다.

오렌지주스가 나왔다. 리노는 컵을 쥐고는 빨대를 사용하지 않은 채 꿀꺽꿀꺽 들이켰다. 그리고 조금 당황한 표정의 요스케를 향해 말했다.

"할아버지는 병으로 돌아가시지 않았어요."

"그렇습니까? 그럼 사고?"

"아니요." 리노는 고개를 젓고 주위를 한 번 둘러본 다음에 목소리를 낮췄다. "할아버지는 살해되셨어요."

그의 얼굴에서 순식간에 표정이 사라졌다. 그것은 놀라움의 반응으로는 이질적인 것이어서 리노는 의외라고 생각했다. 평범한 인간이라면 좀더 두려운 표정을 드러내지 않았을까.

"자택에서 말입니까?"

목소리에 냉철한 울림이 더해진 것 같았다.

"네, 할아버지는 혼자 살고 계셨어요. 낮에 강도가 들어 살해되셨어요. 범인은 아직 잡히지 않았고요."

"그랬군요. 정말 유감입니다. 그럼 할아버님은 도쿄에서 사셨습니까?"

"네, 그게 왜?"

"아뇨, 역시 도쿄는 여러모로 시끄럽군요."

"정말 그렇죠. 제가 돌아가신 할아버지를 제일 처음으로 발견했는데 그 광경은 평생 잊을 수 없을 거예요. 그렇게 잔혹한 짓을 인간이 저지르다니 믿을 수 없어요."

"직접 발견을…… 그랬군요."

가모 요스케는 미간에 깊은 주름을 잡았다.

"가모 씨." 리노가 그의 눈을 정면으로 바라봤다. "당신은 할아버지가 마지막에 키운 노란 꽃 사진을 보고 연락을 주셨어요. 그 꽃에 대해 긴히 하실 말씀이라는 게 뭡니까?"

요스케는 허를 찔린 듯한 표정을 짓고 눈을 깜빡였다.

"죄송합니다. 갑자기 화제를 바꿔서 놀라셨나요? 하지만 제 질문이 이상한 건 아닌 것 같네요."

"그건 혹시……." 요스케의 눈빛이 예리해졌다. "할아버님이 살해된 것과 그 꽃이 관계가 있다는 의미입니까?"

"아직 뭐라고 얘기할 순 없어요."

요스케가 몸을 내밀었다.

"좀더 자세히 말씀해주세요."

하지만 리노는 고개를 가로저었다.

"먼저 가모 씨가 말씀해주세요. 무엇보다 오늘은 그것 때문에 오셨잖아요? 제가 먼저 얘기를 꺼내는 건 이상하네요."

요스케는 순간 떨떠름한 표정을 지었지만 이내 고개를 끄덕였다.

"네, 그 말씀이 맞습니다. 알겠습니다. 다만 전에도 말씀드렸지만 할아버님은 그 꽃의 씨앗을 어디서 입수하셨습니까?"

"씨앗……요?"

"꽃을 피우는 데는 씨앗이 필요하니까요. 아니면 화분을 통째로 받은 겁니까?"

"아니요, 그건 아닐 거예요. 모든 꽃을 혼자 키우셨으니까."

"그러면 그 노란 꽃의 씨앗도 있겠군요."

"그럴 것 같긴 한데." 리노는 귀 뒤의 머리카락을 매만졌다. "사실은 잘 모릅니다. 제가 봤을 때는 이미 심어져 있었으니까요."

"그랬군요."

"알려주세요, 그 꽃은 뭡니까? 가모 씨는 메일에 그 사진을 빨리 삭제하는 게 좋다고 쓰셨어요, 그건 왜죠? 사실은 할아버지도 같은 말을 하셨어요. 그 꽃 사진은 아직 블로그에 올리지 말라고. 그래서 돌아가실 때까지 올리지 않았습니다."

"그렇습니까. 할아버님이 그런 말씀을……."

요스케는 생각에 빠진 얼굴이 되었다.

"도대체 어떻게 된 건가요?"

요스케는 주변 사람을 의식하는 듯 고개를 돌린 후 천천히 커피를 마셨다. 뭔가를 생각하는 듯했다.

"가모 씨……."

그가 마침내 입을 열었다. "사실 그것은 특수한 꽃입니다. 인공적으로 만들어진, 자연계에는 존재하지 않는 식물입니다."

"인공적으로……." 리노는 최근에 비슷한 말을 들었던 걸 떠올렸다. "바이오테크놀로지라는 거 말인가요, 파란 장미 같은."

"그렇습니다." 요스케는 고개를 크게 끄덕였다. "잘 알고 계시네요."

"할아버지가 예전에 그런 연구를 하셨거든요. 저도 최근에 알았지만."

"할아버님이? ……그랬군요."

"그러면 할아버지가 그 꽃을 만들었다는 말인가요. 그 바이오테크놀로지로."

"아니, 아마 아닐 겁니다. 그 꽃은 어느 연구기관이 작년에 개발한 겁니다. 그 제조방법은 극비이고 아직 발명되었다는 사실도 공표되지 않았습니다."

"그런 꽃을 어떻게 할아버지가……."

"문제는 그겁니다. 왜 극비인 꽃이 연구기관 외부에 나타났나? 생각할 수 있는 것은 단 한 가지입니다." 요스케는 검지를 세웠다. "누군가 밖으로 유출한 겁니다."

리노는 저도 모르게 눈썹을 찡그렸다.

"할아버지가 훔쳤다는?"

"아니, 그런 말이 아닙니다. 그러나 할아버님과 훔친 사람 사이에 어떤 관계가 있을 가능성도 있겠죠."

"그럴……."

그럴 리 없다고 말하려고 했다. 하지만 실제로 할아버지가 그 꽃을 피운 이상 관계가 전혀 없다고 할 순 없다.

"왜 그 꽃 사진을 지우라고 말씀드렸는지 이제는 아셨으리라 생각합니다. 다행히 문제의 연구기관 쪽 사람들은 아직 할아버님의 블로그를 모르는 듯합니다. 앞으로도 절대 다른 사람에게 보여주지 않는 게 좋을 것 같군요. 아니, 이미지 데이터도 삭제하길 권합니다. 혹여 귀찮은 일이 생길 수도 있으니까요."

"그 연구기관이라는 곳이 어딥니까? 어떤 회사인가요?"

"뭐, 그런 곳입니다."

"가모 씨는 그 연구기관이라는 곳과 관계가 있나요?"

"그에 대해 자세한 말씀은 드릴 수 없습니다. 이 문제에 대해 조사하고 있다고만 답하겠습니다."

리노는 움켜쥔 양손을 테이블 위에 놓았다.

"조금 전에도 말씀드렸지만 그 꽃이 할아버지의 죽음과 관련이 있을지 모릅니다. 사실은 그 꽃의 화분이 사라졌어요. 할아버지를 죽인 범인이 훔쳐간 게 아닐까 하고 짐작하고 있고요."

"화분이…… 그렇군요."

요스케의 표정이 더욱 험악해지며 시선을 아래로 떨궜다.

리노는 가방을 집어 안에서 쪽지 한 장을 꺼냈다. 그곳에는 그녀의 이름과 연락처가 적혀 있었다. 그것을 요스케 앞에 내밀었다.

"제 이름입니다."

"아키야마 리노, 좋은 이름이네요."

"뭔가 알아내면 연락주시지 않겠어요? 아주 사소한 거라도 상관없습니다. 할아버지 사건과 관계된 것이라면 무엇이든."

그러자 그는 아주 살짝 고개를 가로저었다.

"리노 씨는 이제 이 꽃에 관여하지 않는 게 좋겠습니다. 제게 맡겨주세요. 모든 게 정리되면 연락드리죠. 그때까지는 잠자코 계세요. 모두 당신을 위해서입니다."

"그런 말로 제게 이해를 바라시나요? 그건 무리입니다."

"당신의 이해 여부와는 관계없는 일입니다. 게다가 이 일은 아이들 장난도 아니고요."

요스케의 낮은 목소리가 놀랄 정도로 냉철하게 울렸다. 리노의 등이 저도 모르게 꼿꼿해졌다. 실례했다며 그는 사과했다.

"떡은 떡집에 맡기라는 말이 있습니다. 사건은 경찰에게, 꽃은 제게 맡기세요. 아마추어가 손을 댔다가는 돌이킬 수 없는 일이 생길 겁니다."

"그렇다면 저도 당신에게 더는 아무 말도 안 하겠습니다."

리노는 본인의 연락처가 적힌 쪽지를 움켜쥐었다.

"그래도 괜찮습니다. 하나 더 말씀드리자면 저뿐만 아니라 아무에게도 말하지 않는 편이 좋겠습니다. 다만 이것만은 약속해주십시오. 만약 그 꽃의 씨앗을 발견하면 곧바로 제게 연락해주십시오. 아시겠죠?"

리노는 턱을 당기고는 요스케를 노려봤다.

"그건 약속드릴 수 없겠군요. 너무 그쪽 마음대로시네요."

"그게 싫다면 씨앗은 전부 버리세요. 다시 말씀드리지만 당신을 위해서입니다."

그런 말을 던지고 요스케는 계산서를 들고 일어났다.


II


토요일 저녁, 가모 소타는 도쿄 역에 도착했다. 거의 예정대로였다. 오테마치까지만 걸으면 집까지는 지하철로 한 번에 간다.

흔들리는 전철에서 전에 집에 왔을 때를 떠올렸다. 벌써 이 년 전이다. 한밤중에 어머니에게 전화가 왔다. 아버지가 위독하니 빨리 오라는 용건이었다. 다음 날, 제일 빠른 신칸센을 타고 갔지만 상황은 여전히 호전되지 않았다. 결국 아버지는 의식을 찾지 못하고 숨을 거뒀다.

아버지의 상태가 별로 좋지 않다는 얘기는 들었지만 설마 암이라고는 생각지도 못했다.

"소타에게는 알리지 마. 그 녀석은 지금 중요한 시기야. 이런 일로 공부할 시간을 빼앗아선 안 된다." 그때 아버지는 그렇게 얘기했다고 한다.

그런데 암의 진행은 예상보다 빨랐고 증세는 점점 악화되었다. 내일은 꼭 소타에게 연락해야겠다고 시마코가 결심한 바로 그날 밤에 신지는 위독한 상태에 빠졌다.

소타의 속내는 복잡했다. 마지막으로 아버지와 얘기를 나누지 못한 것은 그다지 속상하지 않았다. 오히려 결국 그 정도 인연이었구나 하고 체념하는 마음도 있었다. 그래서 쓰야도 장례식도 마치 다른 사람 일인 것처럼 냉랭한 기분으로 보냈다.

그 사람과의 관계는 결국 무엇이었나.

자신이 아버지와 후처 사이에서 태어난 아이라는 사실을 안 것은 소타가 초등학교 3학년 때였다. 알려준 사람은 아버지도 어머니도 아니었다. 근처 구둣방 주인이었다. 게다가 용무가 있어서 소타가 그 가게에 들른 것도 아니었다. 학교에서 돌아오는 길이었는데 가게 앞에 나와 있던 주인이 가슴에 단 이름표를 보고 이렇게 말했다.

"어! 가모 씨 두번째 부인의 아들이구나. 많이 컸네."

듣는 순간 '두번째 아들'이라고 얘기한 줄 알았다. 하지만 나중에 생각해보니 '부인'이라는 한마디가 더 붙어 있었다. 집에 돌아와서 어머니에게 얘기했지만, 심각한 표정으로 "지금은 바쁘니까 나중에 가르쳐줄게"라고만 대답했다.

실제로 사실을 알려준 이는 아버지였다.

"진정하고 잘 들어라."

이렇게 시작하여 시마코가 두번째 아내라는 것, 첫번째 아내는 요스케를 낳고 몇 년 후 병으로 사별했다는 이야기가 이어졌다.

"그러니까 네가 이 가모 집안의 아들이라는 점에는 변함이 없다. 아무것도 신경쓸 필요 없다."

아버지는 그렇게 말하고 마무리했다.

이야기를 듣고서야 그동안의 일이 앞뒤가 맞아들었다. 형 요스케와 나이 차이가 열 살도 더 나는 점, 요스케를 대하는 어머니의 태도가 어딘가 조심스럽게 느껴졌던 점 등이다.

그 이후 아버지와 형을 보는 소타의 눈빛이 달라졌다. 그 두 사람 사이에 자신이 끼어들 틈이 없는 것 같았다. 그것을 상징하는 광경은 지금도 눈에 선하다. 이리야의 나팔꽃 시장이다. 소타는 아버지와 형의 뒷모습을 바라보면서 걸었다. 앞에서 걷는 두 남자의 눈에는 뒤에서 따라오는 후처와 그 자식의 모습은 없는 듯했다.

재작년에 아버지가 세상을 떠나고 작년과 올해, 요스케가 나팔꽃 시장에 갔는지는 알지 못한다. 소타에게는 나팔꽃 시장을 떠올리는 일조차 싫었다.

그런 생각을 하다 보니 어느덧 역에 도착했다. 커다란 가방을 들고 자리에서 일어났다.

소타가 태어나 자란 마을은 오랜 일본식 가옥이 늘어선 주택가이다. 그중에서도 가모 저택은 팔작지붕의 고택 분위기를 짙게 풍기는 가옥으로, 마을에서도 꽤나 상징적인 존재다.

집 앞에 검은 택시가 서 있었다. 기사가 운전석에 앉아 스포츠신문을 읽고 있다. 표시등에 '빈 차'가 아니라 '예약'이라고 되어 있는 걸 보니 승객을 기다리는 모양이었다.

소타는 전통 일본식 문을 지나 조용히 현관문을 열었다. 어릴 때는 "다녀왔습니다" 하고 힘차게 소리쳤는데, 언제부터 아무 말 없이 드나들게 되었는지 기억나지 않는다.

구두를 벗는데 옆방의 장지문이 열렸다. 아버지가 서재로 쓰던 방이다. 와이셔츠에 넥타이를 맨 요스케가 나타났다.

"뭐야, 소타냐?"

별로 의외가 아니라는 표정으로 요스케가 말했다. 그의 손에는 잔뜩 부푼 쇼핑백이 들려 있다. 책이나 파일이 들어 있는 듯했다.

고개를 끄덕인 뒤 물었다.

"엄마는?"

"거실에 있어. 내일 일 때문에 아야코 고모가 와 계셔."

"음."

그러면 집 앞에 있던 택시는 고모가 타고 온 걸까.

"나는 오늘 밤부터 밤샘 근무야." 요스케가 말했다. "당분간 못 들어오니까 잘 부탁한다."

이 말에 소타의 눈이 크게 떠졌다.

"당분간! 내일이 삼주기잖아?"

"그러니까 잘 부탁한다고 하잖아."

요스케가 동생의 얼굴은 보려고 하지도 않고 구두를 신기 시작했다.

"가모 가의 장남이 빠진다고?"

"그러니까." 구두를 다 신은 요스케가 소타를 똑바로 쳐다봤다. "차남이 대신하라고. 왜 무슨 문제라도 있어?"

"잠깐만 기다려봐. 나는 아무 얘기도 못 들었어."

"지금, 얘기하잖아. 그러면 충분하지 안 그래? 너도 성인이니까 어머니 잘 도와드려."

"그런……."

말도 안 된다고 말하려는 순간 뒤에서 무슨 소리가 들렸다. 복도 안쪽 문이 열리고 어머니가 얼굴을 내밀었다.

"어머, 소타! 너였구나."

"아…… 왔어."

"잘 왔다. 요스케, 빨리 안 가도 괜찮니? 택시가 기다리잖아."

어머니의 시선이 형을 향해 있다.

"지금 나가려던 참이야. 내일 잘 부탁해요."

"그럼, 여기는 알아서 할 테니까 걱정하지 마."

요스케는 고개를 끄덕인 후 소타를 슬쩍 봤다.

"부탁한다."

짧게 한마디 하고는 문을 열고 집을 나섰다. 그 택시는 요스케가 부른 모양이었다. 형의 모습이 사라지자 어머니는 다시금 소타에게 잘 왔다고 반겨주었다.

"형은 무슨 일이야? 삼주기에 참석을 안 한다니."

"일이 있으니까 어쩔 수 없지."

"그게 뭐야. 나도 겨우겨우 온 건데."

하지만 어머니는 아무 말 없이 안으로 들어갔다. 소타는 입을 내밀고 뒤를 따랐다.

거실에는 아버지의 친동생인 야구치 아야코가 홍차를 마시고 있었다.

"소타, 오랜만이네."

"아, 안녕하세요. 오랜만이에요."

소타는 꾸벅 고개를 숙였다.

"억지로 오게 해서 삐쳤나 보네."

"그런 거 아니에요."

"그 얼굴, 어릴 때하고 똑같다. 덩치는 산만 해졌는데 속은 아직 그대로구나."

아야코는 큰 소리로 말하고는 아하하 하고 웃었다. 머리를 요란하게 염색하고 국적 불명의 의상을 두르고 있다. 피부가 좋아서인지 아버지보다 일곱 살 아래인데 도무지 제 나이로 보이지 않는다.

소타가 입을 다물고 있자 그녀는 얼굴을 찡그렸다.

"부어 있지 마라. 괜찮다, 소타 네 마음은 잘 아니까. 그래도 내일은 친척이 다 모이니까 좋은 얼굴 해야지. 게다가 오늘은 아주 큰 놈으로 가지고 왔다."

아야코는 장어를 들고 왔다. 고모의 시댁은 니혼바시에 있는 유서 깊은 요릿집으로 남편도 요리사이다.

"고맙습니다."

소타 자신이 생각해도 김새는 대답이었다.

소타가 자기 방에 들어가 짐을 풀고 있는데 노크 소리가 들렸다.

"들어가도 되니?" 아야코 고모의 목소리다.

소타는 문을 열었다.

"무슨 일이세요?"

"응, 돌아가기 전에 잠깐 할 얘기가 있어서. 괜찮니?"

"물론이죠."

아야코가 방 중앙에 무릎을 꿇고 앉아 네 평짜리 방을 감개 어린 표정으로 둘러봤다.

"이 방, 옛날에 내가 사용했는데…… 알고 있니?"

"들었어요."

"그때는 이런 멋진 벽지가 아니었는데." 아야코는 미소를 짓고는 바로 심각한 표정으로 돌아왔다. "소타, 집에 들어올 생각은 없니?"

"아……."

"계속 대학에 있을 것도 아니잖니? 앞으로 어떻게 할 거야?"

대답하기 어려운 질문이었다. 소타는 그저 머리만 만지작거렸다.

"나는 말이야, 소타가 뭘 해도 상관없어. 신경쓰이는 것은 형을 어떻게 생각하느냐는 거지. 역시 그리 좋아하진 않지?"

깜짝 놀라 고개를 들자 고모는 싱긋 웃었다.

"역시 그렇구나."

"아니, 그런 건 아니……."

"괜찮아, 얼버무리지 않아도. 네 엄마한테 들었어. 싫은 건 아니지만 불편한 거지? 아무래도 친하게 지내기 어려우려나."

맞혔다. 어머니가 알고 있을 거라는 생각은 했다. 어머니니까 당연히 알아차렸을 것이다.

소타가 대답하지 않고 있으니까 아야코는 천천히 일어났다. 창으로 다가가 커튼을 열고는 밖을 내다봤다.

"여기서 보는 경치는 그다지 변한 게 없네. 아무리 시간이 지나도 역시 서민 동네야."

"고모……."

"나도 말이야, 너와 똑같았단다. 네 아버지와는 피를 나눈 남매인데 마음이 통하지 않는다고 생각했던 때가 있었어. 딱히 언제라고는 할 수 없지만 잠깐이지만 벽을 느꼈다고 해야 하나. 나한테 뭔가를 숨기는 것 같았거든." 아야코가 창을 등지고 소타를 바라봤다. "하지만 소타, 그건 말이야, 건드리면 안 되는 부분이라고 생각해."

어? 그는 고모의 얼굴을 바라봤다.

"내가 어렸을 때 얘기인데 마당에 작은 별채가 있었어. 거기에 들어가면 안 된다는 얘기를 들었지. 들어갈 수 있는 사람은 아버지와 오빠뿐이었어. 두 사람은 종종 그곳에 들어가 뭔가를 했거든. 뭘 하는지 궁금해서 들여다보려 했지만 늘 들켜서 된통 혼만 났어." 아야코는 먼 곳을 바라보는 눈빛으로 얘기한 후 소타 쪽으로 고개를 돌렸다. "지금 시대에 이런 얘기를 해도 이해는 잘 안 되겠지만 뒤를 잇는다는 것은 여러 가지로 어려워. 자산만이 아니라 의무나 책임도 물려받아야 하니까. 그런 점에서 나나 소타는 마음이 편하지. 그런 생각은 안 해도 되니까."

뜻밖의 얘기였다. 늘 밝은 고모가 이런 얘기를 꺼내는 것은 처음이다. 무엇보다 자신과 같은 생각을 가진 사람이 가까이에 있었다는 것이 놀라웠다.

"받아들이기 힘든 얘기일지 몰라. 하지만 이것만은 알아줘. 네 엄마가 후처라는 거, 우리 집안사람들은 아무도 신경쓰지 않아. 너도 마찬가지야. 가모 집안의 차남이라고 생각해. 그러니까 자신을 비하할 필요는 없단다."

뭐라고 대답해야 할지 몰라 소타는 입을 다물었다. 그러자 그것을 어떻게 해석했는지 아야코는 씩 웃고는 그의 어깨를 두드리며 일어났다.

"빨리 도쿄로 돌아와서 어머니를 안심시켜드려. 그럼, 내일 보자꾸나."

계단을 내려가는 고모의 발소리가 들려왔다. 오늘의 만남은 어머니가 부탁한 것이리라.

12

다음 날 이뤄진 삼주기 추모식은 가모 집안이 옛날부터 시주하고 있는 절에서 치렀다. 바로 옆 묘지에는 대대로 선조의 묘가 있다. 법요를 마친 후 성묘를 하고 단골 요릿집에서 식사를 하는 순서다. 스무 명 남짓한 친척과 지인이 모인 단출한 모임이었다. 가모 집안을 대표하는 인사는 시마코가 했기 때문에 소타는 잠자코 앉아 있기만하면 되었다.

식사가 끝난 후, 시주한 절에 다시 한 번 인사하고 오겠다는 어머니와 헤어져 소타는 혼자 집으로 향했다. 양복이 더워 재킷을 벗어 어깨에 걸치고, 익숙지 않은 넥타이도 걸으면서 풀어버렸다.

집 앞에 도착했더니 한 젊은 여성이 문 앞에 서 있었다. 머리는 짧고 키가 큰 균형 잡힌 체형이다. 티셔츠 위에 하얀 블라우스를 살짝 걸치고 있다. 딱 맞는 청바지를 입은 다리가 늘씬했다.

여자는 문기둥에 붙은 인터폰 버튼을 누를까 말까 고민하고 있는 듯 보였다.

"저기." 소타는 뒤에서 말을 걸었다. "우리 집에 볼일이라도?"

놀란 듯 여성이 허리를 꼿꼿이 펴고는 서둘러 돌아봤다. 단정한 얼굴에, 나이는 스무 살 전후로 보였다.

그녀는 입가에 손을 댔다.

"앗! 죄송합니다."

"아니, 사과할 것까진 없지만…… 우리 집에 무슨 볼일이 있는 건지?"

"아! 예, 저……." 그녀는 문을 가리켰다. "여기가 가모 요스케 씨 댁이죠?"

"요스케는 우리 형인데요."

"아, 형님······."

"형에게는 무슨 일로?"

여자는 거북한 듯 입술을 다물었다. 그 순간 어디선가 본 얼굴이라고 소타는 생각했다. 하지만 언뜻 생각이 나지 않았다.

"혹시······." 그녀는 집 건물을 눈짓하며 말했다. "회사도 이 안에 있나요?"

"회사?"

"보타니카 엔터프라이즈 말이에요."

그리 빨리 말한 것도 아닌데 소타는 그녀가 한 말을 알아듣지 못했다.

"그게 무슨?"

그녀는 가방에서 명함 하나를 꺼냈다. 거기에 적힌 문구를 보고 소타의 눈이 휘둥그레졌다.

"이게 뭐지? 보타니카 엔터프라이즈라니?"

"모르세요?"

그녀가 이상하다는 듯 눈썹을 찡그렸다.

"아니요, 들어본 적 없어요."

소타의 대답에 어처구니없다는 듯 그녀의 시선이 허공을 맴돌았다. 그 표정을 보고 있다가 느닷없이 기억이 났다.

"앗, 혹시 성함이 아키야마 씨 아니신가요?"

그녀의 표정이 갑자기 굳어졌다. 그것을 보고 확신했다.

"역시 그랬구나. 아키야마…… 아키야마 리노 씨. 수영선수, 그렇죠?"

그녀는 대답하지 않고 명함을 가방에 넣고는 휙 몸을 돌렸다. 그대로 가버리려고 했기 때문에 소타는 황급히 그녀의 어깨를 잡았다.

"잠깐만요!"

"놔요!"

그녀는 소타의 손을 뿌리치고는 험악한 표정으로 노려봤다.

"아! 미안. 하지만 왜 올림픽 선수가 우리 형에게 용건이 있는 거죠? 혹시 올림픽하고 무슨 관련이?"

"그럴 리 없잖아요. 그리고 무엇보다 저는 올림픽 선수가 아니에요. 수영도 그만뒀고요!"

"아…… 그랬구나. 그럼 무슨 일로?"

그녀는 불쾌한 듯 고개를 돌렸다.

"저는 가모 요스케 씨와 얘기하고 싶어서 왔어요."

"형은 지금 없어요. 당분간 없을 거고요. 그보다 조금 전 명함 말인데, 그게 뭐지? 우리 형한테 받았나요?"

"그런데…… 왜 당신이 몰라요?"

"그건 내가 묻고 싶은 말이네요. 형은 그런 데 다니는 회사원이 아닌데."

"그럼 어떤 사람인데요?"

대답해야 하나 말아야 하나 소타는 잠시 망설였다. 그러나 여기서 숨기면 그녀에게서 아무것도 알아낼 수 없겠다 싶었다.

"가모 요스케는 공무원, 그것도 경찰청에 근무해요."

집 근처에 새로 들어선 커피숍이 있었다. 소타는 리노와 함께 가게에 들어가 테이블을 마주하고 앉았다.

"어째 기분이 이상하네요. 인터넷이나 TV에서 본 사람과 같이 있자니."

리노는 카페라테를 한 모금 마시고 입가를 일그러뜨렸다.

"저 같은 사람을 용케 기억했네요. 보통은 잘 모르는데."

"그런가요? 제 주변에서는 꽤 화제가 되었는데. 올림픽 후보 여자수영선수 중에 엄청나게 예쁜 선수가 있다고. 아! 이거 괜한 말이 아닙니다."

리노는 한숨을 크게 내쉬었다.

"그런 말을 들으면 기분이 좋긴 하지만 선수라면 역시 기록이나 순위로 화제가 되어야죠."

"하지만 역시 기록이나 순위가 좋으니까 올림픽 후보가 된 거 아닌가."

"한때는 그랬죠. 하지만 계속되지 않으면 의미가 없어요." 리노는 콧등에 주름을 잡고 얼굴 앞에서 손사래를 쳤다. "그 얘기는 이제 그만해요. 그보다 그쪽 형에 대해 듣고 싶어요. 도대체 어떻게 된 거죠?"

"그전에 내가 묻고 싶군. 형과는 어떤 관계죠? 어떻게 알게 된 거죠?"

"그쪽은 아무것도 몰라요?"

"어제 막 집에 왔거든. 형은 이 년 동안 못 만났고. 그전에도 별로 친하지 않아서 그 사람에 대해서는 잘 몰라요."

"그 사람이라니…… 친형 아니에요?"

"나에게도 나름의 사정이 있네요. 일단 형과의 관계를 설명해줬으면 좋겠군요."

"꼭 내가 먼저 얘기해야 하나요?"

"그걸 모르면 내가 무슨 말을 해야 할지 모르니까."

리노는 미간에 주름을 잡고 생각에 빠진 모습이었다가 얼마 후 소타에게 눈을 돌렸다.

"알았어요. 여기서 밀고 당기기를 해봐야 소용없으니까. 일단 제가 그쪽 형에게 했던 얘기를 다 말할 테니까 그쪽도 숨기지 마요. 약속해줘요."

"약속하죠."

리노는 입안을 축이듯 카페라테를 마시고 이야기를 시작했다. 내용이 복잡한 데다 앞뒤를 오갔기 때문에 소타는 몇 번이나 질문을 던져야 했다. 그녀는 초조해하며 설명했다.

"이상이 저와 가모 요스케 씨의 대화예요. 알겠어요?"

"일단 대강의 흐름은요."

"저로서는 역시 이해가 안 가요. 그 꽃에 관여하지 않는 게 좋겠다니, 그 한마디에 그러마 하고 물러날 수는 없잖아요. 무엇보다 할아버지의 죽음과 관련이 있을지도 모르고."

"그래서 다시 형에게 따지려고 우리 집까지 찾아왔다는 건가?"

"맞아요."

리노는 고개를 끄덕였다.

"그렇군, 그런데 난 도움이 못 되겠어."

소타는 두 손을 살짝 들었다.

"무슨 소리예요?"

"두 손 들었다고요. 왜 우리 형이 그 꽃에 관심을 가졌는지, 왜 당신에게 관여하지 말라고 했는지, 전혀 모르겠어. 보타니카라는 가상의 회사 이름을 사용한 것도 그렇고, 전혀 짐작이 안 가는군요."

리노는 팔짱을 끼고 의자에 기댔다.

"그거, 괜히 얼버무리는 거 아니에요?"

"그런 일을 해서 뭐하게? 나도 얘기를 듣고 엄청나게 놀랐다고요. 머릿속이 온통 물음표라고."

"그러면 당신이 직접 형에게 물어보면 되잖아요. 도대체 어떻게 된 거냐고."

그녀의 주장은 지극히 타당했다. 그러나 이번에는 소타가 의자에 기댈 차례였다.

"그게 가능하면 고생할 필요가 없지."

"네?"

"가짜 명함을 만들어 신분까지 숨긴 걸 보면 형은 웬만한 일이 아니면 절대 얘기해주지 않겠죠. 관계자도 아닌데 내가 묻는다고 알려줄까요? 그리고 조금 전에도 얘기했듯이 형은 당분간 집에 오지도 않을 거고."

"뭐라고요? 그럼 그쪽한테 얘기해도 의미가 없었잖아요."

"침착해요, 이번 기회에 나도 형에 대해서 좀더 알고 싶으니까. 게다가 당신 얘기를 들으니, 형이 식물 전문가로 행세한 셈이잖아요?"

"정확하게 말하면 정보를 수집한다고 했어요."

"그래? 보타니카라는 회사 이름은 가짜지만 형이 식물에 관심을 갖고 있는 것은 분명해. 좀더 정확히 얘기하면 형과 죽은 아버지가 그랬지."

"아버님이 식물학자셨어요?"

"전혀 아니고, 아버지도 경찰관이었어요. 하지만 식물에 관한 자료를 많이 갖고 계셨죠."

소타는 말하면서 요스케가 아버지의 서재에서 나올 때 책과 파일을 담은 쇼핑백을 들고 있던 모습을 떠올렸다. 그것은 어쩌면 식물에 관한 자료가 아니었을까.

"그 꽃 사진 말인데 지금 가지고 있나요? 할아버지가 마지막으로 피운 노란 꽃 사진."

"스마트폰에 있어요."

"보여줄래요?"

아키야마 리노는 옆에 놓아둔 가방을 끌어당겨 안에서 휴대전화를 꺼냈다. 그리고 몇 번인가 만지작대더니 소타에게 내밀었다.

"이게 다예요."

소타는 휴대전화를 받아 액정화면을 봤다. 거기에 찍힌 것은 꽃잎이나 잎이 이상하게 가늘고 긴 꽃이었다. 그런데 그 독특한 모양이 그의 기억을 환기했다.

"어때요?" 리노가 물었다.

소타가 입술을 축이고 입을 열었다.

"이건 어쩌면…… 나팔꽃일지도 모르겠는데."

"나팔꽃? 이게? 거짓말이죠? 나팔꽃은 더 둥글지 않나요?"

"널리 알려진 것은 그렇죠. 하지만 나팔꽃에는 여러 종류가 있으니까. 변화 나팔꽃이라고 돌연변이를 잘 일으키는 종류가 있어서 조합법에 따라 다양한 형태의 꽃이 생겨요. 옛날에 집에 있었던 책에서 봤어. 이런 형태의 나팔꽃도 있었고. 이름은 기억하지 못하지만."

"음, 이런 나팔꽃도 있구나."

소타가 말을 계속했다. "하지만 만약 이게 진짜 나팔꽃이라면 아주 대단한 거야. 인공적으로 만들었다는 말은 진짜일지도 몰라요."

"어째서요?"

이상하다는 듯 묻는 리노의 얼굴을 보고 소타가 말했다.

"꽃과 잎의 형태가 바뀌는 것은 중요하지 않아. 문제는 색깔이지. 나팔꽃에 대해선 그리 잘 알지 못하지만 이것만은 알아. 노란색 나팔꽃은 존재하지 않는다는 것."

13

하야세가 야나가와와 함께 수사본부로 돌아온 것은 오후 6시를 조금 넘어섰을 때였다. 회의실에는 각 방면으로 탐문수사를 다녀온 사람들도 몇 명 들어와 수사1과 주임을 중심으로 작은 원을 이루고 있었다.

주임이 하야세 팀을 향해 손을 들었다.

"어이, 수고했어."

어떻게 됐느냐는 질문은 던지지 않았다. 수확이 없다는 것을 알고 있기 때문일 것이다. 만약 뭔가 특필할 만한 점이 있다면 야나가와가 의기양양하게 연락했을 것이다. 그 야나가와가 하야세에게 눈짓을 했다. 내용 없는 보고는 맡기겠다는 뜻이리라. 하야세는 수첩을 펼치고 한 걸음 나섰다.

"판매자를 만나고 왔습니다. 서른두 살의 회사원으로 독신, 집은 에토 구 기요스미의 맨션입니다. 판매한 개인 컴퓨터는 삼 년 전에 구입한 것으로 집에서 주로 인터넷 서핑용으로 사용했다고 합니다. 그러나 최근 구입한 태블릿이 더 편리해 낡은 컴퓨터를 팔았다고 하더군요."

"속사정은?"

"여자친구가 몇 번 집에 왔던 터라 그 컴퓨터를 잘 기억하고 있었습니다. 참고로 사건 당일은 회사에 있었고 퇴근할 때까지 외출하지 않았다고 합니다. 이 점은 회사 인사부에도 문의해서 확인했습니다. 일단 여자친구의 연락처도 알아냈는데 얘기를 들어보는 게 좋을 것 같습니다."

몸집이 거대한 주임은 부루퉁한 얼굴로 고개를 저었다. 볼살이 흔들렸다.

"그럴 필요는 없어. 수고했네. 그보다……." 얼굴을 직속 부하인 야나가와에게 돌렸다. "자네들을 만나고 싶어하는 사람이 있네. 하야세 형사와 함께 3층 소회의실로 가게."

야나가와가 의아하다는 듯 미간을 찌푸렸다.

"누굽니까?"

"가보면 알겠지. 걱정하지 마. 아마 대단한 일은 아닐 거야."

그렇게 말하고 주임은 다른 부하와 이야기를 시작했다. 하야세는 야나가와를 쳐다봤지만 본청의 젊은 형사도 짐작 가는 바가 없는지 고개를 갸웃했다.

"뭐, 일단 가보죠."

하야세의 말에 야나가와가 탐탁지 않은 표정으로 고개를 끄덕였다.

하야세와 야나가와가 콤비가 된 것은 이번 사건으로 수사본부가 개설되었기 때문이다. 그러니 두 사람을 만나고 싶다는 것은 사건과 관련해 어떤 용건이 있다는 것이리라. 하지만 하야세에게도 짚이는 게 전혀 없었다. 사건이 발생하고 벌써 이 주 이상 지났지만 단서라고 할 만한 것을 하나도 발견하지 못했다.

하야세 일행은 현재 피해자 아키야마 슈지 집에서 사라진 물품을 추적하고 있다. 금품이 목적인 범행이라면 그 물품을 돈으로 바꿀 가능성이 높기 때문이다. 오늘도 도난당한 것과 같은 컴퓨터를 샀다는 업자에게 정보를 얻어 고토 구에 사는 회사원을 만나러 간 참이었다.

소회의실 문을 노크하자 "들어오세요" 하는 목소리가 들렸다. 하야세가 문을 열자 회의용 테이블 건너편에 있던 남자가 일어났다. 삼십대 후반, 체격이 좋아 양복이 잘 어울렸다. 예리한 눈빛을 보고 형사가 아닐까 싶었는데 곧 아니라는 사실을 깨달았다. 현장 사람에게는 이런 기품이 없다.

"하야세 형사님과 야나가와 형사님이시죠."

남자는 두 사람을 번갈아봤다. 하야세의 이름을 먼저 댄 것은 그가 계급이 높기 때문일 것이다.

"그렇습니다만." 하야세가 대답했다.

"바쁘신데 죄송합니다. 저는 이런 사람입니다."

내민 명함을 보고 하야세는 마음을 가다듬었다. 경찰청이라는 문자가 제일 처음 눈에 들어왔기 때문이다. 하지만 그뒤에 이어진 직책을 보고 위화감을 느꼈다. 생활안전국이었기 때문이다. 그리고 '범죄억제대책실 실장 가모 요스케'라고 적혀 있다. 경찰청이 수사활동에 끼어들 생각이라면 형사국 사람을 보냈을 것이다.

"저희에게 무슨 용건이 있으십니까?"

명함을 든 채 하야세가 물었다.

"뭐, 일단 앉아주십시오."

요스케는 미소를 지으며 의자를 권했다.

하야세는 야나가와와 얼굴을 마주 보고 천천히 의자에 앉았다. 책상 위에는 눈에 익은 파일이 펼쳐져 있었다. 그 옆에는 노트북이 열린 채 놓여 있었다.

"두 분을 모신 것은 다름 아닙니다. 현재 이쪽에 수사본부를 두고 있는 니시오기쿠보 독거노인 강도살인사건에 대해 여쭙고 싶은 게 있어서입니다. 고령화가 진행된 결과 혼자 사는 노인이 늘어나고 있습니다. 그와 함께 그들을 노린 범죄도 많아지고 있고요. 금융사기도 그렇지만 이번처럼 강도사건도 점점 늘어나고 있습니다. 그래서 도대체 어떤 식으로 표적이 되는지를 분석하기 위해 수사관 여러분께 얘기를 듣고 있습니다. 정말 죄송하지만 시간을 잠시 내주십시오."

요스케는 또렷한 말투로 막힘없이 말했다.

하야세는 의아했다. 이미 끝난 사건이라면 모를까 아직 수사중인 사건에 대해 묻다니 도대체 어떻게 된 일일까.

야나가와가 잠자코 있었기에 하야세가 물었다.

"무슨 말을 하면 됩니까?"

요스케는 책상 위 파일을 들었다.

"수사 자료를 보면 두 분은 원래 주변 조사에 참여하셨습니다."

"그런데 그게 왜?"

현재 둘은 물증확보팀에서 일하고 있다. 이번 피해자는 다른 사람과의 교류가 적어 살인과 이어질 만큼 문제를 일으킨 적이 전혀 없었다. 그래서 가령 면식범의 소행이라고 해도 원한이 아니라 역시 금품을 노린 것으로 보여 현장에 남은 유류품, 혹은 도난당한 것으로 판단되는 물품에 수사의 초점을 맞추고 있다.

"이 보고서에 따르면." 요스케는 파일로 시선을 떨어뜨렸다. "피해자는 정년 후에도 같은 식품회사에서 일했다고 합니다. 촉탁 연구원으로."

"그렇습니다. 촉탁기간은 아마 약 육 년이었을 겁니다."

"피해자 나이가 일흔둘이니까 육 년 전까지 근무했군요. 직장은 식물개발연구소라고. 어떤 일을 했습니까?"

요스케의 질문을 받고 하야세가 수첩을 꺼냈다. 옆자리의 야나가와는 전혀 대답할 마음이 없는 듯했다.

"새로운 식물을 개발했다고 합니다. 바이오 기술을 사용해서라든가."

"구체적으로 어떤 꽃을 만들었습니까."

"글쎄요." 하야세가 고개를 갸웃했다. "그것까지는 듣지 못했습니다. 자료는 가져왔으니 조사하면 알 수 있을 겁니다."

요스케가 본인의 노트북에 뭔가를 기록하기 시작했다.

"직장에서의 평가는 어땠습니까?"

"나쁘지는 않았던 것 같습니다. 오히려 호의적인 평이 훨씬 많습니다."

"이를테면?"

"이를테면…… 후배를 잘 돌봤고, 일에도 열심이었다고 합니다. 기술을 높이 평가하는 목소리도 많았습니다. 그래서 정년 후에도 육 년이나 채용되었던 것 같습니다. 그렇죠?"

동의를 구하듯 야나가와를 봤지만 반응은 없었다.

여기서는 철저하게 방관자로 있을 모양이다. 경찰청에서 온 남자의 목적이 불분명하기 때문이리라. 잘못 대응했다가 나중에 문제가 생기면 곤란하다고 생각했을지도 모른다.

요스케가 또 키보드를 두드렸다.

"적은 없었습니까?"

"우리가 알아본 범위에서는 없었습니다."

"육 년 전 퇴직한 후에는 회사 사람들과 거의 만나지 않은 것 같은데 특별히 친한 사람도 없었습니까?"

"그런 것 같습니다. 원래 회사 밖에서는 회사 사람과 어울리지 않았다더군요. 보고서에도 적었습니다만 피해자 집을 찾는 사람이 거의 없었던 것은 이웃도 증언했습니다."

"그러나 전혀 없었던 것은 아니겠죠. 그러니까 시신이 발견되었을 테고요."

"최근 들어서 손녀딸이 드나들었다고 합니다. 하지만 그게 다입니다."

"피해자는 전화를 사용했습니다. 통화기록은 어땠습니까?"

"그에 대해서는 수사자료에 적어놓았는데요."

"읽었습니다만 새로 추가된 정보가 있을까 해서."

하야세는 고개를 저었다.

"거기에 있는 그대롭니다. 피해자는 이 년 전에 휴대전화를 해약하고 집전화만 썼습니다. 그 전화도 요즘에는 거의 사용하지 않았습니다. 마지막으로 전화한 것이 사건 발생 사흘 전으로 날씨안내에 걸었더군요. 구식 전화기라 발신자 번호 표시 서비스에도 가입하지 않아 착신은 알 수 없었습니다."

"알겠습니다." 요스케는 파일을 봤다. "그런데 도난당한 물품 말인데요, 여기 기록된 것 외에 새로 밝혀진 건 없습니까?"

"네, 없습니다."

"도난당한 지갑 안에는 신용카드가 들어 있었다는데 부정 사용한 흔적도 지금까진 없나 보군요."

"없습니다. 그건 앞으로 추적하려고 합니다."

"그러나 보통 이런 사건의 경우, 범인은 도난신고 전에 카드를 사용할 만큼 사용하지 않나요?"

"아마도 범인은 사건이 훨씬 뒤에 발각될 거라 생각하고 훔친 듯합니다. 무엇보다 혼자 사는 할아버지니까요. 몇 주…… 아니, 어쩌면 몇 개월 동안 시신이 발견되지 않을 가능성도 있습니다. 그사이에 천천히 카드로 쇼핑하고 그것을 되팔아 돈으로 만든다고 생각하고 있는 게 아닐까요. 그런데 예상보다 빨리 시신이 발견되는 바람에 카드 쓸 기회를 놓친 거죠."

이해했는지 아닌지는 모르겠으나 요스케는 천천히 고개를 끄덕였다.

"하야세 형사님도 이번 사건은 금품이 목적이라고 생각하십니까?"

"제 개인적인 생각이 아니라 현재의 대체적인 방향성이 그렇게 보입니다."

"그렇군요." 요스케는 야나가와에게 시선을 옮겼다. "야나가와 형사님은 어떻습니까?"

야나가와는 허를 찔린 듯한 표정을 지었지만 마음을 가다듬으려는 듯 천천히 호흡했다.

"우리는 상부의 지시를 따를 뿐입니다."

표정 없이 듣고 있던 요스케가 입가에 희미한 미소를 지었다.

"참고가 되었습니다. 협조해주셔서 감사합니다."

"이제 가도 되나요?" 야나가와가 물었다.

"네, 그러십시오."

야나가와는 소리를 내며 일어나 소회의실을 뒤로했다. 하야세도 그를 따랐다.

회의실로 돌아온 야나가와는 주임에게 다가갔다.

"뭡니까, 저거?"

"뭘 물었지?"

"이 사건 수사에 대해서요. 뭔가 문제라도 있는 건가요?"

"쓸데없는 소리는 안 했겠지?"

"당연하죠. 이상한 말이 서류에 남으면 안 되니까요."

"그럼 됐어. 경찰청도 이런저런 사정이 있겠지. 일을 하고 있다는 실적을 남겨야 하니까. 신경쓰지 마."

그들의 대화를 들으면서 하야세는 위화감을 안았다. 그 가모 요스케라는 인물의 예리한 눈빛이 인상에 남았다. 그것은 할당된 일이나 하는 인간의 눈이 아니었다. 분명한 목적을 지닌 남자의 눈이었다.

그렇다면 목적은 과연 무엇일까.


## 14


아키야마 리노가 알려준 가게는 금방 찾았다. 오모테산도 거리에 면한 노천카페였다. 그녀의 말로는 요스케와 만난 곳도 이 가게라고 했다. 가게 안을 둘러보며 소타는 저도 모르게 쓴웃음을 지었다. 무뚝뚝한 요스케가 이 들뜬 분위기의 젊은이들과 섞여 과연 어떤 얼굴을 하고 있었을까 상상했더니 우스웠던 것이다.

자리에 앉아 캄파리 소다 이탈리아의 대표적인 진홍빛 소다를 마시고 있었더니 얼마 후 리노가 나타났다. 소타의 음료를 보고는 물었다.

"그거, 맛있어요?"

"그럭저럭."

"그럼, 같은 걸로."

그렇게 웨이트리스에게 주문하고 자리에 앉았다.

"기다렸어요?"

"아냐, 방금 왔어."

"솔직히 연락할 거라고는 생각하지 못했어요."

"왜? 전에 헤어질 때 또 연락한다고 했잖아."

"그렇지만 그냥 하는 말이라고 생각했어요. 무엇보다 그쪽한테는 그리 큰 문제가 아닌 것 같아서."

소타는 어깨를 으쓱해 보였다.

"뭐 그렇게 생각해도 어쩔 수 없지."

"복잡한 사정이 있군요."

"그래. 그런데 그후로 무슨 변화가 있었어?"

"특별한 건 없어요. 경찰은 아무 말도 안 해주고요. 다만 그뒤에 한 가지 생각난 게 있어요. 당신 형이 이상한 얘기를 해줬거든요."

"어떤?"

"할아버지가 엠엠사건이라는 말을 한 적이 있느냐고."

"엠엠?"

"알파벳 MM이래요. 지나가는 말이니까 잊으라고 해서 저도 신경 쓰지 않았는데 뭔지 알아요?"

"MM…… 글쎄, 들은 적은 없어."

"정말 전혀 관계가 없을지도 모르지만."

그럴 리 없다. 요스케가 중요한 용건이 있어 만난 상대에게 굳이 쓸데없는 말을 했을 리 없을 테니까.

주문한 캄파리 소다가 나와 리노가 한 모금 마셨다.

"음, 정말 그럭저럭이네. 그런데 그쪽 수확은?"

"뚜렷하게 수확이라고 할 것까진 없어. 하지만 내가 할 수 있는 범위에서 조사해봤어." 소타는 가방에서 태블릿을 꺼냈다. "우선 결론부터 얘기하면 그 노란 꽃의 정체는 알 수 없었어. 인터넷, 식물도감, 기타 모든 자료를 뒤져봤지만 해당하는 꽃은 찾지 못했지."

"그럼, 역시 인공적으로 만들어진 꽃인가요?"

"그럴지도 몰라. 그래서 그쪽으로도 조사했어." 소타는 태블릿에 시선을 떨어뜨렸다. 거기에 자료를 넣어왔다. "노란색 품종이 없는 꽃에 바이오테크놀로지를 사용해 노란 꽃을 피우려고 하는 연구는 지금도 몇몇 연구기관이 하고 있어. 파란 장미꽃을 만든 주조회사도 그중 하나야. 노란색 색소를 만들어내는 효소와 그 효소를 만드는 유전자는 이미 발견했지. 이 유전자를 주입하면 본래 빨강이나 파랑이 될 꽃이 노란색으로 변한다고 해. 이 기술을 사용해 노란 토레니아 개발에도 성공했어."

"노란 나팔꽃은요?"

"내가 조사한 바로는 만들어졌다는 정보는 없어."

"그쪽 형 말에 따르면, 완전 극비라 발명된 것도 공표하지 않았다고 했으니 그야 당연하죠."

소타는 고개를 저었다.

"그러니까 그게 이상하다고. 그런 귀중한 정보를 우리 형이 가지고 있을 리 없어. 몇 번이나 말했지만 형은 식물 연구원이 아니야. 경찰청 관료라고."

"그렇지만……."

"또 하나, 다른 가능성이 있어."

"어떤?"

"조금 전, 그 노란 꽃에 해당하는 것은 발견하지 못했지만 그건 현존하는 식물에 한한 이야기야. 전에도 얘기했듯 노란 나팔꽃은 존재하지 않아. 하지만 예전에는 드물지 않았어. 에도시대에 나팔꽃 재배가 번성했던 때가 있어서 유명한 자료가 남아 있어. 그 안에는 노란 나팔꽃도 실려 있고."

소타는 태블릿을 보면서 설명을 시작했다.

나팔꽃의 대표적인 자료로는《나팔꽃 표본》과《나팔꽃 총람》이 있다.《나팔꽃 표본》은 1818년에 만들어진, 문자 그대로 꽃을 눌러 말린 표본집이다. 이세 마쓰사카의 호시카정어리의 기름을 짜고 남은 찌꺼기를 말린 것 상인인 오즈 가문의 후손이 보존해왔다. 그 안에 '기마루黃丸'라고 하는 말린 나팔꽃 표본은 그 이름 그대로 옅은 노란색 꽃잎을 가지고 있다. 색이 바랬다는 점을 감안하면 원래 색은 조금 더 선명한 노란색이었을 것으로 추정된다. 또《나팔꽃 총람》은 1817년에 에도에서 처음 간행된 나팔꽃 도감인데 그 안에 '고쿠키자이'라고 소개된 꽃은 짙은 노란색을 드러내고 있다. 그밖에도 노란 계열의 나팔꽃은 몇몇 문헌에서 보이고 있다.

"그런데 지금은 없어졌다는 거예요? 왜요?"

리노의 물음에 소타는 고개를 갸웃거렸다.

"그걸 잘 모르겠어. 메이지유신의 영향이라는 설도 있고 제2차 세계대전의 혼란으로 귀중한 씨앗들이 소실되었다는 설도 있어. 진상은 수수께끼야."

"그럼 사라지지 않았을 가능성도 있겠네요?"

"내가 얘기하려는 게 그거야. 어떤 이유로 모습을 감췄지만 그게 또 부활했을 가능성도 있지 않을까. 그 귀중한 꽃의 씨앗을 그쪽 할아버지가 우연히 손에 넣었고 그 꽃을 피웠다는 추리는 어때?"

"그렇다면 인터넷 같은 데 정보가 있을 텐데."

"아직 그 단계는 아닐지 몰라. 나는 일단 내일 오사카로 돌아가는데 곧 다시 돌아올게. 그때 연락하죠."

"응, 알았어요." 리노가 고개를 끄덕이고 팔짱을 꼈다. "씨앗이라, 그러고 보니 그쪽 형도 씨앗에 집착했어요. 씨앗을 발견하면 바로 연락하든지 버리라고."

"그런 일이……."

요스케는 도대체 무슨 생각을 하고 있는 건가. 전보다 훨씬 더 형이 먼 존재 같았다.

"저기요." 리노가 캄파리 소다 잔을 흔들었다. 얼음이 딸깍딸깍 울렸다. "결국 그뒤로 형에게 연락 안 했어요?"

"아니, 당신과 만난 날, 바로 전화했어요."

리노의 손이 움직임을 멈췄다.

"어떻게 됐어요?"

소타는 입가를 일그러뜨리고 한숨을 쉬었다.

"발붙일 데가 없다는 말이 이런 건가 싶은데."

전화를 받은 요스케에게 '보타니카 엔터프라이즈'가 뭐냐는 질문을 던졌다. 과연 한순간 주저하는 기척이 느껴졌다. 그래도 형은 곧바로 안정을 되찾고 억양 없는 목소리로 되물었다.

"갑자기 그게 무슨 소리야?"

"모른 척하지 마. 아키야마 리노라는 사람이 우리 집에 왔어. 가짜 명함까지 만들어서 도대체 무슨 짓을 하고 다니는 거야?"

"너, 그 말을 또 누구한테 했냐?"

"안 했어. 어떻게 얘기해야 할지도 모르겠고."

"그럼, 그냥 잠자코 있어. 너는 아무것도 알 필요 없으니까."

"그게 뭐야! 아키야마 리노 씨에게 뭐라고 설명하면 되는데."

"아무것도 설명하지 마. 만약 그녀가 뭘 물으면 내가 나중에 제대로 설명할 테니까 그때까지 기다려달라고 전해."

"잠깐만, 이야길 먼저 나한테 하면 되잖아."

"그럴 필요는 없어. 너는 평생 관계없을 일이니까."

"평생?"

"미안하지만 시간이 없다. 끊을게. 이 건에 관해서는 이제 그만하자. 더는 전화하지 마."

"잠깐만 기다려."

하지만 전화는 이미 끊겨 있었다.

"……그렇게 됐어."

그의 이야기를 듣고 리노는 눈동자를 데굴데굴 굴렸다.

"완전히 내놓은 사람이네요."

"뭐, 그렇지. 옛날부터 그래서."

"이상한 가족이네. 하지만 얘기를 듣고 이해했어요. 노란 꽃을 조사한 것도 형님에 대한 반항 때문이죠?"

"반항이랄 것도 없어. 다만 사실을 알고 싶을 뿐이니까." 소타는 남은 캄파리 소다를 다 비웠다.

가게를 나오자 리노가 휴대전화를 꺼내 화면을 슬쩍 보고 소타를 쳐다봤다.

"저기, 이제 뭐 해요? 약속이라도 있나요?"

"아니, 특별한 일은 없는데. 나팔꽃에 대해 달리 생각난 거라도 있어?"

"나팔꽃하고는 상관없어요. 음악 이야기."

"음악?"

"이제부터 잘 아는 사람의 공연에 가야 하는데, 같이 가면 어떨까 해서요."

"아, 그런 거야." 소타는 고개를 끄덕였다. "괜찮아요? 나 같은 사람하고 가도?"

"물론이죠. 혼자는 조금 불안하기도 하고, 밴드 멤버가 바뀌어서 어떤 느낌인지도 모르겠어요."

"그렇다면 나는 괜찮아."

"고마워요. 다행이다."

공연 장소는 신주쿠에 있었다. 지하철로 시부야까지 가서 그곳에서 야마노테 선으로 갈아탔다.

차 안에서 그 밴드에 관해 들었다. 예전에 사촌이 키보드를 연주했던 밴드인데, 사촌이 빠졌기 때문에 대신 새 멤버가 들어왔다고 했다. 빠진 이유가 자살이라는 이야기를 듣고 소타는 할 말을 잃었다.

"미안해요. 놀라게 했네요."

리노가 미안한 듯 얼굴을 찌푸렸다.

"아니, 그런 건 아니지만 그게…… 유감이네요."

"그런 이유로 오늘이 첫 라이브 공연이에요. 그래서 사촌 몫까지 힘내달라고 응원해주기로 했어요."

"그랬구나."

소타는 착하다고 생각했다.

공연은 이미 시작한 상태였다. 공연장에는 백 명 이상의 관객이 모여 있었다. 아마추어치고는 꽤 인기가 높다고 리노가 얘기했는데 과장은 아닌 듯했다. 칠십 퍼센트는 여성이었다.

보컬 겸 기타는 키가 크고 마른 청년이었다. 화장을 했는데 아마 민낯도 꽤 잘생기지 않았을까 생각될 정도로 눈코가 조화로웠고 무엇보다 얼굴이 작았다. 하지만 턱의 골격은 또렷하고 풍부한 성량에 음정도 잘 맞았다. 소타는 음악에 관해서는 전혀 모르지만 그래도 이 정도면 프로도 될 수 있겠다 싶었다.

그밖에는 베이스, 드럼, 키보드로 구성되어 있었다. 베이스와 드럼은 남자인데 새로 들어왔다는 키보드는 여자였다. 모자를 깊이 눌러 쓰고 있어서 얼굴은 잘 보이지 않았다.

막바지에 매우 인상적인 곡이 연주되었다. 아프리카 원주민이 연주하는 멜로디를 연상시키는 곡으로, 거친 야성미와 신비로움을 겸비하고 있다. 하지만 결코 단조롭지 않아 듣는 사람을 농락하는 것 같은 예상치 못한 기복을 담고 있다. 마치 음악에 긴 이야기가 담겨 있는 것만 같았다.

"아주 좋은 곡이네."

옆에 있는 리노에게 귀엣말을 했다.

그녀는 반짝이는 눈빛으로 고개를 끄덕였다. 소타의 귓가에 대고 말했다.

"〈힙노틱 서제스천hypnotic suggestion〉이라는 곡인데 나도 이게 제일 좋아요. 멋진 곡이죠. 마사야와 나오토 둘이 만들었어요."

"그게……."

"보컬이 마사야. 나오토는 죽은 사촌. 이 밴드의 노래는 전부 둘이 만들었어요."

"그렇구나."

들으면 들을수록 멋진 곡이었다. 정신이 함께 울리는 것 같은 착각에 휩싸였다. 힙노틱 서제스천, 최면 암시라고 번역하면 될까. 딱 맞는 곡이라는 생각이 들었다.

이 곡이 끝나자, 그 순간 공연장은 엄청난 환호에 휩싸였다. 그리 넓은 곳은 아니었지만 땅울림이 밖으로 새어나가지 않을까 걱정될 정도였다. 소타는 주변을 둘러보고는 새삼 놀랐다. 눈물을 흘리고 있는 여성 관객이 몇 명이나 있었다.

보컬인 마사야가 마이크를 들고 감사의 말을 했다. 그가 뭐라고 한마디 할 때마다 환호성이 터졌다. 그는 다시 멤버들을 소개했다.

"새로운 동료입니다."

제일 처음 키보드를 소개했다.

악기 앞에 있던 여성이 고개를 들고 모자를 벗었다. 관객을 향해 미소를 지으며 손을 흔들었다. 그녀의 얼굴을 본 순간, 소타는 온몸이 뜨거워졌다. 동시에 심장이 두방망이질하기 시작했다. 설마, 그럴 리가. 뚫어져라 응시하며 착각이 아닌지 자문했다.

하지만 그녀는 다시 모자를 깊이 눌러쓰고 키보드 앞에 섰다. 얼굴이 잘 보이지 않는다.

마지막 곡이 시작되었다. 그 또한 아마추어 밴드의 오리지널 곡으로는 나쁘지 않았지만 〈힙노틱 서제스천〉과 비교하면 평범한 인상이었다. 물론 소타 자신이 곡을 듣는 데 집중할 수 없었던 이유도 있었다. 곡이 연주되는 동안 그의 눈은 키보드에 못 박혀 있었다.

마침내 마지막 곡이 끝나고 멤버들이 무대 뒤로 들어갔다.

"앙코르는 없어요." 리노가 말했다. "그건 메이저 데뷔 후에나 하는 거래요."

주위에서 아무리 치켜세워도 들뜨지 않겠다는 뜻이리라.

"그…… 밴드 멤버들 보러 안 가요? 인사 같은 거 말이야." 소타가 물었다.

당연히 자신이 관심이 있었기 때문이다.

"괜찮아요. 내가 보러 가지 않아도 곧 나올 거예요."

리노는 슬슬 물러나는 관객들의 흐름에 시선을 던졌다. 얼마 후 그녀의 얼굴이 확 밝아졌다.

"도모키!" 큰 목소리로 불렀다. "도모키, 여기!"

몸집이 작고 야윈 젊은이가 웃음을 머금고 그녀에게 다가왔다. 고교생처럼 보이는데 어쩌면 조금 위일지 모른다.

두 사람이 즐겁게 이야기를 시작했기 때문에 소타는 벽에 기대어 서 있었다. 멍하니 주위를 둘러봤다. 무대 위를 보자 어느새 밴드 멤버들이 돌아와 악기와 기자재를 정리하고 있었다. 아마추어 밴드는 모든 일을 스스로 해야만 하는 모양이다.

하지만 그 여성, 키보드 연주자의 모습이 보이지 않았다. 이상하다고 생각한 순간 바로 옆을 보고 깜짝 놀랐다. 찾던 그녀가 있었기 때문이었다. 커다란 가방에 뭔가를 넣고 있던 참이었다. 키가 크고 머리가 길다.

소타는 그 여자에게 다가가 정면에서 얼굴을 바라봤다. 꽤 어른스러워졌지만 틀림없었다. 그 나팔꽃 시장이 열린 날의 일이 선명하게 떠올랐다. 마침내 그녀도 기척을 느낀 듯 그에게 시선을 던졌다. 살짝 위로 올라간, 고양이를 연상시키는 눈이다.

숨을 삼키는 기운이 전해졌다. 하지만 다음 순간, 그녀는 휙 시선을 피했다. 소타 따윈 안중에도 없다는 것처럼 하던 일을 계속했다.

소타는 이상하다고 생각했다. 나를 떠올렸던 것이 아닌가.

과감히 발을 내디뎠다. 그녀 바로 옆까지 가서 말을 걸었다.

"오랜만이야."

천천히 그녀는 소타 쪽으로 고개를 돌렸다. 무표정 그대로 눈에서는 감정 하나 읽히지 않았다.

"누구시죠?" 차가운 말투로 물었다.

"나야, 가모 소타."

"가모…… 씨?" 살짝 고개를 갸웃거린다.

소타는 당혹스러웠다.

"다카미……잖아?"

그녀는 눈썹을 찡그렸다.

"사람을 잘못 봤군요. 저는 그런 이름이 아닌데요."

"하지만……."

소타를 제지하듯 손을 뻗고는 그녀는 무대 위로 눈을 돌렸다.

"마사야 씨."

무대 위에 있던 남자 보컬이 고개를 들었다.

"미안한데 나, 오늘은 이쯤에서 실례해도 될까요?"

"어라, 어째서? 뒤풀이는 어쩌고?"

"빨리 처리해야 할 일이 있어서요. 다음에 해요."

그녀는 미안하다는 듯 두 손을 모았다. 베이스를 맡고 있는 젊은
이가 입을 내밀었다.

"뭐야, 손꼽아 기다렸는데."

"어쩔 수 없지." 보컬이 말했다. "알았어, 그럼 조심해서 가. 수고
했어."

"수고하셨어요."

이바 다카미로 보이는 여성은 멤버들에게 고개를 숙이고는 짐을
들고 출구를 향해 성큼성큼 걷기 시작했다. 소타 쪽은 보려고도 하
지 않았다.

그녀의 뒷모습을 멍하니 바라보고 있는데 리노가 돌아왔다. 도모
키라는 젊은이도 함께였다.

"가모 씨야, 그냥 아는 분인데 함께 왔어."

"그랬구나. 어떻게 아는 사이?"

도모키가 웃으면서 리노에게 물었다.

"뭐라고 해야 좋을까. 캄파리 소다를 마시는 사이?"

"캄파리 소다?"

"조금 전까지 오모테산도의 카페에 같이 있었어."

"오모테산도? 이렇게 와줘서 고마워요."

도모키는 경례를 붙이는 몸짓을 했다.

리노가 소타에게 물었다.

"왜 그래요?"

그가 전혀 이야기에 끼지 않았기 때문이리라.

"저 키보드 말인데, 이름이 어떻게 돼?"

도모키가 당황하는 기색이었다.

"공연할 때 게이코라고 소개했는데……."

"본명은?"

그러자 도모키는 무대 위에 있는 마사야라는 보컬에게 말을 걸었다. 마사야는 그녀의 이름이 시라이시 게이코라고 알려줬다.

"그녀가 왜요?" 리노가 물었다.

"아니, 아는 사람과 너무 닮아서……."

"그럼, 말을 걸었으면 좋았을걸."

"이미 말을 걸었는데 아니라고 하더라고……."

"정말 닮은 사람이었나 보네. 그 사람과는 언제 만난 사이였는데요?"

소타는 고개를 갸우뚱했다.

"십 년쯤 전이려나."

"십 년? 아직 어릴 때잖아. 여자 얼굴은 많이 변해요."

리노는 웃음을 터뜨렸다.


## 15


제가 가겠습니다, 관할서의 후배 형사가 그렇게 말했지만 하야세는 쇼핑백을 들고 서를 나섰다. 기분 전환을 하고 싶었기 때문이다. 최근에는 수사본부에만 처박혀 있었다. 부루퉁한 얼굴의 상사들과 이십사 시간 붙어 있다 보면 정말 숨이 막힌다.

니시오기쿠보 독거노인 강도살인사건 수사는 완전히 암초에 부딪혔다. 쓸 만한 목격자도 없고 유류품에서도 실마리 하나 얻지 못했다. 도난당한 물품의 행방도 오리무중이다. 수사관들 사이에는 사건이 미궁에 빠질 것이라는 분위기가 팽배하기 시작했다.

하야세 본인도 반쯤 포기하는 기분이 생기고 있다는 것을 인정할 수밖에 없었다. 생각하면 처음부터 예감했던 일이다. 정확히는 유족을 만났을 때부터다. 그들은 피해자의 생활을 거의 파악하지 못했다. 손녀의 말로는 대화 상대가 꽃이었다고 했다. 사람들과 왕래가 없는 고독한 노인이 자택에서 살해되고 금품을 도난당했다. 요즘 세상에 이토록 단순한 범죄는 없다. 그리고 단순할수록 검거는 어려워진다. 단서가 적기 때문이다.

유타의 목소리가 귓가에 남아 있다. 꼭 붙잡아. 아버지라면 아들을 대신해서 은혜를 갚아줘.

원래 아들을 마주할 면목 같은 게 있을 리 없지만 더 멀어질 것만 같아 자조적으로 웃고 말았다.

전철을 갈아타고 하야세가 내린 곳은 조후 역이다. 그곳에서 '구온 식품 연구개발센터'까지는 걸어서 십오 분 정도다. 하늘 상태가 좋지 않은 것을 보고 순간 택시 승강장으로 걸음을 돌렸지만 곧 마음을 바꾸고 걸어가기로 했다. 수사도 아닌데 경비를 들일 순 없다.

쇼핑백 손잡이끈이 손가락을 파고든다. 내용물은 아키야마 슈지가 일하던 직장명부와 그 무렵에 그가 쓴 보고서들이다. 사건 발생 직후에 슈지의 인간관계를 조사하기 위해 빌린 것이었다. 오늘 목적은 그것을 돌려주는 것이다.

건물이 보였다. 벽의 흰색이 꽤나 강조된 것은 청결한 이미지를 강조하기 위해서일까. 출입하는 종업원들의 제복도 하얗다. 경비실에서 신분을 밝히고 방문 배지를 받았다. 건물 안에 접수대가 있어서 그곳에서 방문 부서와 만나려는 상대의 이름을 알렸다. 전에 왔을 때는 실장인 후쿠자와라는 사람을 만났는데 오늘은 자료를 돌려주는 것뿐이니까 누구든 상관없다.

현관의 유리문을 밀고 접수대로 향할 때였다. 대각선 옆 복도에서 낯익은 인물이 나타났다. 하야세는 순간적으로 옆 기둥에 몸을 숨겼다.

상대는 하야세를 미처 알아채지 못한 것 같았다. 큰 보폭으로 밖으로 나갔다. 동행은 없었다.

왜 저 남자가 여기에…….

며칠 전에 만났을 뿐이지만 얼굴은 잊을 수 없다. 경찰청의 가모라는 남자다.

그러고 보니 그때 가모 요스케는 거듭 아키야마 슈지의 회사에 대해 물었다. 그에 대한 하야세 일행의 대답에 무슨 문제라도 있었나. 그들의 수사 방식에 무슨 실수라도 있었나.

일단 하야세는 접수대로 가서 용건을 말했다. 젊은 접수원은 내선 전화로 어딘가에 전화한 후 그에게 미소를 지어 보였다.

"'분자생물학연구실'의 후쿠자와 실장이 올 테니 여기서 잠깐 기다려주세요."

그 말에 따라 로비 소파에 앉아 있자 후쿠자와가 작업복 차림으로 나타났다.

"죄송합니다. 많이 기다리셨죠."

"바쁘신데 죄송합니다."

"아닙니다. 그보다 일부러 가져오실 것까지 없었는데. 그냥 우편으로 보내주셔도 됐는데요."

"아니요, 그럴 수는 없지요. 만에 하나라는 경우도 있으니까요. 정말 감사했습니다."

하야세는 쇼핑백을 내밀었다. 후쿠자와는 쇼핑백을 받아들고 맞은편 소파에 앉았다.

"그래서 어떻게 되었나요? 자료가 수사에 도움이 되었습니까?"

"그건 아직 모릅니다. 앞으로 쓰임새가 있으리라 생각합니다만."

하야세는 대답하면서도 자신의 말이 허무하게 울리는 것을 느꼈다. 사실은 단서라 할 만한 것을 하나도 발견하지 못했다. 앞으로도 수사에 활용될 전망은 없다.

그런 형사의 심중을 전혀 알아차리지 못한 듯 후쿠자와가 물었다.

"용의자는 좁혀지고 있나요?"

"아니, 아직 거기까지는. 조금씩 좁혀지지 않을까 기대하고 있습니다."

입에서 나오는 대로 얘기했다.

"그렇군요. 정말 무서운 세상입니다. 한시라도 빨리 범인이 잡히길 기도하겠습니다."

"물론 전력을 다하고 있습니다." 틀에 박힌 대답이다. "그런데 한 가지 관계없는 얘길 여쭤봐도 되겠습니까?"

"뭔가요?"

"오늘, 이곳에 경찰청 사람이 오지 않았습니까?"

"아……."

후쿠자와가 입을 반쯤 벌렸다. 어떻게 대답할지 망설이는 얼굴이었다.

"역시 그랬군요. 사실은 조금 전 바로 여기서 아는 얼굴을 봐서요."

"하하하, 그러셨군요." 후쿠자와의 딱딱하게 굳은 얼굴이 조금 풀렸다. "그렇다면 어쩔 수 없군요. 말씀하신 대로 조금 전에 오셨습니

다. 다만 자기가 왔다는 것을 현장 수사관에게는 비밀로 해달라고
하셔서."

"어떤 용건이었습니까?"

"자세한 얘기는 해주지 않았습니다. 일종의 조사 같은 것인데 사
건 수사와는 직접적인 관계가 없다고 했습니다."

"조사?"

"수사관들이 뭘 물었는지, 수사관의 태도나 말투 등은 어땠는지,
그런 질문을 받았습니다. 감사 같은 거라고 막연하게 생각했습니다
만."

그럴 리 없다. 요스케의 부서는 그런 일을 하는 곳이 아니다.

생각에 잠긴 하야세를 보고 오해했는지 후쿠자와는 서둘러 손을
내저었다.

"걱정 마십시오. 문제가 될 만한 대답은 하지 않았습니다."

"그밖에 어떤 말을?"

"그러고는 아키야마 씨의 업무 내용에 대해서 물었습니다. 어떤
식물을 연구했는지를 꽤나 자세히 물었습니다. 이것도 경찰청 일과
관계가 있느냐고 물었더니, 그저 단순한 개인적인 관심이라며 웃더
군요."

바로 그거다. 조사라는 것은 구실에 불과하다. 아마 요스케의 진
짜 목적은 아키야마 슈지가 했던 식물 연구에 있다. 하지만 이해할
수 없는 것이 바로 그 목적이다. 요스케는 도대체 무슨 일을 꾸미고
있는 것일까.

"저 형사님…… 아까도 얘기했듯이 이 말은 수사관에게는 비밀로 해달라고 했으니 제게서 들었다는 말은…….

"네, 알겠습니다. 아무에게도 말하지 않겠습니다. 바쁘신데 정말 감사했습니다."

후쿠자와에게 고개를 숙이고 하야세는 현관으로 향했다.


16


리노는 거리를 걷다가 전화를 받았다. 전혀 모르는 번호라서 순간 무시해야겠다고 생각했지만 끈질기게 벨이 울리는 바람에 받았다. 상대가 의외의 인물이어서 조금 놀랐다. 하야세 형사였다. 사건이 일어난 날 밤에 만난 후 처음이다. 그러고 보니 그때 연락처를 알려준 기억이 났다.

묻고 싶은 게 있으니 만날 수 있느냐는 말이었다. 자세한 얘기는 만나서 하겠단다.

리노는 주저하지 않고 승낙했다. 그녀도 묻고 싶은 게 태산 같았다. 수사가 어떻게 진행되고 있는지, 경찰에서는 아무것도 알려주지 않았다.

가능한 한 빠른 게 좋아서 삼십 분 후에 근처 패밀리 레스토랑에서 만나기로 했다.

걸으면서 하야세의 용건이 뭘까 생각했다. 내용에 따라 가모 소타에게 알리는 게 나을지도 모른다. 그와는 '팬드럼'의 공연에 간 이후 만나지 못했다. 지금은 오사카 대학으로 돌아가 있을 것이다.

가모 소타에 대해서는 믿을 수 있다는 판단을 내렸다. 겉모습뿐만 아니라 내면도 성실해 보인다. 박식하고 든든했다. 마음에 걸리는 것은 친형과의 관계다. 이야기를 들어보면 마치 적대 관계 같다. 이복동생이라고 하는데 그것이 원인 같진 않다. 무슨 사정이 있을 텐데 소타 자신이 그것을 모르고 있다는 게 이상했다.

서점에서 시간을 보내고 약속 장소인 패밀리 레스토랑에 갔더니 시간이 딱 맞았다. 드링크 바에서 마실 것을 고르고 있을 때 회색 양복 차림의 하야세가 들어왔다. 곧바로 리노를 알아본 듯 살짝 의례적인 미소를 지으며 인사를 건넸다.

구석 자리에 마주 앉았다. 웨이트리스가 물을 가져오자 하야세는 메뉴판을 슬쩍 보고 아이스 코코아를 주문했다. 중년 아저씨라는 외모와는 어울리지 않아 리노가 물었다.

"단걸 좋아하세요?"

"아니요, 음료를 가지러 가는 시간이 아까워서요." 하야세는 슬쩍 웃어 보였지만 곧 진지한 표정으로 고개를 숙였다. "갑자기 뵙자고 해서 죄송합니다."

"괜찮아요. 어차피 한가했거든요."

"그랬나요? 연습으로 바쁘지 않을까 생각했는데요."

"연습?"

"이거 말입니다."

하야세는 두 손으로 물을 휘젓는 시늉을 했다. 이상하지만 평영이다.

"수영계에서는 유명한 분이더군요. 죄송합니다. 제가 전혀 몰라봬서."

아무래도 경찰 쪽에서 리노에 대해 조사한 모양이다. 생각하면 당연한 일이다.

그녀는 눈을 가늘게 뜨고 고개를 저었다.

"지금은 이미 은퇴했어요."

"아, 그러셨습니까."

"그보다 하실 얘기가 있다고 하셨는데 뭔가요?"

수영 얘기가 나온 탓에 기어이 목소리가 날카로워졌다. 하야세는 재빨리 수첩을 꺼냈다.

"사건 발생 엿새 후, 경찰에 신고를 하셨더군요. 아키야마 슈지 씨의 집에서 화분이 없어졌다고요."

그거였나.

"네." 리노는 고개를 끄덕였다.

"그에 대해 얘기를 듣고 싶습니다. 없어진 게 언제입니까."

"그러니까 그게." 리노는 저도 모르게 미간을 찌푸렸다. 이제 와서 뭐라고 해야 하나. "사건이 일어났을 때…… 할아버지가 살해되셨을 때라고 생각합니다만."

"사건 당일?" 이번에는 형사가 미간을 찌푸렸다. "사건이 일어난 후가 아니라 그날 없어졌다는 말씀이십니까?"

"그런 것 같아요."

"아니, 그게." 하야세가 자기 수첩을 내려다봤다. "신고를 받고 달려온 경찰관 말로는 사건이 발생하고 나서 현장 보존이 해제된 후에 도난당한 것 같다고 되어 있는데요."

"아니에요, 아니라고 얘기했는데 그분들이 좀처럼 믿질 않았어요."

리노는 입술을 깨물었다.

그때 대응한 경찰관의 아주 귀찮아하던 얼굴이 떠올랐다. 아이스 코코아가 나왔지만 하야세는 잔에 손도 대지 않았다.

"도난당한 게 사건 당일이라면 왜 처음엔 말씀하지 않으셨습니까?"

"그때는 미처 깨닫지 못했어요. 할아버지 집의 정원을 보고 뭔가 이상하다고만 생각했는데 뭐가 이상한지 몰랐어요. 너무 놀라기도 했고……. 그런데 나중에 그 화분이 마음에 걸리더라고요. 그 꽃이 어떻게 되었나 싶어서. 그래서 장례식 후에 다시 할아버지 집에 가본 거예요. 그랬더니 화분이 없어서…… 신고가 늦은 것은 그런 이유 때문이에요. 하지만 오신 경찰분이 전혀 귀담아듣지 않으셨어요."

"왜 그 화분이 마음에 걸리셨나요?"

"그러니까 그게, 사건 후에도 말씀드렸지만 그 꽃은 할아버지가 마지막으로 피운 꽃이었거든요. 할아버지가 아주 기뻐하셨어요."

리노는 말하면서도 망설였다. 그 비밀의 노란 꽃에 대해 어디까지 얘기하면 좋을까. 그것이 환상의 노란 나팔꽃일지도 모른다는 사실을 당분간 아무에게도 얘기하지 말자고 가모 소타와 약속했다. "그 꽃에는 관여하지 않는 게 낫다"는 가모 요스케의 말을 무시할 수 없다고 판단했기 때문이다. 그러나 만약 수사에 도움이 된다면 여기서 얘기하는 게 나을까.

"그건 어떤 꽃입니까. 특별한 종류의 꽃이었습니까?"

"모르겠습니다." 일단 리노는 그렇게 대답했다. "할아버지가 알려주시지 않았어요."

하야세의 눈이 순간 빛나는 것 같았다.

"당신은 꽃 이름을 잘 아는 편입니까?"

"아니요, 전혀."

"비슷한 꽃을 다른 데서 본 적 있나요?"

거짓말할 필요는 없다. 리노는 고개를 가로저었다.

"본 적 없는 꽃이었어요."

"도감이나 인터넷으로 조사한 적은?"

"찾아봤지만 알 수 없었어요."

실제 조사는 그녀가 아니라 소타가 했지만 그 사실은 숨기기로 했다.

하야세는 고개를 끄덕이면서 잔을 끌어당긴 뒤 허공을 응시하며 아이스 코코아를 마셨다. 맛을 음미하는 표정은 아니었다.

왜 이제 와서 이런 걸 묻는 것일까. 신고했을 때 왔던 경찰관들은 그녀의 말을 흘려들었지만, 도난당한 화분에 대해 가모 요스케가 수

159

사진에 전달한 것일까. 그도 경찰 쪽 사람이다.

리노가 입을 열었다. "왜 이제 와서 갑자기 그 꽃에 대해 물으시나요? 그 꽃이 사건과 관계가 있나요?"

하야세는 두드러지게 굼뜬 동작으로 잔을 내려놓았다. 어떻게 대답해야 할지 생각하기 위해 시간을 버는 것처럼 보였다.

"사건과 관계가 있는지 없는지…… 그건 아직 모릅니다. 솔직히 말씀드리면 수사는 난항을 겪고 있습니다. 그래서 다시 한 번 스타트라인으로 돌아가자고 생각했습니다. 많은 정보를 처음부터 다시 확인하는 겁니다. 그런데 화분 도난에 대해 여러 가지로 불명확한 점이 많아서 이렇게 이야기를 들으러 온 겁니다."

하야세는 리노의 눈을 가만히 쳐다보면서 말했다. 단어 하나하나를 곱씹어 내뱉는 정중한 말투에 어쩐지 미심쩍은 느낌이 들었다. 오늘 일은 가모 형제에게는 말하지 말자고 결심했다. 상대가 본심을 드러내지 않는데 나만 모든 것을 보여줄 수는 없다. 만약 정말 내가 가지고 있는 정보가 진상 규명에 도움이 된다면 그것을 이용할 기회가 찾아올 것이다.

"그 꽃에 대해 제가 할 수 있는 말은 그게 전부예요. 다른 질문이 없으시면 이만 가볼게요. 친구와 약속이 있어서요."

하야세는 눈꺼풀이 늘어진 눈을 그녀에게 향하고 있었다. 자기 나이의 반도 되지 않는 아가씨와의 신경전에는 전혀 관심이 없다는 표정이다. 이윽고 그는 한쪽 뺨만 끌어올려 웃었다.

"시간을 빼앗아 죄송합니다. 그러면 마지막으로 한 가지만. 이

거…… 즉 도난당한 화분에 대해 누군가에게 말했습니까?"

리노는 시선을 피하지 않고 고개를 흔들었다.

"아니요, 아무한테도."

"가족분들께도?"

"할아버지 장례식 후, 가족은 만나지 못했어요."

"그렇습니까."

형사가 수첩을 덮는 것을 보고 리노는 자리에서 일어섰다.

"이제 됐죠?"

"아, 맞다." 하야세가 검지를 세웠다. "경찰청 사람이 만나러 오지 않았습니까?"

"네……?"

"경찰청요. 이 건으로 왔을 텐데요."

놀랐다. 가모 요스케의 얼굴이 떠올랐다.

리노가 말문이 막혀 아무 말도 못하고 있자 하야세는 고개를 갸웃거렸다.

"안 왔습니까? 이상하네. 가모라는 사람입니다. 당신을 만난 것처럼 얘기했는데."

가모 요스케에 대해 알고 있나. 하지만 그렇다면 노란 꽃에 대해 그에게 들었을 것 아닌가. 왜 새삼 나를 만나러 왔을까. 리노는 의아했다.

"어떤가요? 경찰청 사람을 만나신 거 맞죠?"

하야세가 다시 물었다. 여기서 거짓말하는 것은 좋은 방법이 아닌 듯했다.

"가모 씨는 만났습니다. 하지만 경찰이라고 하진 않았어요."

"그럼 뭐라고 했습니까?"

"식물 전문가라고……."

하하하. 하야세는 마른 웃음을 터뜨렸다.

"경찰이라고 하면 당신이 두려워할 거라 생각했겠죠. 자주 쓰는 방법입니다."

"그 사람도 할아버지의 살해사건을 수사하고 있나요?"

하야세의 표정에 망설임과 주저함이 떠올랐다. 대답을 생각하고 있는지도 모른다.

"아닙니다." 마침내 형사가 대답했다. "그의 목적은 전혀 다릅니다. 경찰청은 경찰법에 근거해 설치된 일본의 행정기관입니다. 즉 그쪽은 형사가 아닙니다. 따라서 사건 수사는 하지 않습니다."

"그럼 가모 씨의 목적은 뭔가요?"

"그건." 하야세는 갑자기 말을 끊고 콧등에 주름을 잡았다. "제가 말씀드릴 수는 없습니다. 경찰청 일을 방해하는 게 되니까요."

아무래도 좀 이상하다. 이 남자는 정말 가모 요스케와 아는 사이일까.

"가모 씨와는 어떤 얘기를 했습니까?" 하야세가 물었다.

이 질문으로 확신했다. 이 형사는 요스케에게서 아무런 말도 듣지 못했다. 그저 단편적인 사실만 알고 있을 뿐이다.

"그건 가모 씨에게 물어보세요." 리노가 대답했다. "가모 씨가 실수로라도 다른 사람에게 얘기하지 말라고 누누이 얘기했거든요."

하야세의 얼굴에서 순간 표정이 사라졌다. 하지만 곧 환한 웃음을 지어 보였다.

"그렇죠. 아이고, 시간을 빼앗아서 정말 죄송합니다."

"이제 가도 되죠?"

"물론입니다. 협조해주셔서 감사합니다."

하야세는 테이블 계산서를 왼손에 든 채, 오른손으로 안주머니에서 명함을 꺼냈다.

"앞으로 무슨 일이 생기면 제게 연락해주세요. 경찰서나 다른 형사가 아니라 제 쪽으로 연락주시길 부탁드립니다. 이 건으로 움직이고 있는 사람은 저 하나니까요."

받아든 명함에는 손으로 직접 쓴 휴대전화 번호가 적혀 있었다.

리노는 계산대 앞에서 하야세와 헤어져 가게를 나왔다. 형사에게 쫓기는 것 같은 기분이 왠지 싫어서 옆길로 들어서자마자 맨션을 향해 빠르게 걸었다.

불길한 불안감이 가슴에 퍼졌다. 하야세의 목적은 무엇일까. 지금 자신의 대응은 과연 옳았던 것일까. 뭔가 돌이킬 수 없는 일을 저지르고 만 것은 아닐까.

가모 소타와 만나고 싶었다. 그에게 얘기하면 정확한 의견을 제시해줄 것만 같았다. 그는 언제 도쿄로 돌아오나.

맨션에 도착할 즈음에 가방 속에서 휴대전화가 울렸다. 도모키였다.

"지금 시간 괜찮아?" 심각한 말투다.

"괜찮은데 왜?"

"응, 사실은 묻고 싶은 게 있어서. 전에 누나하고 공연에 같이 온 가모라는 사람 말이야."

리노는 자리에 멈춰섰다. 저도 모르게 전화기를 잡은 손에 힘이 들어갔다.

"그 사람이 왜?"

"그 사람, 그때 이상한 말을 했잖아. 게이코 씨를 알고 있다고."

"게이코 씨?"

"시라이시 게이코 씨. 형 대신에 '팬드럼'에서 키보드를 치게 된 사람."

아아, 하고 고개를 끄덕였다.

"그런 얘길 했지. 그런데 사람을 잘못 본 거였잖아? 비슷한 사람이었다고."

"아니, 그게 아닌 것 같아서……."

"뭐, 어째서?"

"사실은." 그리고 조금 뜸을 들인 다음 도모키가 천천히 말을 이었다. "좀전에 마사야 형한테 전화가 왔어. 게이코 씨가 메일을 보내서 밴드를 그만두겠다고 했대."

"어? 왜 갑자기……."

"메일에는 일신상의 이유라고만 쓰고 자세한 얘기는 하지 않았대. 그래서 마사야 형이 왜 그러느냐고 메일을 보냈는데 답장도 없고 전화도 연결이 안 된다고. 그 키보드, 완전히 자취를 감췄어."


17


어머니의 상태가 좋지 않아서 당분간 쉬고 싶다고 소타가 말을 꺼내자 교수는 흔쾌히 허락했다.

"자네는 논문도 순조롭게 진행되고 있으니 괜찮네. 그보다 앞으로의 향방에 대해 집안 식구들과 얘기는 잘되고 있겠지?"

"아닙니다." 소타는 가볍게 고개를 흔들었다. "지난번 집에 갔을 때는 삼주기 준비로 바빠서 여유가 없었습니다."

"그럼 이번에 잘 얘기하면 되겠네. 다름 아닌 바로 자네의 인생이니까."

"알겠습니다."

소타는 교수의 방을 나왔다. 교수는 전부터 소타를 마음에 들어했다. 대학에 남아 계속 연구하기를 권했지만 최근에는 그 자체를 미안해하는 듯했다.

소타가 다시 도쿄로 돌아가겠다고 하자 후지무라는 놀란 표정을 지었다.

"무슨 일이야? 전에는 집에 가는 걸 그리 싫어하더니. 그렇게 어머니가 안 좋으셔?"

친구에게는 거짓말하고 싶지 않아서 실은 어머니는 건강하다고

165

알려줬다.

"집안일로 아무래도 처리해야 할 일이 생겼어. 그걸 해결하지 못하면 미래에 대해 생각할 수 없을 것 같아."

"그렇구나."

도대체 어떤 복잡한 문제기에 그러는 거냐, 알고 싶어하는 표정이 역력했지만 후지무라는 묻지 않았다.

"어느 집이나 남들이 모르는 사정이 있지. 알았어. 돌아오면 한잔하자. 물론 네가 쏘는 거다."

"그래. 시간제로 실컷 마실 수 있는 선술집이나 찾아놔."

후지무라와 헤어진 뒤 자기 방으로 돌아와 우선 집에 전화를 걸었다. 어머니가 바로 전화를 받은 참에 오늘 밤 돌아간다고 말했다.

"어머, 어쩐 일이니? 오사카에서 무슨 일이 있었던 거야?" 어머니는 걱정스러운 목소리로 물었다.

겨우 며칠 전에 오사카로 왔으니 당연한 반응이다.

"별일 없어. 여름방학인 데다 연구도 일단락되어서 조금 쉬려고. 삼주기 때는 갈아입을 옷도 제대로 없어서 길게 있지도 못했잖아. 뭐 아무려면 어때, 우리 집인데?"

"그야 그렇지만 얼마 전에도 바쁘다고 해놓고……"

어머니는 대놓고 의아해했다.

"상황은 변하는 거야. 신칸센 타면 다시 연락할게."

"알았어, 조심해라."

전화를 끊으며 "뭘 조심하라는 거야" 하고 혼잣말을 했다. 어머니에게 자식은 언제까지나 꼬마인가 보다.

짐을 싸고 있는데 메일이 도착했다. 아키야마 리노였다. 얘기하고 싶은 게 많으니까 돌아올 날짜가 정해지면 알려달라는 내용이었다.

바로 답장을 보냈다. 다음과 같은 내용이었다.

절묘한 타이밍이네. 지금 출발하려고 준비하던 참이야. 지금 도쿄로 갈 거야. 밤에는 집에 도착할 테니까 연락할게.

전송이 됐는지 확인하고 휴대전화를 내려놓았다. 리노의 조금 기가 세 보이는 얼굴을 떠올렸다. 그녀와 만난 것은 행운이었다. 만약 만나지 못했다면 형의 기묘한 행동에 대해서도 전혀 몰랐을 테고 전과 같은 일상을 보냈을 것이다.

지금의 소타를 움직이게 하는 것은 형이 숨기고 있는 것을 밝혀내고야 말겠다는 집념이었다. 그곳에는 틀림없이 자신이 형과 죽은 아버지에 대해 느끼고 있던 깊은 틈 같은 것이 관련되어 있을 거라는 확신이 있었다.

짐을 싸고 있는데 이번에는 휴대전화 벨이 울렸다. 아키야마 리노였다.

"여보세요."

"아…… 저예요, 리노. 지금, 전화 괜찮아요?"

"괜찮아. 내 방이니까. 메일 읽었어?"

"읽었어요. 그래서 직접 얘기하는 게 낫겠다고 생각해서 전화했어요."

"왜? 얘기할 게 많다고 쓰긴 했던데 무슨 급한 일이라도 있어? 노란 꽃에 대해 뭔가 알아낸 건가?"

"그쪽은 별다른 진전이 없어요. 그런데 묘한 일이 있어요. 형사가 와서 화분이 없어진 것에 대해 꼬치꼬치 물었어요. 이제 와서 말이죠. 이상하지 않아요?"

"그건…… 이상하긴 하네."

"그렇죠? 그래서 가모 군에 대해서는 얘기 안 했어요. 왠지 그 형사 수상해요."

"수상하다니, 어떻게?"

리노가 전화 너머에서 "음" 하고 신음했다.

"뭔가 숨기고 있다고 해야 하나, 사실을 말하지 않는 것 같은…… 아무튼 이상해요. 전화로는 얘기하기가 힘드네요."

"알았어. 그럼 가능한 한 빨리 만나. 내일은 어때?"

"내일이라…… 나는 괜찮은데."

"왜 문제라도 있어?"

"그게 아니라…… 저기, 오늘 밤 몇 시쯤 도쿄에 도착해요?"

"오늘 밤? 그야 뭐 서두르면……."

자명종 시계를 봤다. 오후 4시가 조금 넘었다.

"8시쯤에는 도쿄 역에 도착하지 않을까."

"도착하고 나서 약속 있어요?"

"아니, 집에 가려고. 근데 오늘 밤에 만나자는 거야? 그렇게 급한

가?"

"사실은 또 하나 중요한 용건이 있어요. 그것 때문에 전화했어요."

소타는 전화기를 고쳐 잡았다.

"무슨 일인데? 혹시 노란 꽃이…… 아니, 그건 진전이 없다고 했지."

"그게 아니에요. 그 여자에 대해 묻고 싶은 게 있어요."

"여자?"

"키보드 여자. 저기, 라이브 콘서트 때 보고 아는 사람과 닮았다고 했잖아요."

"아아……." 순간적이었지만 가슴이 뜨거워졌다. "그 사람이 왜?"

이번 귀경에는 또 하나 은밀한 목적이 있었다. 그 여성을 다시 한 번 만나고 싶었기 때문이었다. 소타에게 그녀는 분명 이바 다카미였다. 십 년이나 만나지 못한 데다 여자의 얼굴은 분명 크게 달라질 수 있다. 리노가 말했듯 아주 닮은 사람일지도 모른다. 그래도 만나고 싶었다. 그래서 그 밴드가 공연하는 날을 알아내 몰래 보러 갈 생각이었다.

그런데 다음으로 이어진 리노의 말에 소타의 머리는 순간 새하얘졌다.

"사라져? 그게 무슨 소리야?"

"그러니까 없어졌다고요. 갑자기 밴드를 그만두겠다고 메일을 보내고는 그후로 연락이 끊어진 상태예요."

"왜? 멤버 사이에서 무슨 일이 있었어?"

"짐작 가는 일이 아무것도 없대요. 그래서 멤버끼리 얘기를 나누다가 가모 군이 화제가 되었나 봐요. 내가 데려온 사람이 게이코 씨가 지인과 닮았다고 했다고. 그 일이 무슨 관계가 있었던 게 아닐까 하고. 그래서 도모키가 가모 군에 대해 묻고 싶다고 나한테 연락이 왔더라고요."

"그런 거야? 설마 그런 일이 벌어질 줄이야."

"가모 군은 어때요? 역시 사람을 잘못 본 거였다면 급히 만날 필요까지는 없지만."

"아니야, 그건 아니야." 소타는 바로 대답했다. "잘못 본 게 아니야. 사실은 나도 그것만은 분명히 하고 싶은데. 하지만 일단 말해두는데 나도 그녀에 대해서는 잘 몰라. 연락처도 모르고 지금 어디서 뭘 하는지도 몰라. 그래서야 도움이 될까."

"알고 있는 것만 얘기해주면 되니까 일단 나한테 말해줘요. 오늘 밤 어때요?"

"좋아, 되도록 빨리 준비하고 나가볼게. 고엔지에 살지? 그러면 시나가와 역에서 만나면 되겠다."

"그럼 좋아요. 알았어요."

시나가와 역 개찰구에서 만나기로 약속하고 전화를 끊었다.

기묘한 일이 벌어졌다고 생각하면서 다시 짐을 꾸리기 시작했다. 왜 그녀가…… 이바 다카미를 꼭 빼닮은 여자가 자취를 감췄을까.

나와 만났기 때문이 아닐까. 이렇게 생각하기까지 그다지 많은 시간이 필요치 않았다. 역시 그녀는 이바 다카미이고 정체가 드러나는 걸 두려워한 것이다. 그렇다면 그녀는 왜 가명을 사용한 것일까.

소타야말로 멤버들의 이야기가 듣고 싶었다. 가방에 짐을 넣는 손놀림이 결국 엉망이 되고 말았다. 대충 준비를 마치고 근처 편의점에서 큰 짐은 우선 택배로 부쳤다. 그후 전철을 갈아타고 신오사카역에 도착해 자유석 티켓을 산 다음 바로 출발하는 '노조미 호'에 뛰어올랐다. 오후 5시를 조금 넘어서고 있었다. 시나가와 역의 도착 시각을 리노에게 메일로 송신한 후 앞쪽의 자유석 차량으로 향했다. 3호차에 가자 이인석 자리가 비어 있어서 창가에 앉았다.

신칸센 창으로 바깥 경치를 바라보는 소타는 심란했다. 이바 다카미가 마음에 걸렸지만 그보다 중요한 것은 그 노란 꽃이다. 어떤 답을 찾아내지 못하는 한 오사카에는 돌아오지 않을 작정이다. 이번 귀경이 커다란 전환점이 될 것 같은 느낌이 들었다. 좋은 쪽의 전환일지 아닐지는 모른다. 두려운 마음도 있지만 여기서 물러설 수는 없다. 반드시 통과해야만 하는 의례인 것이다.

신오사카 역을 출발해 두 시간 반쯤 지나 '노조미 호'는 시나가와 역에 도착했다. 아직 8시가 되지 않았다. 소타는 작은 숄더백을 비스듬히 메고 차에서 내렸다.

개찰구를 통해 밖으로 나오자 아키야마 리노가 있었다. 프린트가 된 티셔츠에 청바지라는 심플한 옷차림이었지만 모델처럼 다리가 길다 보니 서 있는 모습이 화사했다.

그녀는 소타의 얼굴을 보고 잘 왔다고 인사를 건넸다.

"짧은 시간 동안 많은 일이 있었나봐."

"미안해요. 굳이 무리하게……"

"아니야, 그 여자는 나도 신경이 쓰였어."

역을 나와 근처 빌딩 안에 있는 카페로 들어갔다. 주문을 한 후 리노가 몸을 내밀며 얼굴을 가까이 댔다. 좋은 향기가 소타의 코끝을 기분 좋게 자극했다.

"우선은 노란 꽃에 대한 얘기인데 어떻게 생각해요?"

"형사가 왔다고 했지. 어떤 걸 물었어?"

"그게 말이에요."

리노가 목소리를 낮추고 시작한 말은 확실히 미심쩍은 부분이 많았다. 특히 그 하야세라는 형사가 요스케를 잘 아는 것처럼 행동한 점은 그냥 흘려들을 수 없었다.

"수사가 진전되지 않고 있는데 갑자기 그 꽃에 관심을 가지게 된 게 이상해요. 뭔가 속내가 있는 것 같은데."

"동감이야. 일단 상황을 보는 게 좋겠어. 만약 정말 사건 해결의 열쇠라면 좀더 확실한 형태로 다시 얘기를 들으러 올 거야."

"그렇죠." 리노는 안도하는 표정을 지었다.

"그 꽃에 대해서는 좀더 조사해야겠어. 가까운 지인 중에 꽃을 잘 아는 사람이 있으면 좋을 텐데. 농학부에 간 녀석이 없으려나."

고등학교 동창들 얼굴을 몇 명 떠올렸다.

"맞다. 그 사람한테 물어볼까?"

리노가 검은 눈동자를 치켜뜨며 말했다.

"부탁할 데가 있어?"

"할아버지가 식품회사에서 꽃을 연구했다고 했잖아요. 그때 함께 일했던 사람의 명함을 가지고 있어요. 그분께 꽃 사진을 보여주면 어떨까요."

소타는 그녀의 가슴을 가리켰다.

"그거, 정답이라고 생각해."

"그렇죠? 좋았어! 까먹지 않게 메모해둬야지."

리노가 휴대전화를 매만지기 시작했다.

맥주와 피자가 나왔다. 둘은 별다른 의미 없이 건배했다.

"그럼 이제 본론으로 들어가서." 휴대전화를 가방에 넣고 리노가 소타를 바라봤다. "전화로 얘기했듯이 그 키보드 여자가 갑자기 자취를 감췄어요. 덕분에 밴드 멤버들이 무척 곤란한 모양이에요."

소타가 피자 한 조각을 맥주와 함께 흘려 넘겼다.

"전혀 연락이 안 된다고는 하지만, 정말 아무것도 몰라? 집 주소나 일하는 곳은?"

리노가 미간을 찌푸리며 고개를 흔들었다.

"모른대요. 원래 아는 사람에게 소개받은 거라서 사생활은 전혀 모르나 봐요. 그녀가 밴드에 함께한 게 두 달 남짓이라 개인적인 얘기를 찬찬히 해본 적이 없기도 하고요."

"그래도 연주를 같이 할 수 있네."

"리더인 마사야는 어떻게든 해야 한다고 생각한 것 같아요. 하지만 무엇보다 첫 여성 멤버였으니 여러 가지로 마음을 썼겠죠."

"왠지 알 것 같긴 한데."

"마사야 씨는 그녀가 밴드에서 빠지는 것은 괜찮다고 생각해요. 하지만 이유를 모르고 받아들일 수는 없으니까 어쨌든 본인의 얘기를 듣고 싶은 거죠. 그래서 어떻게든 있는 곳을 알아내고 싶어해요."

"그녀를 소개해줬다는 지인에게 물어보면 뭔가 말해주지 않을까?"

"그게 말이에요." 리노가 시무룩한 표정으로 턱을 괴었다. "그 사람도 그녀에 대해 개인적으로는 잘 모른대요. 경영하고 있는 라이브하우스에 자주 오는 손님 정도?"

"그래……."

"그래서 이렇게 지푸라기라도 잡는 심정으로 가모 군에게 얘기하는 거예요."

소타는 맥주잔을 잡은 채 깊이 고개를 숙였다.

"미안하지만 그다지 도움이 안 될 거야."

"십 년 전에 만났다고 했죠."

"응, 중학교 2학년 때. 그것도 아주 잠깐."

리노는 고개를 끄덕이고는 입으로 가져가던 맥주잔을 멈췄다.

"그 정도 만남인데 어째서 가모 군은 그 여자를 그렇게 신경써요? 첫사랑 같은 거예요?"

소타는 말문이 막혔다. 게다가 입에 들어 있던 피자 때문에 사레가 들릴 뻔했다. 리노는 눈을 크게 뜨고 놀라워했다.

"우아! 내가 맞혔나봐!"

"아주 순식간에 끝난 얘기라서."

소타는 중학교 2학년 여름에 일어난 일을 짧게 얘기했다. 리노는 맥주잔을 든 채 눈을 반짝이며 들었다.

"흠, 부모님의 반대로……. 요즘에도 그런 일이 있구나."

"나도 이유를 모르겠어."

"그런 일이 있었다면 지금까지 마음에 두고 있는 것도 이해가 되네요."

"별로 마음에 두고 있는 건 아닌데……."

소타는 입을 다물고 서비스로 나온 감자튀김을 입에 넣었다.

"그런데 지금 얘기 중에 힌트가 하나 있네요. 우선은 이바 다카미라는 이름, 그리고 출신학교. 유명한 사립학교에다 중등부와 고등부가 있어요. 그 학교에 들어가서 다른 고등학교에 갔을 리는 없으니까 틀림없이 고등부까지 올라갔을 거예요. 그러면 알아낼 수도 있겠어요."

"어, 진짜?"

소타가 고개를 들었다.

"그 학교 수영부가 꽤 강해서 몇 명쯤 알아요. 선배를 찾으면 가모 군과 같은 학년의 사람도 찾을 수 있을 거예요."

"그럼 부탁해도 될까."

소타가 몸을 앞으로 구부리고 말하자 리노는 차가운 시선을 보냈다.

"말해두겠는데 죽은 사촌이 있던 밴드 때문에 하는 일이지 가모 군의 첫사랑 상대를 찾으려는 건 아니에요."

"아아, 그건 잘 알아······."

리노는 호호호 하고 웃었다.

"저기요, 하나 물어봐도 돼요?"

"뭘?"

"이바 다카미 씨를 지금도 좋아해요?"

심중으로 성큼 한 걸음 들어오는 말이었다. 리노는 방글방글 웃고 있다.

"잘 모르겠어."

소타는 간신히 대답하고 잔에 남은 맥주를 다 마셨다.


18


다음 날은 휴대전화 벨소리에 잠이 깼다. 아키야마 리노였다.

"여보세요."

스스로 생각해도 멍청한 목소리였다.

"아직도 자고 있어요?"

날선 목소리가 돌아왔다.

소타는 머리맡의 시계를 봤다. 곧 오전 11시가 될 참이었다.

"그보다 벌써 일어났어? 대단하네."

어젯밤은 그후 신주쿠로 자리를 옮겨 술집을 전전했다. 소타도 술이 약한 편이 아닌데 리노의 주량에 두 손 들었다. 몇 번째인가 들어간 집에서 테킬라를 주문했던 것이다.

결국 새벽 2시 넘어서까지 술을 마시고 택시를 타고 집에 돌아왔
다. 어머니의 얼굴을 본 것 같긴 한데 기억이 흐릿하다.

"사실은 남 얘기 할 형편은 아니에요. 저도 평소에는 12시 넘어서
까지 자는데 오늘은 중요한 용건이 있어서 알람을 맞춰뒀어요."

"중요한 용건?"

리노는 한심하다는 어투였다.

"역시 까먹었네. 오늘부터 철저하게 노란 나팔꽃을 조사하기로
굳게 약속했잖아요!"

"나팔꽃……."

"그래요! 어제 분명히 그건 반드시 나팔꽃이다, 획기적인 발견이
라고 얘기했잖아요. 그것도 기억 못 해요? 너무하네."

"미안, 너무 취했나봐. 하지만 그것이 환상의 나팔꽃이 아닐까 하
는 생각은 계속했어. 그래서 결국 얘기해버렸던 것 같아."

"어쨌든 상관없어요. 그래서 어때요? 조금 전 할아버지와 함께 연
구했던 분에게 연락해서 오늘 만나기로 약속을 잡았는데."

리노의 추진력에 소타는 혀를 내둘렀다. 일류 운동선수는 알코올
분해 능력도 뛰어난 모양이다.

"물론 같이 가야지. 어디로 가면 돼?"

"그럼, 연구소는 조후에 있으니까……."

신주쿠 역에서 오후 3시에 만나기로 약속하고 전화를 끊었다. 두
통은 남아 있었지만 마음을 다잡고 일어났다. 옛날부터 사용하던 책

상 위에 컴퓨터가 켜진 채 있다. 중학교부터 고등학교 때까지 애용하던 물건이다. 어젯밤 오랜만에 켰던 게 떠올랐다. 이바 다카미에 관한 정보를 확인하기 위해서였다.

그녀와 메일을 주고받은 것은 중학교 2학년 여름이었다. 만나는 것을 들키고 나서 메일은 다 삭제했다. 그러나 잊고 싶지 않은 소중한 추억은 텍스트로 만들어 다른 폴더에 저장해두었다. 폴더 이름은 'TAKAMI'였는데 십 년 만에 열어봤다.

하지만 그 텍스트 데이터에 남아 있는 것은 휴대전화 번호, 메일 주소, 이바 다카미가 당시 다니고 있던 중학교 이름, 그리고 생년월일뿐이었다. 전화번호와 메일 주소가 바뀐 것은 십 년 전에 확인했다.

수영부를 통해 정보를 얻을 수도 있다는 리노의 말이 생각났다. 기대하는 마음이 꽤 크다는 것을 깨닫고 소타는 자조적인 웃음을 떠올렸다. 리노는 틀림없이 좀스러운 남자라고 생각할 것이다.

1층으로 내려가 세수를 하고 거실로 가자 어머니가 휴대전화를 만지고 있었다. 어머니의 그런 모습은 처음이라 의외라고 생각했는데 요즘 세상에 휴대전화를 사용하지 않는 게 더 이상하리라. 그러나 소타를 보자마자 폴더형 전화를 서둘러 탁 닫는 게 신경에 걸렸다.

"뭐 하고 있어? 메일?" 소타가 물었다.

"응. 그렇지 뭐."

어머니는 어색한 웃음을 짓고 일어났다.

"혹시 형이야?"

어림짐작으로 물었는데 어머니의 얼굴에서 표정이 사라졌다.

"아니야." 부엌으로 향하다 걸음을 멈추고는 소타를 돌아봤다. "숙취 아니니? 그렇게 늦게까지 마시다니. 술 냄새가 진동하더구나."

"괜찮아, 늦어진다고 전화했잖아."

"고등학교 친구와 마신다고 했지. 누구야, 모치즈키 군?"

"엄마가 모르는 녀석이야. 오랜만에 만나서 좀 마셨어."

어머니는 이해하지 못하겠다는 얼굴로 부엌으로 발길을 돌렸다. 그뒤에 대고 "오늘도 나갈 거야"라고 말했다.

어머니가 돌아봤다.

"어디 가는데?"

"아직 몰라. 다른 친구랑 약속."

"그 사람은 일이 없니?"

"여러 번 유급해서 아직 대학생이야. 여름방학이라 한가하다더라고."

"저…… 소타, 왜 돌아온 거니?"

소타는 어깨를 으쓱해 보였다.

"그저 한숨 돌리려고. 이미 여러 번 말했잖아."

어머니는 아들에게서 시선을 돌리고 살짝 고개를 끄덕였다.

"바로 밥 차릴게."

그후 늦은 아침을 먹었다. 어머니가 해준 음식이 맛있어서 밥을 두 공기나 비웠다.

"형은? 아직 안 왔어?"

"응." 어머니가 조그만 목소리로 대답했다.

그 화제를 피하고 싶어하는 것 같았다.

"엄마는 노란 나팔꽃에 대해 뭔가 알아?"

어머니의 표정이 순간 굳었다.

"무슨 소리니, 갑자기."

"아무것도 아니야. 아버지나 형이 노란 나팔꽃에 대해 뭐라고 얘기한 적 없어?"

"나팔꽃은 노란색이 없지⋯⋯."

"그야 나도 알아. 하지만 사실은 어딘가 있다거나 사실은 없어지지 않았다거나, 그런 얘기를 들은 적 없어?"

어머니는 어두운 표정으로 고개를 흔들었다.

"그런 얘기, 들은 적 없구나. 어째서 그런 걸 묻는 거니? 무슨 일있어?"

"무슨 일이 있는지 알고 싶은 건 오히려 나야. 도대체 우리 집은 뭐야. 형은 지금 어디서 무슨 일을 하는 거지?"

저도 모르게 목소리가 거칠어졌다.

"무슨 일이라니⋯⋯. 당연히 일하겠지."

"어떤 일이냐고, 정말 경찰청 일이야?"

시마코는 순간 허를 찔린 것 같은 얼굴을 한 후 기분을 가라앉히려는지 크게 심호흡을 했다.

"아니면 뭘 한다는 거니?"

"엄마." 소타는 어머니의 눈을 똑바로 쳐다봤다. "왜 우리는 나팔꽃을 보러 다닌 거야, 매년 꼬박꼬박 빠지지 않고 나팔꽃 시장에 왜 갔던 거야? 아니, 과거형이 아니지. 아마 올해도 갈 테니까. 왜 그런 거야?"

"그야 그냥 늘 하던 거니까……."

소타는 천천히 고개를 가로저으며 일어났다.

"나는 그렇게 간단한 얘기가 아니라고 생각해."

그가 거실을 나가려고 하자 어머니가 불러 세웠다.

"뭘 어떻게 오해하고 있는지는 모르겠지만 너는 네 미래만 생각하면 된다. 요스케도 그걸 가장 바라고 있어. 돌아가신 아버지도 그랬단다."

소타는 대꾸하지 않았다. 그대로 방을 나왔다.


오후 3시 정각에 소타는 리노와 신주쿠 역에서 만났다. 그녀는 오늘 하늘하늘한 셔츠에 데님 반바지 차림이었다. 굽이 높은 샌들을 신고 있어서 177센티미터인 소타와 머리 위치가 비슷했다.

케이크 가게 종이봉투를 들고 있기에 안에 뭐가 들었느냐고 물었더니 와플이라고 했다. 선물을 산 모양이다.

"섬세하구나. 나는 선물 같은 건 생각도 못 했는데."

"할아버지 장례식에 와주신 분이니까 실례가 돼선 안 될 것 같아서요. 그런데 생각해보니까 사건이 있던 날 할아버지 집에 가지고 간 것도 와플이었어……."

그렇게 말한 리노의 눈가가 살짝 붉어졌다.

게이오 선 준특급을 탔다. 십여 분 후면 조후에 도착할 것이었다.

차 안이 조금 혼잡했기 때문에 둘은 출입문 가까이에 섰다.

"이바 다카미와 관련해서 일단 손을 써놨어요." 리노가 말했다. "그녀가 다녔다는 학교 수영부에 내가 아는 사람이 있다고 했죠. 조금 전 일단 메일을 보내놨어요. 그랬더니 시간이 나면 알아봐준다고 답장이 왔어요."

소타는 그녀의 얼굴을 새삼스레 다시 바라봤다.

"오늘 아침에도 생각했지만 어떻게 그렇게 행동이 빨라?"

"마음에 걸리는 게 있으면 그냥 두지 못하는 성격이라서 그래요."

"대단해. 하지만 그 키보드가…… 이바 다카미라고 결론이 난 건 아니니까."

리노는 미간을 찌푸렸다.

"어제는 착각한 게 아니라고 해놓고."

"물론 나는 그렇게 생각해. 하지만 확증이 없으니까. 그래서 증거를 잡고 싶은 거야."

"그러면 됐어요. 어느 쪽이든 확인할 필요는 있으니까. 게다가 나도 잘못 봤을 것 같지 않아요."

"왜?"

"그러니까." 리노는 말을 이었다. "첫사랑이잖아요. 그런 중요한 사람을 잘못 봤을 리 없죠. 적어도 가모 군은 틀림없을 거예요."

소타는 쓴웃음을 지었다.

"나에 대해 잘 모르면서."

"다른 건 잘 몰라요. 하지만 그 점은 자신 있어요. 무엇보다 밤새도록 이바 다카미에 대해 들었으니까."

깜짝 놀랐다. "밤새도록?"

리노는 한심하다는 듯 몸을 젖혔다.

"기억 못 해요? 최소한 다섯 번은 들었다고요. 둘이 소프트아이스크림을 사 먹은 얘기까지."

소타는 손가락으로 미간을 눌렀다. 얼굴이 뜨거워졌다.

"그러니까 아마 사람을 잘못 본 건 아닐 거예요. 나는 가모 군을 믿어요."

커다란 눈이 똑바로 응시해오자 소타는 허둥거릴 수밖에 없었다.

"그럼 뭐, 일단 고맙다고 해두지."

간신히 그렇게 대답했다.

조후 역에 도착하자 리노는 전화를 걸었다. 주위를 돌아보면서 얘기했는데 마침내 알았다는 얼굴로 전화를 끊었다.

"벌써 도착하셨대요. 서둘러야겠어요."

북쪽 출구에서 밖으로 나왔다. 약속 장소는 파르코 백화점 1층에 있는 카페라고 했다. 소타는 걸으면서 상대의 이름이 '히노'라는 사실을 들었다. 가게 안은 한산했다. 두 사람이 들어가자 안에 있던 작은 몸집의 남자가 일어났다. 예순 살 전후로 보였다.

리노가 먼저 인사했다.

"할아버지의 장례식 때는 감사했습니다. 그리고 오늘도 바쁘신데 시간 내주셔서 고맙습니다."

"아니, 아니야."

상대 남자가 손을 흔들었다.

"내가 할 수 있는 일이라면 뭐든 하지요. 어차피 한가한 몸이니까."

리노는 소타를 야마모토라는 친구라고 소개했다. 가모라는 성으로는 수상하게 비칠 우려가 있기 때문이었다. 요스케가 이 인물과 만나지 않았다는 보장이 없다.

계산대에서 먼저 주문하고 찾아가는 형식의 카페여서 소타가 음료를 사러 갔다. 리노는 카페라테를 부탁했고, 히노는 이미 테이블에 커피잔이 놓여 있었다.

뜨거운 커피와 카페라테를 쟁반에 올려 자리로 돌아오자 리노가 휴대전화 액정화면에다 손가락을 움직이고 있었다.

"이게, 그 꽃인데요."

그녀는 전화기를 히노 앞에 놓았다. 그 화면에는 예의 노란 꽃이 찍혀 있었다. 잠깐 보겠다며 히노는 휴대전화를 들었다. 한참을 바라본 후 그는 고개를 들었다.

"과연! 이 꽃이 아키야마 씨가 키운 마지막 꽃입니까. 이거 재미있군요."

"어떻게 생각하세요?" 리노가 물었다.

"틀림없이 나팔꽃일 가능성도 있습니다. 하지만 단언할 순 없네요. 비슷한 특징을 지닌 전혀 다른 식물일 수도 있습니다. 실물을 보고, 또 유전자까지 조사하지 않으면 뭐라 얘기할 수 없습니다."

"야마모토 군에게 들었는데요." 리노가 소타 쪽을 슬쩍 봤다. "혹시 이게 나팔꽃이라면 엄청난 일이라고 하던데요. 노란 나팔꽃은 지금 존재하지 않는다고."

히노는 크게 고개를 끄덕였다.

"맞는 말입니다. 그래서 저도 신중하게 발언하는 겁니다."

"할아버지는 예전에 새로운 꽃을 만드는 연구를 했다고 하셨어요. 노란 나팔꽃에 관한 연구는 하지 않으셨나요?"

리노의 질문에 히노는 입가를 풀었다.

"나팔꽃 연구도 했습니다. 그러나 우리가 주목한 것은 노란 나팔꽃이 아니라 파란 나팔꽃이었습니다."

"파란? 그건 평범하잖아요?"

"맞아요. 평범합니다. 왜 파란 나팔꽃이 흔히 존재하는가. 그것이 화두였습니다. 그건 장례식에서 얘기했듯이 저와 아키야마 씨의 목표는 어디까지나 파란 장미였기 때문입니다. 꽃의 색깔이라는 것은 그 식물이 어떤 색소를 가지고 있는가에 따라 결정되는데 그렇다면 나팔꽃도 장미와 마찬가지로 파란 꽃은 피지 않아야 합니다. 그런데 말씀하신 대로 파란 나팔꽃은 흔히 존재합니다. 그 점에 우리는 흥미를 가졌습니다. 어디까지나 파란 장미를 위한 연구였지요."

"하지만 파란 장미 개발 경쟁에서 지셨죠."

"그렇습니다."

"그다음은 환상의 노란 나팔꽃에 도전하신 것이……."

히노는 쓸쓸한 미소를 지으며 천천히 고개를 저었다.

"그렇지 않습니다. 파란 장미 개발에 대한 투자로 회사는 큰 손해를 입었다고 판단했습니다. 그래서 아키야마 씨가 회사를 떠나고 연구 프로젝트도 접었습니다. 우리에게 다음이란 말은 없었습니다."

"그랬나요."

리노의 표정이 흐려졌다. 그 순간 소타가 끼어들었다.

"꽃 개발이라는 게 실제로는 어떤 겁니까?"

히노가 주름투성이의 얼굴을 그에게 돌렸다.

"여러 가지가 있습니다. 단순 교배도 있고 유전자 조작도 있습니다. 세포 융합이라는 경우도 있고요. 다만 그것들은 우리가 하는 일의 아주 일부일 뿐입니다."

"그렇다면?"

"대부분은 꽃을 기르는 거죠. 유전자 조작을 했다고 한 시간 후에 원하는 꽃이 피는 일은 결코 없습니다. 키우고 무사히 꽃이 필 때까지 기다리는 일이 대부분이죠. 날짜를 최대한 단축하느라 하루 종일 온실이나 조명을 켜는 등 다양한 방법을 쓰는 경우도 있습니다. 개화시기를 좌우하는 메커니즘은 식물에 따라 다르니까요."

리노가 한숨을 내쉬었다.

"할아버지가 마당에 수많은 꽃을 키우고 계셨던 것도 그때의 흔적이네요."

"그럴지도 모르죠."

히노가 고개를 끄덕였다.

소타는 테이블에 놓인 리노의 휴대전화를 가리켰다.

"아키야마 씨가 이걸 만들었다고는 생각하지 않으세요?"

히노는 가볍게 미간을 찌푸리고는 리노에게 물었다.

"아키야마 씨가 전부터 나팔꽃을 재배했습니까?"

그녀는 고개를 가로저었다.

"제가 알기로 전에는 마당에 나팔꽃이 없었어요."

"그렇다면 그럴 가능성은 낮을 겁니다." 히노는 소타를 보고 말했다. "육종은 십 년이 걸리는 일입니다. 제 지인도 나팔꽃을 키우는 데 몇 년을 투자했는데도 좀처럼 꽃을 피우지 못했다고 했습니다. 어제오늘 시작해서 바로 환상의 노란 나팔꽃을 피울 수는 없습니다. 그것만은 장담할 수 있습니다."

"아키야마 씨가 어떤 획기적인 방안을 알아냈다거나." 소타가 물고 늘어졌다.

히노는 고개를 갸웃했다. "가령 제가 노란 나팔꽃을 만들라는 미션을 받았다면 우선, 교배를 제일 먼저 해볼 겁니다. 비슷한 종의 노란 꽃과 합쳐보는 겁니다. 하지만 그런 일은 이미 누군가가 하고 있겠지요. 교배가 아니면 세포 융합이라는 방법도 있습니다. 나팔꽃의 세포와 다른 노란 꽃의 세포를 융합시키는 겁니다. 또는 유전자 조작. 노란 색소를 내는 효소 유전자를 떼어내 나팔꽃 유전자에 도입한다. 이전에 이 방법으로 노란색 아프리카제비꽃에 도전한 적도 있습니다. 잘되지 않았지만 이런 방법이 모두 소용없다면 방사선을 쏘여서 강제로 돌연변이를 일으키기도 하는데 그야말로 요행을 바라는 수단입니다. 어쨌든 수많은 시도와 실패를 되풀이해야 하는 일입니다. 단번에 잘되는 일은 절대 없습니다. 아키야마 씨가 극비로, 게다가 집에서 그런 연구를 했다고는 생각되지 않는군요."

유감스럽게도 히노의 말에는 설득력이 있었다. 그렇다면 다른 가능성을 찾을 수밖에 없다.

"그러면 어느 연구기관이 노란 나팔꽃 개발에 성공했다는 얘기를 들은 적 없으세요?"

하지만 이 말에도 나이 든 기술자는 고개를 갸우뚱했다.

"못 들었습니다. 혹시 그런 품종 개량에 성공했다면 농림수산성에 신고했을 게 분명한데 그런 말은 듣지 못했습니다."

"그렇군요."

소타는 리노와 얼굴을 마주 봤다. 그녀는 어깨를 으쓱했다.

"아무래도 저는 두 분이 원하는 답을 주지 못한 것 같군요. 저도 아키야마 씨가 획기적인 꽃을 만들어냈다고 믿고 싶습니다. 하지만 무리인 것은 무리입니다." 히노가 유감이라는 듯 말했다. "하지만 여전히 미심쩍다면 한번 전문가의 말을 들어보면 어떨까요? 조금 전에도 얘기했는데 지인 중에 나팔꽃 육종가가 있습니다. 직업은 다르지만 경험과 지식은 풍부한 사람입니다."

"소개해주실 수 있으세요?" 리노가 물었다.

"물론."

히노는 바로 자기 휴대전화를 꺼냈다.

다하라라는 인물의 연락처였다. 직업은 치과의사였다.

"나도 연락해둘게요. 틀림없이 많은 얘기를 해줄 겁니다."

히노는 부드러운 표정으로 이야기를 마무리 지었다.

## 19

하야세가 가게 입구에 서자, 하얀 블라우스에 검은 롱스커트를 입은 여성이 다가왔다. 웨이트리스라는 이름은 어울리지 않아 보였다.

"예약하셨나요?" 여직원이 상냥하게 물었다.

하야세가 가게 안을 둘러봤다.

"네, 그런데…… 아직 안 온 것 같군요."

"몇 분이세요?"

"나까지 두 사람입니다."

"알겠습니다. 발밑을 주의하세요."

여직원은 우아한 움직임으로 하야세를 안내했다. 말투도 행동도 일반적인 찻집과는 차원이 달랐다. 안쪽 테이블로 안내되었다. 커다란 팔걸이가 달린 소파에 앉자 자연스럽게 느긋한 자세가 되었다.

약속 장소를 호텔 라운지로 정한 것은 경찰 동료가 보면 곤란했기 때문이다. 형사는 도쿄 곳곳에 있을 가능성이 있지만 휴식을 위해 호텔 라운지를 이용하는 일은 일단 없을 것이었다.

하야세가 만남을 청한 약속 상대는 가모 요스케였다. 이는 큰 도박이었다. 만에 하나 이 사실이 상사에게 알려지면 그야말로 끝이다. 한직으로 좌천되는 것에 그치지 않고 사표를 써야 할지도 모른다. 하지만 여기서 승부를 걸지 않으면 승산이 없다. 유타의 얼굴을 떠올렸다. 별 쓸모도 없고 존경도 못 받는, 이름뿐인 아버지이지만 적어도 아들의 소원만은 들어주고 싶었다.

'구온 식품 연구개발센터'에서 가모 요스케의 모습을 목격한 하야세는 이제까지의 수사에서 얻은 정보를 샅샅이 다시 살폈다. 요스케의 목적은 알 수 없었지만 아키야마 슈지의 전 직장과 연구 내용에 관심을 가지고 있는 것만은 틀림없었다. 그 근거를 찾아내야겠다고 결심한 것이다.

사건 발생 직후, 아키야마 슈지의 집은 철저하게 수색했다. 수사관들은 서간이나 식물 생육 노트, 나아가 아주 사소한 메모에 이르기까지 상자에 담아 수사본부에 가져왔다. 하야세는 철저하게 조사했지만 사건과 결부할 만한 것들을 찾지 못했다. 그래서 역시 금품을 목적으로 한 단순 범행이라는 결론을 내렸던 것이다.

하지만 요스케는 뭔가 알고 있다. 그렇지 않으면 '구온 식품 연구개발센터'에 나타날 리 없었다.

열심히 자료를 뒤적이고 있으니 동료들은 "이제 와서 쓰레기통을 휘저어봐야 뭐가 나오겠느냐?"며 야유했다. 관할 사람들은 어차피 범인을 못 잡을 바에는 빨리 미궁에 빠지길 바라고 있다. 수사1과 사람들이 오래 눌러앉아 있는 게 탐탁지 않았기 때문이다. 평소라면 하야세도 마찬가지였을 것이다. 특별수사본부가 세워지면 어떤 의미에서 관할은 방관자가 되게 마련이다.

그러나 이번 사건은 다르다. 미궁에 빠지는 것만은 절대로 피하고 싶다.

더는 단서가 없구나 하고 하야세가 포기하려던 찰나 그 메모를 발견했다. 그것은 방대한 자료의 한쪽 구석에, 덧붙인 쪽지처럼 첨부되어 있었다.


　사건 육 일 후에 도난, 정원에 있던 화분, 노란 꽃?


그렇게 기록되어 있었다.

이게 뭐지, 도대체 누가 쓴 걸까.

수사본부에 얼굴을 보이는 형사들을 붙잡고 일일이 물어봤지만 자세한 내용을 아는 사람을 좀처럼 찾을 수 없었다. 대부분 메모의 존재 자체를 몰랐다. 마침내 출처가 판명되었다. 아키야마 슈지 집 근처에 있는 파출소에 근무하는 경찰관이었다.

사건 엿새 후, 피해자 집을 방문한 유족이 도난을 당했다고 신고했다. 근처 파출소에서 경찰관이 출동했더니 마당에 놓여 있던 화분이 없어졌다는 것이었다.

사건 발생 당시에는 도난을 알아차리지 못했으니 현장 보존 경비가 해제된 후에 누군가가 가지고 간 것으로 보인다. 문은 잠겨 있지 않아 아무나 드나들 수 있는 상황이었다. 단순한 장난일 가능성이 높다고, 유족의 이야기를 들은 경찰관은 그렇게 수사본부에 보고했다.

하야세는 그 경찰관에게 연락을 취했다. 그러자 그때 도난을 신고한 유족은 아키야마 슈지의 손녀라고 알려줬다. 사건 당일에 만났기 때문에 하야세도 기억하고 있다. 키가 크고 반듯한 이목구비를 지닌 아가씨였다. 아키야마 리노라는 이름이 수첩에 남아 있다. 경찰관에게 쓸 만한 얘기를 듣지 못한 탓에 리노를 직접 만나기로 했다. 연락처는 이미 알고 있다.

그녀가 정한 패밀리 레스토랑에서 만났다. 도난당한 화분에 대해 묻자 강한 관심을 보였다. 게다가 그냥 흘려버릴 수 없는 얘기가 더해졌다. 화분을 도난당한 것은 사건 후가 아니라 사건 발생 시점이라는 것이다. 만약 그렇다면 얘기가 180도 달라진다. 단순 절도범이 화분을 훔쳐갈 리 없다. 범인의 목적은 화분이었을지도 모른다.

아키야마 리노에 따르면 화분에 심어진 것은 이름을 알 수 없는 노란 꽃이었다고 했다.

이에 대해 다른 사람에게 말한 적이 있느냐 물었을 때 리노는 부정했다. 하지만 그 눈빛이 마음에 걸렸다. 거짓말은 아니라고 주장하는 눈이었다. 그런 경우, 거꾸로 의심해보는 게 형사라는 동물이다.

하야세는 떠보기로 했다. 가모 요스케의 이름을 꺼내 접촉이 있었지 않느냐 말해본 것이다. 예상은 적중했다. 리노는 요스케와의 접촉을 인정했다. 이거다! 하야세는 확신했다. 도난당한 화분은 사건과 관련이 있다. 여기까지 알아냈으면 다음은 한 가지밖에 없다. 요스케에게 연락해 그 사건에 대해 중요한 이야기가 있다고 얘기했다. 그리고 이렇게 덧붙였다.

"노란 꽃에 대한 이야기, 라고 바꿔 말해도 상관없습니다만."

예상대로 가모 요스케는 그 자리에서 시간과 장소를 정했다.


하야세가 한 잔에 천 엔이나 하는 말도 안 되는 커피를 마시고 있자, 약속시각 정각에 가모 요스케가 나타났다. 짙은 감색 양복 차림에 서류 가방을 들고 있었다. 하야세를 내려다보며 안녕하시냐며 가볍게 인사하고는 맞은편 자리에 앉았다. 그 표정에 여유가 있었다. 허세를 부리는 것처럼 보이지는 않는다.

롱스커트의 여직원이 다가오자 요스케도 커피를 주문했다.

"갑자기 뵙자고 해서 죄송합니다." 하야세가 말했다. "약속이 있었던 건 아니십니까?"

"몇 가지 있긴 했지만 취소했습니다. 강도살인사건 수사본부에 계셔야 할 형사분이 전화로는 할 수 없는 중대한 용건이 있다고 하시는데 어쩔 수 없지요."

하야세는 몸을 내밀어 상대의 얼굴을 아래에서 올려다봤다.

"그게 결정타 아니었습니까. 노란 꽃이라는 말이."

하지만 요스케는 눈썹 하나 움직이지 않았다.

"글쎄요, 어떨까요."

주문한 커피가 나왔다. 요스케는 크림을 넣고 천천히 스푼으로 저었다.

"얼마 전 가모 요스케 씨를 봤습니다." 하야세가 말했다. "구온 식품 연구개발센터에서 도대체 뭘 하고 계셨던 겁니까?"

이렇게 말하면 조금 놀라지 않을까 생각했는데 요스케는 꿈쩍도 하지 않았다.

"별일 아니었습니다. 경찰청의 단순 업무였습니다."

"어떤 일입니까?"

요스케는 익살을 떨듯 어깨를 으쓱했다.

"그걸 내가 왜 말해야 하나요?"

"말씀 안 해주시면 곤란합니다. 경찰청 관료가 무단으로 우리 쪽 사건 관계자와 접촉했다면 어떻게 되겠습니까?"

"불만이 있으시면 정식 절차를 거쳐 항의하시면 되겠네요. 저희는 나름대로의 목적이 있어서 움직이고 있는 것뿐입니다. 제가 수사를 방해하기라도 했나요?"

하야세는 테이블에 두 팔로 턱을 괴고는 눈을 부릅뜨고 요스케의 얼굴을 노려봤다.

"윗선에 노란 꽃에 대해 보고해도 괜찮겠습니까?"

"무슨 뜻이죠?"

"가모 요스케 씨, 어떤 사정이 있는지는 모르지만 당신은 개인적으로 이번 사건에 관심을 가지고 있습니다. 그 계기는 아마도 아키야마 슈지 씨의 정원에서 도난당한 화분일 겁니다. 당신과 아키야마 씨의 손녀가 어떤 관계인지는 모르겠지만 그녀에게 노란 꽃 이야기를 듣고 아키야마 씨의 식물에 관한 연구가 사건과 관련이 있다는 것을 알아냈습니다. 그래서 주변 조사 담당 형사인 우리에게 이야기를 듣고 더 나아가 아키야마 씨의 전 직장에도 탐문을 갔지요. 어떻습니까. 지금까지의 추리에서 틀린 부분이 있습니까?"

요스케는 여전히 유연한 태도를 무너뜨리지 않고 커피잔을 기울였다.

"그것은 추리가 아니라 공상에 가깝군요. 공상을 한없이 펼치는 것은 자유이니까요. 제가 무슨 말을 해도 소용이 없겠죠."

"공상을 무시하면 안 됩니다. 특히 상대가 형사일 때는요."

요스케가 예리한 눈빛을 보냈다. 하야세는 그 눈빛을 정면으로 받아들였다.

"아키야마 씨의 손녀딸이 화분을 도난당했다고 신고했음에도 수사에 반영되지 않았습니다. 우리 경찰이 한심한 대응을 했기 때문입니다. 그러나 가모 씨, 그 모든 것이 당신에게는 유리한 상황이죠. 수사진은 노란 꽃의 중요성을 깨닫지 못하고 있다, 그 존재조차 모른다, 담당 형사들은 관계없는 것만 파고 다닌다, 그사이에 본인은 원하는 대로 행동할 수 있으니까요."

갑자기 요스케가 시선을 멀리 보낸 채 한 손을 들었다. 여직원이 다가왔다.

"이분께 커피 좀, 더 드리세요."

하야세의 빈 잔을 가리켰다.

"사주시는 겁니까."

요스케는 씩 웃었다.

"호텔 라운지는 커피 리필이 무료입니다."

"아하, 그렇군요. 과연 비쌀 만하네요."

"어서 얘기를 계속하시지요."

하야세는 입술을 축이고 나서 다시 입을 열었다.

"구온 식품 연구개발센터에 계셨던 걸 제가 본 것은 당신의 큰 실수였습니다. 그 일이 없었다면 저도 이상한 질문을 했던 경찰청 관료는 금방 잊었을 테니까요. 그런데 그곳에서 당신을 보고 나서 수사 자료를 처음부터 다시 살폈습니다. 그리고 화분이 도난됐음을 알았지요. 지금 당신은 꽤 여유로워 보이지만 속사정은 다를 겁니다. 어떻게 하면 이 예민한 문제를 거론하는 형사의 입을 닫게 할까 열심히 머리를 굴리고 있겠죠. 엘리트 코스를 밟아온 기막힌 두뇌의 뇌세포를 총동원해서 말이죠. 아닙니까?"

일거에 얘기하고 한숨을 쉬었을 때 기막힌 타이밍으로 커피가 리필되었다. 하야세는 블랙으로 마시면서 상대의 반응을 살폈다. 리필이 무료라면 쬘끔쬘끔 마실 필요가 없다. 그렇게 생각하며 마시니 역시 맛있었다.

"한 가지 여쭤봐도 되겠습니까?" 요스케가 천천히 말했다.

"뭐든."

"왜 지금 하신 얘기를 당신 상사에게 보고하지 않는 겁니까. 도난당한 화분이 사건과 관계가 있다고 확신했다면 수사를 추진하기 위해서는 상부에 먼저 얘기해야 합니다. 그런데 제게 먼저 연락하셨더군요. 그 이유가 뭡니까?"

"드디어 본론에 들어가는군요." 하야세가 말했다. "왜 상사에게 보고하지 않는가, 그 이유는 간단합니다. 그런 일을 해도 소용없기 때문입니다. 내게는 아무런 득이 없습니다. 수사1과 녀석들이 활개를 칠 뿐이지요. 가령 그 결과 사건이 해결되어도 제 공이 아니고요. 그렇다면 다른 길을 찾아야겠죠."

"선수를 치고 싶다? 수사1과를 따돌리고 싶다는 말씀입니까."

"나쁘게 얘기하면 그렇죠. 하지만 단도직입적으로 말해 이런 겁니다. 이런 기회는 좀처럼 오지 않으니까요."

"뭐가 기회인지 도무지 모르겠군요."

요스케는 커피잔을 다 비우고 손목시계에 시선을 던졌다.

"죄송하지만 다른 약속이 기다리고 있어서 이만……."

"공상 하나를 더 말씀드려도 될까요?"

요스케는 한숨을 내쉬었다.

"짧게 부탁드립니다."

"당신의 목적은 사건의 범인을 찾는 게 아닙니다. 아마도 그것은 그다음 문제겠죠. 그러니까 수사본부에 노란 꽃에 대한 정보를 흘리지 않는 겁니다. 진짜 목적은 따로 있다, 게다가 그것은 경찰청과는 관계가 없다, 당신 개인과 관련이 있다……. 어떻습니까, 이 공상은?"

"아까도 말씀드렸지만 공상은 자유입니다."

"목적을 위해 저와 손을 잡는 건 어떻습니까?"

요스케의 얼굴에서 표정이 사라졌다.

"손을 잡다니요?"

"서로 정보를 교환하는 겁니다. 제 목적은 범인 체포. 당신과는 경쟁하지 않겠습니다."

요스케의 입가가 살짝 풀어졌다. 하지만 눈에는 냉철한 빛이 머물고 있었다. 다시 한 번 손목시계를 보고 테이블 계산서를 들고 일어났다. 그 손목을 하야세가 잡았다.

"말이 아직 안 끝났는데요."

요스케는 가만히 내려다보았다.

"거래하고 싶으면 걸맞은 카드를 준비하길 바랍니다."

배 속에서 울리는 것 같은 낮은 목소리였다.

"카드……."

"노란 꽃을 상사에게 보고하고 싶으면 하세요. 그걸로 사건이 해결된다면 저도 그만입니다."

요스케는 하야세의 손을 떼어내고 등을 획 돌려 출구로 향했다.


20


손목시계를 보니 약속 시각에서 오 분 정도 지나 있었다. 소타는 도부이세사키 선의 히가시무코지마 역의 개찰구 옆에 있었다. 전철이 도착한 듯 엄청난 승객이 쏟아져나온다. 곧 그는 리노의 모습을 발견했다. 오늘은 체크무늬 파카를 입고 빨간 모자를 쓰고 있다. 늘 생각하지만 무엇을 입어도 모델처럼 잘 어울렸다.

"미안해요. 차를 한 대 놓쳤어요."

"괜찮아. 나도 금방 왔어."

"그럼 걸어가나요?"

"응. 지도를 확인했는데 그리 멀지 않아. 바로야."

둘이 역을 나와 서쪽을 향해 걷기 시작했다.

"전화해본 느낌은 어때?" 소타가 물었다.

"나쁘진 않았어요. 히노 씨에게 소개를 받았다고 하니까 바로 얘기가 통했고요."

"나팔꽃에 대해 얘기하고 싶다고 했어?"

"네, 알려주고 싶은 게 있대요. 나팔꽃에 대해 물어오는 사람이 종종 있는 듯 특별한 일 같진 않았어요."

"하지만 치과의사라면서."

"그런데 전화는 여자가 받았어요. 다하라 치과의원이라고 하던데."

"왜 치과의사가 나팔꽃을 키울까."

"글쎄요."

리노는 고개를 갸웃했다. 자신에게 물어야 소용없다는 얼굴이었다.

길이 복잡했기 때문에 휴대전화에서 지도를 불러냈다. 목적지는 미리 설정해놓았다.

골목길을 따라 단독주택이 밀집해 있다. 새집도 있고 오래된 집도 있다. 스카이트리2012년 5월에 개장한 세계 최고 높이 634미터를 자랑하는 전파탑이자 관광명소의 영향으로 부동산 가격이 조금 올랐을까 하는 생각이 들었다.

'다하라 치과의원'은 그런 주택가 한구석에 있었다. 세월을 느끼게 하는 회색 사각형 건물이었다. 벽에는 가느다란 금이 잔뜩 가 있었다.

"이런 말을 하면 실례겠지만." 낡은 간판을 올려다보며 리노가 목소리를 낮춰 말했다. "별로 들어가고 싶지 않은 병원이네요."

"최신 치료는 받기 어렵겠어."

리노가 유리문을 밀며 안으로 들어갔다. 소타도 그녀의 뒤를 따랐다. 오른쪽에 접수창구가 있고 그 앞이 대기실이었다. 기다리는 환자는 없었다.

접수대에 있던 중년 여성이 의아하다는 듯 소타 일행을 쳐다봤다.

"낮에 전화했던 아키야마라고 합니다." 리노가 말했다.

여성은 아아, 하며 경계를 푸는 표정을 지었다.

"잠깐 저기서 기다려주세요. 금방 끝날 테니까요."

대기실에는 긴 의자가 L자 모양으로 배치되어 있었다. 그곳에 둘이 나란히 앉았다.

진찰실 안에서 사람 목소리와 함께 이를 가는 기계 소리가 들려왔다. 싫어하는 소리다 보니 소타는 치료를 받으러 온 것도 아닌데 이가 욱신거렸다. 신경을 딴 곳으로 돌리기 위해 실내를 둘러봤다. 치아 건강을 유지하기 위한 다섯 가지 습관이 적힌 포스터가 벽에 붙어 있었다. 꽤나 오래되었는지 누렇게 변색이 되었다.

"저기, 이거……"

잡지 같은 게 놓여 있는 작은 책장을 바라보던 리노가 책 한 권을 꺼내 소타에게 표지를 보여줬다. 《도쿄와 나팔꽃》이라는 책이었다. 저자는 다하라 마사쿠니.

"책까지 냈을 줄이야……"

소타는 책을 펴고 차례 페이지를 펼쳤다. 에도시대의 분카분세이 <sub>에도 막부 말기의 도쿠가와 이에나리 치하 시기. 평화롭고 상인 문화가 발달함</sub>의 원예 붐부터 오늘날 나팔꽃 마니아들의 교류까지를 다룬 것 같았다. 기술론이라기보다 문화사의 색깔이 강했다. 머리말에는 가업을 이어야 해서 치과의사가 되었지만 본업은 나팔꽃 육종이라 생각한다고 적혀 있었다. 다만 나팔꽃으로 돈을 벌 생각은 없다고 했다.

진찰실 문이 열리고 작업복 차림의 남자가 나왔다. 어떤 치료를 받았는지 모르지만 우울한 얼굴로 입을 우물우물 움직였다.

"담배는 그만 피우는 게 좋아요. 치아에 안 좋으니까."

진찰실에서 목소리가 들렸다.

작업복 차림의 남자는 낮은 목소리로 "예" 하고 힘없이 대답했다.

그 남자가 치료비를 내고 돌아간 후 다시 진찰실 문이 열리고 흰 가운을 입은 남자가 나왔다. 백발이 섞인 탓에 회색으로 보이는 장발을 뒤쪽으로 묶고 있었다. 입 주위에 나 있는 수염도 같은 색이다.

소타와 리노는 동시에 일어섰다. 남자가 번갈아 두 사람을 쳐다봤다.

"자네들인가, 나팔꽃 이야기를 듣고 싶다는 사람이?"

"네."

대답하는 두 사람의 목소리가 겹친다.

"다하라 선생님이시죠." 리노가 물었다. "바쁘신데 정말 죄송합니다."

"괜찮아, 게다가 봤으니 알 테지만 그리 바쁘지 않아." 다하라는 긴 의자에 앉았다. "자네들도 앉게나. 서 있으면 불안하니까."

"네."

또 한 번 둘이 동시에 대답하고 앉았다. 다하라는 흐뭇한 표정으로 둘을 번갈아봤다.

"잘 어울리네. 선남선녀야."

"아니, 그런 게 아니라……." 소타가 손을 내저었다.

"아니야? 그럼 실례했군."

다하라는 회색 머리를 숙였다.

"그저 친구예요."

그렇게 말하고 리노는 이름을 대고 소타를 전처럼 야마모토라고 소개했다.

"안 그래도 어젯밤 히노 씨한테 연락이 왔더군. 정체 모를 꽃 사진이 있다던데."

리노가 가방에서 휴대전화를 꺼내 그 꽃 사진을 화면에 띄운 후 다하라에게 보여주었다.

다하라는 흰 가운 주머니에서 안경을 꺼냈다. 돋보기인 듯했다. 안경을 쓰고 한참이나 액정화면을 쳐다봤다. 신중하기 이를 데 없는 표정이었다.

"이 꽃은?"

"할아버지가 개화시키셨어요. 아주 최근에요."

"오호." 다하라는 리노를 쳐다봤다. "자네 할아버님이 나팔꽃 연구를?"

"아닙니다. 나팔꽃이라기보다 다양한 꽃을 키우셨어요. 그래서 이꽃이 무슨 꽃인지도 몰랐어요. 그래서 야마모토 군에게 보여줬더니 나팔꽃이 아니냐고 해서요."

다하라의 눈이 이번에는 소타에게 향했다.

"왜 그렇게 생각했지?"

"왜냐고 물으시면……."

"보통 사람들은 나팔꽃이라고 하면 대륜 나팔꽃을 떠올리지. 빨강이나 보라색의 둥글고 큰 꽃을 피우는 거 말일세. 거꾸로 얘기하면 그런 형태가 아니면 나팔꽃이라고는 생각하지 않아. 이 사진의 꽃은 전혀 다른데 왜 나팔꽃이라고 생각했지?"

"그건…… 저기, 어떤 책에서 본 적이 있어서요."

"책?"

"변화 나팔꽃에 관한 책입니다."

다하라의 안경 렌즈가 번쩍이는 것처럼 보였다.

"자네는 나팔꽃에 관심이 있나?"

"그건 아닙니다만 집에 마침 그런 책이 있었습니다."

"흠." 석연치 않다는 듯 노의사는 다시 화면으로 시선을 떨어뜨렸다. "그래서 이게 왜?"

"그거, 나팔꽃인가요?" 리노가 물었다.

다하라는 고개를 들고 말했다.

"난텐, 구루마자키."

"네?" 리노가 다시 되물었다.

다하라는 조금 전 리노가 꺼냈던 책을 책장에서 뽑아 그림이 있는 페이지를 펼쳐 두 사람에게 보여주었다.

"여기에 있지. 사진의 꽃을 보면 잎의 특징은 난텐이라는 거야. 구루마자키는 나팔꽃의 겹꽃 종류 중 하나지."

"그렇다면 이게 나팔꽃이란 말씀인가요?" 소타가 물었다.

"그렇게 보이긴 하는군." 다하라는 선선히 대답했다.

"아니, 그러면." 소타는 리노의 휴대전화를 가리켰다. "이 꽃, 대단한 거 아닌가요? 보세요. 꽃이 노란색이에요. 노란 나팔꽃은 현존하지 않잖아요."

다하라는 흐뭇한 표정을 지으며 턱을 당겼다.

"그렇지, 예전에는 존재했지만 지금은 모든 종이 완전히 없어졌다고 하지. 그러니 이건 상당히 재미있는 일이야." 다하라는 씩 웃고는 휴대전화를 리노에게 건넸다. "실물을 보고 싶은데, 지금 어디에 있나?"

"그게…… 지금은 없어졌어요." 그녀가 대답했다.

"없어? 시들어버렸나?"

"네, 그래서 벌써 버렸어요."

"그런가…… 아깝게 되었군. 희귀한 품종인데."

다하라의 반응이 소타는 어쩐지 섭섭했다. 좀더 흥분하리라 예상했던 것이다.

"선생님, 그렇게 놀라운 꽃은 아닌가 봐요?"

그의 말에 다하라는 뭔가를 깨달은 것 같은 표정을 지었다.

"그런가. 엄청난 꽃을 발견했다 생각하고 이곳에 왔나 보군. 분명히 이 색은 훌륭하네. 사진으로 보건대 합격 라인이야."

소타와 리노는 서로 얼굴을 마주 봤다. 다하라가 하는 말의 의미를 파악할 수 없었다.

"따라오게." 다하라는 자리에서 일어섰다.

소타와 리노는 노의사의 뒤를 쫓았다. 다하라는 진찰실로 들어가지 않고 그 옆의 다른 문을 열었다. 그곳부터 안쪽이 주거공간인 듯했다.

어두컴컴한 복도 막다른 곳에 문이 있었고 다하라는 그곳으로 들어갔다. 소타도 실례하겠다고 말하면서 들어갔다. 네 평 정도의 다다미방이 있었다. 그런데 제일 먼저 눈에 들어온 것이 벽 한 면을 가득 채우고 있는 꽃 그림과 사진이었다. 그 모두가 나팔꽃이라는 것은 곧바로 알 수 있었다.

리노가 옆에서 대단하다며 감탄했다.

"굉장하네요." 소타가 말했다. "이거, 전부 선생님이 키우신 겁니까?"

"반쯤은. 나머지 반은 애호가들이 전국에서 보내준 거야. 내가 보낸 씨앗을 키운 성과지."

소타는 쭉 둘러봤다. 백 장은 당연히 넘고 이백 장도 더 될지 모르겠다. 모두 개성 넘치는 꽃을 피우고 있었다. 아마추어 눈에는 나팔꽃이라고 판단하기조차 어려운 것도 많았다.

그중 한 장의 사진에 소타의 시선이 머물렀다. 쓰네바기리자키라는 표시가 있다. 잎은 나팔꽃 특유의 모양을 하고 있다. 꽃은 다섯 장으로 나뉘어 있는데 그래서 기리자키切咲라고 부르는 것 같았다. 그러나 그가 주목한 것은 형태가 아니라 색이었다. 옅은 크림색을 띠고 있다. 노란색이라고 해도 큰 지장은 없을 것이다. 날짜는 오 년 전이었다.

"옥상에서 재배한 거야. 돌연변이지." 소타의 뒤에서 다하라가 말했다. "하얀 꽃이 피는 계통이었는데 그중 하나가 이런 꽃을 피웠지. 희귀해서 촬영해뒀다네."

"이 계통은 나중에 어떻게 되었나요?"

"아무 일도 안 일어났어. 그후로는 하얀 꽃을 피웠을 뿐이지. 그 사진 같은 꽃을 피우는 일은 한 번도 없었네. 게다가 이 꽃은 씨앗을 얻지도 못했어."

"이 꽃이 보존이 되었다면 좋았을 텐데."

"어떻게? 꽃은 곧 시들게 마련이지."

"그러니까 복제 기술이나 바이오테크놀로지를 이용해서요."

"하하하." 다하라가 마른 웃음을 터뜨렸다. "혹시 자네 학생인가?"

"비슷합니다. 대학원에서 에너지 관련 연구를……."

원자력공학, 이라는 말은 할 수 없었다.

"기대되는 젊은 과학자군. 그러나 말이야, 야마모토 군, 모든 걸 과학으로 해결하려는 것은 착각이야."

다하라는 사진 속 꽃에 시선을 두었다.

"나팔꽃을 오래 키워보면 몇 년에 한 번씩 이런 돌연변이가 찾아오지. 그런데 계통을 유지하는 게 어려워. 그러나 한순간 찾아오는 기적이라 즐거운 일이기도 해. 바이오 기술을 이용해 늘려버리면 재미가 없지."

그 마음은 소타도 알 것 같았다. 컴퓨터로 퍼즐을 풀면 재미가 없는 것과 마찬가지일 것이다. 다하라가 말을 이었다.

"게다가 실망시켜서 미안하지만 이건 노란색이 아니야. 그렇게 보일 뿐이지. 꽃잎을 조사해봤더니 표면이 아주 세밀하게 너울거리고 있었어. 그것이 광선을 미묘하게 반사해 크림색처럼 보이게 한 거지. 이 사진은 잘 찍은 거지만." 다하라는 벽 한 면에 붙어 있는 사진을 둘러봤다. "꽃의 색깔이란 색소로 결정되지. 나팔꽃의 색깔은 파랑, 보라, 짙은 빨강, 밝은 빨강, 이것들의 조합에 따라 결정되는 거지. 기본적으로 노란 색소는 없어. 다만 색소 자체가 없어지는 경우는 존재하지. 하얀 나팔꽃이 바로 그거야. 색소에 관한 유전자에 결함이 생긴 거지. 아까 본 내 노란 나팔꽃도 그런 경우 중 하나야."

"하지만 이 사진의 꽃은 흰색이 아닙니다. 아무리 봐도 노란색이에요." 리노가 휴대전화를 쥐고 말했다.

다하라가 고개를 끄덕였다. "무슨 일에든 예외가 있어. 기본적으로 노란 색소가 없다고 했지만 전혀 없는 건 아니야. 아주 소수지만 캘콘, 오론, 플라보놀이라는 옅은 황색 색소를 포함하고 있는 나팔꽃도 있어. 우연히 이 계열의 색소가 강하게 발현한 것이 거기에 찍힌 사진일 게야. 그러나 그 정도라면 세상의 호사가가 가끔 만들어내기도 하지. 내게 사진을 보낸 사람도 있어. 너무나 멋진 노란색이라 놀라 전화를 걸었을 정도야. 그런데 상대는 부끄러워하면서 '선생님, 사진은 그렇게 보여도 실물을 보시면 실망할 겁니다, 그런 노란색은 아닙니다'라고 말하기도 해. 그런 색소에는 어차피 한계가 있단 말이지."

"그럼 어떤 색소가 필요한가요?" 소타가 물었다.

"짙은 노란색을 발현시키기 위해서는 카로티노이드 계열의 색소가 꼭 필요해. 이것은 현존하는 나팔꽃에는 포함되지 않아. 그래서 환상의 꽃인 거지."

"그럼 예전에 존재했다는 노란 나팔꽃은 어떻게 된 거죠? 그것들도 역시 눈의 착각 같은 걸로 노란색으로 보였던 겁니까?"

"아니야, 그건 아닐 거야. 당시 자료에 따르면 틀림없이 선명한 노란색이었다고 해. 카로티노이드 계열의 색소를 가진 유전자가 당시에는 존재했다는 말이지."

"그럼 어째서 다 없어진 거죠?"

"그것까지는 알 수 없지." 다하라는 천천히 말했다. "환경파괴 탓인지, 전쟁 탓인지. 어쨌든 자연의 섭리 아닐까."

"자연적으로 노란 나팔꽃이 사라졌다는 말씀입니까?"

"사라져버린 계통은 노란 나팔꽃만이 아니야. 꽃의 형태부터 잎의 형태까지 지금은 전설로만 얘기되는 변화 나팔꽃 그림이 오래된 문헌에 엄청나게 많이 실려 있어. 그것들도 자취를 감췄어."

"자취를 감췄다고 여겼던 계통이 갑자기 부활할 가능성은 없나요? 그 씨앗이 남아 있다가 이번에 꽃을 피웠다는 식으로."

다하라는 삐죽삐죽 수염을 기른 턱을 문지르면서 소타의 말을 듣다가 젊은 두 사람의 얼굴을 번갈아보고는 "잠깐 따라오게나"라고 말하며 방을 나왔다.

소타와 리노는 그의 뒤를 따랐다. 복도 중간에 있는 계단을 올라갔다. 바로 나온 문을 지나자 옥상이었다. 소타는 눈을 크게 떴다. 열 평쯤 되는 넓이였는데 화분이 가득 늘어서 있었다. 어지럽게 놓여 있는 듯했지만 당연히 어떤 규칙이 있고 다하라는 모든 것을 파악하고 있을 것이다.

"나는 여기서 매년 씨앗을 뿌리고 있어. 신에게 허락받은 씨앗만을 뿌리고 있지."

"신?"

소타는 노인의 옆얼굴을 봤다.

"변화 나팔꽃은 재미있지. 나처럼 오랫동안 관여해온 사람도 교배에 의해 어떤 꽃이 필지는 전혀 예측할 수 없어. 그게 재미있지. 하지만 말이야, 유전자를 조합하는 놀이이기도 해. 숭고하기도 하면서 동시에 매우 위험하기도 해. 그러니 그것을 재미로 삼으려면 신에게 허락받은 범위 내에서 해야 하네."

"어떤 꽃이 신에게 허락받은 겁니까?"

그렇게 물은 이는 리노였다. 다하라는 따뜻한 눈빛으로 그녀를 바라봤다.

"그건 모르네. 생존을 계속하면 허락받은 것일까. 있는 것은 있는 대로 둔다는 게 내 생각이야. 거꾸로 말하면 사라지는 것은 사라지도록 둔다는 거지. 어떤 씨앗이 사라졌다는 것은 사라질 만한 이유가 있다는 거야. 노란 나팔꽃이 사라진 것도 그 나름의 이유가 있을 거야."

"그 이유에 대해 다하라 씨는 지론을 갖고 계시나요?" 소타가 물었다.

"없네. 그러나 흥미로운 이야기를 들은 적은 있지."

"무슨 얘기입니까?"

"노란 나팔꽃은 금단의 꽃이라는 이야기야."

"금단⋯⋯."

소타는 리노와 얼굴을 마주했다.

"내가 나팔꽃에 흥미를 가진 것은 아버지의 동생 즉 삼촌의 영향이야. 삼촌이 다양한 변화 나팔꽃을 피우는 것을 곁에서 보다가 나도 흥미가 생겼지. 하지만 삼촌은 어느 날 내게 말했어. 어떤 꽃을 피워도 좋지만 노란 나팔꽃만은 쫓지 마라. 이유를 물었더니 그것은 몽환화이기 때문이라고 했어."

"몽환화?"

"몽환夢幻의 꽃이라는 의미일세. 그뒤를 쫓으면 자기가 멸하고 만다고, 그렇게 얘기했어."

담담한 어투의 다하라의 말에 소타는 등골이 서늘해지는 것을 느꼈다. 뭐라고 대답해야 할지 알 수 없었다.

다하라는 훌쩍 표정을 풀었다.

"아마 그건 미신일 거야. 일단 멸종한 종이 아무 이유 없이 갑자기 부활하는 일은 있을 수 없어. 나는 그간 여러 나팔꽃 애호가와 수많은 정보를 주고받았지만 그런 얘기는 듣지 못했네."

"그럼 그 신을 거스르는 사람이 있다면 어떻게 됩니까?"

소타가 묻자 다하라는 미간에 깊은 주름을 잡았다.

"글쎄, 어떻게 될까."

"바이오테크놀로지를 이용하면 노란 나팔꽃을 부활시킬 가능성도 있지 않습니까, 파란 장미처럼. 사진의 꽃도 그렇게 만들어졌을 가능성이 있습니다."

보타니카 엔터프라이즈라는 명칭은 일단 입 밖에 내놓지 않기로 했다. 요스케의 생각을 모르기 때문이다. 다하라는 아랫입술을 내밀고 한참 생각에 잠겨 있다가 마침내 커다란 한숨을 내쉬었다.

"조금 전의 사진을 다시 한 번 봐도 될까."

리노가 다시 휴대전화를 내밀었다. 다하라는 휴대전화 화면을 뚫어져라 쳐다본 후 그녀에게 돌려주었다.

"몇 번이나 말하지만 실물을 보지 않으면 뭐라 얘기할 수 없네. 다만 내게는 아직 그런 정보가 들어온 적이 없어."

"어디선가 극비리에 연구가 진행되었다든가."

다하라는 가볍게 몸을 흔들고는 흥 하고 코웃음을 쳤다.

"다양한 연구기관이 나서고 있는 것은 아네. 내가 보기에는 바보 같은 행동이지만."

"왜입니까?"

"과거에 존재하지 않았던 파란 장미와는 차원이 달라. 수없이 말하지만 예전에 노란 나팔꽃은 존재했어. 그것을 부활시킨다면 모르겠는데 바이오테크놀로지를 구사해 억지로 나팔꽃의 꽃잎을 노란색으로 변화시키면 그것은 역시 가짜에 불과해. 내게는 아무런 매력이 없는 별난 나팔꽃이지."

다하라의 말에는 조바심이 담겨 있었다.

원래 방으로 돌아와 소타는 다하라에게 감사의 말을 전했다. 많은 공부가 되었기 때문이다.

"모르는 게 생기면 언제든 찾아오게나. 나도 그 꽃에 대해 알고 싶네."

"알게 되면 보고하러 오겠습니다."

머리를 숙이고 자리를 떠나려는 찰나 "아, 맞다" 하고 다하라가 불러 세웠다. 책장 서랍을 열어 파일 하나를 꺼냈다.

"작년 말, 무코지마 백화원百花園에서 변화 나팔꽃에 관한 강연회가 있었네. 그곳에서 노란 꽃에 대한 얘기가 잠깐 나왔어. 다만 바이오테크놀로지가 아니라 서양종과의 교배로 어떻게 할 수 있지 않을까 하는 얘기였지만. 다양한 시도를 해보고 있는 것 같은데 그리 좋은 결과는 얻지 못한 모양이야."

소타는 파일을 열었다. 그곳에는 몇 장의 사진이 끼어 있었다. 강연회에 출품된 나팔꽃을 촬영한 것이다. 그중에 하나, 노랗게 보이는 꽃이 있었다. 하지만 다하라가 얘기했듯 선명한 노란색이라고는 도저히 얘기할 수 없었다. 옅은 크림색이었다.

"역시 어려운 것 같네요."

그렇게 말하며 다음 사진을 본 순간 소타는 깜짝 놀라 숨을 멈췄다. 그 사진은 꽃을 클로즈업한 게 아니라 꽃을 둘러싸고 있는 참가자들을 찍은 것이었다. 여러 명의 남녀가 화분을 바라보고 있는데 소타의 시선은 가장 구석의 진지한 눈빛을 하고 있는 젊은 여성의 얼굴에 고정되었다.

오랜만이라고 해야 할까, 또다시라고 얘기해야 할까.

그 여성은 이바 다카미와 꼭 빼닮아 있었다.

21

'다하라 치과의원'을 나온 후, 둘이 가까운 커피숍에 들어갔다. 음료는 뭐든 상관없었기 때문에 소타는 아메리카노를 주문했다.

리노는 사진을 열심히 들여다본 다음 테이블에 내려놓았다. 다하라에게서 빌린 사진이다.

"그 키보드 여자랑 정말 닮았네요."

"닮은 게 아니야. 동일 인물이 틀림없어."

"하지만 그런 우연이 있을 수 있나요? 이바 다카미 씨를 찾아보자고 말한 게 그저께 밤이에요. 그와는 다른 용건으로 나팔꽃 박사를 만나러 왔는데 그곳에 그 여자 사진이 있다니, 우연이 너무 지나치잖아요."

"그래도 실제로 그런 일이 벌어졌잖아. 이른바 싱크로니시티synchronicity라는 거야."

"싱크로…… 뭐요?"

"싱크로니시티. 어떤 행동을 하면 우연히 그것과 관련된 사건이 자기 주위에서 일어나는 현상. 심리학자 융이 제창한 개념이야."

리노는 미간을 찌푸렸다.

"갑자기 어려운 말이 나온 것 같네요."

"과학적으로 설명하면 이런 거야. 현실에는 이 정도의 우연은 빈번히 일어나. 문제는 그것을 깨닫느냐, 아니냐의 문제지. 나는 지난번 공연에서 그녀를 발견하고 어른이 된 모습을 확인했어. 만약 그런 일이 없었다면 이 사진을 봤어도 알아보지 못했을 거야. 그랬다면 그 우연은 일어나지 않은 거나 마찬가지지. 예지몽을 믿는 사람들 있지? 실제로는 수많은 꿈을 꾸는데 현실에서 이뤄지지 않는 경우가 압도적으로 많지만 우연히 맞아떨어진 꿈만 기억하고 꿈대로되었다며 유난을 떠는 거나 마찬가지야."

리노는 고개를 갸웃거렸다.

"그건 아니라고 생각해요."

"그럼 뭔데?"

그녀는 사진을 손가락으로 집어올렸다.

"다른 사람 아닐까요. 사람 얼굴은 찍는 각도에 따라 완전히 달라져요. 특히 여자의 경우는 더 그렇죠. 그래서 기적의 한 장이 태어난거죠. 유감이지만 이 사진 속 여자는 이바 다카미가 아닌 것 같아요."

그렇게 말하고 사진을 다시 테이블에 내려놓았다.

다하라에 따르면 이 여성은 마침 그 자리에 있어서 사진에 찍힌것이라 어디의 누군지는 모른다고 했다.

소타는 사진을 다시 쳐다봤다. 거기에 찍힌 여성은 역시 이바 다카미라고 생각할 수밖에 없었다. 불완전한 노란 나팔꽃을 바라보는 눈빛은 진지함 그 자체다. 중학교 2학년 때의 이바 다카미도 이런 눈이었다. 소타는 그녀의 눈을 정면으로 보지 못했다.

그 순간 중대한 사실이 떠올랐다. 지금까지 잊고 있었던 것 자체가 불가사의했다.

"아니." 소타가 중얼거렸다. "역시 그녀야. 이바 다카미가 틀림없어."

"왜요?"

"말했잖아. 그녀와 제일 처음 만난 곳이 나팔꽃 시장이었다고. 게다가 매년 하는 집안 행사라고 했어. 부모님의 영향을 받아 나팔꽃에 흥미를 가진 그녀가 나팔꽃 강연회에 왔을 가능성이 높아."

그의 얘기에 타당성을 느꼈는지 리노는 어쩔 수 없다는 얼굴로 고개를 끄덕였다.

"그렇게까지 말한다면 그렇겠지만⋯⋯. 어쩌면 이 정도 우연은 드문 게 아닐지도 모르죠."

"아니, 잠깐. 우연한 일이 아니라면?"

리노가 고개를 갸웃했다.

"그게 무슨 소리죠?"

"그러니까⋯⋯."

소타는 손끝으로 두 눈두덩을 눌렀다. 집중해서 뭔가를 생각할 때의 버릇이다.

"사진의 여성이 이바 다카미라고 치자. 그녀는 나팔꽃 강연회에 왔고 노란 나팔꽃에 관한 정보를 모았어. 한편 밴드 키보드를 자청

215

했던 여자도 이바 다카미라고 치자. 그녀 전에 키보드를 맡았던 사람의 할아버지, 즉 아키야마 슈지 씨는 노란 나팔꽃을 키웠을 가능성이 있다."

거기까지 얘기했을 때 눈에서 손을 떼고 고개를 들었다.

"이런 우연이 있을까."

리노가 눈을 깜빡였다.

"이바 다카미 씨의 목적이 할아버지의 노란 나팔꽃이고 거기에 접근하기 위해 밴드에 들어갔다는 말이에요?"

"단순한 우연이라기보다 그쪽이 앞뒤가 맞지 않아?"

둘은 한참 동안 잠자코 마주 봤다. 그리고 리노가 시선을 돌려 옆에 있던 가방에서 휴대전화를 꺼냈다. 익숙한 손놀림으로 만지더니 귀에 갖다댔다. 어딘가에 전화를 하는 듯했다.

"도모키? 나야 리노. ……묻고 싶은 게 있는데 지금 만날 수 있어? ……응, 아주 중요해. 그 사라진 여자에 관한 얘기야."


두 사람이 요코하마 역에 도착한 것은 오후 7시가 지나서였다. 역을 나오자 리노는 망설임 없이 걷기 시작했다.

"행선지는 알아?" 소타가 물었다.

"몇 번 갔어요. 라이브하우스, 그녀가 처음 나타난 곳이에요. 그곳 주인이 밴드 멤버에게 소개했다고 전에 얘기했죠?"

"아아……."

확실히 그런 얘기를 들었던 기억이 났다.

십여 분을 걸었을 때 낡은 빌딩이 나타났다. 지하로 이어지는 계단 입구에 두 명의 젊은이가 있었다. 한 사람은 리노의 사촌동생이다. 도리이 도모키라는 이름은 여기 오기 전에 들었다. 또 다른 사람은 공연에서 보컬을 맡았던 청년이다. 오스기 마사야라고 했다.

"갑자기 미안해."

리노가 둘에게 사과했다. 도모키가 고개를 살짝 흔들었다.

"아니야, 그 여자 일은 나도 마음에 걸렸어. 그래서 바로 마사야 형에게 연락했어."

리노는 마사야에게 몸을 돌렸다.

"그 여자는 아직도 소식이 없지?"

청년은 찌푸린 표정으로 고개를 끄덕였다.

"그대로야. 실마리가 없어서 찾을 수도 없고. 그래서 리노의 연락을 기다렸어."

"뭔가 알아낸 거야?" 도모키가 리노와 소타를 번갈아보며 물었다. "좀전의 메일에서는 본명과 출신 고등학교를 알아냈다고 했잖아."

"그에 대해서는 계속 조사중이야. 그런데 가모 군이 조금 더 자세한 얘기를 듣고 싶다고 해서 왔어. 그녀가 밴드에 들어오게 된 경위라든가."

"그래, 그건 얘기해두는 게 낫겠다. 우리만으로는 영문을 알 수 없으니까……."

마사야는 얼굴을 찡그리고 머리를 흔들었다. 귀에 달린 은색 피어싱이 흔들렸다.

"그녀가 처음으로 나타난 가게라는 데가 여기야?"

소타는 벽의 간판을 가리켰다.

흐트러진 서체로 KUDO's land라고 쓰여 있다. 지하 1층에 있는 모양이다.

"맞아. 다른 멤버도 안에서 기다리고 있어."

마사야가 계단을 내려갔고, 소타 일행도 뒤를 따랐다.

가게에 들어가자 스태프가 다가왔다. 마사야가 익숙한 모습으로 이야기를 나눴다. 스태프가 알았다는 얼굴로 벽 쪽 자리를 가리켰다.

그곳에는 두 젊은이가 있었다. 체격이 좋은 쪽이 드럼을 담당하는 가즈, 몸집이 작은 쪽이 베이스를 맡은 데쓰라고 소개했다. 모두 이름을 제대로 밝힐 마음은 없는 듯했다.

점원이 주문을 받으러 왔기 때문에 소타는 맥주와 샌드위치를 주문했다. 저녁을 아직 먹지 않아서 배가 고팠다.

소타는 가게 안을 둘러봤다. 중앙에 무대가 있고 그 무대를 디근자 모양으로 둘러싸듯 테이블이 배치되어 있다. 물론 경우에 따라 형태를 바꾸기도 할 것이다.

손님은 칠십 퍼센트 정도 차 있었다. 커플이 많았는데 샐러리맨으로 보이는 남자 손님도 있었다. 소타가 예상했던 것보다 연령층이 높았다. 그런 말을 하자 데쓰가 대답했다.

"오늘 밤은 구도 씨의 공연이 있는 날이라 그래."

"구도 씨?"

"구도 아키라라는 뮤지션, 몰라요?" 리노가 물었다.

구도 아키라라는 글자가 소타의 머리에 떠올랐다.

"어릴 때 들은 적이 있어."

"그렇죠? 이 가게, 그 사람이 운영하는 거예요."

"아, 그래?"

"아마추어 밴드를 키우기 위해 이 가게를 만들었대." 마사야가 얘기했다. "그래서 평소에는 우리처럼 프로를 지향하는 아마추어 밴드들이 출연하는 경우가 대부분이지만 구도 씨 본인이 무대에 설 때도 있어. 오늘은 마침 그날이야."

"그렇구나." 소타가 고개를 끄덕였다. "그 여자도 이 가게 손님이었나?"

"게이코?" 마사야가 물었다.

"응."

"그래. 내 눈에 띈 건 올해 들어서부터야. 하지만 스태프 말로는 작년 말쯤부터 나타났다고 하더라고."

"흠…… 시라이시 게이코라고 했다지. 신분증이나 면허증 같을 걸 본 적 있어?"

"당연히 없지." 마사야는 어깨를 으쓱했다.

"다른 두 사람도?" 소타는 가즈와 데쓰에게도 물었다.

"있을 리 없지." 가즈가 웃으며 온몸을 흔들었다.

"시라이시 게이코라고 소개하기에 그냥 본명이려니 했지." 데쓰가 말했다. "신분증을 보여달라고? 절대 말 못하지."

"그야 그렇지."

219

맥주와 샌드위치가 나왔다. 소타는 우선 햄샌드위치에 손을 뻗었다.

"가모 군이라고 했지. 그녀가 그쪽의 지인이라는 건 틀림없어?"

마사야가 물었다.

소타는 샌드위치를 삼키며 고개를 저었다.

"단언할 수는 없어. 무엇보다 십 년이나 만나지 못했으니까. 하지만 나는 확신하고 있어."

"이름은?"

"이바 다카미."

"어떤 사람이야?"

"몰라. 처음 만났을 때는 평범한 중학생이었어. 하지만 지금은 어디서 무슨 일을 하는지 전혀 몰라. 사실은 나도 그걸 알고 싶어. 그래서 여기까지 온 거야."

"첫사랑 상대래."

리노가 옆에서 끼어드는 바람에 맥주를 마시고 있던 소타는 내뿜을 뻔했다.

"그게 여기서 할 소리야?"

"그야 그걸 얘기하지 않으면 이 사람들은 왜 가모 군이 그 여자를 찾는지 모르잖아요."

리노는 그렇게 말하면서 다른 사람들이 모르게 한쪽 눈을 슬쩍 감았다.

그녀의 노림수를 소타는 알아차렸다. 이곳으로 오면서 노란 나팔꽃 얘기는 꺼내지 말자고 입을 맞춰둔 터였다. 그러면 왜 소타가 그녀에 대해 알고 싶어하는지에 대해 합리적인 설명이 필요하다.

"아, 그랬구나."

도모키의 눈에 호기심이 물든다.

"그야 뭐 꽤 미인이었으니까." 데쓰가 말했다. "차가운 느낌이 좋았지. 냉미녀라고 해야 하나."

"이 가게에는 꽤 자주 왔나?"

소타는 상대를 정하지 않고 물었다.

"단골이라는 말이 어울릴 정도?" 마사야가 대답했다. "구도 씨의 팬인 듯 공연이 있을 때는 거의 빠지지 않고 왔다더군. 공연이 끝난 후 구도 씨와 백밴드 멤버까지 술을 마신 적도 있대."

"혼자?"

"내가 봤을 때는 늘 혼자였어."

"마사야 씨는 그녀와 예전부터 친했어?" 리노가 질문했다.

"전혀, 보기는 했지만 얘기를 주고받은 적은 없어. 처음으로 얘기한 게 전화를 받았을 때야."

"전화를 걸었어? 느닷없이?"

"아니, 그전에 구도 씨가 연락했어. 키보드 일로 시라이시라는 여성이 전화할 거라고. 키보드 모집 전단지를 이 가게에도 붙였거든. 게이코는 그걸 보고 구도 씨에게 얘기한 모양이야."

"그래서 그녀의 전화를 받고 바로 만나게 되었다?"

"응. 데쓰와 가즈에게도 연락해서 늘 연습하는 스튜디오에서 만났어. 그곳이라면 키보드를 빌릴 수 있으니까."

"그래서 연주를 들어보고 합격시켰다는 말이네."

"그다지 기대하지 않았는데 테크닉이 좋았어. 피아노뿐만 아니라 엘렉톤 일본악기가 개발한 전자오르간 경험도 풍부했고. 이렇다 할 특징이 없다는 점이 문제였지만 그건 우리가 커버하면 되겠다 싶어서 일단 한동안 같이해보자고 한 거야. 그동안 라이브 실력도 그럭저럭 괜찮아져서 이 정도면 어떻게든 되겠다 싶었는데……."

"정말 무책임해. 직접 밴드에 들어오겠다고 해놓고 얘기도 없이 그만두다니. 너무 제멋대로잖아." 가즈가 내뱉듯 말하고 소타를 노려봤다. "첫사랑을 험담해서 기분이 나쁠지도 모르겠지만."

"화나는 심정은 이해해." 소타는 마사야를 봤다. "그녀는 밴드를 그만두는 이유에 대해 뭐라고 했어?"

마사야는 입을 일그러뜨렸다.

"집안 사정으로 계속할 수 없다는 메일을 보냈어. 그걸로 끝. 자세한 얘기가 궁금해서 메일을 보냈는데 답장은커녕 전화도 되지 않아. 마치 여우에 홀린 기분이야."

리노가 소타 쪽을 봤다.

"어떻게 생각해요?"

"이상하네." 소타가 말했다. "역시 나와 만난 게 원인일지 몰라."

"정체가 드러날 것 같으니까 앞서 모습을 감췄다는 건가요?"

"그렇게 생각하는 게 가장 타당하지 않아?"

"그러네요." 리노가 중얼거렸다.

그때 갑자기 조명이 꺼졌다. 사방이 어두컴컴해지는 바람에 서로의 얼굴조차 보기 힘들어졌다. 무대에 스포트라이트가 비춰지고 옅은 색 선글라스를 낀 남자가 무대에 올랐다. 그 사람이 구도 아키라라는 사실을 소타가 알아채기까지는 조금 시간이 걸렸다. 오래된 영상에서 본 모습보다 얼굴이 훨씬 동그랬고 배 주위에도 살이 꽤 붙어 있다. 그러나 곡이 시작되자 그런 것쯤은 전혀 문제가 되지 않았다. 목소리는 여전히 짱짱했고 표현도 원숙했다.

구도 아키라는 노래 중간에 절묘한 토크를 섞어가면서 네 곡을 불렀다. 모두 제목은 몰랐지만 한 번쯤은 들은 적이 있는 노래였다. 소타는 무의식적으로 자연스레 리듬을 탔다.

마지막 곡이 끝나고 관객들의 환호성과 박수 속에서 구도 아키라와 밴드는 자리를 물러났다. 술렁임이 남은 가운데 가게 안이 조금 밝아졌다.

"덕분에 좋은 걸 들었네." 소타가 진심을 담아 얘기했다. "오랜 팬들이 많은 이유를 알겠어. 물론 나는 그다지 잘 아는 편은 아니었지만."

"그건 우리도 그래." 마사야가 말했다. "내가 음악을 시작하고 다양한 노래를 듣기 시작하면서 옛날 아티스트에게도 관심을 갖게 된 거지."

"나도 이 가게에 오기 전까지는 솔직히 잘 몰랐어. 구도 아키라라는 이름은 들어봤지만. 그런데 그렇게 생각하면······." 리노가 소타를 봤다. "그녀가 구도 씨의 팬이었다는 건 조금 부자연스럽지 않아

**223**

요? 그 사람도 젊은데."

"내가 아는 여자라면 나랑 동갑이야." 소타가 말했다.

"음악 마니아는 그야말로 천차만별이니까 꼭 부자연스럽다고는
할 수 없어." 마사야가 말했다. "그보다 이상한 것은 어째서 우리 밴
드에 들어왔느냐는 거지. 그렇게 간단히 그만둘 거면 처음부터 나서
질 말았어야지."

소타는 리노와 얼굴을 마주 봤다. 왜 이바 다카미는 이 밴드에 들
어왔을까. 그에 대한 추론은 가능하다. 그녀의 목적은 아키야마 슈
지에 다가가는 것이 아니었을까. 하지만 여기서 그 얘기는 할 수 없
다. 모두 말수가 줄어들었다. 리노가 수습하려는 듯 레드와인을 주
문했다.

그때 갑자기 앞이 어두워졌다. 옆에 누가 섰기 때문이다. 올려다
보니 아까 무대에서 물러났던 구도 아키라였다. 평범한 셔츠로 옷을
갈아입고 웃으면서 마사야 일행을 내려다보고 있었다. 손에는 위스
키잔이 들려 있다.

소타를 보면서 말했다. "새로운 손님을 모시고 왔나 보군."

"아…… 나오토의 사촌과 그 친구예요."

마사야가 리노와 소타를 소개했다.

"아, 그래? 그럼 여기, 괜찮을까?"

구도가 마사야의 맞은편 의자를 뺐다.

"물론이죠, 앉으세요." 마사야는 살짝 긴장한 것처럼 보였다. "고
생하셨어요. 이 두 사람도 정말 좋았대요."

"그래? 오래된 곡이라 지루하지 않았나?"

"그렇지 않습니다. 아주 멋졌습니다." 소타가 말했다.

"그렇다면 다행이네. 나이 탓인지 요즘에는 지구력이 떨어져. 들키지 않으려고 잘 안 나타나는 작전을 쓰고 있지."

구도가 위스키잔을 기울였다. 무색투명한 액체에 라임이 떠 있다.

"그런데 마사야, 그 얘기는 어떻게 됐어? 게이코 씨와는 연락이 됐어?"

아무래도 구도도 신경이 쓰이는 모양이다. 마사야가 현재 상황을 설명했다. 구도의 표정이 흐려졌다.

"무슨 일이지? 내게는 전부터 밴드 활동을 동경하고 있다고 했는데. 무슨 불만이라도 있었나."

"모르겠어요. 하지만 가만 생각해보면 처음부터 이상했어요. 시라이시 게이코라는 이름도 가명일 가능성이 있고요."

잔을 입가로 가져가던 구도의 손이 멈췄다.

"설마."

"이 사람의 지인일지도 몰라요." 마사야는 소타를 바라봤다. "이름이 뭐라고 했지?"

"내가 알고 있는 여자가 맞다면 이바 다카미라는 이름입니다."

"이바 씨라, 왜 그런 거짓말을 했을까."

구도는 고개를 갸웃했다.

"그녀가 이 가게에 드나들기 시작한 때가 작년 말이라고 들었는데 그전에는 만난 적이 없으세요?"

구도는 고개를 가로저었다.

"만난 적도 없고 직장에 다닌다는 것 말고는 사생활에 대해서는 하나도 몰라."

"그렇군요……."

"마사야, 미안하게 됐네. 그리고 가즈와 데쓰도. 소개하기 전에 어떤 사람인지 미리 확인했어야 했는데."

"아닙니다."

세 사람은 나란히 고개를 가로저었다.

"저희 실수예요. 앞으론 조심하겠습니다."

마사야가 대표로 얘기했다.

"응, 그래도 가명을 쓰면서 접근하는 사람이 그리 자주 있을 것 같진 않아. 뭐든 알아내면 알려주게."

"그러겠습니다."

위스키잔을 다 비운 구도는 자리에서 일어났다.

"그럼 더 있다 가게."

"한 가지 더 묻고 싶은 게 있어." 소타는 밴드 세 사람을 쳐다봤다. "그녀가 식물에 관한 얘기를 꺼낸 적이 있나?"

"식물?" 가즈가 미간을 찌푸렸다. "식물이라니 꽃을 말하는 거야?"

"응, 꽃. 무슨 말을 하지 않았나 해서."

세 사람은 서로의 얼굴을 봤다. 한 적 있나? 아니, 난 모르겠어. 그런 얘기가 오간 후 마사야가 소타에게 물었다.

"식물이 왜?"

"아니…… 옛날에 식물을 좋아했거든. 밴드 연습 틈틈이 어떤 얘기를 했나 싶어서."

다시 세 사람이 저마다 얘기를 시작했다. 무슨 얘기를 했더라. 별다른 얘기는 없었지. 그래, 자기 얘기는 거의 하지 않았으니까…….

마침내 데쓰가 뭔가를 떠올린 표정이었다.

"아, 맞다! 나오토에 대해 자주 물었지?"

"나오토라면……."

"내 사촌, 도모키의 형이에요." 리노가 대답했다.

"자주 물었다니 구체적으로 어떤 걸?"

"여러 가지. 어떤 타입의 사람이었나, 취미는 뭐였나, 자살 이유 같은 것도."

"아아, 나한테도 물었다." 가즈가 말했다. "왜 그런 걸 신경쓰냐고 물었더니 전임자에 대해 알아두면 빨리 밴드에 적응할 것 같다고."

"내게는 그런 말 안 했는데."

마사야가 불만스러운 표정으로 고개를 갸웃했다.

"마사야는 조심한 모양이야." 데쓰가 말했다. "나오토 씨는 마사야 씨의 가장 친한 친구였던 것 같아서 그의 자살에 대해 묻는 건 피하게 된다고 그랬거든. 우리도 나오토의 자살에 엄청난 충격을 받았지만."

"나는 그녀에게 이렇게 말했어. 나오토는 누구보다 밴드를 많이 생각했다고. 밴드 멤버 전원이 행복해지길 바랐다고." 가즈가 입가를 일그러뜨렸다. "음악으로 밥벌이를 하게 되면 다 같이 유명 레스토랑에 가자고도 했어."

"레스토랑?" 소타가 물었다.

"알아, 니혼바시의 '후쿠만켄'이지?" 리노가 말했다.

"아, 맞다. 어릴 때 먹은 고기 맛을 잊을 수 없다고 했어. 시도 때
도 없이 얘기했다니까."

"나도 그 얘기, 수없이 들었어." 데쓰가 한숨을 쉬었다.

"그 가게의 고기는 정말 맛있어." 도모키가 리노 쪽을 쳐다봤다.
"그렇지?"

리노도 고개를 크게 끄덕였다.

후쿠만켄이라면 소타도 알고 있다. 유명한 서양음식점이다.

"그러고 보니." 가즈가 도모키 쪽을 봤다. "도모키를 만나고 싶다
고도 했어."

"나를? 왜?"

"모르지. 나오토에게 동생이 있다고 했더니 한 번 보고 싶다고 하
더라고. 공연에 올 테니까 그때 만나라고 했지."

"하지만 얘기는 못 했네."

"바로 돌아가버렸으니까. 뒤풀이에도 안 오고." 가즈가 얄밉다는
듯 말했다.

그때 일을 소타도 잘 기억하고 있다. 그녀는 소타의 얼굴을 보자
마자 마치 도망치듯 사라졌다.

"어때? 좀 도움이 됐어?" 마사야가 물었다.

"아직 뭐라고 못 하겠어. 내가 알고 있는 여자가 맞는지 아닌지도

확신할 수 없으니까."

"뭔가 알게 되면 좀 알려줄래? 급한 건 아니고. 이제 와서 돌아와 달라고 할 생각은 없으니까. 그저 마음이 쓰일 뿐이야."

"무슨 말인지 알겠어. 꼭 연락할게."

소타는 시계를 봤다. 9시를 조금 넘어서고 있었다. 여기에 더 있겠다는 밴드 멤버들을 남기고 소타는 자리에서 일어섰다.

소타와 리노가 음식값을 계산하기로 했다. 소타는 출입문 옆에서 그녀가 계산을 마치기를 기다렸다.

벽에 사진이 잔뜩 붙어 있다. 공연 모습을 촬영한 것도 있고 밖에서 단체사진을 찍은 것도 있다. 구도 아키라의 모습도 있었다. 전원 풍경 속에서 다섯 명의 사람들이 찍혀 있다. 등 뒤에는 연지색 지붕의 민가가 있고 땅에는 풀이 무성했다.

"그거, 구도 씨의 합숙소래요." 뒤에서 도모키가 말했다.

"합숙소?"

"별장요. 형에게서 들었는데 지바의 가쓰우라에 있다고 하더라고요. 몇 년 전인가 구도 씨가 사들여 밴드 합숙용으로 개장했대요. 주위에 아무것도 없기 때문에 한밤중에 소리를 질러도 괜찮다고."

"그렇겠네."

지금도 뿌리 깊은 팬이 있을 정도이니 예전에 벌어놓은 돈이 상당할 것이다. 낡은 민가를 사는 정도는 별것 아닐지도 모른다.

리노가 계산을 마치자 셋이 가게를 나왔다.

"도대체 그 여자의 목적은 무엇이었을까. 가명을 사용해 밴드에 들어와 무엇을 하고 싶었던 걸까. 딱 한 번 공연을 해보고 싶었던 걸까."

요코하마 역으로 향하는 도중에 도모키가 말했다.

"설마…… 그것만은 아닐 거야."

"맞아. 게다가 형에 대해 캐묻고 다녔다는 게 마음에 걸려."

"응, 동감이야."

소타는 두 사람의 대화를 들으면서도 끼지 않았다. 하나의 추리가 머리에 떠올랐지만 아직은 도모키에게 말할 수 없다.

요코하마 역에서 도모키와 헤어지고 소타와 리노는 도쿄행 열차를 탔다. 조금 혼잡했기 때문에 승강구 근처에 나란히 섰다. 얼굴을 마주하자 누가 먼저랄 것도 없이 쓴웃음이 흘러나왔고 이어서 한숨을 뱉었다.

"엄청난 하루였네." 소타가 말했다.

"정말. 의사 선생님께 나팔꽃 얘기만 들으려고 했는데 뜻밖의 전개였어요."

"하지만 밴드 멤버들의 이야기를 들어보고 몇 가지 이해되는 게 있었어. 역시 싱크로니시티야. 이바 다카미의 목적은 어디까지나 노란 나팔꽃이라고."

"밴드에 들어간 것도, 할아버지에게 접근하고 싶었기 때문이라는 거예요?"

"그렇게 생각하는 게 가장 논리적이야. 그래서 그녀는 도모키와 얘기하고 싶었던 거야. 그와 친해지고 그다음에는 할아버님과 접촉

할 계획이 아니었을까."

"확실히 그렇게 생각하면 앞뒤가 맞아요. 하지만……."

리노가 고개를 갸웃했다.

"뭔가 걸리는 부분이 있어?"

"걸린다기보다는 한 사람에게 접근하는데 그렇게까지 멀리 돌아갈 필요가 있나 해서요. 할아버지는 아주 평범한 사람이잖아요. 유명인사도 아니에요. 만나겠다고 마음먹으면 누구든 만날 수 있어요. 사람들과 잘 어울리지는 못하셨지만 찾아온 사람을 문전박대하실 분은 아니니까요."

"그야 그건 평범할 때 일이지. 하지만 노란 나팔꽃에 관한 것이라면 어떨까. 아무한테나 얘기할 수 있을까."

"아, 그야…… 말하지 않았을지도요."

"그렇지? 이바 다카미가 노란 나팔꽃을 어떻게 하려고 하는지는 모르겠지만 우선은 아키야마 씨의 신용을 얻을 필요가 있어. 그를 위해서는 손자와 친해지는 게 최선일 수도 있지."

"그러네……." 석연치 않은 표정을 지으면서도 리노는 살짝 고개를 끄덕였다. "하지만 어째서 나오토였을까요? 손자는 도모키도 있고 나도 있는데 말이에요."

"이바 다카미가 구도 아키라의 가게에 나타난 것은 작년 말이야. 그 무렵, 도모키는 수험 공부가 한창이었어. 게다가 친해지려면 나이가 가까운 편이 낫지. 그리고 그쪽은 논외야. 올림픽 후보다 보니 연습만 할 테고 친해질 기회가 없지."

"그때는 이미 수영을 그만뒀어요."

"그런 정보는 일반인은 몰라. 이바 다카미로서는 나오토밖에 없었어. 그에게 다가가기 위해 우선 자주 드나드는 라이브하우스를 다녔어. 얼굴을 자주 비추다가 친해질 기회를 잡으려고. 그런데 예상 외의 일이 터졌지."

"나오토의 자살."

"그래, 그래서 타깃을 도모키로 바꾼 거야."

휴 하고 리노가 한숨을 토했다. 그리고 뚫어져라 소타의 얼굴을 바라봤다.

"가모 군은 역시 머리가 좋네요."

"그게 갑자기 무슨 소리야?"

"정말이에요. 그렇게 자신감 있고 논리정연하게 설명하니까 그것밖에 답이 없는 것 같아서요."

"어디까지나 그냥 추리야. 증거는 하나도 없어."

"그러니까 대단하다고요. 증거가 있으면 누구나 답을 발견하겠죠."

아무래도 진심으로 칭찬하는 것 같다. 어떤 표정을 지어야 할지 몰라 소타는 시선을 창밖으로 돌렸다.

리노가 말했다. "저, 만약 그 추리가 맞다면 할아버지가 살해된 사건과 그녀가 어떤 관계가 있다고 생각해요?"

"……그건." 소타는 손잡이를 잡은 손에 힘을 주었다. "아직은 뭐라고 못 하겠어. 하지만 관계가 없진 않을 거야."

"그렇구나."

리노는 나지막하게 대답했다.


22


시부야의 파르코를 나와 휴대전화로 메일을 체크하면서 걷고 있는데 누군가 옆으로 쓱 다가오는 기척이 났다. 이제까지 이런 일이 여러 번 있었기 때문에 또 길거리 캐스팅일 거라 생각했다.

"지금 잠깐 시간 있어요?"

예상했던 대로 말을 건다.

리노는 걸음을 멈추고 상대를 봤다. 갈색으로 물들인 짧은 머리에 얼굴이 갸름한 남자였다. 티셔츠 위에 파란 셔츠를 입고 있다.

"약속이 있어서요."

일단 그렇게 말했다. 실제로는 목적지 같은 건 없었다.

"그럼 걸으면서 얘기하죠. 학생인가요?"

"네."

"지금, 모델 에이전시에 소속되어 있나요?"

"아니요."

무뚝뚝하게 대답했지만 싫지는 않았다.

"아, 그래요." 남자의 목소리가 밝아졌다. "아르바이트 같은 거 안 해요?"

"그야 가끔 하죠."

"사실은 무척 괜찮은 일이 있는데 어때요?"

"일?" 무섭게 곁눈질을 했다. "어떤?"

"신주쿠에 세련된 가게를 곧 오픈해요. 그래서 꼭 함께했으면 좋겠네요. 아름답고 매력적인 여성을 찾고 있거든요."

걸음을 멈추고 남자를 응시했다.

"혹시 물장사?"

"네, 하지만 아주 분위기 좋은 가게예요."

남자는 가슴주머니에 손을 넣었다. 명함을 꺼낼 모양이다.

됐다고 내뱉으며 성큼성큼 재빨리 걷기 시작했다. 남자는 쫓아가봤자 소용없다고 생각했는지 더는 쫓아오지 않았다.

모퉁이를 돌고 나서 걸음을 늦췄다. 한숨을 내뱉었다. 그와 동시에 기분이 좋지 않았다. 물장사 인간이 말을 건 것은 처음이었다.

걸으면서 쇼윈도를 봤다. 무뚝뚝한 표정을 한 자신의 모습이 비쳤다. 생각해보니 마지막으로 길거리 캐스팅된 것이 이 년 전이다. 그러니까 아직 십대 때였다. 그 무렵과 같은 감각으로 산다는 게 오히려 한심한 일인지 모른다.

일이라…….

수영에 매진할 때는 취직 같은 건 생각하지 않았다. 수영이 일이라고 생각했다. 회사는 스폰서로 자금을 지원해주는 곳이면 어디든 좋다는 오만한 생각을 했다.

마음이 어두워졌다. 수영을 버린 자신이 할 수 있는 일은 물장사

정도일까. 아니, 그것조차 제대로 할 수 있을지 의문스럽다. 어떤 세계든 틀림없이 어려울 것이다.

고개를 숙인 채 걷고 있는데 휴대전화 벨이 울렸다. 멈춰서서 액정화면을 바라보는데 발신 표시를 보고는 놀랐다. 전화를 건 사람은 하야세 형사였다.


개찰구에서 밖으로 나오자 하야세가 웃음 띤 얼굴로 다가왔다. 감색 슬랙스에 하얀 반소매 셔츠를 입고 있다. 넥타이는 매지 않은 채 얇은 서류 가방을 안고 한 손에는 부채를 들고 있다.

"갑자기 불러내서 미안해요."

"아니요, 그보다 무슨 일이에요. 할아버지 집을 보고 싶다니요?"

"말 그대로입니다. 저와 함께 현장을 봐주셨으면 해서요. 그날 이후로 못 보셨죠?"

"함부로 들어가지 말라고 하셔서."

"그러니까 오늘은 찬찬히 봐주세요. 그럼 갑시다. 시간이 아까우니까."

하야세는 부채를 부치면서 걷기 시작했다.

리노는 형사와 나란히 걸으며 그가 무슨 생각을 하는지 생각했다. 지난번에는 화분이 도난당한 것에 대해 물으러 왔다. 그후 어떤 진전이 있었나. 어쨌든 가모 소타에 대해서는 말하지 않을 작정이다. 경찰의 힘을 빌리면 이바 다카미를 쉽게 찾을 수 있겠지만 그들에게 주도권을 넘겨주고 싶지 않았다.

할아버지 집에 도착하자 마당의 꽃은 완전히 시들어 있었다. 물을 주지 않았기 때문이다. 내일부터는 시간을 내서 돌봐줘야겠다고 생각했다.

하야세가 열쇠를 꺼내 현관문을 열었다. 집 안으로 들어서다 이상한 냄새에 흠칫했다. 하야세에게 허가를 받아 리노는 여기저기 창문을 열었다.

방은 리노가 시신을 발견했을 때와 거의 변함이 없는 것처럼 보였다. 바닥에는 다양한 물품이 흩어져 있었고 옷장의 문도 열린 그대로였다. 그러나 그때와 확연히 다른 점도 있었다. 이를테면 탁상 위다. 뭔가가 놓여 있었던 것으로 기억하는데 지금은 아무것도 없다. 아마도 경찰이 가지고 갔을 것이다.

하야세가 물었다. "어떻습니까. 다시 살펴보니 뭔가 새로운 점이 보이나요?"

리노는 한숨을 쉬고 고개를 저었다.

"특별히 별로…… 그저 정말 잔혹한 일이 벌어졌구나 하는 생각을 했어요. 어째서 할아버지에게 그런 끔찍한 일이……."

"그 노란 꽃에 대해선 누군가에게 말씀하셨습니까?"

"아니요, 안 했어요. 그에 대해 경찰에서는 뭔가 알고 계신 건가요?"

하야세는 한순간 틈을 두었다가 대답했다.

"아니요, 사건과 관련이 있는지 없는지도 아직 모르는 상황입니다."

거짓말이야. 이 형사는 뭔가 알고 있다. 어쩌면 그후로 가모 요스케와 만났을지도 모른다. 하지만 그걸 물어봤자 솔직히 대답해줄 것 같지 않았다. 리노는 천천히 방바닥 위에 무릎을 꿇었다. 그때 한 가지 생각이 떠올라 주변을 둘러봤다.

"왜 그러십니까?"

"아니요, 대단한 건 아닌데 방석이 없어서요."

"방석?"

"사건이 벌어진 날, 여기에 방석이 있었어요." 리노가 탁상 옆을 가리켰다. "그 방석이 젖어 있었는데 밟는 바람에 양말이 젖었거든요."

하야세가 서류 가방을 열고 파일 한 권을 꺼냈다.

"이거죠?"

파일을 펼쳐서 그녀에게 보여줬다. 그곳에는 몇 장의 사진이 껴 있었다. 그중 하나가 탁상 주위를 찍은 것으로 방석도 보였다.

"맞아요. 색이 검어진 부분이 있죠? 여기가 젖어 있었어요."

하야세가 고개를 끄덕였다. "저도 압니다. 감식 쪽도 신경이 쓰였던지 조사했다고 하더군요. 탁상 위에는 차가 든 페트병과 찻잔이 놓여 있었는데 방석에 쏟아진 것은 차가 아니라 순수한 물이었다고 하더군요. 물을 쏟은 게 아키야마 씨인지, 아니면 범인인지, 왜 물인지, 모두 불명인 상태입니다."

리노가 고개를 갸웃거렸다. "저도 모르겠어요. 제가 왔을 땐 이미 젖어 있었으니까."

"이상하네요."

"그러……네요."

리노는 다시 사진을 봤다. 젖은 방석 바로 옆에 하얀 상자가 굴러다니고 있다. 그날, 그녀가 산 것이다.

"와플 같은 건 사지 말걸." 혼자 중얼거렸다.

"네?"

"와플요. 그런 거 사지 말고 빨리 왔으면 돌아가시지 않았을지도 모르잖아요."

"아니, 그건 아닙니다." 하야세는 바로 부정했다. "사건이 일어난 것은 당신과 피해자가 전화 통화한 후 약 한 시간 반 이내입니다. 당신이 학교에서 강의를 듣고 있던 때라는 소립니다."

"그랬구나……."

"와플을 산 건 당신 생각인가요?"

"네, 뭘 사갈까 하고 여쭤봤더니 양과자가 좋다고 하셔서."

"하하하. 양과자를." 하야세가 팔짱을 꼈다. "아키야마 씨는 칠순이 넘으셨는데, 그런 연세의 분이 양과자를 청했다는 게 특이하군요."

"분명 그렇죠. 할아버지는 커피를 좋아하셨기 때문일 거예요. 인스턴트이긴 하지만요."

"그렇군요."

하야세가 고개를 끄덕이며 옆의 부엌으로 들어갔다. 꼼꼼했던 슈지는 부엌도 깨끗하게 정리해놓았다. 싱크대 바로 위에 하얀 행주가 걸려 있다. 아마도 바짝 말라 있을 것이다.

하야세의 움직임을 눈으로 좇던 리노는 풍로風爐에 주전자가 올려 있는 것을 발견했다.

"그 주전자요. 그걸로 물을 끓여 인스턴트커피를 탔어요."

"그런가요?"

하야세가 주전자를 들어 올려 뚜껑을 열어 안을 들여다봤다. 그리고 주위를 둘러보며 찬장 문을 열었다 닫았다 했다.

"왜 그러세요?" 리노가 물었다.

"아니, 별것 아닐지도 모르지만." 하야세가 머리를 긁으며 돌아왔다. "전부터 마음에 걸렸던 건데 왜 찻잔인가 해서요."

"네?"

"탁상 위에 찻잔과 페트병이 놓여 있었던 것이 아무래도 위화감이 느껴지네요. 보통 페트병에 든 차를 마실 때는 유리잔을 사용하지 않나요?"

"아아." 리노는 파일 사진을 봤다. "그러고 보니 그러네요."

"특히 지금은 여름이니 페트병은 냉장고에 있었을 겁니다. 차가운 차를 마시려면 시각적으로도 유리컵으로 마시고 싶어집니다. 그런데 아키야마 씨는 찻잔을 사용했습니다. 혹시 유리컵이 없나 싶었는데 찬장에 있더군요. 왜 그랬을까요."

"글쎄요, 그거야 그때 기분에 달려 있지 않나요."

"그야 뭐 그렇죠."

하야세는 고개를 끄덕이면서도 여전히 석연치 않은 듯했다.

그후로도 형사는 세세한 것을 리노에게 물었다. 그들 대다수는 사건과 관계가 있는지 어쩐지 알 수 없는 것들이었다. 게다가 어떤 근 거나 확실한 목적이 있어서 묻는 것 같지도 않았다.

둘이 집을 나설 때에는 주위가 어두워져 있었다. 문단속을 마친 하야세는 리노를 향해 깊이 고개를 숙였다.

"수고하셨습니다. 수사에 협조해주셔서 진심으로 감사드립니다."

리노는 형사의 얼굴을 가만히 쳐다봤다.

"솔직히 말씀해주세요. 수사에 무슨 도움이 되었나요. 저는 전혀 그런 생각이 안 드는데요."

그러자 하야세는 슬며시 미간을 찌푸린 후 똑바로 그녀의 눈을 응시했다.

"솔직히 말씀드리겠습니다. 어떤 단서를 얻었느냐고 물으시면 유 감스럽게도 아니라고 말씀드릴 수밖에 없습니다. 어쩌면 시간만 빼 앗았을지 모릅니다. 그러나…… 사건을 해결하기 위해서는 원점으 로 돌아가는 수밖에 없습니다. 당신에게만 말씀드리는 건데 수사는 막다른 골목에 서 있는 형국입니다. 물증에서도, 인간관계에서도, 탐문 수사에서도 하나도 나온 게 없습니다. 왜 그런지 아십니까?"

리노가 알 리 없다. 그저 잠자코 고개를 흔들었다.

"틀렸기 때문입니다." 하야세가 말했다. "수사본부는 처음부터 길 을 잘못 들었습니다. 그러니까 아무리 노력해도 도착할 수 없는 겁 니다. 그 사실을 알고 있는 건 저뿐입니다."

"그럼 윗선에 알리면 되잖아요?"

하야세는 씩 웃었다. "조직이란 게 참 여러 가지로 어렵습니다. 게

다가 제게도 나름의 사정이 있고요. 자세한 말씀은 드릴 수 없습니다만."

짐짓 거드름을 피우는 말투에 리노는 조바심이 났다.

"저는 할아버지를 죽인 범인을 잡을 수만 있다면 누가 공을 세우느냐는 관심 없어요."

하야세가 심각한 표정으로 말했다. "범인은 제가 반드시 체포합니다. 그것만은 꼭 약속드리겠습니다."

배 속에서 나오는 것 같은 낮은 목소리에 리노는 조금 당황했다. 대답하지 않고 있으니 형사는 다시 미소를 지었다.

"그럼, 여기서 이만."

하야세는 인사를 한 뒤 걷기 시작했다. 역과는 다른 방향이었다. 그 뒷모습을 잠시 바라본 후 리노는 역으로 향했다. 변함없이 하야세의 생각은 좀처럼 알 수 없었다. 하지만 지난번 만났을 때보다는 인상이 좋아졌다. 마지막에 남긴 말이 주효했는지도 모른다.

역에 도착했을 때쯤 휴대전화에 메일이 도착했다. 보낸 사람의 이름을 확인하고 저도 모르게 걸음을 멈췄다. 고등학교 때 수영하다가 알게 된 친구였다. 그녀의 모교는 이바 다카미와 같은 학교였다.


23


소타가 리노의 메일을 받은 것은 태블릿으로 인터넷 서핑을 하고

있을 때였다. 이바 다카미라는 이름으로 검색했는데 아무것도 찾을
수 없어서 '이바 의사'라는 단어로 검색해봤다. 가업이 의사라고 했
기 때문이었다. 많은 기사가 떴지만 소타가 원하는 정보는 어디에도
없었다.

바로 그때 도착한 메일은 다음과 같은 내용이었다.

이런저런 인맥을 활용해 겨우 그 여학교의 졸업앨범을 입수. 아마
틀리지 않은 것 같은데 확인해주세요.

메일에는 파일이 첨부되어 있었다. 열어보고 깜짝 놀랐다. 갑자기
이바 다카미의 얼굴이 나타났기 때문이다. 소타의 기억에 있는 중학
교 2학년이었던 소녀보다 어른스러웠지만 얼마 전 라이브 공연 때
봤던 그녀보다는 어려 보인다. 아래에는 '이바 다카미'라고 활자로
인쇄되어 있다.

소타는 바로 리노에게 전화를 걸었다.

"어때요?" 그녀가 물었다.

"잘도 찾았네."

"이 정도는 누워서 떡 먹기죠. 여자들의 네트워크를 얕잡아보면
큰일 나요."

"그밖에 알아낸 건?"

"많아요. 그녀는 3학년 A반이었고 담임은 염소를 닮은 얼굴을 가
진 남자 교사. 경음악부와 농구부에 소속되어 있었어요. 다음은 당

시 주소."

"주소? 어디?"

"다이토 구 히가시우에노예요. 자세한 건 나중에 메일로 보낼게요."

"다이토 구라…….'"

나팔꽃 시장이 열리는 이리야와 가까운 곳이다.

"그래서 어떻게 할 거예요?" 리노가 물었다.

"가봐야지. 그녀를 만날 수 있을지는 모르지만 뭔가 단서를 잡을 수도 있어."

"그래요. 내가 같이 가는 게 좋겠어요?"

"아니, 일단 나 혼자 움직여볼게. 뭔가 알아내면 연락할 테니."

"응, 그래요."

전화를 끊은 후 일 분쯤 후에 메일이 도착했다. 이바 다카미의 주소가 적혀 있었다.

다음 날 오후, 소타는 히가시우에노의 거리에 있었다. 휴대전화로 지도를 보며 자기 위치를 확인하면서 걸었다.

좁은 일방통행 도로에 면해 작은 건물이 빼곡하게 늘어서 있다. 대체로 2층짜리 살림집을 겸하는 점포다. 게다가 낡아서 점포 쪽은 닫은 집이 많았다. 이따금 키가 크고 새로운 건물이 있다 싶으면 원룸 맨션이었다.

'이바 의원'은 그 주택가 안에 있었다. 회색의 사각 건물로 밖에서 보기에는 3층짜리 건물이었다. 도로에 면한 벽에 밭전田 자 창문이 늘어서 있다. 출입문은 나무였고 놋쇠로 보이는 문고리가 달려 있다. 아무리 봐도 오십 년은 넘은 건물이다. '내과'라고 달려 있는 간판도 변색되어 꽤 오랜 시간을 느끼게 했다.

십 년 전 이바 다카미의 말을 떠올렸다. 우리는 대대로 의사라고, 역시 그랬구나.

소타는 건물로 다가갔다. 창문 커튼은 모두 닫혀 있다. 출입문에 유리창이 붙어 있는데 안은 캄캄했다. 창문 안쪽으로 예방주사에 관한 포스터가 붙어 있었는데 삼 년 전 날짜였다.

건물 앞에서 벗어나 주위를 둘러보면서 걸었다. 한참을 가자 낡은 찻집이 나왔다. 가게 앞에 입간판이 세워져 있는 것을 보면 영업을 하고 있는 모양이었다. 소타가 문을 열자 머리 위에서 딸랑딸랑 종이 울렸다.

가게에는 테이블이 딱 두 개뿐이었는데도 손님은 하나도 없었다. 카운터 가장 끝에서 신문을 읽고 있던, 아무래도 주인으로 보이는 노인이 고개를 들었다.

"어서 오세요."

소타는 테이블 자리에 앉았다. 노인이 물을 가져왔기에 커피를 주문했다.

가게 벽에는 낡은 영화 포스터가 붙어 있다. 노인의 취미일 것이다.

커피 향이 퍼졌다. 카운터에서 노인이 고개를 숙인 채 손을 바삐 움직이고 있었다.

"이 가게는 몇 년이나 됐나요?" 소타가 물었다.

노인은 시선을 아래에 고정한 채 음 하고 신음했다.

"중간에 병으로 쉬기도 했지만 그래도 사십 년은 되려나."

"대단하시네요."

"오래 한다고 좋은 건 아니라오. 지금은 그냥 취미 삼아 계속하고 있지."

"그렇군요."

"보면 알겠지만 요즘 세상에 이런 데가 장사가 되겠소. 다들 도토루나 스타벅스 같은 데 가지."

노인이 커피를 가지고 왔다. 일본식 도기 컵이었다. 셀프서비스 커피숍에서는 도저히 볼 수 없는 식기다. 블랙으로 마셔보니 상당히 쓰긴 했지만 아련한 향이 느껴졌다.

"여기서 생활도 하세요?"

"그렇다오. 태어나고 자란 곳이 우에노지. 다른 일 할 때 잠시 간 사이에 가 있긴 했지만."

"요 앞에 '이바 의원'이라는 곳이 있던데 혹시 아세요?"

노인이 고개를 끄덕였다.

"이바 선생? 물론 알다마다. 지금도 건물은 남아 있고."

이 얘기로 추리하자면 지금은 병원을 운영하지 않는다는 소리다.

"그곳에 지금은 아무도 안 사나요?"

"그럴 거야. 원장님이 병으로 쓰러져 문을 닫았으니까. 나도 옛날에 감기에 걸리면 자주 신세를 졌지. 없어져서 여간 불편한 게 아니야."

"어디로 이사했는지 아세요?"

노인은 쓴웃음을 지으며 고개를 저었다.

"누가 얘기해준 것 같기도 한데 기억은 못 하지. 벌써 삼 년 전 일이니까. 그 병원이 왜?"

"병원이라기보다 이바 씨의 가족 중에 아는 사람이 있어서요. 분명히 저와 동갑인 따님이 있을 겁니다."

"자네와?" 노인은 소타의 얼굴을 보고 고개를 갸웃거렸다. "그랬나."

"모르시겠어요?"

"나야 감기에 걸렸을 때나 이바 씨 댁에 갔으니까, 가족 구성까지는 모르지. 혹시 자세한 걸 알고 싶으면 미도리 씨에게 물으면 될 거야."

"미도리 씨요?"

"화과자 가게를 하는데. 이 앞길을 북쪽으로 걸어가다 첫번째 모퉁이를 돌면 있네. 그곳 주인도 나이가 꽤 되는데, 이바 씨와 친했거든."

"알겠습니다. 그럼 나중에 또 들르겠습니다."

맛있는 커피를 시간을 들여 천천히 마신 후 찻집을 나왔다. 노인에게 들은 대로 걸어가자 역시 화과자 가게가 있었다. 2층짜리 점포 겸 살림집으로 붉은 텐트가 펼쳐져 있다. 그 밑으로 늘어뜨린 발에 '미도리 과자점'이라고 적혀 있다.

발을 젖히고 가게에 들어갔다. 유리 케이스 안에는 생과자가 진열

되어 있다.

아무도 없나 생각했는데 유리 케이스 너머로 빼꼼 얼굴이 나타났다. 지금까지 앉아 있었던 모양이다. 하얀 두건을 쓴 아주머니였다. "어서 오세요"하고 미소를 짓자 얼굴 가득 주름이 잡혔다.

손님이 아니라고 말하기가 어려운 탓에 소타는 유리 진열장으로 시선을 떨어뜨렸다. 조요만주참마를 섞어 만든 만주, 가노코모치꿀에 졸인 팥을 팥찰떡에 묻힌 일본 과자, 네리키리찹기가 있는 흰 소를 착색하여 다식판 모양의 틀에 눌러 모양을 만든 생과자까지 모두 너무 달아 보였다.

"선물하려고요?"아주머니가 물었다.

"아, 네. 너무 달지 않은 게 좋을 것 같은데."

"그럼 물 양갱이 어때요? 아니면 구즈모치콩가루를 묻힌 찰떡도 달지 않고."

"그럼 그걸로 하나씩 싸주세요."

"하나? 같이 먹으려면 두 개씩은 사야죠?"

"아, 그럼 두 개씩."

"그래야죠, 선물인데." 아주머니는 유리 케이스에서 과자를 꺼내 상자에 담기 시작했다. "젊은 사람이 온 것도 오랜만이네. 최근에는 다들 케이크를 더 좋아하니까."

사실은 소타도 그랬지만 차마 입 밖으로 꺼내지 못했다.

"저기 '이바 의원'에 대해 아세요?"

아주머니의 손이 멈췄다. 고개가 소타 쪽을 향했다.

"알아요, 저기 모퉁이를 돌면 있죠. 하지만 거기는 이제 진료 안

해요."

"네, 들었어요. 그래서 어디로 이사 갔나 궁금해서요."

"이사라기보다 고향으로 갔지. 거기 주인, 원래는 나고야 사람이었으니까."

"주인이라면 원장님 말씀이세요?"

아주머니는 얼굴을 찡그리고 손을 내저었다.

"무슨 소리야, 원장님이 혼자 지방에 왜 가? 따님의 남편이지."

놀랐다.

"네? 딸이라면 이바 다카미 씨요?"

"다카미는 손녀딸이지. 내가 말한 사람은 스미코 씨. 원장님의 따님."

이제야 조금 맥락이 이해되기 시작했다. 조금 전 찻집에서 자신과 비슷한 또래의 딸이 있을 것이라고 물었을 때 가게 주인이 의아하게 생각했던 이유 말이다.

"원장님은 이바 다카미 씨의 할아버님인가요?"

"맞아, 그쪽은 다카미와 아는 사이인가?"

"네, 저기 중학교 때……."

"그래. 어라? 근데 그 아이, 여학교에 다녔는데."

역시 이 아주머니는 이바 집안에 대해 꽤나 많은 걸 알고 있는 듯했다.

"학교는 달랐지만 같은 학원에 다녔거든요."

"어머, 그랬구나. 그러고 보니 비슷한 나이로 보이네."

아주머니는 아주 쉽게 믿어주었다.

"원장님이 병으로 쓰러져서 문을 닫았다는데 맞나요?"

아주머니는 미간을 찌푸렸다.

"쓰러지기만 했으면 다행이었게. 그대로 돌아가셨어. 지주막하출혈이라던데. 여든을 넘겼으니까 뭐 그 나이까지 잘 지낸 셈이었지만."

"뒤를 이은 사람은 없었나요? 아드님이나."

"그 집 자손은 스미코 씨 하나야. 그래서 데릴사위를 들였지. 하지만 사위가 의사가 아니야."

그 사람이 나고야에 간 남편인 모양이다.

"그 스미코 씨라는 분은 의사가 아니었나요?"

"병원 일을 돕긴 했지만 의사가 아니라 약사였어. 아버지의 뜻에 따라 약대에 진학했다고 들었어. 아마 게이메이 대학일 거야."

명문 사립대이다. 이바 다카미의 어머니는 공부를 꽤 잘했던 모양이다.

"자, 여기."

아주머니가 과자가 든 상자를 유리 진열장 위에 놓았다.

"이바 의원에 대해 꽤 자세히 아시네요?"

"그야 스미코 씨가 자주 왔으니까. 그 사람은 다도를 해서 화과자를 아주 좋아했거든."

"자녀는 어떻게 됐나요, 어머니가 나고야로 간 다음에요?"

"아이들은 따로 살지 않았을까. 둘 다 도쿄에 있는 대학에 들어갔다고 들었거든."

'둘 다'라는 소리를 듣고 떠오른 게 있었다. 다카미는 자기나 동생 중 하나가 가업을 이어야 한다고 말했다.

"어떤 대학에 들어갔는지 들으셨어요?"

"못 들었어. 동생은 아직 고등학생이었고 하지만 의대에 들어갔을 거야. 큰딸을 자기와 마찬가지로 약대에 진학시켰다고 했던 것 같은데, 미안. 확실하진 않네. 다카미 하고 같은 학원에 다녔으니까 그때 친구들에게 물어보면 되잖아?"

정보통인 아주머니이긴 하지만 아무래도 지금은 이바 가문과 교류가 없는 모양이다.

"네, 그래야겠네요. 정말 감사했습니다."

소타는 값을 치르고는 과자 상자를 들고 가게를 나왔다. 뜻하지 않은 지출이었지만 그 이상의 가치가 있는 정보를 얻었다. 집에 왔는데 현관이 잠겨 있는 걸 보니 어머니는 집을 비운 듯했다. 저녁거리 장이라도 보러 나갔다. 화과자 상자를 거실 테이블에 놓고 방에 틀어박혔다. 태블릿을 꺼내 메일을 썼다. 다음과 같은 내용이었다.

오랜만, 가모입니다. 급히 확인할 정보가 있어서 메일을 씁니다.

게이메이 대학 약학부에 아는 사람 없나요?

사람을 찾고 있습니다. 졸업생이나 재학생을 알아봐주시면 좋겠습니다.

찾는 사람은 여자입니다.

제목은 '정보 요함'이었다. 수신자는 고등학교와 재수학원 시절의 친구들이었다. 그중에 게이메이 대학에 진학한 사람도 있지만 유감스럽게도 약학부는 없었다. 그러나 어떤 형태로든 약학부 사람과 연결고리가 있는 사람이 있을지 모른다.

이바 다카미가 게이메이 대학에 진학했는지 아닌지는 모른다. 하지만 어머니와 같은 길을 선택했다면 대학도 같은 곳을 목표로 하지 않았을까. 50퍼센트보다 조금 높은 확률로 맞지 않을까 하고 소타는 내심 계산하고 있었다.

이날 밤 저녁을 먹는데 어머니가 물었다.

"그 과자는 뭐니?"

"선물이야. 엄마, 화과자 좋아하잖아."

"웬 바람이 불었다니? 지금까지 한 번도 안 그랬잖니."

"별일 아니야. 그냥 샀어."

하지만 어머니는 석연치 않은 표정으로 말했다.

"히가시우에노에는 왜 간 거야?"

'어라.'

의아스러워 절로 고개가 들렸다.

"상자에 붙은 테이프에 가게 주소가 적혀 있던데. 히가시우에노라고."

"아, 그래."

시선을 떨어뜨리고 다시 밥을 먹으려고 했다.

"소타, 어디에 갔었던 거니? 히가시우에노에 무슨 일이라도 있었어?"

소타는 험악한 표정으로 일부러 거칠게 젓가락을 놓았다.

"그런 데 무슨 일이 있겠어. 친구와 스카이트리를 보러 갔다가 돌아오는 길에 근처를 산책한 것뿐이야. 내가 화과자를 사온 게 그렇게 마음에 안 들면 안 먹어도 돼."

"과자에 대해 말하는 게 아니고…… 그게 아니라……." 어머니는 불안으로 가득한 시선을 보냈다. "너, 매일 뭐 하고 다니니? 학교도 쉬고 도대체 뭘 하고 다니는 거야?"

"말했잖아. 미래에 대해 생각하는 중이라고. 고등학교 선생님과 얘기했어. 경우에 따라서는 다시 한 번 대학에 들어가는 게 나을까 싶어서."

뜻하지 않게 내뱉긴 했지만 거짓말도 아니었다. 최근 머리 한구석에 그런 생각이 있었다. 처음 들은 말이어서 그런지, 어머니는 눈을 크게 떴다.

"대학에 다시 들어간다고?"

"결정한 건 아니야. 지금 고민중이니까."

"정말? 단순히 진로 고민이 다냐고?"

"그래, 잔소리는."

소타는 자리에서 일어났다. 식욕은 사라지고 없었다.

방으로 돌아와 태블릿을 집어들었다. 조급한 마음이 가슴에 남아 있었다. 어째서 어머니는 소타가 히가시우에노에 간 것에 집착하는 걸까. 하지만 메일을 확인한 순간, 의식이 먼 곳으로 날아갔다. 고등학교 동창인 소노무라에게서 답장이 와 있었다. 다음과 같은 내용이 었다.

어이! 소노무라야.

엉뚱한 녀석에게서 메일이 왔다고 생각했는데 그 부탁도 이상해서 한 방 먹었다.

나는 일단 게이메이 출신. 다만 약학이 아니라 공학부야, 미안. 하지만 동아리 후배 중에 약학부가 있어서 그 녀석이라면 언제든 연락할 수 있어. 하지만 찾는 여자에 대한 정보는 어떨지 모르겠네. 별로 인기가 없는 녀석이라서.

그런데 소타, 아직 오사카 대학에 있다고 들었는데 진짜야?

나는 간신히 취직했어. '대학원 졸'이라는 간판으로 겨우. 앞으로 잘해봐야지.

일단 그렇다고. 잘 지내.

소노무라.

메일을 두 번 읽고 소타는 미소를 지었다. 소노무라는 머리 회전이 빨라 순식간에 날카로운 농담을 날리는 친구였다. 오지랖도 넓어서 든든했다.

서둘러 메일을 보내기로 했다. 고심 끝에 조금 자세한 내용을 적었다.

그냥 넘어가지 않고 연락줘서 고마워.

이건 다른 사람에게는 알리지 말아줬으면 하는데 이바 다카미라는 여자를 찾고 있어. 하지만 게이메이 대학 약학부에 있다고 밝혀진 건 아니야. 가능성이 높다는 것뿐이지. 그러니까 우선 그 후배에게 그런 사람이 있는지만 확인 부탁할게. 나이는 우리와 동갑이니까 재수하지 않았다면 벌써 졸업했을 거야. 그리고 만약 그런 여자가 있더라도 내가 찾고 있다는 사실을 본인에게는 알리지 말았으면 해. 사정이 있거든.

귀찮은 일을 부탁해서 미안해.

그래도 잘 부탁해.

가모 소타.


메일에 답장이 온 것은 약 일주일 뒤였다. 소노무라가 빨리 움직여준 것 같았다.

메일을 연 순간 온몸이 뜨거워졌다.


이바 다카미 씨=게이메이 대학 약학부 생리학연구실 수료.

축하해.

적중했어.

## 24

소타의 말을 듣고 리노는 눈을 크게 떴다.

"굉장해요, 드디어 알아냈네요."

"응, 그런데 앞으로 어떻게 해야 할지 모르겠어."

"왜요? 친구 후배가 약학부라며, 그 사람에게 부탁하면 좀더 자세한 내용을 알 수 있잖아요?"

"하지만 그럴 수 없어. 그 후배라는 사람은 이바 다카미와 학과가 달라. 만난 적이 없다더라고. 게다가 그런 걸 다짜고짜 어떻게 부탁해?"

"음, 그러네."

리노는 빨대로 레몬 스카시를 마구 휘저었다.

둘이 처음 만났던 오모테산도의 카페였다. 이바 다카미가 어느 대학을 나왔는지 알아낸 참에 그 사실을 알려주려고 소타가 연락한 것이다.

"이럴 때 경찰이라면 좋겠다. 대학에 들어가 관계자의 얘기를 들어보면 되니까. 경찰수첩만 꺼내면 거스를 사람도 없고."

리노가 손을 멈추고 그를 봤다.

"그러면 되잖아요."

"뭐가?"

"그러니까 게이메이 대학에 가보는 거예요. 우리라면 학생으로 보일 테니까 아무도 막진 않겠죠. 원래 대학이라는 곳이 외부인도 쉽게 드나들 수 있잖아요. 가모 군 학교는 안 그래요?"

"뭐, 보안이 철저한 곳이 아니라면 그렇지."

"그렇죠? 그러면 경찰관일 필요는 없죠. 당당하게 약학부 건물에 가서 이바 다카미 씨가 있던 연구실을 찾아가면 되죠. 분명히 사람이 있을 테니까 그 사람을 붙잡고 물어보면 되지 않겠어요?"

"물어본다고, 어떻게?"

"그런 거야 어떻게든 돼요."

리노는 엄청난 기세로 레몬 스카시를 빨아들였다.

"잠깐만, 당장 간다고?"

"그럼요. 왜요? 무슨 문제 있어요?"

문제는 없었다. 소타는 고개를 젓고 남은 아이스커피를 들이켰다. 그로부터 수십 분 후, 두 사람은 품격이 느껴지는 게이메이 대학 정문을 통과하고 있었다. 여름방학임에도 많은 학생들이 캠퍼스를 거닐고 있었다. 운동부원들의 모습도 눈에 들어왔다.

"흥, 수재만 있을 줄 알았는데 의외로 그렇지도 않네."

힙합 스타일로 한껏 치장한 젊은이와 스친 후 리노가 말했다.

"그야 그렇지. 어느 대학이나 다양한 사람이 있어. 게다가 겉모습만 보고는 모르지."

"그렇긴 하죠. 하지만 이바 다카미는 겉모습 그대로네요."

"그런가."

"그런 것 같아요. 보기에 스마트한 미인. 그리고 진짜 머리가 좋잖아요."

리노의 의견에 소타는 동감했다. 중학교 2학년 때도 그녀는 무척 어른스러웠다.

마침내 약학부 건물에 도착했다. 생리학연구실은 3층에 있었다. 두 사람은 계단을 올라 복도를 걸었다. 바깥의 소음은 거의 들리지 않았다. 몇 명이 지나쳐갔지만 소타 일행에게 말을 거는 사람은 없었다.

생리학연구실이라고 적힌 푯말이 걸려 있는 문이 보였다. 소타는 걸음을 멈췄다.

'이제 어떻게 하지.'

그런데 리노는 아무런 주저 없이 문을 열었다. 게다가 안을 향해 머리를 까딱 숙이고는 실례하겠습니다, 라고 말하고 방으로 들어가버렸다. 소타도 서둘러 그뒤를 따랐다.

방에는 하얀 가운을 입은 젊은 남자가 있었다. 나이는 소타와 거의 비슷해 보였다. 안경을 쓰고 머리를 짧게 깎았다. 그는 책상에 앉아 있다가 소타와 리노를 쳐다봤다. 하지만 특별히 이상하게 생각하지는 않는 듯했다. 모르는 사람이 찾아오는 일이 드물지 않은 모양이다.

"잠깐 여쭙고 싶은 게 있는데 시간 괜찮으세요?" 리노가 말했다.

"괜찮습니다만, 뭔가요?"

"여기에 이바 씨라는 분이 계셨죠. 이바 다카미 씨."

"아아." 남자가 고개를 끄덕였다. "있었어요."

"지금, 어디에 계신지 아세요? 취직하셨나요?"

"아니, 그녀는 쉬고 있고 내년 봄에 돌아올 예정인데요."

"쉬다니…… 어떻게 된 건가요?"

"원래 이 연구실에 남을 계획이었습니다만 집안 사정으로 일 년을 연기했어요." 그렇게 얘기한 후에야 남자의 얼굴에 의심스러운 표정이 떠올랐다. "그런데 누구시죠?"

드디어 의심이 들었나 보다. 그런데 리노는 옆에서 듣고 있는 소타가 깜짝 놀랄 말을 태연하게 했다.

"사실 저희는 TV 관계자예요."

남자도 의외인지 되물었다.

"TV?"

"이건 비밀인데 한 남자분이 이바 씨에게 첫눈에 반해 꼭 찾아서 프러포즈하고 싶다고 합니다. 여러 곳을 알아본 끝에 드디어 여기까지 오게 되었습니다."

소타는 옆에서 들으면서 가슴이 벌렁거렸다. 도대체 언제 이런 말을 생각해냈을까.

남자는 그 말을 믿었는지 실소를 터뜨렸다.

"아아, 그럴듯한 기획이네요."

"죄송합니다. 너무 평범해서."

리노가 고개를 숙였다.

"어느 방송국이죠? 새로운 프로그램?"

"아닙니다. 실은 기획 단계라 어떻게 될지 모릅니다. 그래서 다른 분들께는 말씀하지 말아주세요."

"에이, 그런 거예요?"

남자는 실망감을 드러냈다.

"그런 이유로 이바 씨를 만날 수 있는 곳을 가르쳐주시면 고맙겠습니다."

남자는 고개를 흔들었다.

"잘 모릅니다, 그렇게 친하진 않거든요."

"그럼, 연락처라도?"

"그야 알아보면 알 순 있겠지만, 개인정보를 그렇게 쉽게 가르쳐 줄 순 없잖아요. 명함을 놓고 가시면 다음에 이바 씨가 올 때 전달할게요."

"아니요, 본인에게는 비밀로 진행하고 있는 건이라서요."

"흠, 그렇겠네요." 남자는 어깨를 으쓱했다. "어쨌든 더는 도움이 되지 못할 것 같군요."

"혹시 연구실에 다른 분은 안 계십니까. 오늘은 모두 안 나오시는 건가요?"

"글쎄요, 안 올 것 같네요."

"이바 씨와 친했던 분은 안 계신가요?" 리노가 또 묻는다.

그 근성에 소타는 혀를 내둘렀다. 이제 남자는 노골적으로 지긋지긋해하는 표정을 지었다.

"그러니까 그런 거 잘 모른다고요. 나와는 연구 분야도 다르고 지도교수도 달라요. 그렇게 알고 싶으면 책상을 조사해보든가요."

"책상?"

"저기요." 창가 책상을 턱으로 가리키며 말했다. "언제든 돌아오라는 뜻에서 그대로 뒀어요."

"함부로 봐도 될까요?"

남자는 입가를 일그러뜨리고 흥 하고 콧방귀를 뀌었다.

"다른 사람이 보면 안 되는 건 없을 겁니다. 실제로 아무나 서랍을 열어서 문구류를 그냥 쓰기도 하니까요."

"그럼 어쩔 수 없이……." 리노가 책상에 다가갔다.

"다만." 갑자기 남자가 못을 박았다. "내가 보는 앞에서는 안 됩니다. 앞으로 십 분 동안 방을 비울 테니 돌아올 때까지는 원래대로 해 놓으세요. 그리고 다른 사람한테 들켜도 나는 모르는 일입니다."

"아, 네. 알겠습니다." 리노는 어깨를 움츠렸다.

남자는 흰 가운을 벗어 의자 등받이에 걸치고는 잰걸음으로 방을 나갔다. 그 순간 리노가 재빨리 책상 서랍을 열었다. 소타도 달려갔다.

"우아! 좋은 사람이라 다행이네요." 리노가 말했다.

"그보다 네 연기가 더 놀랍다. 그런 말을 할 생각이었으면 사전에 좀 알려줘."

"그냥 갑자기 튀어나온 건데요."

"갑자기……."

"쓸데없는 말 할 틈이 없어요. 단서를 찾아야죠."

둘이서 서랍 안을 조사했다. 그러나 그 남자가 말한 것처럼 대단한 것은 들어 있지 않았다. 실험 데이터 등을 모은 파일이 몇 권 들어 있었는데 이바 다카미에 대한 개인 정보는 아무것도 없었다. 일정을 기록한 탁상달력이 나왔지만 작년 것이었다.

"역시 없나……."

소타가 한숨을 내쉬자 리노가 달력을 내밀었다.

"여기 좀 봐요."

작년 10월이었다.

"뭘?"

"그러니까 여기!"

그녀가 손가락으로 가리킨 곳은 10월 9일 칸이었다. 거기에 '가쓰우라'라고 적혀 있었다. 게다가 거기서부터 주말까지 화살표가 이어져 있다.

"가쓰우라라면 어디서 들은 적이 있는데." 그렇게 말하자마자 생각났다. "앗! KUDO's land에서……."

"맞아요, 구도 아키라의 별장 사진이 붙어 있었어요. 도모키가 말했어요. 장소는 지바의 가쓰우라라고."

둘이 얼굴을 마주 봤을 때 헛기침 소리가 들렸다. 깜짝 놀라 돌아보니 조금 전 남자가 보고 있었다.

"내가 돌아올 때까지 원래대로 돌려놓으라고 했을 텐데요."

하지만 그 말을 못 들은 것처럼 리노는 탁상달력을 들고 그에게 달려갔다.

"이게 뭐죠? 작년 10월, 이바 씨가 가쓰우라에 갔나요?"

리노의 박진감에 남자는 조금 움찔했다.

"아, 맞아요. 연구가 일단락되어서 여행 간다고……. 당연히 해외라고 생각했는데 그런 곳이라 김이 샜던 기억이 나네요."

"왜 가쓰우라인가요?"

"그런 거야 모르죠. 자세한 내용을 들은 것도 아니고."

"고맙습니다."

리노가 인사한 뒤 문으로 향했다. 탁상달력을 손에 들고 있었지만 남자는 말릴 생각이 없는 듯했다. 아연한 상태였는지도 모른다. 그 틈에 소타도 방을 나왔다.

대학 식당이 열려 있어서 구석 테이블을 빌리기로 했다.

"어떻게 생각해요?" 리노가 물었다.

"관계가 없진 않겠어." 소타가 대답했다. "이바 다카미가 작년 말부터 KUDO's land에 다니기 시작했으니까. 우연이라고 하기에는 너무 맞아떨어져."

"이바 다카미는 노란 나팔꽃 때문에 할아버지에게 접근하려고 했고 그 때문에 '팬드럼'에 들어갔다는 게 이제까지의 추리였는데……."

"그전 단계에 우선은 구도 아키라 씨와 친해지기로 했다, 인터넷을 통해 구도 씨의 별장이 가쓰우라에 있다는 것을 알아내고는 직접 찾아가보기로 했다……. 하지만 생각처럼 잘되지 않았을지도 몰라."

"그래서 KUDO's land에 다니기 시작했다?"

"아직은 뭐라고 단정 지을 수는 없지만."

말하면서도 그것 말고는 답이 없다는 느낌이 들었다. 소타는 리노와 마주 보며 동시에 고개를 끄덕였다.

"가볼까." 그가 먼저 말했다. "가쓰우라에."

"그래야겠죠?" 그녀도 동의했다.

25

이제는 몇 페이지에 어떤 사진이 있는지까지 완벽하게 기억해버린 파일을 덮고, 하야세는 의자에 몸을 맡겼다. 눈은 묵직한 통증에 시달렸고 목은 뻣뻣했다. 두 팔을 크게 위로 올려 기지개를 켜니 기어이 신음이 흘러나오고 말았다.

대각선 너머 자리에 있는 이시노라는 후배 형사와 눈이 마주쳤다. 덩치가 큰 젊은 형사는 쓴웃음을 지었다.

"피곤하신 것 같은데, 오늘은 빨리 돌아가시는 게 어떠신지요."

하야세가 손목시계를 내려다보니 저녁 8시를 조금 넘어서고 있었다.

"그럴까. 남아 있어봤자 좋은 수가 생기는 것도 아니고."

이시노는 근처에 사람이 있는지를 확인하듯 주위를 둘러보고 일어섰다.

"최근에는 1과 녀석들도 숙직은 안 하는 모양이에요."

하야세는 후 하고 코로 숨을 내쉬었다.

"그런 모양이더군."

"이 사건, 어떻게 되는 거죠?"

"글쎄."

하야세는 고개를 갸웃거렸다.

수사회의가 연일 열리고 있다. 하지만 그곳에서 보고되는 내용은 날마다 내실이 없어져간다.

현재는 올해 봄에 세타가야 구에서 일어난 강도사건에 착안한 수사에 중점이 놓여 있다. 피해자는 혼자 사는 노인이었고 범행 시각과 방이 어질러진 상태 등 공통점이 있어서였다. 원래 하야세와 콤비인 야나가와도 눈을 번쩍이며 그쪽 수사에 동참하고 있다. 단독으로 이리저리 돌아다니는 모양인데 하야세에게는 이렇다 할 한마디도 없다. 하지만 그거야말로 하야세가 바라는 바다.

세타가야 사건과는 관계가 없다. 그쪽은 단순 강도로 사람을 죽이지 않았다. 그리고 무엇보다 노란 꽃이 도난당한 사실이 없다. 하지만 수사를 지휘하고 있는 자들을 비난하는 것은 가혹한 일이다. 그들은 화분 도난 사실조차 모른다. 어쩌면 보고 정도는 받았을지 모르지만 사건과는 관계없다고 생각했을 것이다. 하야세가 이야기하지 않는 한 사건과 연결하지는 못할 것이다. 아마도 노란 꽃은 사건 해결의 큰 열쇠이리라. 관할 형사인 자신이 이번 사건을 해결하려면 이 열쇠를 활용하는 수밖에 없다.

거래하고 싶으면 걸맞은 카드를 준비하길 바랍니다. 가모 요스케의 말이 머릿속에서 떠나지 않는다. 그 남자는 알고 있다. 어쩌면 사건의 진상을 파악하고 있는지도 모른다. 그렇다면 그 남자를 추궁하는 게 가장 빠른 길이다.

어떤 카드를 꺼내야 가모 요스케의 단단한 방어벽을 무너뜨릴 수 있을까.

그런 생각을 하면서 하야세는 사건을 다시 한 번 훑어보기로 했다. 리노에게 연락해 함께 범행현장을 가본 것도 그 일환이었다. 그러나 이제까지와 마찬가지로 증거가 될 만한 힌트를 잡지 못한 것도 사실이다. 애써 노란 꽃이라는 열쇠를 쥐고 있으면서도 거기서 앞으로 한 걸음도 나아가지 못한 것이다.

하야세는 책상 아래에 놓인 서류 가방을 집어들었다. 그 안에 파일을 넣은 다음 먼저 가겠다고 이시노에게 말하고 일어섰다.

"아, 수고하셨습니다."

이시노는 컴퓨터로 보고서를 작성하고 있는 것 같았다. 그는 지금도 아키야마 슈지의 인간관계를 추적하고 있다. 하야세는 뒤에서 화면을 들여다보다 걸음을 멈췄다. 거기에 적힌 내용이 마음에 걸려서였다.

"대학에 나타나? 피해자가?"

"네." 이시노가 몸을 비틀어 돌아봤다. "지금으로부터 한 달 반쯤 전에요. 피해자는 모교 연구실을 찾아 동기였던 교수를 만났습니다."

"피해자의 대학은……."

"데이토 대학, 농학부 생물학과입니다. 지금은 명칭이 바뀌었지만."

"용건은?"

"대단한 건 아니었습니다. 사소한 검사였다고 합니다."

"어떤 검사?"

"아, 그러니까." 이시노는 앞에 있는 메모로 시선을 떨어뜨렸다. "DNA 분석입니다. 식물의 잎을 가지고 와서 무슨 종류인지 식별해 달라고 했답니다. 그리 어렵지 않은 일이라 받아들였다고 하고요."

"특별한 식물이었나?"

"아니요, 나팔꽃의 일종이었다고 합니다."

"나팔꽃……."

"평범한 나팔꽃이 아니라 돌연변이가 많은 종류였다나. 보기만 해서는 어떤 종류인지 모르는 경우도 있답니다. 아키야마 씨가 의뢰한 것도 그런 이유일 거라고 교수가 말했습니다."

"그후는?"

"아키야마 씨가 대학에 나타난 것은 보고서를 받으러 온 날이 마지막이었습니다. 그 이후 전화 통화도 없었답니다." 그렇게 말한 후 이시노는 이상하다는 듯 하야세의 얼굴을 올려다봤다. "이 얘기가 그렇게 신경쓰이세요? 사건과는 관계없어 보이는데요."

인간관계에 대해 철저하게 조사했다고 생각했는데 여전히 모르는 것투성이였다. 하야세는 자신이 피해자에 대해 아무것도 파악하지 못하고 있음을 새삼 통감했다.

휴대전화가 울린 것은 하야세가 플랫폼에서 전철을 기다리고 있을 때였다. 발신자 표시를 보고 순간 숨을 멈췄다. 유타였다. 어떤 의미에서는 가장 얘기하고 싶지 않은 상대이기도 했다. 그러나 통화 버튼을 눌렀다.

"나야, 유타."

"그래, 안다."

"바쁜데 미안. 지금 전화 괜찮아?"

"괜찮아. 왜?"

잠시 머뭇거리더니 유타가 말했다.

"사건 말이야…… 어떻게 돼가?"

"음…….' 거짓말해봤자 소용이 없을 것이다. "실은 난항이야."

"역시 그렇구나."

"뭐야, 역시라니."

"인터넷을 뒤져도 소식이 전혀 없길래."

아무래도 내내 사건을 신경쓰고 있던 모양이다.

"수사를 안 하고 있는 건 아니야."

"알아, 그런 건. 하지만 범인을 잡지 못하면 의미가 없잖아."

중학생쯤 되면 꽤나 건방진 말을 한다. 반론할 수 없어 더 얄미웠다.

전철이 도착해 문이 열렸다. 하지만 하야세는 아들과의 대화를 계속하기로 했다.

"잡을 거야."

"정말이지?"

"응, 진짜. 내가 잡을 거야."

후 하고 숨을 내쉬는 소리가 들렸다.

"그런 건 이제 됐어. 아버지가 잡아주면 제일 좋지만 누구든 좋아. 미궁에 빠지지만 않으면 좋겠어."

관할에 근무하는 아버지에게 공을 기대할 수 없다고 체념한 듯하다. 어깨의 짐이 가벼워져야 했는데 마음의 부담이 오히려 늘어났음을 하야세는 느꼈다.

"알아, 반드시 잡을 거야."

"부탁해."

"용건은 그게 다야?"

"응, 힘내."

알겠다고 하고 전화를 끊었다. 입안에 쓴맛이 퍼졌다. 아마도 유타는 수사에 진전이 없자 초조해져서 전화를 건 것이리라. 아들의 기대에 응하지 못한 것이 안타까웠다.

전철에서 내려 역 옆에 있는 편의점에서 도시락을 사 퇴근길에 올랐다. 문득 도대체 자신은 언제까지 이렇게 살아야 하는 걸까 하는 생각이 들었다. 아무도 기다리지 않는 방으로 돌아와 누군가 직접 만든 요리를 먹지도 못하고 아무와도 얘기하지 못한 채 좁은 침대에 피로에 지친 몸을 던진다.

그래도 지금은 그나마 낫다. 눈을 뜨면 혼자이긴 하지만 직장이라는 갈 곳이 있다. 하지만 정년퇴직 후에는 어떨까. 그 원룸에서 하루 종일 살아야만 할까.

그런 생각을 하고 있자니 아키야마 슈지가 머리에 떠올랐다. 그 노인은 어떻게 하루하루를 보냈을까. 손녀딸은 그의 이야기 상대는 꽃뿐이었다고 했다. 그걸로 정말 만족스러웠을까. 그가 살아있을 때 좀더 이야기를 나눠볼 걸 그랬다. 그 기회가 완전히 사라졌다는 게

야속했다. 아들을 도와줬으니 적어도 한 번쯤은 제대로 인사하러 갔어야 했다. 유타는 감사의 편지를 쓴 모양이던데…….

하야세는 걸음을 멈췄다. 갑자기 생각이 떠올라서였다. 안주머니에서 전화를 꺼내 버튼을 몇 개 눌렀다.

"여보세요."

유타의 목소리가 들렸다.

"나다, 잠깐 부탁할 일이 있는데 들어줄래?"

"어떤 일인데?"

"아키야마 씨에게 고맙다는 편지를 썼다고 했지. 혹시 답장이 왔니?"

"왔어. 그게 왜?"

"좀 읽어주지 않을래? 아니면 벌써 버렸니?"

"버리지 않았어. 하지만 왜 읽어달라는 거야? 그게 수사에 도움이 돼?"

"그건 모르겠어. 다만 아키야마 씨에 대해 더 알고 싶어서."

"아, 그런 거야……."

"싫으면 안 해도 돼."

"싫진 않아. 그러면 다른 편지도 보여줄까?"

"다른 것도 있어?"

"한두 통 있어, 연하장 같은. 매년 주고받았으니까."

하야세는 전혀 모르는 일이었다. 아버지로서 실격이라는 사실을 새삼스레 떠올렸다.

"꼭 보여줘."

"알았어."

"어디로 가지러 갈까?"

유타의 목소리가 활기차게 들렸다. 자기가 수사에 도움이 될지도 모른다는 생각에 흥분한 모양이다.

"오늘은 시간이 늦은 데다 네 엄마가 별로 좋아할 것 같지 않은데."

"그럼 어쩌지?"

"그 편지와 엽서를 사진으로 찍어 메일로 보내주면 좋겠다."

"아, 맞다. 알았어. 메일 주소는 그대로지?"

"그래, 똑같다."

"그럼. 한 시간 안에 보낼게."

"부탁하마."

하야세는 전화기를 주머니에 다시 넣으면서 걷기 시작했다. 유타는 흥분했지만 슈지의 편지를 읽는다고 단서를 발견하리라고는 기대하지 않았다. 오히려 자신을 위해 읽어두고 싶었다. 앞으로의 인생을 위해.

맨션으로 돌아와 편의점 도시락을 먹는데 테이블에 둔 휴대전화가 진동했다. 유타의 메일이 도착한 모양이다. 젓가락을 내려놓고 내용을 체크했다. '아키야마 씨가 보낸 편지'라는 제목이 붙어 있다. 본문에는 '혹시 읽기 어려우면 메일 줘요. 다시 보낼게. 잘 부탁해요. 유타'라고 쓰여 있다.

첨부파일을 열어보았다. 처음에 나타난 것은 편지지를 화면 가득 찍은 이미지였다. 해상도가 높아서 확대하면 충분히 읽을 수 있었다. 다만 화면을 움직일 필요가 있었다.

유타가 보내온 감사 편지에 대한 답장인 듯 아키야마 슈지는 안부 인사를 건넸다.

지난번 보내준 편지는 정말 고마웠습니다. (중략) 요즘 젊은이들은 잘 쓰지 않는다는데 잘 정리된 문장을 편지로 읽고 무척 감동받았습니다. 부모님이 잘 가르쳐주신 것 같군요.

하야세는 읽으면서 부끄러워졌다. 어머니라면 몰라도 아버지는 아들을 가르친 적이 없다. 굳이 말하자면 나쁜 표본을 보여 반면교사로 삼기를 바라는 정도랄까.

그후 편지에는 좋지 않은 일을 겪어 사람을 믿을 수 없게 되었겠지만 그래도 세상에는 멋진 사람이 많이 있으니까 결코 비관하지 말고 장래의 꿈을 안고 살아가길 바란다는 의미의 얘기가 적혀 있었다. 그것을 읽고 하야세는 가슴이 뜨거워졌다. 원래는 자신이 아들에게 했어야 할 말들이었다. 지금에 와서야 슈지에 대한 고마운 마음이 끓어올랐다.

다른 첨부파일을 확인해봤다. 유타가 말했듯 연하장을 매년 주고받은 모양이다. 아키야마 슈지는 뻔한 새해 인사 대신 십대 젊은이에게 도움이 될 함축적인 말을 썼다.

힘든 일이 있을 때는 이 덕분에 한 걸음 더 성장할 수 있다고 생각하면 됩니다. 그러면 멋진 한 해를 보낼 수 있을 겁니다.

언젠가 자신도 써보고 싶은 문구였다.

편지지를 촬영한 이미지가 하나 더 있었다. 첫머리에 '지난번 편지는 고마웠습니다'라고 되어 있는 걸 보니 유타가 보낸 편지의 답장인 것 같다. 그후는 다음과 같이 이어졌다.

부모님이 별거중인 것은 역시 고민일 테지요. 유타 군이 말한 대로 사별과는 또 다른 아픔이 있을 겁니다. 세부적인 내용이 있지는 않았지만 대충은 알겠습니다.

하야세는 할 말을 잃었다. 아마도 유타는 부모의 불화에 대해 슈지에게 털어놓은 모양이다. 무엇보다 생판 모르는 남에게 그런 일까지 밝힐 필요가 있나 생각했지만 유타에게 아키야마 슈지는 그런 존재였던 모양이다.

그러나 부모님도 유타 군의 마음을 모르는 게 결코 아닙니다. 딱 한 번 뵌 게 다지만 두 분 다 아들을 진심으로 걱정하는 마음이 전해졌습니다. 아들을 위해 전처럼 셋이 사는 쪽이 좋은지 아닌지 늘 고뇌하고 계실 겁니다. 하지만 그렇게 하지 않는 것은 그것이 정답이라는 자신이 없기 때문이 아닐까요.

읽으면서 납을 삼킨 듯 위장이 묵직해지는 것을 하야세는 느꼈다. 유타는 당연히 이 편지를 아버지가 읽을 것을 알았다. 이걸 읽고 조금이라도 각성하길 바란 것일까.

아버님을 원망하는 마음은 잘 압니다. 그러나 변호를 해보자면 세상의 많은 남자는 가정의 일원으로 실격입니다. 자신에게 가장 소중한 것이 무엇인지, 그것을 잃고 나서야 깨닫습니다. 이렇게 말하는 나도 마찬가집니다. 가정을 전혀 돌보지 않고 연구에 몰두했지요. 아내의 몸이 좋지 않다는 것도 깨닫지 못했습니다. 결국 병상에 누웠는데 그때는 이미 늦었습니다. 그래도 아내는 한마디도 원망하지 않았습니다. 제 연구가 결실을 맺을 때까지 나 몰래 차를 끊고 기원을 들이고 있었더군요. 물론, 나는 아내가 세상을 떠난 뒤에야 그 사실을 알았습니다.

유타 군의 아버님도 지금은 이미 스스로의 과오를 깨달았을 겁니다. 충분히 자신을 원망하고 있겠지요. 그럼에도 지금의 길을 선택했다면 그 결정은 존중해야 합니다.

유타 군은 받아들이기 힘든 대답일지 모릅니다. 하지만 알아주길 바랍니다. 실수를 저지르지 않고 평생을 사는 사람은 없다는 사실을.

편지를 마감하는 문장을 읽고 하야세는 복잡한 심정에 휩싸였다. 아키야마 슈지는 하야세의 내면을 고스란히 대변하고 있었다. 하지만 한편으로 자신의 고뇌가 사실 아주 평범한 것에 지나지 않는다는 무력감에 휩싸였다.

편지는 이것으로 끝났나 싶었는데 편지지를 촬영한 이미지가 한 장 더 있었다. 그곳에는 추신이 적혀 있었다.

추신.
아내를 보내고 나서 저도 차를 끊고 있습니다. 최소한의 사죄입니다.

별생각 없이 글자를 좇던 하야세는 '차를 끊는다'는 말에 반응했다. 그리고 그 말의 의미를 되새겨봤다.

차를 끊다……. 신불에 기원할 때 일정 기간 차를 끊는 것.

깜짝 놀랐다. 아키야마 슈지는 차를 끊고 있었단 말인가.

아키야마 리노는 말했다. 할아버지는 인스턴트커피를 즐겨 드셨다고, 그래서 사건이 일어났던 그날도 양과자가 좋겠다고 말씀하셨다고. 그런데 그게 아니라 일본차를 마시지 않았던 것이다. 그 대신 커피를 마신 게 아닌가. 그러나 현장에 남은 찻잔에는 차가 남아 있었다. 찻잔에는 아키야마 슈지의 지문밖에 남아 있지 않았다. 어떻게 그런 일이 일어났나. 슈지는 차를 다시 마시기 시작한 건가.

하야세는 휴대전화를 쥐고 일어났다. 도시락은 반도 먹지 않았지만 식욕은 사라지고 없었다.

## 26

오전 10시, 소타는 가쓰우라행 차량에서 리노와 마주 앉았다. 여름방학이 시작되어서 여행객들로 북적이지 않을까 우려했는데 그렇게 보이는 승객은 거의 없었다. 평일이었고 가족여행은 오봉 휴가까지 미루고 있을지 모른다.

소타는 휴대전화 화면에 구글 지도를 띄웠다. 지바 현 가쓰우라시의 지도다. 그 위의 어느 지점에 표시가 되어 있다.

"이곳이 구도 씨의 별장이 있는 장소야. 꽤 불편한 곳이니까 렌터카를 빌리는 편이 나을 것 같아."

"주소는 어떻게 알아냈어요?"

"조금 시간이 걸리긴 했지만 그리 어려운 일은 아니었어. 이게 있었으니까."

소타는 가방에서 한 장의 사진을 꺼냈다. 그것은 구도 아키라의 별장 사진이었다. KUDO's land의 벽에 붙어 있던 사진을 리노가 가게까지 가서 촬영해준 것이다. 그 데이터를 소타가 메일로 받아 프린트했다.

촬영할 때 리노는 가게 스태프에게 곧 가쓰우라에 가려고 하는데 시간이 나면 들러보고 싶다고 설명했다고 한다. 정확한 주소를 알려달라고 부탁했지만 결국 알아내지 못했다. 최고의 전성기가 지났다고는 해도 구도 아키라의 팬은 많다. 아무한테나 주소를 알려주면 엄청난 일이 벌어질 것이다. 사진을 보고 리노는 피식피식 웃었다.

"어쩐지 수상한 집단 같아요."

그녀가 그렇게 말하는 것도 무리는 아니다. 찍혀 있는 인물들의 눈을 검은 매직으로 지워놓았기 때문이다.

"어쩔 수 없어. 여러 사람에게 보여줘야 하니까. 구도 아키라 씨를 그대로 보여주면 이런저런 질문을 받게 되잖아."

"여러 사람?"

"부동산. 정확히 얘기하면 시골의 물건을 취급하는 업자."

"시골의 물건…… 그런 업자가 도쿄에 있어요?"

"있더라니까." 소타는 사진을 가리켰다. "이 집, 꽤 낡았잖아. 몇 년인가 전에 구도 씨가 샀다고 했는데 어째서 굳이 이런 낡은 물건을 골랐다고 생각해?"

"장소가 좋잖아요."

"그것도 있겠지. 하지만 가장 큰 이유는 아니야. 실은 구도 아키라 씨의 공식 사이트에 들어가봤어. 그곳에 '시골 리포트'라는 게 있더라. 별장에서의 생활을 올린 블로그인데 건물 자체의 사진은 없지만 주위 풍경을 촬영한 사진들이 있었어. 아니면 연습 사진이나. 그곳에 직힌 문장을 읽었더니 구도 씨가 별장을 어떻게 구입했는지 자세히 알 수 있었지. 그에 따르면 구도 씨는 전부터 시골생활을 동경했고 게다가 오래된 민가에 살아보고 싶었대."

"어머, 그래서 일부러 오래된 집을 구입한 거예요? 특이하다."

"그런 사람이 적지 않아. '오래된 민가'로 검색했더니 인터넷상에 물건이 여럿 나오더라. 전원생활을 동경하는 사람들이 오래된 일본

가옥을 찾는 모양이야."

"구도 씨도 그런 사람 중에 하나란 말이네요."

"맞아, 블로그에는 자연에 둘러싸여 주위 신경을 쓰지 않고 실컷 소리를 낼 수 있고 또 가능한 한 주위에 골프장이 있는 집을 찾았던 모양이야."

"가쓰우라 별장은 조건에 맞았다는 소리군요."

"응, 하지만 블로그에는 드디어 물건을 찾았다는 얘기만 있고 어떻게 찾았는지는 적어놓지 않았어. 하지만 물건을 찾으려고 하면 역시 전문 업자에게 부탁하는 수밖에 없잖아. 그렇다면 이 집도 예전에는 매물로 공개되었을 거야. 조사해봤더니 도쿄에 전문 업자가 그렇게 많지는 않았어. 처음 들어간 집은 지금 매물로 나온 물건밖에 알 수 없다고 바로 쫓겨났지만 두번째 들어간 가게 사람이 친절해서 과거 정보를 찾아줬어. 가쓰우라라는 지명은 알고 있으니까 찾는 데 그리 시간이 오래 걸리지는 않더라고."

"그랬구나." 리노가 감탄한 듯 고개를 흔들었다. "역시 가모 군은 머리가 좋아."

"갑자기 무슨 소리야."

"전부터 생각했어요. 언젠가 치과의사 선생님과 얘기했잖아요. 대학에서 에너지 관련해서 연구를 하고 있다고? 나와는 인종이 달라."

소타는 풋 하고 웃음을 터뜨렸다. 자조의 웃음이었다.

"아니, 쓸데없이 시간을 낭비했을 뿐이야. 아무런 도움도 안 되는 연구였다고."

"그래요? 어떤 연구인데요? 뭐, 말해도 내가 알아듣지 못하겠지만."

"아냐, 그렇지도 않아. 어떤 연구였는지 들으면 그쪽도 낭비라고 생각할 거야."

"도대체 뭔데요? 잘난 체 그만하고 가르쳐줘요."

"잘난 체가 아니야. 악명 높은 원자력이야."

"아아……." 리노는 억양이 없는 소리를 냈다. "원자력발전 같은 거요? 상당히 미묘하네요."

"사람들이 뭘 연구하느냐고 물어도 대답하기 곤란한 연구자, 얼버무릴 말을 찾는 연구자, 그게 우리야. 자업자득이지. 선견지명이 없었으니까."

자신의 말이 공허하게 울리는 것을 들으니 더 한심해졌다.

"쓸데없이 시간을 낭비했다고 했죠. 그럼 연구는 이미 그만뒀어요?"

"원자력에 관해서는. 하지만 따로 응용할 만한 게 없는 분야라 앞으로 어찌 해야 좋을지 생각중이야. 일도 없고 공부도 안 하는 백수가 되기 일보 직전이지."

"수재라도 길을 잘못 들면 큰일이구나."

"그러니까 수재 같은 게 아니라니까." 소타는 얼굴을 찡그렸다. "하지만 인종이 다르다는 말은 맞을지도 몰라. 내 입장에서는 올림픽을 목표로 했던 사람은 우주인이지."

리노가 입가를 크게 일그러뜨렸다.

"이젠 목표로 하지 않아요."

"하지만 진심으로 목표로 했던 시기가 있었던 것은 사실이잖아. 그게 대단하다고."

"대단할 것도 없어요. 자신의 능력을 착각한 것뿐이죠. 주위 칭찬에 들떠서…… 나야말로 시간을 낭비했죠."

"그건 아니지. 그 경험은 분명히 앞으로의 인생에……."

"그만 좀 해요!" 리노는 험악한 눈빛으로 내뱉듯 말했다. "나에 대해 아무것도 모르면서 뭘 안다고 그래요? 스스로 답을 내고 끝낸 거니까 더는 토 달지 마요."

"아니, 특별히 토를 달려는 건 아니……."

하지만 리노는 더는 이야기를 듣고 싶지 않다는 듯 고개를 돌려 바깥 경치를 봤다. 그 옆얼굴에서는 분노와 불쾌감이 배어났다.

"미안, 네 말이 맞아. 나는 너에 대해 아무것도 몰라. 수영에서 활약했다는 것은 알지만 어디까지나 표면적인 거지. 쉽게 얘기해서 미안해."

하지만 리노는 반응을 보이지 않았다. 그의 말은 귀에도 들어오지 않는 듯 바깥만 쳐다봤다. 소타는 한숨을 쉬고 휴대전화를 만졌다. 예약한 렌터카 가게의 위치를 확인하기 위해서였다.

리노가 뭔가 중얼거리기에 소타가 쳐다봤다.

"뭐라고 했어?"

그녀가 천천히 그에게 얼굴을 돌렸다.

"수영할 줄 알아요? 수영 잘하느냐고요?"

"다른 사람……만큼은." 소타는 고개를 갸웃거리며 대답했다.

"100미터, 몇 초?"

"응? 100미터는 재본 적도 없어. 고등학교 때 50미터는 재본 적 있지만."

"얼마나 됐어요?"

"얼마였더라." 소타는 팔짱을 꼈다. "일 분 가까이 걸렸던 것 같은데."

"나는 100미터에서 일 분을 안 넘겼어요." 리노가 말했다.

소타의 눈이 휘둥그레졌다.

"대단하다!"

"하지만 내가 마지막으로 남긴 기록은 일 분 십 초. 공식 기록이었죠."

"……무슨 일이 있었어?"

리노는 큰 한숨을 쉬고 오른손을 쫙 폈다.

"골까지 마지막 5미터였어요. 나는 내가 1등이라는 확신이 있었죠. 어쩌면 자기기록도 경신하지 않을까 생각했고요. 그런데 그 순간 말도 안 되는 일이 일어났어요. 세상이 뒤집어졌죠."

"세상이?"

"갑자기 나아가야 할 방향을 잃었어요. 그보다 물속에서 내가 어떤 상태인지도 알 수 없었어요. 나는 패닉에 빠져 아무렇게나 손발을 움직였어요. 옆에서 보고 있던 사람들은 경련이 일어난 줄 알았대요. 간신히 골인하긴 했지만 결과는 아까 말한 대로예요. 저는 곧

바로 의무실로 실려 갔어요. 엄청난 시합이 되어버렸죠."

"원인이 뭐야?"

"심인성 현기증이래요. 그러니까 원인불명이죠. 시합 후에는 원상태로 돌아왔어요. 저는 그때 일이 잘 기억나지 않아요."

"그후, 증상은?"

"없었어요. 물 밖에 있을 때는."

그 대답에 소타는 숨을 죽였다.

"물속에서도 한동안 증상이 나타나지 않았어요. 이전과 마찬가지로 수영을 했고 기록도 나쁘지 않았어요. 이제 완전히 나았다고 생각했어요. 그런데 어느 날, 자원봉사로 아이들에게 수영을 가르치는 행사가 있었는데 내가 시범을 보여야 했어요. 수영장 끝에서 끝까지 천천히 헤엄치는 거죠. 기록을 신경쓸 필요가 없으니 스트레스도 없었죠. 그런데 갑자기 그게 찾아왔어요."

'그게'라고 말하는 부분에서 리노의 말투가 강해졌다.

"빙그르 머릿속이 도는 감각. 앞을 향해 헤엄치고 있었는데 어느새 뒤로 가고 있는 느낌. 큰일이다 싶어 바로 수영을 멈췄어요. 다행히 아무도 눈치채지 못했더라고요. 박수를 쳐주는 아이도 있었죠. 아이들에게 손을 흔들면서 나는 얼굴이 굳어지는 것을 숨길 수 없었어요. 심장은 터질 것 같았고요. 그 이후 몇 번이나 똑같은 일이 일어났어요. 중간까지는 아무렇지도 않다가 골 근처에 오면 현기증이 덮쳐요. 점차 물에 들어가는 게 무서워졌어요."

"병원에 가봤어? 코치와 얘기는 해봤고?"

리노는 초조한 듯 고개를 흔들었다.

"신경과, 신경내과, 정신과, 이비인후과…… 안 가본 곳이 없어요. 하지만 소용없었어요. 어디든 심리적인 원인이라고만 하지 해결은 해주지 않더라고요. 코치도 마찬가지. 정신적인 충고를 엄청나게 해줬지만 제게 효과는 없었어요. 그래서 대부분의 의사가 얘기해준 것을 실천하기로 마음먹었어요. 당분간 물에 들어가지 않는다, 수영은 생각하지 않는다, 치료로 생각한다면 그것은 정답이었어요. 그 이후로는 한 번도 현기증이 없었으니까요."

이야기를 들으면서 소타는 고개를 숙였다. 뭐라고 할 말이 생각나지 않았다.

"하지만 동정은 하지 말아줘요. 수영을 그만두고 나서 제일 싫었던 건 모두가 마음을 써주는 거였어요. 나는 내 의지로 결단했으니 동정받고 싶지는 않아요. 무슨 종기를 만지는 것 같은 취급은 받고 싶지 않다고요."

"그 기분은 알 것 같아." 고개를 숙인 채 소타가 말했다.

"가장 힘든 건 많은 사람의 꿈을 빼앗은 거예요. 특히 우리 부모님, 엄청 신경을 쓰셨거든요. 내가 수영을 그만둔다고 했을 때 정말 크게 실망하셨어요. 그런 부모님을 주위 사람들이 동정하고 위로하고. 나는 정말 불효녀예요."

"그렇진 않아. 자식은 부모의 꿈을 이루기 위해 태어난 게 아니니까."

"하지만 부모가 자녀에게 꿈을 의탁하는 건 당연해요. 그걸 뭐라

고 할 순 없어요. 꿈을 이룰 수 없게 되어 실망하는 것도." 리노는 후
하고 입술을 풀었다. "그렇다고 해도 너무 힘들었어요. 그래서 수영
을 그만둔 후에는 거의 집에 가지 않았어요. 친구와도 만나지 않았
고. 수영을 통해 알게 된 사람이 대부분이라. 수영을 그만두고 깨달
은 것은 내게서 수영을 빼면 아무것도 남지 않는다는 거예요. 만날
상대도 갈 곳도 없어요. 한심하죠."

이 이야기를 듣고 문득 생각난 것이 있었다.

"혹시 그래서 할아버지댁에?"

리노가 힘없이 고개를 끄덕였다.

"어릴 때부터 할아버지는 누구보다 저를 응원해주었어요. 시합이
있으면 멀어도 꼭 와주셨고요. 그러면서도 올림픽 같은 말은 한 번
도 하지 않았어요. 리노가 수영하는 걸 보는 게 좋다고만 하셨죠. 수
영을 그만둔 후에도 왜 그만뒀느냐고 한 번도 묻지 않았어요. 틀림
없이 누구보다 슬퍼하셨을 텐데. 아무래도 할아버지는 내 마음을 알
고 있었던 것 같아요. 앞으로 어떻게 살아야 할지 모르지만 아무에
게도 얘기하지 못하고 힘들어하는 걸 알고 계셨던 거죠."

리노는 가방에서 손수건을 꺼내 눈가를 닦았다.

"할아버지를 위해서라도 노란 꽃의 비밀을 꼭 풀어야겠다." 소타
가 말했다.

"응." 리노는 충혈이 된 눈으로 그를 쳐다봤다. "우리, 어딘가 닮
았어요. 열심히 자기가 믿은 길을 선택했는데 어느새 미아가 되어버
렸네요."

"정말이네." 소타가 대답했다.


27


렌터카 가게는 역에서 걸어서 몇 분 걸리는 곳에 있었다. 예약해 둔 차는 연비가 좋고 운전이 쉬운 것으로 알려진 소형차였다. 리노와 함께 탄 후 내비게이션에 목적지를 설정하고 조심스럽게 차를 출발시켰다. 운전은 오랜만이다.

작은 상점이 늘어선 역 앞 도로를 직진하자 곧바로 큰 교차로가 나왔다. 지도에 따르면 여기서 좌회전한 후 일차선 도로를 20킬로미터쯤 나아간다. 교통량은 그리 많지 않아서 운전 자체는 편안할 것 같았다.

"아까 구도 씨의 공식 사이트 얘기를 했는데 그것을 읽고 몇 가지 알아낸 점이 있어."

소타가 시선은 계속 정면에 놓은 채 말했다.

"어떤 거요?"

"우선 가쓰우라라는 곳인데 구도 씨에게 특별한 장소는 아니야. 조건에 맞는 물건이 마침 가쓰우라에 있었던 것뿐이야. 또 블로그에서는 가쓰우라라는 지명조차 밝히지 않았어. 이리저리 검색해봤는데 구도 씨가 가쓰우라에 별장을 가지고 있다는 정보는 인터넷으로는 찾을 수 없더라고."


**284**

"그러니까 무슨 말이 하고 싶은 거예요?"

"근본적인 의문이 생겼다고. 이바 다카미가 구도 아키라 씨에게 접근할 목적으로 별장을 방문하려고 했다 치자고. 그런데 어떻게 그곳이 가쓰우라인 걸 알았지? 그녀가 KUDO's land에 나타난 게 가쓰우라에 다녀오고 난 다음이야. 그 별장 사진을 보지도 않았다고."

"잘 모르겠네요. 어쩌면 그녀의 지인 중에 구도 아키라 마니아가 있을지도. 마니아는 뭐든 다 아니까요."

"하지만 가령 어떻게 해서 별장이 있는 곳을 알아냈다고 해도 친해지려고 갑자기 쳐들어간다는 것은 부자연스러워. 장소를 공개하지 않는 이상 당연히 경계하지. KUDO's land라는 분명한 사교의 장이 있으니까 차라리 그곳에 가는 게 낫지. 실제로 그녀는 결국 그 가게에서 구도 씨를 알게 되었어."

"그래서요?"

"음……."

아직 충분히 정리되지 않은 가설이었지만 소타는 자신의 생각을 말해보기로 했다.

"혹시 그 반대가 아닐까 해서."

"반대?"

"이바 다카미가 가쓰우라에 간 목적은 원래 구도 씨와 관계가 없었어. 그런데 어떤 사정으로 구도 씨에게 다가갈 수밖에 없었다고 생각해야 되지 않을까."

리노는 침묵했다. 소타가 말한 가능성을 생각하고 있을지도 모른다.

"예를 들어 그 오래된 민가가 목적이었다면?"

"맞아. 지금도 말했듯이 구도 씨와 가쓰우라를 연결할 수 있는 것은 별장밖에 없어. 가쓰우라에 온 이바 다카미가 그것을 계기로 구도 씨에게 접근하려고 했다면 별장과 어떤 관계가 있다고밖에 생각할 수 없어. 어쩌면 그녀도 그 민가에 관심이 있었을지 몰라."

"혹시 사려고 했다고요?"

"그럴지도 몰라. 어떤 사정이 있어서 그 집을 손에 넣을 필요가 있었어. 그런데 현지에 갔더니 이미 다른 사람이 사버린 거야. 그래서 소유자를 조사해 그 인물에게 다가갔다, 그렇게 생각하면 그녀의 행동들이 설명이 돼. 많은 의문이 남긴 하지만."

"가명을 쓴 건? 만약 집을 손에 넣고 싶었다면 구도 씨와 교섭하면 되잖아요. 그리고 또 하나, 그런 이야기라면 그녀가 '팬드럼'에 들어간 이유가 설명되지 않아요. 그녀는 할아버지의 노란 나팔꽃이 목적이었던 거 아닌가요? 그 때문에 우선 구도 씨와 친해지려고 했던 거 아니냐고요."

계속되는 질문에 소타는 절로 신음을 흘렸다.

"유감스럽게도 그 질문에는 지금 대답할 수 없어. 어쩌면 우리가 생각하고 있는 이상으로 복잡한 뭔가가 얽혀 있는 것 같아. 딱 하나 얘기할 수 있는 것은 이바 다카미가 무얼 하려고 했든 간에 그건 그다지 드러내놓고 싶지 않은 내용이라는 거야. 그래서 내게 들키자바로 자취를 감춰버린 거고."

"어쩐지 그리 좋은 일은 아닐 것 같네요. 가모 군의 첫사랑 상대를 나쁘게 얘기하고 싶지는 않지만."

"상관없어. 나도 동감이야. 올바른 일이라면 가명을 사용할 필요도 없겠지. 도망친 것도 이상해."

"……그렇긴 해요." 리노는 조심스럽게 대답했다.

계속 달리고 있는 동안에 운전의 감이 돌아왔다. 소타는 핸들을 이리저리 움직이면서 열심히 머리를 굴렸다. 이바 다카미의 목적을 알기 위해서는 어떻게 해야 할까. 가령 구도 아키라의 별장이 관련되어 있다고 해도 그곳에 가서 밖에서 바라보는 것만으로는 해결될 리 없다.

이바 다카미의 탁상달력에 따르면 그녀는 일주일 가까이 '가쓰우라'에 있었다. 무엇 때문에 그렇게 많은 시간이 필요했나. 그 점을 리노에게 얘기했다.

"그러고 보니 그러네요." 리노도 동의했다. "만약 오래된 민가를 사기 위해 둘러볼 참이었다고 해도 보통 그렇게 시간이 많이 걸리진 않는데."

"그렇다니까."

그러나 리노의 의견은 힌트가 되었다. 오래된 민가를 입수하려는 목적이었다면 적어도 미리 보러 가기는 할 것이다.

"좋았어!" 하는 말이 절로 튀어나왔다.

"무슨 괜찮은 생각이 났어요?"

"일단 별장 주변을 돌면서 사람들에게 물어보는 거야. 이바 다카미의 모습을 봤을지도 모르잖아."

"우아! 어쩐지 형사 드라마 같다."

"미리 얘기하겠는데 제발 이상한 연기는 하지 마. 게이메이 대학 때처럼."

"왜요? 잘됐잖아요."

"그것은 우연히 그렇게 된 거지. 그 남자가 경찰에 신고했다면 큰 일이 났을 거야."

리노는 큰 소리로 쯧쯧 혀를 차고는 심드렁하게 알았다고 대답했다.

일차선 도로를 삼십 분 가까이 달렸을 때 드디어 내비게이션이 우회전을 가리켰다. 신호가 없는 작은 교차로였다. 진행 방향은 아주 좁은 길이다. 소타는 불안해하면서 핸들을 꺾었다. 길 왼쪽에는 강이 흐르고 오른쪽으로는 산이 다가와 있었으며 바로 앞에는 논밭이 펼쳐져 있다. 민가는 보이지 않았다.

"우아! 이런 곳이었어? 아무것도 없잖아."

"여기라면 조금 큰 소리가 나도 이웃에 폐가 되진 않겠군."

내비게이션이 목적지 주변에 도착했음을 알렸다. 시야가 미치는 범위 안에서는 건물을 찾을 수 없을 것 같았다.

"쓸모없는 내비게이션이네. 장난하나, 이런 데 던져놓다니."

"이 사진을 보면 꽤 안으로 들어가는 것 같은데요."

"그렇지만 길이 더 없어."

전방으로 시선을 돌리자 포장된 도로는 곧 끊어지려 하고 있었다.

그 앞에도 길은 있지만 잡초가 무성한 데다 길이 더 좁아졌다. 잘못해서 차로 들어갔다가 돌아나오지 못하면 큰일이다.

"아! 저거 아닐까요?" 리노가 목소리를 높였다.

소타는 브레이크를 밟고 리노가 가리키는 쪽을 봤다.

잡초가 무성한 평지 끝에 작은 숲이 있다. 그 숲에 둘러싸인듯 단층집이 서 있다. 자세히 보니까 잡초를 잘 깎은 길이 그 건물로 이어졌다. 차로도 충분히 드나들 수 있을 것 같았다.

"가보자."

소타는 브레이크 페달에서 발을 뗐다.

그로부터 몇 분 후, 두 사람은 한 채의 집 앞에 있었다. 소타는 사진과 비교하며 고개를 끄덕였다.

"틀림없어. 이 집이야."

연지색의 큰 지붕, 나무를 복잡하게 엮어 만든 벽, 격자가 달린 창, 모두 사진 그대로였다. 다른 점이라면 주위 나무의 색깔 정도이다.

집 앞에 적당한 공간이 있어서 일반 승용차라면 다섯 대 정도는 너끈히 주차할 수 있었다. 다만 어디서부터 어디까지가 부지인지 알 수 없었다. 어쩌면 포장도로에서 여기까지의 평지가 모두 부지일 수도 있겠다. 그렇다면 400평 이상은 될 것이다.

현관은 미닫이 걸쇠가 걸려 있다. 그 옆에 이 집과는 그다지 어울리지 않는 새로운 인터폰이 설치되어 있었다. 소타는 시험 삼아 버튼을 눌렀다. 실내에서 차임이 울리는 소리가 들렸지만, 아무리 기다려도 응답은 없었다.

집 뒤쪽으로 돌아가보자, 블록과 벽돌로 만들어진 선반이 있었다. 바비큐용일 것이다. 바로 옆에 빈 맥주병 스무 개들이 상자가 놓여 있다. 구도 일행이 고기를 구워 먹고 맥주를 마시면서 음악 얘기로 즐거워하는 모습이 상상되었다.

소타는 새삼 집을 바라봤다. 밖에서 보기에는 시골의 낡은 민가지만 내부는 쾌적하게 생활할 수 있도록 새롭게 꾸며져 있을 것이다.

"이런 게 있네요."

리노가 낡은 잡지를 주웠다. 음악잡지였다.

"구도 씨 별장이 틀림없군." 소타는 주위를 둘러봤다. "이웃들에게 물어보려고 했는데 물을 사람이 없네."

"국도까지 돌아가보면 어떨까요?"

"그 방법밖에는 없겠지."

차를 타고 온 길을 천천히 돌아나왔다.

"저 집은 뭘까." 소타가 운전하면서 물었다. "왜 한 집만 덜렁 서 있는 거지?"

"옛날에는 마을이 있지 않았을까요. 하지만 다 떠나고 저렇게 되었다거나."

"그래도 어째서 저 집만 남아 있을까."

"저 집에 살던 사람이 집에서 나가기 싫었겠죠."

"그럴까. 엄청 외진 장소던데."

"그야 사람 마음이니까요."

국도로 나와 이야기를 들을 수 있을 만한 가게를 찾았다. 오래전부터 장사해왔을 것 같은 상점이 있으면 좋겠다고 생각했는데 아무리 돌아다녀도 보이지 않았다. 어쩔 수 없이 눈에 들어온 편의점에 들어갔다. 점원은 젊은 남자였다. 다른 손님은 없었다.

풍선껌을 산 후 그 민가 사진을 보여주고는 물었다.

"이 집, 아세요? 이 앞의 좁은 길로 들어간 곳에 있는데요."

"글쎄요." 점원은 고개를 갸웃했다. "저는 옆 동네에서 오토바이로 오는데 그쪽은 가본 적이 없어요."

그렇겠구나. 아무것도 없는 장소니까 갈 이유도 없을 것이다.

리노가 음료 코너에서 시무룩한 얼굴을 하고 있다. 왜 그러느냐고 물었다.

"목이 말라 맥주라도 마시려고 했는데 이 가게는 알코올이 없네요."

소타는 크게 휘청했다.

"맥주? 나는 운전을 시키고, 그건 아니지."

"어머, 맞다." 리노는 혀를 내밀었다. "미안해요."

아무래도 악의는 없었던 듯했다. 소타는 쓴웃음을 짓고 선반의 음료를 봤다. 그 순간, 어떤 생각이 떠올랐다.

"집 뒤에 맥주 상자가 놓여 있었어. 그건 직접 가져온 건가?"

"에이, 설마. 가게에서 배달시켰겠죠."

그렇게 말하고 리노는 앗 하고 입을 벌렸다. 소타는 계산대로 달려가 물었다.

"이 근처에 술을 파는 가게가 있나요?"

"제가 아는 곳은 앞길을 차로 오 분쯤 간 곳에 있는 가게뿐이에요." 점원은 당황한 듯 대답했다.

"다른 곳은요?"

"모르겠네요." 점원은 고개를 흔들었다. "이따금 사람들이 묻는데 늘 그곳을 알려드려요."

"그래요? 고맙습니다."

소타는 리노에게 눈짓을 하고 가게를 나왔다.

편의점 주차장에 세워뒀던 차에 올라타, 들은 대로 운전했다. 그런데 아무리 가도 술을 팔 것 같은 건물 자체가 보이지 않았다. 어떻게 된 거지 하고 생각할 무렵 몇 개의 가게가 늘어서 있는 상가를 발견했다. 그중 한 군데에서 술을 팔고 있었다. 주스와 과자, 건어물도 취급하는 듯했다.

몸집이 작은 노인이 가게를 지키고 있었다. 소타는 감자칩과 우롱차를 샀다. 아무것도 사지 않고 말을 건네는 것이 마음에 걸렸다. 계산한 후에 구도의 별장 사진을 보여줬다. 노인은 돋보기를 쓰고 사진을 본 후 고개를 끄덕였다.

"알다마다, 아들놈이 몇 번 배달을 갔지. 이름이 그러니까……."

"구도 씨 아닙니까?"

소타가 말하자 노인은 탁 무릎을 쳤다.

"맞아, 그런 이름이었어. 주문이 왔을 때 주소를 듣고 깜짝 놀랐지. 그 집은 내내 빈집이었거든."

"그 집에 대해 전부터 알고 계셨어요?"

"안다고 할 정도는 아니지. 그 앞을 지나다닐 정도지."

"전에 어떤 사람이 그 집에 살았는지 아세요?"

"글쎄, 모르지. 십 년쯤 전에 할머니를 본 것도 같은데 살던 사람인지는 모르겠어."

"아주 사소한 거라도 좋습니다. 그 집에 대해 아시는 게 있으면 알려주세요."

"그렇게 얘기해도 아는 게 없구먼. 근데 그 집이 왜?"

"조금 조사할 게 있어서……."

"그럼, 지금 살고 있는 사람에게 묻는 게 어떤가? 뭔가 알 수도 있잖아."

그걸 할 수 없으니까 이 고생이지만 여기서 자세한 얘기를 꺼낼 순 없다. 그렇죠, 하고 어정쩡하게 수긍하고 말았다.

"저기." 리노가 입을 열었다. "앞을 지나다니는 정도라고 하셨는데 그런 곳에 왜 가세요?"

"그야 주문이 오면 어디든 배달을 가야 하니까."

노인이 웃었다. 앞니가 없었다.

"하지만 그 주변에는 집이 없던데요." 소타가 말했다.

"아니야, 있어. 지금 젊은이가 말한 집보다 더 안쪽에 작은 마을이 있지. 할아버지, 할머니들만 살지만. 아, 맞다. 거기 사는 사람에게 물어보면 되겠다. 틀림없이 뭐든 알려줄 게야."

'그 길인가.' 소타는 떠올렸다.

포장이 끊어진 끝에도 길은 있었다. 그 끝에 마을이 있는 모양이다. 감사 인사를 하고 그 가게를 나왔다. 차에 올라타 다시 별장으로 향했다.

별장으로 돌아오자 무단으로 사용하는 터라 마음에는 걸렸지만 부지 안에 차를 세웠다. 좁은 거리에 주차할 수는 없었기 때문이다. 차에서 내려 포장이 되지 않은 좁은 길을 걸어갔다. 나무들이 둘러 싸고 있어서 앞이 잘 보이지 않는다. 정말 마을이 있나 싶어 불안해 졌다.

한참을 걸었더니 길이 조금 넓어지고 목조주택이 띄엄띄엄 나타 났다. 모두 오래된 민가였다. 그중에서 한 집, 커다란 우진각지붕이 두드러진 집이 있었다. 뒤로 숲을 등지고 있어서 존재감이 컸다. 다 가가 현관을 찾다보니 "누구요?" 하는 소리가 들렸다. 바로 옆 곳간 에서 허리가 굽은 노파가 나왔다.

"멋대로 들어오면 안 돼."

"아! 죄송합니다." 소타는 서둘러 사과했다.

아무래도 사유지 안에 들어온 모양이었다.

"집을 뚫어져라 보고 있던데 우리 집에 용건이 있나?"

"네, 저기……." 머리에 번뜩이는 게 있었다. "오래되고 멋진 집이 구나 싶어서요. 저희, 일본주택에 대해 연구하고 있습니다."

"아, 그래? 응, 확실히 오래됐지. 전쟁 전에 지었으니까."

"대단하네요."

연기가 아니라 정말 놀랐다.

"잠깐 안을 보려나?"

"네, 꼭 보고 싶습니다."

노파는 허리를 구부린 채 걷기 시작했다. 소타와 리노는 노파의 뒤를 쫓았다.

현관은 거대한 처마 밑에 있었다. 커다란 네 장의 격자문이 있었는데 노파는 그곳을 통해 안으로 들어갔다.

"실례하겠습니다." 소타도 들어갔다.

현관에는 돌이 깔려 있었다. 노파는 대들보와 기둥, 난간 등을 가리키면서 이 집이 얼마나 튼튼하게 잘 지어졌는지 설명했다. 그녀의 말로는 죽은 남편이 어떤 물건이든 최고가 아니면 받아들이지 못하는 성격이었다고 했다.

노파는 집을 구석구석 보여주고 싶어했지만 소타는 시간이 없다며 정중히 거절했다.

"그래? 그럼 다음에 시간이 있을 때 오게. 천천히 보여줄 테니까."

"고맙습니다. 그런데 여기로 오는 도중에 오래된 집을 하나 더 봤는데 그곳은 빈집인가요."

"응? 어디?"

"포장된 도로 바로 옆인데."

노파가 아아, 하고 고개를 끄덕였다.

"그 집 말인가. 그곳은 최근 누가 산 것 같더라고. 남자를 본 적이 있어. 어디 사는 누군지는 모르지만."

"그전에는 어떤 사람이 살았나요?"

"그곳은 말이야……." 노파는 목소리를 낮췄다. "아주 오래전에 부부가 살았는데 우리와 마찬가지로 남편이 죽은 후에는 부인이 혼자 살았어. 다나카라는 성이었지."

"서로 아시는 사이였어요?"

그러자 노파는 음 하고 낮게 신음했다.

"길에서 만나면 인사는 했지. 하지만 그 정도였어. 그다지 사람들과 어울리는 성격이 아닌 것 같았어."

"이유가 있나요?"

소타의 질문에 노파는 망설이는 기색을 보였다.

"뭐, 이제 숨길 일도 아니지." 혼잣말을 웅얼거린 후 말을 이었다. "아들이 도쿄에서 사건을 일으켰어."

"사건? 어떤 사건인가요?"

"그게 아주 흉악한 사건이야. 마을 한복판에서 난동을 부려 몇 사람을 죽였다는구먼."

소타는 허리를 꼿꼿이 펴고 리노와 얼굴을 마주 봤다. 뜻밖의 이야기가 나왔다.

"언제 얘기인가요?"

"그러니까 언제였더라. 오십 년쯤 전 아닐까."

"오십……." 너무 오래전이라 실감이 나지 않았다. "당연히 잡혔겠네요."

"그야 그렇지. 신문에도 크게 나왔어. 여러 괴소문들이 나돌았고, 결국 다나카 씨의 아들이라는 사실이 밝혀졌을 때는 정말 놀랐으니까."

이야기를 들으면서 소타는 당황했다. 그런 옛날이야기가 지금 자신들이 조사하고 있는 것과 관계가 있는 건가.

"그 사람, 왜 그런 거예요?" 리노가 물었다.

"머리가 이상해졌다는구먼. 외국 여배우에 푹 빠져서 그 여배우가 죽었다고 머리가 돌아서 그랬다는, 말도 안 되는 얘기였지."

"어떤 여배우인가요?"

"이름은 모르지. 유명하다고 했는데."

확실히 기묘한 이야기다. 그러나 아무리 생각해도 이바 다카미와 관계가 있을 것 같진 않았다. 그녀가 태어나기도 훨씬 전의 이야기다.

소타는 품에서 한 장의 사진을 꺼내 노파에게 보였다. 다하라에게서 빌린 이바 다카미로 추정되는 여성이 찍힌 사진이다.

"이런 여자가 오지 않았나요?"

노파는 눈을 가늘게 뜨고 사진을 본 후 고개를 저었다.

"기억이 없네."

"그 집에 대해 아시는 게 없나요? 아주 사소한 것이라도 상관없습니다. 돌아가신 남편분의 직업 같은 거라도?"

노파는 얼굴을 찡그리고 생각에 잠겼다가 마지막에는 크게 한숨을 쉬었다.

"미안하지만 다른 건 생각이 안 나. 아까도 얘기했듯이 별로 왕래가 없어서, 미안하구먼."

"아니요, 괜찮습니다. 저희야말로 죄송하죠."

소타가 고개를 숙였다.

차로 돌아와 운전석에서 다시 구도의 별장을 바라봤다.

"결국 단서는 없는 거네." 조용히 중얼거렸다.

"그 얘기는 관계가 없을까요. 살인사건 얘기."

"도쿄에서 일어난 사건이잖아. 게다가 이 집에서 일어난 것도 아니고."

"아…… 그렇지."

소타는 시동을 걸었다. 시계를 보니 오후 2시를 넘어서고 있다. 점심을 먹지 않은 게 생각나자 갑자기 배가 고팠다.

렌터카 가게에 차를 반납한 후 역 앞 식당에 들어갔다. 회정식의 가격이 싸서 놀랐다.

리노는 밥을 먹으면서 휴대전화를 매만졌다.

"뭐 해?" 소타가 물었다.

"여배우를 조사하고 있어요. 범인이 팬이었다는 여배우."

"아직 그 얘기에 집착하고 있어?"

"왠지 마음에 걸려요. 그 집에 관한 과제라면 결국 그것밖에 없잖아요. 그러니까 일단 분명히 해둘 필요가 있겠다 싶어서."

"그렇지……. 하지만 어떻게 알아보려고? 외국 여배우라는 것밖에 모르잖아."

"외국이라면 아마 미국일 거예요. 그러니까 할리우드 여배우와 1960년대로 검색해보니까 몇 명이 나오네. 클로데트 콜베르, 그레타 가르보, 헤디 라마…… 들어본 적 있어요?"

소타는 어깨를 으쓱했다. "전혀 몰라."

"나도요. 비비안 리, 잉그리드 버그먼, 조앤 폰테인, 리타 헤이워스……."

"리타 헤이워스라면 알아. 영화 〈쇼생크 탈출〉에 나왔어."

"이 사람들, 당시 일본에서는 유명했나 봐요. 매릴린 먼로, 오드리 헵번, 그레이스 켈리, 엘리자베스 테일러……. 이런 이름들은 들어 본 적 있다."

"할머님 말로는 그 무렵에 죽었다고 했어. 엘리자베스 테일러는 분명히 최근까지 살아있었어."

"아, 맞다. 그럼 엘리자베스 테일러는 탈락."

휴대전화로 검색하면서도 리노는 회를 입으로 가져간다. 소타는 "저러면 소화가 잘 안 될 텐데"라고 낮게 읊조렸다.

"앗!" 그녀가 소리를 질렀다.

"왜?"

액정화면을 소타에게 보여줬다.

"비비안 리, 1967년에 죽었대요."

"오호." 소타도 감탄사를 흘렸다. "약 오십 년 전이군."

"〈바람과 함께 사라지다〉의 주연배우니까 일본에서도 팬이 많지 않았을까요?"

"당연하지."

"아직 몰라요. 다른 사람도 알아봐야겠다."

"나도 같이할게."

소타는 젓가락을 놓고 옆에 놓은 가방에서 태블릿을 꺼냈다.

얼마 후 해당되는 여배우를 발견했다. 주디 갈런드도 1969년에 죽었다.

"대표작은 〈오즈의 마법사〉 〈스타 탄생〉이군. 제목이 낯익네. 일본에서는 그리 유명하지 않았던 거 아닐까."

"나도 그럴 것 같아요. 그보다 또 한 사람 찾았어요. 매릴린 먼로, 1962년에 죽었어요. 온 세상에 보도되었고 엄청난 충격과 슬픔을 일으켰대요."

"그 이야기는 들은 적 있어. 분명히 의문의 죽음이라고. 아하, 그게 1962년이었구나."

영화는 한 편도 보지 않았지만 그 모습이 바로 떠올랐다. 밑에서 불어오는 바람에 스커트가 날리는 장면이었다. 다만 흑백 영상이다. 과거를 추억하는 TV 프로그램에서 봤다.

갑자기 리노가 눈을 크게 뜨고 손으로 입을 덮었다.

"또 뭔가 찾았어?"

그녀가 소타를 보고 눈을 몇 번 깜빡였다.

"인터넷으로 매릴린 먼로로 검색했더니 다르게 부르는 경우도 있는 것 같아요."

"어떻게?"

"먼로 팬은 그녀를 이니셜로 부른 모양이에요."

"그게 왜? 매릴린 먼로니까 MM인가."

말하고 나서 머릿속에서 뭔가가 걸렸다. 엠엠…… 어디선가 들은 적이 있다. 드디어 생각났다.

"아! MM사건……."

리노의 눈이 휘둥그레졌다.

"가모 요스케 씨가 말했어요. 할아버지가 MM사건에 대해 말한 적이 없느냐고."

우연이라고는 생각할 수 없었다. 소타는 태블릿을 가방에 집어넣었다.

"빨리 먹어. 도쿄로 돌아가자."


28


슬쩍 손목시계를 봤다. 시곗바늘은 곧 오후 6시를 가리키려는 참이었다. 바로 고개를 들고 거리 너머에 있는 역사로 시선을 돌렸다. 통유리로 된 커피숍의 통로 쪽 카운터 자리라는, 잠복에 이상적인 자리를 차지했다. 한눈을 팔다가 목표 인물을 놓칠 수는 없다. 앞에 놓인 커피잔은 훨씬 전에 비었지만 리필을 청하는 걸 참고 있는 것도 같은 이유였다.

새로 전철이 도착했는지 많은 인파가 역사에서 밀려나왔다. 사람들을 응시하며 하나씩 확인했는데 아무래도 찾는 사람은 타지 않은 모양이다.

하야세는 삼십 분쯤 전부터 여기에 앉아 있었다. 하지만 조금도 초조하지 않다. 상대의 동선은 완전히 파악하고 있으니 곧 나타날 것이다.

이미 전략을 다 세워놓았지만 다시 머릿속으로 정리해봤다. 상대가 어떻게 나올지를 예상하고 몇 가지 대책을 준비해두었다. 박보장기장기 묘수 풀이의 순서를 확인하는 작업과 비슷했다. 적이 어떻게 나오더라도 반드시 내가 원하는 위치로 몰고 가야만 한다.

스스로 깨닫지 못한 사이에 긴장한 듯 손바닥이 땀으로 흥건해졌다. 양손을 바지에 문지르고 팔꿈치를 다시 테이블 위에 올려놓으려다가 그 움직임을 도중에 멈췄다. 기다리던 인물을 확인했기 때문이다. 양복 상의를 어깨에 걸치고 조금 피곤한 걸음으로 걷고 있다.

하야세는 재빨리 일어나 사용한 잔을 반납하고 잰걸음으로 가게를 나왔다. 상대 인물이 향하는 곳은 알고 있기 때문에 서두를 필요는 없다. 그래도 마음이 조급해지는 것을 막을 수 없었다.

주위는 아직 그리 어둡지 않다. 남자의 모습은 조금 멀리서도 쉽게 확인할 수 있었다. 하야세는 조금 속도를 내서 뒤를 밟았다. 당연히 상대는 경계는커녕 돌아보지도 않는다.

바로 뒤까지 쫓아가 죄송합니다, 하고 말을 걸었다.

남자가 걸음을 멈췄다. 돌아보고는 놀랐는지 눈을 크게 떴다. 하야세가 미소를 지으며 한 걸음 다가갔다.

"지난번에는 신세를 많이 졌습니다."

"당신은⋯⋯."

히노 가즈오는 눈을 계속 깜빡이면서 입을 반쯤 벌린 상태다. 하야세의 얼굴은 기억하고 있을 것이다.

"니시오기쿠보 서의 하야세입니다. 아키야마 씨 사건으로 한 번 뵌 적이 있지요."

동요하고 있는 듯 히노의 얼굴이 굳어졌다.

"제게 무슨?"

"네, 몇 가지 여쭙고 싶은 게 있습니다. 지금, 시간 괜찮으십니까?"

"괜찮습니다."

"그러면 역 앞까지 돌아가시지 않겠습니까. 서서 얘기하기는 좀 그러니까요."

"네……."

히노는 경계의 빛을 드러내면서 흐릿하게 대답했다.

몸을 돌려 왔던 길을 둘이 돌아왔다. 옆에 있는 것만으로 히노의 심중이 훤히 들여다보이는 듯했다. 온갖 생각이 교차하고 있을 것이다.

"저기…… 어디서 저를 기다리셨습니까?"

"물론 역 앞이지요. 커피숍이 있죠?"

"어째서 그런 곳에서…… 전에는 회사로 찾아오지 않으셨습니까?"

하야세가 미소를 지은 채 얼굴을 히노 쪽으로 돌렸다.

"그때와는 상황이 다르니까요. 회사에서는 아무래도 보는 눈들이 많아서요. 형사와 단둘이 얘기하고 있으면 도대체 어떤 용건일까 윗사람들이 묻지 않겠습니까. 그래서 제 입장에서는 어쩔 수 없이 신경을 쓴 겁니다."

히노의 얼굴에 그늘이 드리워졌다. 하지만 아무 말도 없이 앞을 보고 계속 걸었다. 역 앞까지 돌아가 좀전의 커피숍 앞까지 왔지만 하야세는 걸음을 멈추지 않았다.

"이 가게에 들어가는 거 아닙니까?" 히노가 물었다.

"커피는 아까 마셨으니까요. 그리고 가능하면 주위에 사람이 없는 게 낫겠습니다. 혹시 누가 듣지 않나 신경이 쓰이면 이야기에 집중이 안돼서요. 걱정 마십시오. 마침 적당한 곳을 발견했습니다. 바로 앞입니다."

하야세가 히노의 등을 밀듯 손을 대자 작은 몸집의 남자는 깜짝 놀라 몸을 떨었다.

그 가게는 파친코 가게 바로 옆에 있었다. 입구에 마이크를 본뜬 커다란 간판이 나와 있었다.

"여기……입니까?"

히노는 불안한 눈빛으로 노래방을 올려다봤다.

"개인실인 데다 방음이 완벽하죠. 밀담에는 이만한 곳이 없습니다. 자, 들어가시죠."

히노를 앞세우고 그뒤를 하야세가 따랐다.

계단을 올라가자마자 접수 카운터가 있었다. 남자 직원이 이용 시간을 묻기에 한 시간이라고 하야세가 대답했다. 사실은 그만큼 걸리지도 않을 것이다.

안내된 방으로 들어가자 얼마 후 직원이 주문을 받으러 왔다.

"뭐로 하시겠습니까. 맘껏 시키십시오."

하야세는 메뉴판을 히노 앞에 놓았다.

"저는 아무거나 괜찮습니다."

"그래요? 그럼 우롱차 두 개."

젊은 직원은 무뚝뚝한 얼굴로 물러갔다. 나이깨나 먹은 남자 둘이, 그것도 그리 늦은 시간도 아닌데 노래방이라니, 내심 바보 취급을 하고 있을지도 모른다.

하야세는 가게 안을 둘러봤다. 벽지 일부가 벗겨져 있고 의자의 비닐 커버도 찢겨져 있다. 인테리어에 돈을 쓸 여유가 없었나 보다. 지금의 일본은 어느 업계나 영업을 이어나가는 것만도 벅차다.

모니터에서는 선곡이 많은 랭킹순으로 노래가 표시되어 있다. 그것을 슬쩍 보고 하야세는 쓴웃음을 지었다.

"모르는 곡뿐이네요. 노래 제목도, 가수 이름도 들은 적조차 없군요. 게다가 뭐가 곡명이고 뭐가 가수 이름인지도 모르겠어요. 대단한 시대가 되어버렸습니다."

"저기, 형사님. 하실 이야기가 있으면 빨리 시작하시죠."

히노가 참지 못하고 말했다. 하야세는 천천히 포획물을 겨누어 봤다.

"그러고 싶은 마음은 굴뚝같지만 중간에 방해를 받고 싶지 않습니다. 그래서 이렇게 잡담을 하고 있는 겁니다."

히노는 입술을 다물고 바지 주머니에서 손수건을 꺼내 이마의 땀을 닦았다.

"더운가요? 에어컨 온도를 낮출까요?"

"아니요, 괜찮습니다."

문이 열리고 직원이 들어왔다. 우롱차가 든 잔 두 개를 테이블에 놓고 "천천히 즐기세요"라고 우물거리며 물러났다.

"이로써 방해받을 염려는 없어졌네요." 하야세는 한쪽 잔을 히노 앞에 놓았다. "편하게 즐기세요. 여기는 회사도 아니고 취조실도 아니니까요."

히노가 눈을 부라렸다. 조금 충혈이 된 것도 같다.

"본론으로 들어가죠." 하야세는 주머니에서 수첩을 꺼냈다. "7월 9일, 아키야마 씨가 살해된 날입니다. 그날의 행적에 대해 말씀해주시겠습니까. 오후부터 말씀하시면 됩니다."

"그에 대해서는 지난번에 말씀드렸는데……."

"죄송합니다. 다시 한 번 부탁드립니다. 아직 못 들은 것도 있고 해서."

"못 들은 거라니, 그게 뭡니까?"

"일단 다시 한 번." 하야세는 메모할 자세를 취했다. "스케줄 수첩을 가지고 계십니까?"

"네, 있습니다만……." 히노는 가방에서 두꺼운 수첩을 꺼내 시선을 떨어뜨린 채 허리를 꼿꼿이 세웠다. "그날은 평소대로 사원식당에서 점심을 먹었습니다. 오후는 1시 반부터 회의가 있었고 끝난 게 3시쯤이었습니다. 그 점에 대해서는 회의에 동석했던 실장도 인정한 것 같은데요."

"알고 있습니다. 그래서 그 점에 대해서는 아주 사소한 의문도 갖고 있지 않습니다. 문제는 그후입니다."

"후, 라고요?"

"3시에 끝난 회의 이후입니다. 못 들은 이야기가 있는 것 같습니다만."

"아, 그러니까……." 히노의 얼굴이 묘하게 일그러졌다. 웃으려는 듯한데 뺨이 굳어버렸다. "왜 그러십니까. 사건이 일어난 시각은 정오에서 3시 사이라는 얘기를, 지난번에 들은 기억이 있는데요."

"틀림없이 전에는 정오부터 오후 3시 사이의 행적을 확인했습니다. 하지만 그렇다고 해도 그것이 범행시각이라고 정해진 건 아닙니다."

"……아닙니까?"

"틀릴 가능성도 있다고 말씀드리죠. 그래서 이렇게 새삼 여쭙는 겁니다. 두 번 시간을 내게 해서 죄송합니다만 아무쪼록 협조 부탁드립니다. 그날, 오후 3시 이후에는 어디서 무엇을 하셨습니까?"

"그날은……." 히노는 다시 수첩으로 시선을 떨어뜨렸다. 페이지를 넘기는 손이 어색했다. "회의 후에는 제 자리로 돌아왔습니다. 그래서 퇴근시간까지 일상 업무를."

"본인 자리에서 일을 하셨다고요. 그것을 증명할 수 있습니까, 아니면 증명해줄 사람이 있습니까?"

"증명……요?"

"뭐든 좋습니다. 누군가와 함께 있었다거나 회사 전화로 누군가와 얘기를 나눈 것도 괜찮습니다."

"아, 네. 어땠을까. 누군가와 만난 것도 같은데."

히노는 수첩에 눈을 돌린다. 하지만 아마 그곳에 쓰인 문자를 좇고 있는 것은 아닐 것이라고 하야세는 짐작했다.

"후쿠자와 실장님 얘기로는 당신 부서는 부원이 히노 씨 한 분뿐이라고 하더군요. 아키야마 씨가 해온 연구의 남은 업무를 정리하는 것이 주업무로, 다른 사원이 출입하는 경우는 없다고요. 그날도 오후 3시 이후 당신은 누구와도 만나지 않았을 거라 추정되는군요."

히노의 움직임이 스톱모션처럼 멈췄다. 몇 초 후, 그는 수첩을 덮고 심호흡을 한 번 하고 하야세 쪽을 봤다.

"무슨 말씀을 하시고 싶은 겁니까?"

조그만 목소리였지만 말투에서 소심함이 사라졌다.

'결심을 했구나.' 하야세는 느꼈다.

우롱차 잔에 손을 뻗어 꿀꺽 마셨다.

"맛이 연하군요. 날림 영업을 하는 집은 뭘 마셔도 이러네요. 혹시나 했는데 물을 탄 거라고 의심하고 싶어집니다."

"형사님, 저는……."

"차를 끊고 있는 경우라면 우롱차도 역시 안 되는 거겠죠." 하야세가 말했다.

히노가 눈썹을 찌푸렸다. "그게 무슨 소립니까?"

하야세는 잔을 테이블에 놓았다.

"차를 끊는 이야기입니다."

"차를 끊어요? 그게 무슨 소립니까?"

"모르십니까? 차를 끊는다는 거 말입니다. 일종의 기원입니다. 원하는 일이 이루어질 때까지 차를 마시지 않는 겁니다. 지금은 다양한 음료가 있으니까 대단한 일이 아닐지 모르지만 커피도 주스도 없는 시대에는 차를 끊는 것은 꽤나 괴로운 일이었겠죠.”

조바심이 난 듯 히노는 몸을 달달 떨었다.

“그게 뭐 어떻다고요?”

하야세는 몸을 내밀며 얼굴을 히노에게 가까이 갖다댔다.

“아키야마 씨는 말이죠, 차를 끊고 있었습니다. 부인이 돌아가시고 나서부터 쭉.”

당황한 듯 히노의 시선이 흔들렸다.

“아키야마 씨가…….”

“아키야마 씨와 함께 오랫동안 파란 장미를 연구하셨죠?”

“그렇습니다만 그게 왜?”

“아키야마 씨의 부인은 그 연구의 성취를 기원해 차를 끊으셨다고 합니다. 그 사실을 부인의 사후에 알게 된 아키야마 씨는 앞으로 죽을 때까지 차를 마시지 않기로 결심한 모양입니다. 이 사실은 아키야마 씨가 누군가에게 보낸 편지로 확인되었습니다.”

히노의 목울대가 움직이는 게 보였다. 침을 삼킨 모양이다.

“그렇다면 이번 사건의 현장 상황을 다시 되짚어볼 때 실로 이해할 수 없는 점이 나옵니다. 탁상 위에는 찻잔 하나가 남아 있었습니다. 아키야마 씨의 지문밖에 묻어 있지 않아서 아키야마 씨가 사용했다고 생각되었습니다. 그런데 찻잔 안에 있던 것은 차였습니다. 탁상 위에 차가 담긴 페트병이 있었으니까 그 차를 부은 것으로 생각하는 게 타당하겠죠. 이제까지 그에 대해 어떤 의문도 없었습니다. 그런데 아키야마 씨가 차를 끊었다고 밝혀진 이상 간단히 지나칠 수 없습니다. 왜 아키야마 씨가 그날에 한해 차를 마셨을까요, 아니면 이미 차 끊기를 포기해버린 걸까요." 하야세는 히노의 얼굴을 들여다봤다. "어떻게 생각하십니까?"

히노는 기가 죽은 듯 몸을 뒤로 뺐다.

"어떻게라니⋯⋯."

"저는 아키야마 씨가 계속 차를 끊은 상태라고 봅니다. 몇 가지 근거가 있습니다. 아키야마 씨 댁의 부엌을 조사했을 때 찻주전자가 있었습니다만 찻잎은 발견되지 않았습니다. 종종 드나들던 손녀딸의 말로는 아키야마 씨는 늘 인스턴트커피를 마셨다고 하더군요."

"하지만 차 페트병은 있었잖습니까? 찻주전자로 끓이는 게 귀찮아서 페트병 차를 사놓은 거 아닐까요?"

"그럴 수도 있습니다. 그러나 가능성은 극히 낮습니다."

"어째서 그렇습니까?"

"보통 페트병 차를 마시는 경우 찻잔이 아니라 유리컵을 사용하지 않습니까. 없다면 할 수 없지만 찬장에는 아주 근사한 유리컵이 있었습니다."

"그건⋯⋯ 그럴지도 모르지만 그렇다고 결론을 내리기에는 부족하지 않습니까."

"그렇긴 합니다. 하지만 이유는 그것 말고도 있습니다. 풍로에 주전자가 놓여 있었습니다." 하야세가 주전자를 드는 시늉을 했다.

"아키야마 씨는 꼼꼼한 성격으로 식기와 조리도구를 사용한 후에는 곧바로 씻어 정해진 자리에 놓았다고 합니다. 풍로에 올려놓은 것은 사용한 직후이기 때문이겠죠. 주전자 안에는 물이 남아 있었습니다. 물을 끓였다는 거죠. 도대체 왜 그랬을까요. 지금 얘기했듯이 찻잎은 없었습니다. 커피를 마셨다면 커피잔을 사용했을 겁니다. 아마 스푼도. 그러나 그런 흔적은 없었습니다. 그렇다고 컵라면을 끓인 흔적도 없습니다."

히노는 계속 눈을 깜빡이며 시선을 한곳에 두지 못했다.

"커피는 아니다, 차도 아니다. 그럼 무엇을 위해 물을 끓였나. 진상은 매우 단순합니다. 마시기 위한 물입니다. 이른바 백탕이라는 거죠. 아키야마 씨는 차 대신에 백탕을 찻잔에 넣어 마셨습니다. 이는 차를 끊은 사람에게는 매우 일반적인 일입니다."

"설마 그런." 히노의 눈이 조금 붉어졌다. "그럼 그 페트병은 어째서……."

하야세는 물끄러미 상대의 눈을 응시했다.

"지금 그, 라고 말씀하셨네요. 그 페트병이라고. 마치 그 장소에 계셨던 것처럼 표현하시는군요?"

히노의 얼굴에서 핏기가 사라지는 게 보였다. 입술이 조금 떨리고 있다.

"뭐, 그에 관한 얘기는 나중에 하죠. 페트병에 관해서는 제 나름의 추리가 있습니다. 아키야마 씨가 차를 끊었다는 전제를 둔다면 자신을 위한 게 아니라 손님에게 대접하기 위해 냉장고에서 꺼내온 거라고 생각합니다."

"손님이라면……."

하야세는 휴대전화를 꺼내 한 손으로 조작을 시작했다.

"편리한 세상입니다. 옛날에는 사진을 찍어도 현상에 프린트까지, 실제로 보려면 시간이 걸렸지만 지금은 다르죠. 찰칵 찍고 바로 봅니다. 게다가 수천 장을 저장해둘 수도 있습니다. 아, 있네요. 이 사진을 봐주세요."

액정화면을 히노 쪽으로 돌렸다.

"이건……."

"아키야마 씨 댁의 식기 선반입니다. 유리컵이 있죠. 뭔가 보이지 않습니까?"

히노는 화면을 응시한 후 중얼거렸다.

"바로 앞에 있는 컵이 거꾸로……."

"맞습니다. 다른 컵은 엎어진 상태로 놓여 있는데 가장 앞에 있는 컵만 똑바로 세워져 있습니다. 왜 그렇다고 생각하십니까?"

"누군가 다른 사람이 놓았다?"

"그렇게 생각하는 게 가장 타당하겠죠. 아키야마 씨는 손님에게 페트병 차를 대접하는 데 유리컵을 사용했을 겁니다. 그 손님은 컵을 사용한 후 직접 씻어서 닦은 다음 선반에 돌려놓았습니다. 그후 그 사람은 아키야마 씨 댁을 떠났습니다. 자, 그로부터 약 두 시간 뒤." 하야세가 검지를 세웠다. "또 다른 손님이 나타납니다. 여기서 제2막이 시작됩니다."

히노는 깜짝 놀란 듯 눈을 크게 뜬 후 천천히 시선을 떨어뜨렸다.

"두번째 손님이 아키야마 씨 댁에서 무엇을 했는지, 자세한 것은 모릅니다. 그러나 확실히 얘기할 수 있는 게 있습니다. 그 사람이 아키야마 씨가 사용한 찻잔에 페트병의 차를 넣었다는 겁니다. 왜 그런 일을 했을까. 그 미스터리를 푸는 열쇠가 이 사진입니다."

하야세가 서류 가방에서 한 장의 사진을 꺼내 테이블 위에 놓았다. 예의 젖은 방석을 촬영한 것이었다. 히노는 슬쩍 사진을 봤지만 표정에 큰 변화는 없다.

"보시는 대로 방석은 젖어 있었습니다. 액체의 정체는 단순한 물이었다고 합니다. 그래서 감식 담당은 이상하게 생각했죠. 도대체 어떤 물이 쏟아진 것일까. 주위에는 물이 들어 있었던 것으로 여겨지는 물건이 없었으니까요. 그러나 시간을 돌리면 간단히 찾을 수 있습니다. 아시겠죠. 찻잔입니다. 그 안에는 식은 백탕이 들어 있었을 겁니다. 그것을 두번째 손님이 아마 실수로 쏟아버린 거겠죠. 그는 탁상 위는 닦았지만 방석까지는 알아차리지 못했습니다. 게다가 찻잔이 비어 있으면 안 되겠다 싶었는지 페트병의 차를 찻잔에 부었습니다. 중대한 실수였지만 그를 나무랄 생각은 없습니다. 설마 찻잔으로 백탕을 마실 거라고는 생각하지 못했을 테니까요."

하야세는 우롱차가 담긴 잔으로 손을 뻗어 목을 축이고는 고개를 폭 숙이고 있는 히노를 바라봤다.

"저는 말입니다, 이 두번째 손님이 사건 해결의 중대한 열쇠를 쥐고 있다고 봅니다. 그래서 그가 누군지 알아내기로 했습니다. 이리저리 알아본 결과 드디어 한 인물로 좁힐 수 있었습니다. 당신에게 오후 3시 이후의 알리바이를 물은 것은 그 때문입니다. 히노 씨, 정직하게 대답하세요. 당신이 바로 두번째 손님이죠?"

히노는 꼼짝도 하지 않았다. 눈을 감고 두 무릎에 놓은 손을 꼭 쥐고 있다.

"조금 전 당신은, 그 페트병이라고 하셨습니다. 왜 그렇게 말했을까. 그것은 문제의 페트병을 직접 봤기 때문입니다. 그렇지 않습니까?"

하지만 히노는 대답하지 않았다. 체념할 법도 한데 아직 일말의 희망을 버리지 못한 모양이다.

"입을 다물겠다는 겁니까. 어쩔 수 없군요." 하야세는 한숨을 내쉬었다. "아키야마 씨의 정원에서 화분 하나가 도난당했습니다. 노란 꽃을 피운 화분입니다. 그 꽃은 나팔꽃이었습니다. 아주 최근에 알게 된 사실인데 노란 나팔꽃은 세상에 존재하지 않는다더군요. 만약 그 꽃을 피워낸다면 획기적인 사건이라고. 그러나 그 사실을 아는 사람은 아주 소수겠죠. 아키야마 씨의 주위에 있는 인물이라면 더욱 한정됩니다. 그런데 화분을 훔친다면 어떻게 옮길까. 가방에 넣어 돌아갈 순 없습니다. 역시 자동차를 사용하는 게 최고의 답이겠죠. 다만 아키야마 씨 댁의 앞쪽 도로는 좁아서 노상주차를 할 수 없습니다. 역시 주차장을 사용할 수밖에 없습니다. 그래서 주변 주차장을 조사했습니다. 지금은 어디나 CCTV가 붙어 있습니다. 그 영상을 샅샅이 봤죠. 사건 발생 직후에 탐문팀이 한 번 보긴 했지만 그

때는 아무것도 나오지 않았습니다. 당연하죠. 그들이 확인한 것은 아키야마 씨가 살해되었다고 생각되는 오후 1시부터 3시까지의 영상이니까요. 그러나 저는 그후의 영상을 봤습니다. 그리고 드디어 발견했죠."

하야세가 다시 가방을 열어 이번에는 A4 용지를 꺼냈다. 어떤 이미지 파일을 프린트한 것이었다. 그것을 히노 앞에 놓았다.

"아키야마 씨 댁에서 200미터쯤 떨어진 곳에 있는 코인 주차장입니다. 거기에 설치된 CCTV 영상 일부를 프린트했습니다."

몇 대의 자동차가 세워져 있는 이미지였다. 그중 한 대에 한 남자가 접근하고 있다. 남자는 큰 쇼핑백을 들고 있다.

"조금 전 당신 집에 가서 자동차를 확인했습니다. 차종도 넘버도 여기에 찍힌 차와 일치하더군요. 그리고 이 인물도 당신과 닮았네요. 자, 이 사실을 어떻게 설명하시겠습니까?"

히노는 공허한 눈빛으로 사진을 바라보았다. 넋을 놓아버렸는지 입을 열 기색조차 없다.

"대답하십시오, 당신이 두번째 손님이죠? 노란 나팔꽃을 훔친 사람은 당신이죠?"

그러자 드디어 히노의 표정에 변화가 생겼다. 천천히 고개를 들고 하야세의 눈을 봤다.

"아닙니다."

"아니다? 뭐가 아닙니까?"

"훔치지 않았습니다." 히노는 기어들어가는 목소리였다. "나팔꽃을······ 맡은 겁니다."


29


소타와 리노가 도서관에 도착한 때는 오후 6시가 넘어서였다. 이 도서관에서 신문 축쇄판을 읽을 수 있다는 건 미리 조사해두었다. 폐관 시간은 오후 8시다. 아직 괜찮다.

카운터로 가서 목적을 알렸다. 직원인 중년 여성은 몇 년 몇 월의 축쇄판인지를 물었다. 월마다 분책되어 있는 모양이다.

매릴린 먼로는 1962년 8월 5일에 죽었다. 그 사실에 충격을 받고 범행을 저질렀다면 그로부터 몇 개월이 지나지 않았을 것이다.

"1962년 8월부터 10월까지예요."

"잠깐만 기다려주세요."

여직원은 그렇게 말하고 안으로 사라졌다.

"기사, 찾을 수 있을까요." 리노가 불안한 얼굴로 말했다.

"그 할머니 말로는 몇 명이나 죽였다고 했어. 큰 사건인데 기사가 안 됐을 리 없지."

소타의 말에 리노는 고개를 끄덕였다.

"그렇겠다."

가쓰우라에서 돌아오는 전철 안에서 'MM사건'이라는 단어를 인터넷으로 검색해봤다. 몇 가지 정보를 발견했지만 모두 문제의 사건과는 관련이 없었다. 오십 년이나 지난 사건이라 화제로 삼는 사람이 없을지도 모른다. 어쩌면 다른 호칭이 사용되고 있을 가능성도 있었다.

여직원이 돌아왔다. 두 팔에 세 권의 축쇄판을 안고 있다. 한 권 두께가 몇 센티미터다. 판형도 상당히 크다. 건네받은 후 열람 코너로 향했다. 비어 있는 큰 테이블의 끝에 둘이 나란히 앉았다.

우선은 8월 5일을 열어 거기서부터 페이지를 넘겼다. 우선 처음으로 펼친 것은 1면이다. 슈퍼스타가 갑자기 이 세상을 떠났으니 당연히 1면에 실려 있으리라. 다음으로 확인한 것은 사회면이다. 정치 기사, 스포츠기사는 필요 없다. 그런데 5일 신문에 매릴린 먼로의 죽음은 보도되지 않았다. 시차 관계로 시간이 안 맞았는지 모른다.

하지만 다음 날 6일 1면에도 그녀의 사망기사는 실려 있지 않았다. 이상하다고 생각하면서 페이지를 넘겼다. 그러자 사회면 하단에 '먼로 급사'라는 그다지 크지 않은 기사가 있었다. 사인은 수면제 과다 복용이라고 여겨지며 자살 가능성이 높다는 내용이었다. 그후에는 간단한 이력이 소개되어 있는 별 볼 일 없는 내용이었다.

"어라, 이게 다야?" 리노가 김이 빠진 듯 말했다. "마이클 잭슨이 죽었을 때는 그렇게 난리를 쳐대더니."

"시대가 다르잖아. 이 당시 일본인에게 미국은 아직 먼 이국땅이 었겠지. 우리에게 얘기해준 할머니도 외국 여배우라고만 했지, 매릴린 먼로의 이름조차 몰랐잖아. 일부 영화팬에게는 유명해도 일본에서는 그만큼 이름이 알려지지 않았나봐. 그러면 사망기사도 그렇게 클 필요가 없겠지. 오히려 신문에 실린 것만으로도 대단한 거 아닐까."

"흠, 그런가."

리노도 납득한 모양이다.

그대로 페이지를 넘기는데 매릴린 먼로의 죽음과 관련된 기사 같은 것은 찾을 수 없었다. 소타는 그녀의 죽음과 관련해 몇 가지 의문이 있다는 사실을 인터넷으로 확인했다. 아마 미국에서도 정확한 정보가 없는지라 일본 신문사에서는 제대로 된 기사를 쓸 수 없었을 것이다. 무엇보다 소타와 리노의 목적은 할리우드 여배우의 죽음을 조사하는 게 아니다. 그에 충격을 받고 착란을 일으킨 남자가 많은 사람을 위해한 사건을 찾기 위해 여기 온 것이다.

8월 기사를 구석구석 살폈지만 해당 기사는 없었다. 시계를 보니 7시가 넘었다. 서둘러야 한다.

"나눠서 조사하는 게 좋겠어. 9월분은 내가 맡을 테니 10월분을 부탁해."

"알겠어요."

나눠서 보기 시작하고 얼마 지나지 않아서였다.

"앗!"

리노가 소타의 등을 두드렸다.

"왜 그래?"

리노는 사회면의 기사 제목 하나를 가리켰다. 그것을 읽고 소타는 숨을 멈췄다. '범행 동기는 매릴린 먼로? 메구로 구 노상 살인'이라고 되어 있었기 때문이다.

기사를 봤다. 다음과 같은 것이었다.


지난달 5일에 메구로 구에서 일어난 살인사건의 범인 다나카 가
즈미치는 지난 8월에 세상을 떠난 영화배우 매릴린 먼로에 심취해
그녀의 사후 자포자기가 되었던 것이라고 수사 관계자가 밝혔다. 지
난달 5일에 범행을 저지른 것은 매릴린 먼로가 사망한 날짜였기 때
문으로 여겨진다.


이 사건이 틀림없다. 소타는 서둘러 축쇄판 페이지를 넘겼다. 그
러자 9월 5일자 월간 톱에 그에 관한 기사가 실려 있었다. 제목은
'도쿄 메구로의 주택가에 일본도를 든 남자, 시민 여덟 명을 살상 후
자살'이었다.

기사에 따르면 9월 5일 오전 7시 무렵, 메구로 구의 주택가에서
일본도를 든 남자가 난동을 부려 부근 주민과 통근, 산책중이던 사
람들을 칼로 벴다고 한다. 피해자는 근처 병원으로 실려 갔지만 세
사람이 사망, 다섯 명이 중상을 입었다. 사건 발생으로부터 약 이십
분 후에 메구로 서의 경찰이 출동했지만 남자는 스스로 목을 베어
절명한 직후였다. 그후 조사에서 남자는 근처에 사는 자칭 예술가인
다나카 가즈미치로 판명되었다. 나이는 서른 살이었다.

가쓰우라에서 노파에게 들은 이야기와 내용이 일치했다. '다나카'
라는 성도 같다.

"저기, 잠깐만요."

또 뭔가를 발견한 듯 리노가 옷자락을 잡아당겼다.

"이번에는 뭐야?"

"이 기사를 읽어봐요."

가리킨 곳으로 시선을 보냈다. 신문사설이었다. 그 제목을 보고 깜짝 놀랐다. 'MM사건을 일으킨 것은 무엇인가.' 서둘러 내용을 훑었다. 'MM사건'이란 메구로 구 사건이 분명했다. 문맥을 통해 보건대 그런 명칭이 수사 관계자들 사이에서 정착되어 있는 듯했다.

"이걸로 확정이죠? 가모 군 형이 말했던 사건요."

"아무래도 그런 것 같아. 그런데 이 사건이 노란 나팔꽃과 무슨 관계가 있는 거지?"

"뭔가 관련이 있어요. 그러니까 이바 다카미 씨도 그 집에 관심을 가졌을 거예요."

소타는 고개를 흔들었다.

"영문을 모르겠어. 너무 혼란스러워."

대각선 쪽에서 책을 읽고 있던 남자가 헛기침을 했다. 대화에 정신이 팔려 목소리가 커진 모양이었다.

"일단 관련 기사를 복사하자."

소타는 자리에서 일어났다.

복사기는 카운터 옆에 있었다. 9월 5일 자 석간 사회면에 더 자세한 기사가 실려 있어서 우선 그것부터 복사하기로 했다. '메구로 거리 무차별 살상사건, 무고한 사람들이 희생, 출근중인 회사원 등 중상'이라는 제목이다.

소타는 리노가 다른 기사를 찾는 사이에 복사한 기사를 읽어봤다.

메구로 구 내의 조용한 주택가에서 비명이 일었다. 잠옷 차림으로 도망치는 주민. 소란스러운 와중에 피에 물든 일본도를 손에 들고 배회하는 남자. 5일 이른 아침에 갑자기 일어난 살상사건은 평화로운 아침을 맞이하던 주민들을 공포의 도가니로 몰아넣었다.

이렇게 시작되는 기사는 사건이 얼마나 잔혹한 것이었는지를 자세히 전하고 있었다.

남자는 일본도를 들고 집을 나온 후 자택에서 약 30미터 떨어진 거리에서 이노우에 아키노리(68) 씨의 머리에서 가슴까지를 벴다. 그후 이변을 느끼고 이노우에 씨 집에서 나온 요시코(38) 씨를 덮쳤고, 도망치는 요시코 씨를 등 뒤에서 베었다. 아키노리 씨는 즉시 사망, 요시코 씨도 병원에 실려 갔지만 사망했다.

남자는 또 거리를 끼고 건너편 쪽의 야마모토 교코(45) 씨 자택에 침입, 야마모토 씨를 베었다. 야마모토 씨는 중상. 그후 남자는 야마모토 씨 집을 나와 제2현장으로 향했다. 제2현장이 된 역 앞 거리에서 출근하던 회사원 구사카베 신이치(32) 씨의 복부를 찌르고 신이치 씨를 배웅나온 아내 가즈코(26) 씨의 등을 베었다. 신이치 씨는 그 자리에서 사망, 가즈코 씨는 병원으로 실려 갔지만 의식불명의 중상. 그러나 가즈코 씨가 안고 있던 한 살짜리 시마코 양은 무사했다.

그후에도 남자는 일본도를 휘두르면서 도망치는 사람들을 덮쳐 시미즈 히사코(48) 씨, 구와노 요이치(70) 씨, 요네다 세이코(56) 씨 등에게 상해를 입힌 후 근처 빌딩 계단을 뛰어올라가 큰소리로 뭐라 뭐라 소리를 지르면서 자기 목을 벴다. 경동맥에서 피가 분출하면서 계단에서 떨어져 절명했다.

근처 상점 주인은 "비명이 들려 밖으로 나가봤더니 붉은 막대기를 든 남자가 난동을 피우고 있어서 놀랐다. 자세히 보니 막대기는 피로 물든 일본도였다. 너무 무서워서 집으로 도망쳤다"고 창백한 얼굴로 말했다.

이제까지의 조사로 남자는 이 동네의 단층집에 사는 자칭 예술가 다나카 가즈미치(30)로 알려졌다. 혼자 살고 있었으며 실내에는 아틀리에 같은 것이 있었다. 이웃 사람들의 얘기로는 늘 비틀거리는 것처럼 보였다고 한다. 동기에 대해서는 앞으로 밝혀질 것으로 보인다.


소타는 기사를 두 번 읽었다. 첫번째 대충 읽었을 때 뭔가 마음에 걸렸기 때문이었다. 아니, 머리가 아니라 눈이다. 익숙한 글자에 반응한 것이다.

'시마코.'

가즈코 씨가 안고 있는 한 살짜리 시마코 양은 무사했다.

물론 소타는 어머니의 결혼 전 성을 알고 있다. '구사카베'였다.

"저기, 왜 그래요? 뭐가 쓰여 있어요?"

리노가 몸을 흔들었지만 목소리가 나오지 않았다.


## 30


도서관을 나온 후, 둘이서 가까운 패밀리 레스토랑에 들어갔다. 소타가 가자고 했다. 집에 가서 밥을 먹고 싶지 않아서였다. 집에 가서 어머니의 얼굴을 보면 이런저런 질문을 쏟아낼 것 같았다. 틀림없이 식사 같은 건 못할 것이다.

하지만 아무것도 모르는 어머니는 저녁 준비를 하고 아들이 돌아오기를 기다리고 있을 것이다. 소타는 일단 가게를 나와 집에 전화를 걸어 밖에서 저녁을 먹고 가겠다고 어머니에게 알렸다. 알았다고 대답하는 어머니의 목소리에는 뭔가 미심쩍어하는 울림이 있었다. 이런 시간까지 아들이 어디서 무엇을 하는지 마음에 걸리는 게 분명했다.

소타는 MM사건이라는 말이 목구멍까지 올라왔지만 간신히 참았다. 일련의 사건의 이면에는 틀림없이 전화로는 할 수 없는 장대한 얘기가 있다. 그 대신 소타는 이렇게 물었다.

"잠깐 묻고 싶은 게 있는데 할아버지 이름이 뭐였지? 외할아버지 말이야."

그러자 기묘한 틈을 두고 시마코가 물었다.

"왜 그런 걸 묻니?"

"특별한 이유는 없어. 문득 생각이 났어. 할아버지 이름이 신이치 아니었어? 할머니 이름은 가즈코, 그렇지?"

또 침묵이 잠깐 지나가고 어머니가 대답했다.

"그래, 잘 기억하네."

"그냥 인상에 남아 있어서, 그럼 이따가 들어갈게."

"너무 늦지 마라."

"응."

대답하고는 전화를 끊었다.

어머니에게 거짓말을 했다. 소타는 외조부, 외조모의 이름 같은 건 몰랐다. 어머니한테도 들은 적이 없다. 신이치와 가즈코라는 이름은 조금 전 읽은 신문기사에서 알아낸 것이다.

자리로 돌아와 리노에게 전화 내용을 말했다.

"그럼 역시 가모 군의 어머니는 MM사건의 유족이 맞는 거네요……."

조심스럽게 리노가 말했다.

"아무래도 그런 것 같아. 근데 정말 놀랐어. 아니, 놀랐다는 것을 넘어서서 현기증이 날 정도야. 누군가를 쫓다가 설마 어머니에게 도달할 줄은 몰랐어."

"할아버님에 대해 아무것도 듣지 못했어요?"

소타는 고개를 저었다. "외가 쪽 조부모님에 대해서는 거의 들은 얘기가 없어. 이름뿐만 아니라 어디에 살았는지 무엇을 했는지도. 두 분 다 어머니가 어렸을 때 사고로 돌아가셨다고. 덕분에 어머니는 친척집을 전전했다는 얘기는 들었지만 자세한 내용은 말해주지 않았어. 힘든 시절의 기억이라 자식에게는 말하고 싶지 않은가 보다, 라고만 생각했지……."

리노는 복사한 신문기사를 펼쳤다.

"여기에 가즈코 씨는 의식불명의 중태라고 되어 있는데 그후에 돌아가셨나."

"아마도 그런 것 같아. MM사건 때문에 어머니는 부모를 잃었어."

"유감이에요." 리노가 조그맣게 중얼거렸다. "하지만 가모 요스케 씨가 왜 그렇게 행동했는지 이제 조금은 이해할 것 같아요."

"어떻게?"

"아마도 형은 MM사건에 대해 조사했을 거예요. 그 사건 탓에 어머니는 피해자 유족이 되어버렸잖아요. 아들로서 그 사건을 조사하는 게 당연하죠."

"그럼 왜 내게는 안 알려주는 거지? 형은 어머니와 피가 섞이지 않았고 내가 친자식인데."

"그것까지는 잘……." 리노가 입을 다물었다.

또 하나, 이해할 수 없는 게 있었다. 이바 다카미다. 그녀도 MM사건을 쫓고 있는 것일까. 그렇다면 그 이유는 무엇일까. 모처럼 리노에게 저녁을 먹자고 했지만 식욕이 없었다. 결국 주문한 카레라이스를 삼분의 일이나 남기고 가게를 나왔다.

"어머니에게 자세한 얘기를 들으면 내게도 알려줄래요?" 헤어질 때 리노가 말했다.

"물론이야." 소타는 대답했다. "오늘, 고마웠어."

리노는 씩 웃으며 고개를 끄덕이고 지하철 계단을 내려갔다. 이런 조사가 아니라 단순한 데이트로 그녀를 만났다면 틀림없이 즐거웠을 텐데. 문득 그런 생각을 했다.

소타가 집 앞에 도착한 것은 오후 10시를 조금 넘긴 시간이었다. 문 앞에 멈춰서서 심호흡을 한 번 했다. 어머니를 보고 어떤 식으로 말을 꺼낼지 아직 생각이 정리되지 않았다. 하지만 아마도 자신은 단도직입적으로 질문을 던질 것이다.

현관문을 여는데 잠겨 있다. 어머니로서는 드문 일이지만 늦은 밤이니 당연하리라. 소타는 가지고 있던 열쇠로 문을 열고 집 안으로 들어갔다.

"왔어요."

안에다 대고 말을 걸었다.

그런데 바로 들려오리라 생각했던 대답이 없다. 소타는 신발을 벗고 복도를 걸었다. 거실 문이 반쯤 열려 있고 불빛이 새어 나오고 있다. 안을 들여다봤지만 어머니의 모습은 없었다.

소타는 계단을 올라갔다. 하지만 2층은 캄캄하기만 했다. 곧바로 거실로 돌아왔다. 방은 깨끗하게 정리되어 있었고 어머니 혼자 저녁을 먹은 흔적도 없었다.

식탁 위에 하얀 종이가 놓여 있다. 편지였다. 낯익은 어머니의 글씨가 쓰여 있다.

소타에게

네가 이런저런 조사를 하고 있다는 것은 알고 있었다. 오늘도 틀림없이 그러느라 나간 거겠지.

전에도 얘기했듯 우리는 네가 행복하길 바란다. 아버지도 요스케 형도 그것을 가장 중요하게 생각해. 네게 했던 모든 행동은 그런 판단에서였다. 하지만 그것이 너를 힘들게 했다면 역시 우리 방식이 잘못되었을지도 모르겠구나.

너무나 미안하지만 지금, 나는 너와 마주할 자신이 없구나. 어떻게 얘기하면 좋을지, 어디까지 얘기해야 좋을지 하나도 모르겠구나.

그에 대해 의논을 좀 해봐야겠구나. 그리 오래 기다리지 않아도 될 테니 부디 조금만 참아주길.

엄마가.


소타는 편지를 손에 든 채 옆 의자에 주저앉았다. 전신에서 힘이 빠져나간 것만 같았다.

"이건 아니잖아……." 나지막이 중얼거렸다.


31


하야세가 라운지 입구에 서자, 하얀 블라우스에 검은 롱스커트 차림의 여성이 우아한 미소를 지으며 다가왔다.

"혼자 오셨습니까?"

"아니, 일행이 있습니다."

가게 안을 휙 둘러봤다. 구석 자리에 낯익은 뒷모습이 있었다. 하야세는 여직원에게 고개를 끄덕여 보였다.

"괜찮습니다. 찾았으니까."

정오의 호텔 라운지는 의외로 붐볐다. 하야세는 테이블 사이를 누비듯 이동해서 약속 상대에게 다가갔다.

"기다리게 했군요." 등에 대고 말을 걸었다.

서류 같은 것에 시선을 떨어뜨리고 있던 가모 요스케는 과민하게 반응하지 않고 천천히 돌아봤다.

"아뇨, 저도 지금 막 도착했습니다."

아마 사실일 것이다. 그의 앞에 커피잔이 놓여 있는데 거의 줄어 있지 않았다.

하야세는 테이블 반대쪽으로 돌아 요스케와 마주 앉았다. 그런 그의 움직임을 요스케는 가만히 눈으로 좇고 있었다. 경계심이 가득한 눈빛이었다.

롱스커트의 직원이 다가오기에 커피를 주문했다.

"갑자기 불러 미안합니다. 솔직히 말하자면 만나주지 않을 거라 생각하면서 전화했습니다."

하야세의 말에 요스케의 표정은 전혀 변함이 없었다.

"한가하진 않습니다. 그러니 당신의 얘기가 들을 가치가 없다고 판단된다면 바로 자리에서 일어날 겁니다. 그러지 않기를 바랍니다."

"당신 기대에 충분히 부응할 겁니다. 이전에 내게 이렇게 말했죠, 거래하고 싶으면 걸맞은 카드를 준비하라고. 기억하십니까?"

"물론입니다. 그럼 오늘은 카드를 가지고 있다는 말입니까?"

"네, 그렇습니다. 그리 나쁘지 않은 카드일 겁니다."

"자신만만하군요. 어떤 겁니까?"

"그것은 당신 눈으로, 아니 귀로 확인해주십시오."

하야세는 가방에서 녹음기를 꺼내 테이블에 놓았다. 이어폰이 달려 있다.

"이건?"

"히노 가즈오의 진술을 녹음한 겁니다. 히노 씨는 아시죠?"

이번에야말로 놀란 듯 요스케의 검은 눈동자가 순간 크게 움직였다.

"구온 식품의……."

"연구개발센터에서 아키야마 씨와 함께 일했던 인물입니다."

"그의 진술을? 그것은 곧 히노 씨가 사건에 관여되었다는 겁니까?"

"일단 들어보십시오. 저는 고급 커피를 천천히 음미하고 있을 테니까."

하야세가 그렇게 말한 직후 마침맞게 커피가 나왔다.

요스케는 녹음기를 들고 복잡한 표정으로 이어폰을 귀에 꽂았다. 그 모습을 보면서 하야세는 히노와의 대화를 떠올렸다.

## 32

아키야마 슈지 씨와는 그분의 촉탁기간까지 포함하면 꼬박 십삼 년 동안 함께 일했습니다. 업무 내용은 전에도 말씀드린 것 같은데 식물의 신품종 개발입니다. 특히 목표로 했던 것은 파란 장미였습니다. 실현되면 큰 수요를 기대할 수 있었죠.

그러나 아시는 대로 파란 장미의 개발 경쟁에서 우리는 승리하지 못했습니다. 변명처럼 들릴지도 모르지만 그야말로 딱 한 걸음 차이였습니다. 기술 수준만 놓고 보면 뒤지지 않는다고 자부합니다. 패인은 조직력이었죠. 윗선에서 좀더 상황을 이해하고 인원과 예산을 돌려주었다면 이겼을 거라고 지금도 생각하고 있습니다.

하지만 회사는 냉담했습니다. 결과를 내지 못하면 패배자라는 낙인을 찍을 뿐입니다. 회사에서 아키야마 씨는 '촉탁으로 고용했는데 아무 성과도 내지 못한 무능한 사람'에 지나지 않았습니다. 그러니 아키야마 씨와의 계약은 이어질 수 없었습니다. 신품종 개발은 축소되었고요. 부원은 저 혼자인 그야말로 이름뿐인 부서입니다.

아키야마 씨와 한동안 만나지 않은 것은 사실입니다. 그런데 올해 6월 말, 뜻밖에 연락이 왔습니다. 보여주고 싶은 것이 있으니까 빨리 만나지 않겠느냐는 것이었습니다. 무슨 일이냐고 물어보자 꽃에 대한 거다, 게다가 아주 대단한 일일지도 모른다고 말하더군요. 저로서는 관심이 갈 수밖에 없었습니다. 왠지 흥분한 것 같은 아키야마 씨의 목소리도 호기심을 자극했습니다.

기대에 가득 차서 아키야마 씨를 만나러 갔습니다. 맞아준 아키야마 씨는 저를 마당으로 안내했습니다. 그곳에는 많은 식물이 재배되고 있어서 조금 놀랐습니다. 지금도 여전히 꽃에 애착이 있구나, 이 사람은 정말로 꽃을 좋아하는구나 하고요.

그러나 정말 놀란 것은 그후입니다. 아키야마 씨는 제게 화분 하나를 보여줬습니다. 그리고 이것이 어떤 꽃인지 알겠느냐고 물었습니다.

거기에는 꽃이 피어 있지 않았습니다. 하지만 저도 식물을 연구해 왔으니 줄기와 잎의 모양을 보면 대체로 알 수 있습니다. 메꽃과科 같다고 대답했습니다.

아키야마 씨는 씩 웃고는 따라오라고 하시더니 다음에는 저를 안으로 들였습니다. 그리고 한 장의 사진을 보여줬습니다. 그것은 꽃 사진이었습니다. 조금 전 화분의 꽃이라는 것은 금방 알 수 있었습니다. 그것을 보고 뭔가 생각나는 게 없느냐고 아키야마 씨는 물었습니다.

물론 무슨 얘기를 하고 싶어하는지 금방 알았습니다. 그래서 꽃의 색깔이네요, 하고 대답했습니다. 그 꽃은 선명한 노란색을 하고 있었습니다. 메꽃과 꽃 중에서 노란색은 매우 드뭅니다.

아키야마 씨는 그럼 다시 묻겠는데 무슨 꽃인 것 같으냐고 질문했습니다. 저는 모자란 지식을 총동원해 아프리카나팔꽃이냐고 되물었습니다. 가능성으로는 그 정도밖에 생각나지 않았으니까요. 미미바후사 나팔꽃Merremia umbellata var. orientalis에도 노란 종류가 있는데 그것과는 확연히 달랐습니다.

그러자 아키야마 씨는 보고서 용지 다발을 꺼내더니 읽어보라고 하셨습니다. 거기에는 아키야마 씨의 출신 대학 이름이 적혀 있었습니다. 아키야마 씨는 같은 대학 유전자해석센터에 문제의 식물 잎을 가지고 가서 품종을 조사했다고 했습니다.

놀랐습니다. 메꽃과 꽃 중에 노란색은 드물다고 말했는데 노란 나팔꽃은 존재하지 않습니다. 예전에 존재했다는 기록은 남아 있지만 그 종류는 모두 멸종되었다고 알려져 있습니다. 이따금 노란색에 가까운 것이 피기도 하지만 선명한 노란색과는 거리가 먼 것이 사실입니다.

그런데 사진의 꽃은 선명한 노란색이었습니다. 도대체 어떻게 피운 거냐고 물었습니다. 아키야마 씨의 대답은 의외였습니다. 별로 대단한 건 아니다, 누군가에게 의뢰를 받아서 맡은 씨앗을 키웠더니 이런 꽃이 피었다는 겁니다. 이유가 있어서 그 사람이 누구인지는 밝힐 수 없지만 식물 전문가는 아니라고 했습니다.

이 꽃을 어떻게 할 셈이냐고 물었더니 물론 연구할 생각이다, 그러니까 자네에게 연락한 거라는 대답이 돌아왔습니다.

우선 이 꽃을 계속 키운다, 나팔꽃이라면 앞으로도 계속 꽃이 피리라 기대할 수 있다, 그 모습을 관찰하고 가능하면 씨앗까지 채취한다, 그 씨앗을 키워 같은 형태가 다음 세대에도 이어지는지 확인한다, 그와 병행해 꽃의 유전자를 분석해 노란색이 발현하는 체제를 밝힌다…… 아키야마 씨의 계획은 이상과 같았습니다.

이야기를 듣고 저는 흥분했습니다. 씨앗을 채취해 계속적으로 같은 꽃이 핀다면 크나큰 발견입니다. 어렵다고 해도 연구를 통해 노란 나팔꽃을 안정적으로 만들어낼 수 있다면 획기적인 발명이라고 생각했습니다. 도와달라는 아키야마 씨의 부탁을 저는 기꺼이 받아들였습니다. 처음에 얘기했듯이 지금 저는 이름뿐인 부서에서 제대로 된 일도 주어지지 않은 채 그저 정년퇴직만을 기다리고 있는 몸입니다. 거절할 이유가 하나도 없었습니다. 회사 사람들에게 복수하고 싶다는 생각도 있었습니다.

그후 저는 나팔꽃에 관한 자료를 모으고 유전자 분석 준비 등을 시작했습니다. 노란 나팔꽃에 대해서는 아무에게도 말하지 않았습니다. 그런 일을 하면 공을 채가려는 사람이 틀림없이 나타납니다. 아키야마 씨와도 이것은 둘만의 비밀로 하자고 약속했습니다.

그런 가운데 이번 사건이 일어났습니다.

그날은 꽃의 일부를 채취해 가져오려고 생각해 아키야마 씨의 집에 갔습니다. 사전에 전화를 걸었지만 받지 않아서 직접 찾아간 겁니다. 차를 몰고 간 것은 경우에 따라서는 화분을 맡게 될지도 모른다고 생각했기 때문입니다. 그래서 화분을 넣을 크기의 쇼핑백과 목장갑도 지참했습니다.

근처 코인 주차장에 차를 세우고 아키야마 씨의 집을 방문했습니다. 인터폰을 눌렀지만 답이 없었습니다. 아무래도 집에 안 계시나 싶어서 다시 한 번 전화를 걸었습니다만 역시 받지 않았습니다. 큰일이네, 다시 와야겠구나, 생각하고 현관을 봤는데 기묘한 점을 발견했습니다. 문이 살짝 열려 있었던 겁니다. 자세히 보니까 문틈에 구두가 껴 있었습니다. 제가 멋대로 집 안에 들어가는 것은 찜찜했지만 현관으로 다가가 문을 열어보았습니다.

경악했습니다. 바로 옆 장지문이 열려 있었는데 실내 상황이 평범하지 않았기 때문입니다. 물건들이 지저분하게 방바닥에 흩어져 있었습니다. 아무래도 옷장 안의 물건이 다 끄집어내진 것 같았습니다.

나는 아키야마 씨의 이름을 부르면서 안으로 들어갔습니다. 그리고 거실에 쓰러져 있는 아키야마 씨를 발견했습니다. 이름을 불러보기도 하고 몸을 흔들어봤지만 전혀 반응이 없었습니다. 이미 늦었던 것입니다. 경찰을 불러야겠다고 생각하고 휴대전화를 꺼냈습니다. 그러나 그때 탁상 위에 놓인 봉투가 눈에 들어왔습니다. 거기에서 한 장의 사진이 나와 있었습니다.

그것은 바로 그 노란 나팔꽃을 촬영한 것이었습니다. 무엇 때문에 아키야마 씨가 그 사진을 준비했는지는 모르지만 그것을 본 순간 망설여졌습니다. 이대로 신고하면 이곳은 출입금지가 된다, 여기에 있는 모든 것이 경찰에 압수될지도 모른다, 이 사진에 대해 조사할 게 틀림없다, 그리고 이것이 나팔꽃으로 판명되면 사건과는 전혀 관계없이 세상은 들끓게 될 것이다, 전문가와 연구자들이 죄다 들러붙을 것이다, 그러면 우리의 계획은 수포로 돌아간다.

신고하기 전에 나팔꽃에 관한 것을 치우자고 생각했습니다. 꽃 사진을 봉투에 넣고 그 봉투를 주머니에 넣었습니다. 그후 지문이 묻는 것을 막기 위해 목장갑을 끼고 책상에 놓여 있던 노트북을 안아

들었습니다. 거기에 데이터가 들어 있다는 것을 알았기 때문입니다.

그런데 일어나 방을 가로지르려고 할 때 노트북 전선이 걸리는 바람에 탁상 위에 있던 찻잔이 쓰러졌습니다. 탁상 위가 젖은 것을 보고 서둘러 휴지로 닦았습니다. 찻잔도 제자리에 놓았지만 빈 채로 놔두면 안 될 것 같아서 옆에 있던 페트병의 차를 조금 따라두었습니다. 깊이 생각하지 못했습니다. 어쨌든 원상태대로 해둬야 한다고 생각했을 뿐입니다.

마당으로 나와 화분을 쇼핑백에 넣고 컴퓨터와 쇼핑백을 들고 코인 주차장으로 돌아왔습니다. 그리고 가져온 것을 차에 실은 후 다시 아키야마 씨의 집으로 향했습니다. 코인 주차장에서 신고하지 않았던 것은 신고를 받은 관계자가 반드시 현장 상황을 물을 것이라고 생각했기 때문입니다. 현장에서 벗어난 이상 그 이유를 설명해야만 합니다.

그런데 아키야마 씨 댁 근처까지 가자 젊은 여성이 문 앞에 있었습니다. 나는 가던 길을 멈추고 숨어서 상황을 살폈습니다. 마침내 여성은 집 안으로 들어갔습니다.

저는 차로 돌아가기로 했습니다. 그 여성은 아마도 아키야마 씨의 손녀일 것이라 생각했습니다. 아키야마 씨로부터 이야기를 들은 적이 있습니다. 신고는 그녀가 할 거라 확신했습니다. 미안했지만 나는 오지 않았던 것으로 하자고 생각했습니다. 그러면 노란 나팔꽃에 대해 경찰에 말하지 않아도 됩니다.

꽃은 집으로 가지고 돌아왔습니다. 지금도 우리 집 베란다에 있습니다. 아내도 아들도 그것이 매우 귀중한 것이라는 사실을 모릅니다. 제 취미 중 하나라고만 생각합니다.

이상이 제가 그 사건과 관계된 전부입니다. 현장에서 귀중한 증거를 가지고 나온 것은 정말 죄송하지만 그때는 단순한 강도살인으로 발표되었기 때문에 그 꽃이 관계되어 있는 줄은 꿈에도 생각하지 못했습니다. 부디 믿어주십시오. 아키야마 씨는 제가 죽이지 않았습니다. 제가 갔을 때 그는 이미 죽어 있었습니다.

연구에 대해서는 이번 사건이 해결되면 천천히 시작할 생각이었습니다. 그러나 착오가 생겼습니다. 며칠 전에 아키야마 씨의 손녀가 저를 만나러 왔는데 그 꽃에 대해 이리저리 조사하고 있더군요. 제가 노란 나팔꽃을 만들어냈다고 발표하면 이번 사건 때 화분을 훔친 게 아닐까 의심할 게 분명합니다. 저는 그녀에게 아키야마 씨가 노란 나팔꽃을 연구하고 있다고는 생각하지 않는다, 그런 꽃을 만들어냈다는 얘기도 듣지 못했다고 언질해두었는데 받아들였는지는 모르겠습니다. 그래서 다하라라는 나팔꽃에 정통한 인물을 소개했습니다. 그 사람은 노란 나팔꽃의 부활에는 회의적이라, 아키야마 씨가 피운 꽃에 대해서도 손녀분이 납득할 만한 설명을 해주리라 기대했습니다.

이상이 제가 알고 있는 전부입니다. 지금은 오직 그 꽃이 어떻게 될 것인지만 마음에 걸립니다. 그 꽃은 몰수되겠죠. 어차피 몰수될 거라면 제 유전자 분석이 끝난 후면 안 되겠습니까. 또 앞으로 어딘가의 기관에서 연구가 이뤄진다면 무보수라도 괜찮으니 참여하고 싶습니다.

33

요스케가 이어폰을 빼는 것을 보고, 하야세는 입을 열었다.

"어떻습니까?"

하지만 요스케는 아무 말 없이 커피잔을 들었다. 미간에 깊은 주름이 잡혀 있었다.

"한마디 보충하겠는데 취조실에서 정식으로 청취한 건 아닙니다. 비공식적으로 들은 거죠. 나 혼자서. 이 일은 다른 수사관은 모르고 상사에게도 보고하지 않았습니다. 현 단계에서는 수사본부 중 그 누구도 그 한물간 연구자에게 흥미가 없습니다. 이 고백에 대해 아는 이는 나와 히노, 그리고 가모 요스케 씨, 당신뿐입니다."

요스케는 팔짱을 끼고 시선을 아래로 떨어뜨렸다.

"커피 한 잔 더 하시겠습니까?"

요스케의 잔이 빈 것을 보고 하야세가 물었다. 호텔 라운지에서는 커피 리필이 무료라는 말을 기억하고 있었다.

마침내 요스케가 고개를 들었다.

"마시죠."

그 표정에 평온함이 생긴 것 같았다. 적어도 여기 나타났을 때 온몸에서 발하던 경계심은 사라지고 없었다. 하야세는 여직원을 불러

커피 리필을 부탁한 다음 다시 요스케를 바라봤다.

"히노의 말에 거짓은 없는 것 같습니다. 원래 그 남자에게는 알리바이가 있습니다. 그래서 수사 초기 단계에서 이미 혐의를 벗었습니다."

"그런데 그런 인물에 주목해서 사건과 관련이 있다는 것을 알아냈다? 대단하시네요."

하야세는 쓴웃음을 짓고 작게 손을 흔들었다.

"쓸데없는 칭찬은 그만두십시오. 지금 말했듯이 히노는 범인이 아닙니다. 범인과 연결되는 단서를 가지고 있는 것도 아니고요. 평소라면 여기서 돌아가야 하는 상황입니다. 하지만 가모 씨, 이번에 한해서는 그렇지 않다고 생각합니다만."

하야세가 커피를 다 마셨을 때 커피포트를 든 직원이 다가왔다. 그는 두 사람의 잔에 커피를 부어주고 사라졌다.

"무슨 말을 하시고 싶은 겁니까?" 요스케가 물었다.

하야세는 커피를 마시고 고개를 끄덕였다.

"맛있네요. 게다가 리필이 무료라니. 이런 곳에서 커피를 마시는 사람들을 이해할 수 없었는데 이해가 될 것도 같네요."

잔을 놓고 안주머니에서 휴대전화를 꺼냈다. 그곳에 저장해둔 한 장의 사진을 액정화면에 띄웠다.

"전에도 얘기했지만 당신의 목적은 범인 체포가 아닙니다. 다른 것을 쫓고 있죠. 아닙니까?"

요스케는 잔을 당겼다.

"계속해보세요."

"무게 잡는 걸 좋아하는 편이 아니니 빨리 보여드리죠. 제 카드는 바로 이겁니다."

하야세는 휴대전화의 액정화면을 상대에게 돌렸다. 거기에는 히노가 베란다에서 키우고 있는 화분 이미지가 나타나 있었다. 꽃은 없지만 그가 노란 나팔꽃이라고 주장하는 식물이다.

"그리고 다른 한 장의 카드입니다."

하야세는 가방에서 비닐 주머니를 꺼내 테이블에 놓았다. 그 안에는 봉투가 들어 있었다.

"이건?" 요스케가 물었다.

"히노의 진술에 있었죠? 아키야마 씨 댁 탁상에 놓여 있던 봉투입니다. 부디 안을 확인해보시죠. 다만 신중하게 다뤄주십시오." 하야세는 가방에서 하얀 장갑을 꺼내 비닐 주머니 옆에 놓았다. "경찰청 사람은 보통 장갑은 가지고 다니지 않으니까."

"그럼, 보겠습니다."

요스케는 장갑을 끼고 비닐 주머니에 손을 뻗었다. 안에 있는 봉투를 열어 사진을 꺼냈다. 노란 나팔꽃 사진이다.

"어때요? 가짜입니까?"

하야세는 요스케의 표정을 살폈다.

"아니, 그렇지 않습니다. 그래서 이것들을 어쩔 셈입니까?"

"처음에 얘기했듯이 히노 가즈오에게 주목한 것은 저뿐입니다. 그에게도 저 이외의 수사관과는 접촉하지 말라고 못을 박았습니다.

당신이 어떻게 나오느냐에 따라 이 카드들을 당신에게 넘겨주는 것도 가능하겠죠."

요스케는 느린 동작으로 커피를 마셨다. 물론 생각할 시간을 벌기 위해서다.

마침내 그는 정면으로 하야세를 응시했다.

"이전에 당신은 이 사건만은 무슨 일이 있더라도 자기 손으로 범인을 잡아야 한다고 하셨습니다. 도대체 그 이유가 뭡니까?"

"그것을 꼭 알아야만 합니까?"

"알고 싶을 뿐입니다. 말하기 곤란하다면 괜찮습니다."

"아니." 하야세가 고개를 흔들었다. "자세히 얘기하자면 길지만 한마디로 보은입니다."

그리고 이 년 전 절도사건에 대해 짧게 설명했다.

"그런 이유로 피해자인 아키야마 슈지 씨에게는 큰 빚이 있습니다. 그분이 없었다면 아들은 범죄자라는 오명을 쓰고 그후 크게 틀어졌을지도 모릅니다. 그래서 아들과 약속했습니다. 이 사건의 범인만은 무슨 일이 있더라도 내 손으로 잡겠다고."

요스케는 몇 번이나 고개를 끄덕였다.

"그런 일이 있었군요. 당신의 마음은 잘 알겠습니다."

"어떻습니까, 가모 씨. 제가 이렇게까지 제 밑천을 다 보여드렸는데 당신이 가진 카드를 보여주지 않겠습니까?"

하지만 요스케는 아직 결심이 서지 않았는지 다시 노란 나팔꽃 사진을 바라보았다. 굳게 입을 다문 채 사진을 봉투에 돌려놓다가 뭔가 깨달은 표정을 지었다.

"봉투에 다른 것도 들어 있는 것 같네요."

"그렇습니다. 왜 그런 게 들어 있는지는 모릅니다. 히노 씨도 모른다고 했습니다."

요스케는 장갑을 낀 손가락을 봉투에 넣어 안에 있는 물건을 꺼냈다. 그것은 세 장의 가늘고 긴 종이였다.

"이건……."

요스케는 의표를 찔린 듯한 표정을 지었다.

"그에 대해 조사해봐야겠다고 생각은 했습니다만."

하지만 하야세의 이야기가 귀에 들어오지 않는지, 요스케는 심각한 표정으로 먼 곳을 노려봤다. 마침내 그 얼굴이 순식간에 무너졌다. 옅은 웃음을 짓기 시작하더니 몸을 조금씩 흔들었다.

"왜 그러십니까?"

"아니, 실례했습니다." 요스케는 장갑을 낀 손을 흔들었다. "하야세 씨, 당신은 보은하겠다는 심정으로 이번 사건에 매달릴 결심을 하셨죠."

"그렇습니다. 그게 왜?"

그러자 요스케는 물끄러미 하야세의 얼굴을 바라봤다.

"당신의 그 보은 덕분에 다른 은혜가 생길지도 모르겠군요."

"무슨 뜻입니까?"

"당신 덕분에 많은 사람이 지켜질 거라는 뜻입니다. 힘드셨겠지만 아무래도 사건은 해결된 것 같습니다. 당신에게 감사해야겠네요."

요스케는 하얀 이를 드러냈다.


## 34


마지막 곡은 리노의 예상대로 〈힙노틱 서제스천〉이었다. 인트로가 흘러나오자 라이브하우스 안은 환호성으로 가득 찼다. 역시 모두 알고 있다. '팬드럼'의 대표곡은 역시 이 노래다.

오스기 마사야의 노래가 시작되자 환호성이 잦아들었다. 이 명곡에 노이즈를 더하는 것은 민폐라는 사실에 누구나 동의할 것이다. 라이브의 마지막 곡은 조용히 듣고 싶다. 리노도 동감이었다.

신주쿠에 있는 작은 라이브하우스에 와 있다. '팬드럼'은 키보드 연주자가 또 바뀌었다. 이번에는 데쓰의 친구라고 했다. 긴 머리를 금색으로 물들인 젊은이였다. 그 실력이 어떤지 리노는 잘 모르지만 연주가 훌륭한 것 같았다. 다른 멤버들도 힘들어 보이지 않는다.

공연이 열린다고 들었을 때 가모 소타를 초대할까 생각했다. 아직 도쿄에 있을 테니까. 그러나 얼마 전 일을 생각하자 망설여졌다.

원래는 할아버지가 살해된 사건을 계기로 노란 나팔꽃을 쫓았다. 그것이 기묘한 우연으로 가모 소타의 첫사랑 상대를 찾는 처지에 이르렀고 마침내 도달한 곳에는 약 오십 년 전 가모 소타의 외조부모 살해사건이 있었다. 그는 그 사건의 존재조차 몰랐다고 했다.

그뒤 소타와는 메일로 딱 한 번 이야기를 나눴다. 그에 따르면 그날 그가 집에 돌아가자 어머니가 사라지고 없었다고 했다. 편지를 남겼으니 본인의 의사로 자취를 감춘 것이다.

형은 어딘가로 가서 아직까지 돌아오지 않고, 게다가 어머니도 사라졌어. 내게 아무것도 가르쳐주지 않은 채 다들 사라졌다고. 영문을 모르겠어. 이렇게 된 바에는 나도 어딘가로 사라져버리고 싶어.

가모 소타의 메일에서는 허탈감과 무력감이 아플 정도로 생생하게 전해졌다.

도대체 무슨 일일까, 타인인 리노조차 신경이 쓰였다. 아니, 가모 소타와는 타인이지만 아무 관계가 없는 사이도 아니다. 자세한 얘기를 들을 권리가 있다고 생각해서 무슨 일인지 알게 되면 연락을 달라는 메일을 썼다. 알았다는 답장은 왔지만 그 이후 아무런 연락이 없다.

마사야의 노래가 클라이맥스에 접어들었다. 주술사가 주문을 외는 것처럼, 혹은 승려가 독경을 하는 것처럼도 들린다. 단조로운 되풀이 속에 마음을 울리는 미묘하고 섬세한 선율이 숨어 있다. 마사야와 나오토는 천재야. 새삼 그런 생각을 했다.

곡이 끝난 후의 관객 반응은 평소와 마찬가지였다. 멍하니 소리를 내는 것조차 잊고 있다. 몇 초 후 수런거림이 일어나고 그것이 점차 커져 노도와 같은 환호성으로 바뀐다. 그것은 오늘 밤도 마찬가지였다. 리노도 손바닥이 아플 정도로 박수를 쳤다.

멤버들이 무대 밖으로 사라지면서 공연이 끝났다. 젊은 여성을 중심으로 한 관객들은 모두 만족스러운 표정으로 공연장을 떠난다. 리노도 오늘은 동행인이 없었던 터라 그들에 섞여 출구로 향했다.

밖으로 나오려던 때였다. 복도 구석에 다른 손님과 분위기가 확연히 다른 남자들이 눈에 들어왔다. 양복 차림으로 전원이 범상치 않은 기운을 발하고 있다. 그리고 죄다 인상이 험악했다.

그중에 한 사람, 낯익은 인물이 보였다. 형사 하야세였다. 즉 그들은 경찰이라고 생각해도 좋을 것이다. 그런데 경찰이 왜 이런 곳에? 하야세 일행은 할아버지가 살해된 사건을 수사하고 있을 텐데. 아마추어 밴드의 라이브 콘서트에 도대체 무슨 용건이 있을까.

리노의 가슴에 싹튼 불안이 급속히 부풀었다. 이유가 있었다. 그녀는 오늘 낮, 하야세와 만났다. 저번처럼 물어보고 싶은 게 있으니 만나자고 전화를 걸어온 것이다.

대단한 용건은 아닌 듯했다. 하야세도 단순한 확인이라고 말했다. 질문에 대해 리노는 정직하게 답했다. 숨길 것은 없었다. 얘기를 들은 하야세도 선선히 물러났다.

그게 무슨 관계가 있었을까.

불안한 마음을 감추지 못하고 리노는 몸을 돌렸다. 돌아가는 관객을 거스르며 무대 근처까지 돌아왔다. 단상에서는 평소와 마찬가지로 밴드 멤버들이 뒷정리를 시작하려는 참이었다.

"리노, 웬일이야?"

데쓰가 제일 먼저 그녀를 알아봤다.

가즈와 마사야, 그리고 새롭게 참가한 키보드 주자도 의아한 시선을 보내고 있다. 하지만 다음 순간, 그들의 시선이 일제히 리노의 등 뒤로 옮겨갔다. 그녀도 기척을 느끼고 돌아봤다. 양복 차림의 남자 몇 명이 들어오고 있다. 그들은 리노는 거들떠도 보지 않고 곧바로 무대로 향했다. 체격이 좋은 남자가 앞으로 나와, 무대 위의 마사야를 올려다봤다.

"오스기 마사야 씨죠."

마사야는 고개를 가볍게 끄덕였다. 눈빛에 낭패감이 머물러 있었다.

"우리는 경찰입니다. 아키야마 슈지 씨 살해사건에 대해 묻고 싶은 게 있습니다. 우리와 함께 니시오기쿠보 서까지 동행해주시겠습니까?"

"어이, 뭐야?" 가즈가 일어났다. "무슨 소리야? 왜 마사야가 경찰에 끌려가야 하는데? 무슨 일이냐고?"

가즈는 마사야와 형사들을 번갈아 노려보며 말했다. 하지만 그 어느 쪽도 눈길을 주지 않았고 아무 대답도 없었다.

형사가 단조로운 목소리로 말했다.

"오스기 씨, 함께 가시죠."

마사야는 선 채 고개를 숙였다. 그 모습을 보고 리노는 온몸의 털이 곤두서는 것을 느꼈다. 자신이 돌이킬 수 없는 일을 저질렀음을 확신했다. 역시 하야세에게 그 말을 해서는 안 되는 거였다. 그렇다고 해도 설마 그럴 리가…… 심장박동이 격렬해졌다. 목소리를 낼 수도, 몸을 움직일 수도 없었다. 그저 진행되는 상황을 지켜볼 수밖에 없었다.

"마사야, 뭐라고 말 좀 해." 데쓰가 말을 걸었다.

마사야는 창백한 얼굴로 동료들을 봤다.

"미안해." 소리는 작고 쉬어 있었다. "나, 잠깐 갔다 올게. 미안하지만 뒷일을 부탁해."

동료들이 숨을 죽였다. 마사야, 하고 가즈가 신음하듯 소리를 냈다.

마사야는 천천히 무대에서 내려왔다. 고개를 숙인 채 남자들에게 다가갔다. 형사들은 마사야를 에워싼 채 이동을 시작했다. 그들은 '동행'이라는 말을 사용했지만 그 모습은 '연행' 이외의 그 어떤 것도 아니었다.

형사들의 가장 맨 끝에 하야세가 있었다. 리노의 앞을 지나갈 때 그는 그녀에게 눈길을 주며 살짝 인사를 건넸다. 그 표정에는 미안함과 원통함이 뒤섞여 있었다.

전원이 나간 후 공연장 안에는 정적만이 남았다. 누구 하나 입을 떼지 못했다. 멍하니 서 있으면서 리노는 낮에 하야세와 한 얘기를 반추했다. 그의 질문은 단순했다. 어떤 것을 리노에게 보여주며 뭐가 생각나느냐고 물었던 것이다.

그것은 세 장의 티켓을 복사한 것이었다. 진짜 티켓은 할아버지의 방에서 발견되었다고 한다. 본 적이 있었다. 나오토의 장례식 때 할아버지가 보여준 것과 같았다.

"알고 있어요. 후쿠만켄의 식사권이에요." 리노가 대답했다.

왜 할아버지가 이걸 가지고 있느냐는 질문에도 그녀는 시원스레 대답했다.

나오토가 밴드 멤버들과 가고 싶어했던 레스토랑인데 그 사실을 알고 있던 할아버지가 식사권을 선물하려고 했다고. 그러나 나오토가 죽어 선물하지 못했기 때문에 장례식 때 한 장을 관 속에 넣었다. 그래서 세 장이 남은 게 아닐까.

이 대답에 하야세는 이해한 듯 고맙다고 정중히 인사하고는 사라졌다.

그 이야기의 무엇이 사건과 관련이 있는 걸까. 어째서 마사야가 연행되는 사태로 이어진 것일까. 리노는 그저 우두커니 서 있기만 했다.

## 35

오스기 마사야의 취조는 이번 수사를 지휘했던 주임이 맡았다. 놀랍게도 하야세가 기록 담당으로 임명되었다.

"하야세가 적임자라는 지시가 위에서 내려왔다."

주임은 살짝 비꼬듯 말했다.

윗선에서 어떤 얘기가 오갔는지 하야세는 전혀 모른다. 대다수 수사관도 마찬가지일 것이다. 어느 날 갑자기 몇 가지 증거가 어디선가 튀어나와, 이제까지 수사선상에 없었던 오스기 마사야라는 청년이 피의자로 지명된 것이다. 물론 그 배후에는 경찰청이, 즉 가모 요스케의 암약이 있었음을 아는 것은 말단 수사관 가운데 하야세뿐일 것이다.

호텔 라운지에서 만난 후에도 요스케와는 몇 번 이야기를 나눴다. 그중에서도 그는 두 가지 부탁이 있다고 하야세에게 말했다.

"우선은 그 식사권 말입니다. 그것에 대해 아키야마 리노 씨에게 본 적이 있는지 확인해주십시오. 틀림없이 기대에 부응하는 대답을 얻을 수 있을 겁니다."

식사권이 중대한 열쇠라는 것은 이미 요스케 자신은 확신하고 있는 듯했다. 그러나 지금 상태로는 안 된다고 했다.

"수사 보고서에는 확실하게 논리적인 애기를 써야 하니까요. 제 정보는 이른바 숨은 거래입니다. 그래서 공론화할 수는 없습니다."

그 정보원에 대해서 요스케는 하야세에게도 밝히지 않았다. 부탁할 일이 두 가지라고 했을 때 그의 말투는 무거웠다.

"이에 대해서는 말씀드리기 어렵습니다. 사실은 체포 절차에 대한 겁니다. 하야세 씨의 바람은 본인 손으로 범인에게 수갑을 채우는 것이겠지만 유감스럽게도 그것은 포기해주십시오."

수사1과가 끼어들었을 거라고 생각했지만 요스케는 아니라고 대답했다.

"그 이전의 문제입니다. 제가 캐치한 정보를 함부로 수사본부에 흘리지 못한다는 약점이 있습니다. 무리 없이 마무리하기 위해서는 경시청의 면을 세워줄 필요가 있습니다. 다만 하야세 씨를 완전히 무시하지는 않을 겁니다. 피의자 연행 때에는 현장에 동행할 수 있도록 조치해두겠습니다. 그밖에도 중요한 곳에는 동석시켜 드리겠습니다. 그걸로 이해해주시지 않겠습니까?"

말투는 정중했지만 좋고 싫음을 논할 수 없는 위압감을 가지고 논리적으로 파고드는 점이 그야말로 톱클래스의 관료다웠다. 하야세는 받아들이기로 했다. 본래 자신이 수갑을 채울 수 있다고는 생각하지 않았다. TV 드라마와는 다른 것이다.

취조실로 끌려온 오스기 마사야는 넋이 나간 사람처럼 초췌했다. 가뜩이나 새하얀 피부가 잿빛에 가깝게 변해 있었다. 입술은 보랏빛이었다.

성명과 주소를 대라는 등의 간단한 질문을 몇 가지 던진 후 주임은 본론으로 들어갔다. 우선은 사건 당일의 행적에 대해서다. 어디서 무엇을 했는가, 하는 질문이었다. 오스기 마사야는 대답하지 못했다. 가만히 책상 표면에 시선을 고정시키고 있었다.

"왜 말이 없습니까!"

주임이 재차 물었다.

그래도 오스기 마사야는 대답하지 않았다. 반항하는 게 아니라 적당한 거짓말을 둘러댈 기력조차 없는 것이라고 하야세는 간파했다. 같은 생각을 한 듯 여기서 주임은 다음 한 수를 뒀다. 예의 식사권을 보여준 것이다. 그것은 탁상 위에 놓여 있던 봉투에서 발견했다고 말했다.

"생전, 아키야마 슈지 씨가 손자인 나오토와 밴드 '팬드럼'의 멤버들에게 후쿠만켄의 요리를 먹이고 싶었던 것은 여러 사람의 증언으로 밝혀졌습니다. 실제로 나오토의 장례식에서 아키야마 씨가 이것과 같은 식사권을 관에 넣었습니다. 즉 아키야마 씨가 이 식사권을 준비했다는 것은 남은 멤버들에게 전해줄 생각이었기 때문입니다. 그리고 멤버 중에서 아키야마 슈지 씨의 집을 알고 있는 사람은 나오토의 고등학교 친구인 당신이 가장 가능성이 높다고 판단해 이렇게 묻는 겁니다. 어떻습니까? 그날, 당신은 아키야마 씨의 집에 가지 않았습니까?"

여기서 드디어 오스기 마사야는 반응을 보였다. 고개를 들고 핏기가 가신 입술을 움직였다.

"식사권…… 그랬던 건가요. 그 할아버지, 그런 걸."

여자처럼 가는 목소리였다.

"사실대로 말씀해주십시오. 만약 무관하다고 주장하면 DNA 감정에 응해주십시오."

"DNA……."

"범행 현장에서 피해자 이외의 것으로 보이는 DNA가 몇 개 채취되었습니다. 그것과 대조해 당신 것이 아닌지 확인할 겁니다. 만약 거부한다면 그에 대한 합당한 이유를 설명해주셔야겠습니다."

주임의 말투는 자신만만했다. 당연했다. 사실 DNA 감정은 이미 실시되었다.

그 DNA는 아키야마 슈지의 부엌에 있던 행주에서 채취되었다. 하야세의 진언에 따라 수사진은 그 거꾸로 놓인 유리컵이 깨끗하게 닦여진 데 착안해 싱크대 옆에 걸어둔 행주를 사용하지 않았을까 추측했던 것이다. 맨손으로 닦았다면 피지나 손의 노폐물이 붙어 있을 확률이 높다. 분석 결과 예상대로 슈지의 것과는 다른 DNA가 검출되었다. 그리고 몰래 오스기 마사야의 머리카락을 채취해 감정한 결과 DNA가 일치하는 것으로 확인되었다. 물론 이는 위법이기 때문에 재판에서 증거로 사용할 수 없다. 그래서 정식 절차를 거쳐 다시 감정하려는 것이다.

마사야의 입에서 한숨이 흘러나왔다. 동시에 그 표정이 갑자기 풀어졌다. 그것을 보고 하야세는 끝났다고 느꼈다. 감은 정확했다. 오스기 마사야는 주임의 얼굴을 똑바로 쳐다본 뒤 알았다고 하고는 말을 이었다.

"그날, 아키야마 씨의 집에 갔습니다. 그리고 제가 아키야마 씨를 죽였습니다."

그후 오스기 마사야는 정신을 차린 것처럼 보였다. 흐트러짐 없이 자신의 깊은 죄를 음미하기라도 하는 듯 그날에 이르는 경과와 그날의 사건을 담담하게 털어놓기 시작했다.


36


오스기 마사야가 음악의 매력에 빠진 것은 중학교 때였다. 삼촌에게 낡은 기타를 선물받은 게 계기였다. 자기 맘대로 치다 보니까 본격적으로 연주가 하고 싶어져서 기타교실에 다녔다. 소질이 있다고 강사가 칭찬해주자 기분이 좋아져 열심히 연습했다. 록, 재즈, 블루스 등 음악이면 무엇이든 좋았다. 듣는 것도 좋았고 연주하는 것도 즐거웠다. 마침내 이렇게 생각하게 되었다. 음악이 직업이었으면 좋겠다고. 그렇지만 물론 이때는 막연한 꿈에 지나지 않았다.

도리이 나오토와는 고등학교 1학년 때 같은 반이었다. 그는 공부도 운동도 우수했지만 친한 친구가 없어서 늘 혼자였다. 그다지 웃지도 않고 차가워 보여 말을 걸기 어려웠던 것이다.

그러던 어느 날, 그 친구와 우연히 길에서 만났다. 마사야는 라이브하우스에 가던 길이었다. 그때까지 거의 얘기를 나눠본 적도 없었지만 둘 다 혼자였던 탓에 자연스럽게 대화를 나눴다.

라이브하우스에 대해 얘기하자 도리이 나오토가 문득 뭔가를 생각하는 얼굴로 이렇게 물었다.

"나도 가도 돼?"

의외였다. 음악을 좋아하느냐고 물어봤다.

"싫어하지는 않아. 옛날에 피아노를 쳤거든. 하지만 라이브하우스에는 가본 적이 없어서."

"그럼 가자."

그때 문득 어떤 예감이 스쳤다. 나오토와의 만남을 계기로 뭔가 시작될 것만 같았다.

아마추어 밴드의 공연이었지만 나오토는 만족스러워 보였다. 돌아오는 길에 흥분해서 감상을 얘기했다. 저런 세계가 있다는 것을 처음 알았다는 얘기까지 했다.

놀라운 일은 그로부터 몇 주 후에 일어났다. 나오토가 키보드를 샀다고 고백한 것이다. 그간 매일 집에서 연습했다면서.

그럼 같이 밴드를 하지 않겠느냐고 권한 것은 마사야 쪽이었다. 그도 기타를 계속하고 싶었다. 언젠가 본격적으로 음악을 시작하고 싶다는 생각을 내내 가슴에 품고 있었다. 해보자고 얘기가 되었다. 그렇다고 해도 바로 다른 멤버가 모일 리 없다. 우선은 둘이서 시작했다.

처음에는 기성곡을 카피했는데 점차 그것만으로는 만족할 수 없었다. 어느 날, 마사야는 악보 하나를 나오토에게 보여줬다. 그것은 자신이 만든 오리지널 곡이었다. 부끄러워서 아무에게도 보여주지 못했던 것이다. 그것을 연주한 후 마사야는 나오토에게 감상을 물었다. 친구는 진저리를 치듯 고개를 절레절레 흔들었다.

"역시 좋지 않구나." 마사야가 물었다.

"그게 아니야." 나오토가 대답했다. "오히려 그 반대야. 엄청 좋아. 아무래도 어떤 곡을 베꼈을 거라고 생각했는데 아니었어. 이런 곡, 들어본 적이 없어. 마사야, 너는 천재야!"

예의상 하는 칭찬이려니 생각하면서도 부끄러워하자, 그런 게 아니라며 나오토는 진지한 눈빛으로 말했다.

"진심으로 말하는 거야. 그냥 하는 칭찬이 아니라고. 네게는 재능이 있어. 나와는 달라." 나오토는 내뱉듯 계속해서 말을 이었다. "다 그래. 나는 뭘 해도 재능 있는 녀석에게는 이길 수가 없어."

뭘 그렇게 조바심을 내나 싶어 마사야는 당혹했다. 그러자 나오토는 정신을 차린 듯 씩 웃고는 말했다.

"미안해. 살짝 질투했어. 그 정도로 좋은 곡이야."

마사야는 안도했다. 고맙다고 솔직하게 말했다. 그리고 나오토에게도 곡을 만들어보라고 권했다.

"나도 할 수 있을까."

고개를 갸웃거리면서도 도전해보겠다고 나오토는 말했다.

그리고 얼마 후 나오토가 곡을 만들어왔다. 그것을 연주해보고 마사야는 놀랐다. 소박했지만 자신에게는 없는 분위기를 지닌 곡이라고 느꼈다.

우리는 최강의 콤비라며, 존 레넌과 폴 매카트니 이상의 콤비가 되자고 약속했다.

그대로 둘 다 대학에 들어갔지만 음악으로 먹고살자는 결심에는 변함이 없었다. 대학 진학은 부모님을 안심시키려는 절차일 뿐이었다. 얼마 후 밴드 활동을 재개했다. 다양한 사정으로 멤버가 여러 번 교체되었지만 결국 하시모토 가즈유키라는 드러머와 야마모토 데쓰야라는 베이시스트가 참가하며 밴드는 완성도를 더했다.

'팬드럼' 결성 이 년 후에는 멤버 모두가 프로를 의식하기 시작했다. 그것을 입 밖에 꺼내도 부끄럽지 않을 경력을 쌓았다. 하지만 한편으로 벽을 느끼기 시작했다. 나오토와 단둘일 때 마사야는 그런 감정을 드러냈다.

"이제 한 걸음만 더 가면 되는데."

마사야의 의도를 친구인 나오토는 정확하게 간파하고는 다음과 같이 받았다.

"뭔가 부족해."

"응, 부족해."

"우리는 성장하지 못하고 있어."

"맞아."

처음부터 함께해온 두 사람만이 공유할 수 있는 감각이었다. 자신들은 능숙해졌다. 프로 수준일 수도 있다. 그러나 그것뿐이다. 널린 게 프로다. 자신들은 그중에서도 최고를 목표로 해야만 한다.

어떻게 하면 좋을까. 모르겠다…… 아무리 얘기를 나눠도 결론은 나오지 않았다.

KUDO's land에는 이 년쯤 전부터 드나들었다. 출연도 했지만 손님으로 찾을 때도 있었다. 오너인 구도 아키라와도 친해졌다. 음악에 대한 고민을 털어놓을 수 있는 몇 안 되는 인물이었다.

"아티스트에게 벽이란 없어. 그렇게 느낀다면 그만두는 편이 나아. 진화 같은 거 안 해도 괜찮아. 즐기면 되는 거야. 나도 말이야, 수십 년이나 같은 일을 하고 있어. 한 걸음도 앞으로 나아가지 않았어. 하지만 그걸로도 괜찮다고 생각해. 내 관객은 만족하니까."

구도의 이야기는 어른스러운, 그리고 프로의 의견이었다. 자신들은 아직 낮은 수준에서 고민하고 있다는 사실을 깨달았다. 그런데 그로부터 며칠이 지난 뒤 다시 만난 구도는 작은 천주머니를 꺼내 보여주었다.

"이건 우리끼리의 비밀로 했으면 좋겠는데."

안에는 작은 알갱이가 잔뜩 들어 있는 것 같은 감촉이었다.

"우리가 가쓰우라에서 합숙할 때 가끔 사용하는 건데 이걸 쓰면 진짜 기가 막힌 아이디어가 떠오르기도 해. 일종의 기분 전환이지. 내 안에 잠들어 있는 것을 깨닫는 것도 아티스트에게는 중요한 일이니까."

구도는 주머니 속의 내용물을 손바닥에 꺼냈다. 그것은 밀리미터 단위 크기의 검은 알갱이였다. 자세히 보니 식물의 씨앗 같았다. 이게 뭐냐고 마사야가 묻자 먹는 거라는 답이 돌아왔다.

"먹으면 세상이 변해. 말로는 표현 못 하겠는데 시험해보면 알아. 괜찮아, 불법은 아니니까. 조금 토할 것 같기도 하고 복통도 있지만 참을 만해. 만약 불쾌하면 그만두면 되니까. 그때는 남은 씨앗은 돌려줘. 귀한 거니까."

마사야는 작은 씨앗을 바라봤다. 세계가 변한다? 아무리 봐도 그런 힘을 숨기고 있는 것처럼 보이지는 않았다.

그날 밤, 자기 방에 혼자 있을 때 시험해보기로 했다. 구도가 음악을 틀어놓는 게 좋다고 말했기 때문에 플레이 버튼을 눌렀다. 스피커에서는 최근에 녹음한 곡이 흘러나왔다. CD 플레이어에 들어 있었던 모양이다.

주머니에서 씨앗을 꺼냈다. 한 번에 다섯 알만 먹으면 충분하다고 했다.

조금 무서웠지만 입에 넣고는 눈을 질끈 감은 뒤 콜라로 삼켰다.

콜라랑 같이 먹으면 넘기기 쉽다고 구도가 얘기했기 때문이다. 그러고는 침대에 앉았다. 십여 분 후부터 변화가 일어났다. 별다른 변화가 없다고 생각하기 시작할 무렵에 갑자기 찾아온 것이다.

우선 눈앞의 풍경이 흔들리기 시작했다. 처음에는 시력이 이상해진 거라고 생각했다. 하지만 그게 아니었다. 경치의 흔들림에 방향성과 리듬이 있었다. 얼마 후 그 정체를 깨달았다. 스피커에서 흐르는 음악이었다. 그 멜로디와 리듬에 호응해 주위의 풍광이 흔들려 보이는 것이다.

변화는 시각에만 한정되지 않았다. 청각도 뭐라 말할 수 없을 정도로 예민해졌다. 귀뿐만 아니라 온몸으로 음악을 받아들이는 것 같은 감각이었다. 모든 악기의 음을 정확하게 잡아낼 수 있다. 그것들에 자신의 세포 하나하나가 호응하고 있음을 깨달았다.

갑자기 모든 것을 이해할 수 있을 것 같은 느낌이 들었다. 음악이란 이런 것이어야만 했다. 만드는 것도, 조립하는 것도 아니다. 왜 이토록 간단한 것을 지금까지 깨닫지 못했단 말인가.

게다가 뭐라 표현할 수 없는 행복감이 밀려왔다. 음악의 본질만이 아니라 만물의 진리가 보이는 것 같았다. 왜 내가 태어났는지도 알 것 같았다. 동시에 부모님에 대한 깊은 감사의 마음이 넘쳤다. 마사야는 눈물을 흘렸다. 이 마음을 어떤 형태로든 남기고 싶다는 생각이 들었다. 정신을 차리니 기타를 들고 있었다. 손가락이 맘대로 움직였다. 이제까지 발상한 적이 없는 선율이 차례로 떠올랐다.

씨앗의 효과는 약 두 시간 동안 지속되었다. 갑자기 끊어지는 게 아니라 서서히 옅어지다가 마침내 평상시로 돌아오는 느낌이었다. 약물을 복용하고 있는 동안에 있었던 일을 마사야는 완벽하게 기억했다. 머리가 이상해지는 게 아니라 정신이 고차원으로 올라간다는 느낌이었다. 체험한 것이 착각이 아니었다는 증거로 복용중에 떠올랐던 부모님에 대한 감사의 마음이 또렷이 남아 있었다.

며칠 뒤, 구도를 만나 복용 소감을 털어놓았다. 마사야는 얘기하는 내내 흥분을 억누르지 못했다.

"뭔가가 잡힐 것만 같은 느낌이지?" 마사야의 반응에 구도는 만족스러워했다. "다만 가끔 해야 해. 의존하면 안 돼. 마법은 아니니까."

알겠다고 마사야는 대답했다. 씨앗에 대해 나오토에게도 말했다. 하지만 그는 반신반의했다. 시도해보면 안다고 마사야는 말했다.

어느 날 밤, 둘이서 씨앗을 먹었다. 곧 그 감각이 살아났다. 나오토의 정신에도 변화가 찾아온 듯 키보드를 치기 시작했다. 그에 맞춰 마사야도 기타를 연주했다. 연이어 나오는 멜로디를 녹음했다. 의식이 정상으로 돌아온 후 녹음한 곡을 들었다. 그것은 지금까지 들어본 적이 없는 음악이었다. 마사야와 나오토는 흥분했다. 괴성을 질러댔다.

우린 천재야! 태어나서 처음으로, 진심으로 그렇게 생각했다.

이때 탄생한 곡 〈힙노틱 서제스천〉에 다른 멤버들도 넋을 잃었다. 어떻게 이런 곡을 썼는지 모두가 물었다.

영감이야, 라고 대답해뒀다. 그 씨앗에 대해서는 마사야와 둘만의 비밀로 했다.

그 이후 나오토와 둘이서 새로운 곡을 만들려고 할 때마다 그 씨앗을 먹었다. 처음 경험할 때처럼 충격적이진 않았지만 늘 기대만큼의 결과를 얻었다. 하지만 씨앗의 수에는 한계가 있었다. 구도에게는 더 부탁할 수 없다. 처음 줄 때 이것뿐이라고 못을 박았기 때문이었다. 원래부터 양이 한정되어 있는 것 같았다. 식물 씨앗이라니 싹을 틔워 키워보려고 했지만 잘되지 않았다고 구도가 말했다.

불안했다. 앞으로 그 씨앗 없이 어떻게 해낼까.

대체 효과를 기대해 합법 약물도 시도해봤지만 결과는 한심했다. 이미지가 생기기는커녕 그저 불쾌한 감각이 계속될 뿐이었다.

그때 나오토가 한 가지 제안을 했다. 할아버지에게 부탁해보자는 것이었다. 그의 할아버지는 식물 연구가로 지금도 집에서 다양한 식물을 기르고 있다고 했다.

아직 쌀쌀한 3월 중순, 둘이서 아키야마 슈지의 집을 방문했다. 그동안 자주 만나지 못한 손자가 찾아오자 슈지는 기뻐했다. 하지만 나오토가 씨앗을 보여주자 부드러운 노인의 눈빛이 예리하게 빛났다.

"보기에는 나팔꽃의 일종 같구나. 게다가 꽤나 오래된." 슈지가 말했다. "십 년이나 이십 년쯤 되지 않았을까. 좀더 됐을지도 모르겠다."

"그럼 못 길러요?"

"아니, 그건 아직 모른다. 모든 일에는 방법이 있으니까. 이것을 기르고 싶다는 거니?"

"가능하면요. 어떤 꽃이 피는지 알고 싶거든요."

"그렇다면 해보지. 이 씨앗, 내가 맘대로 해도 되는 거냐?"

"괜찮아요. 할아버지께 맡길게요."

씨앗 네 알을 슈지에게 건넸다. 귀한 것이지만 어쩔 수 없다.

"잘되면 씨앗도 얻을 수 있어요?" 마사야가 핵심을 물었다.

"글쎄다." 슈지는 고개를 갸웃했다. "그거야 해보지 않으면 모르지 씨앗 수십 개를 만들 수도 있고, 안 될 수도 있고."

마사야로서는 좋은 결과가 나오길 기도하는 수밖에 없었다.

마지막으로 중요한 말을 슈지에게 해둘 필요가 있었다. 씨앗의 재배를 부탁한 것을 아무에게도 말하지 말아달라는 것이다.

"왜, 무슨 게임 같은 거니?" 슈지는 싱글벙글했다.

"뭐, 그런 거죠." 나오토가 대답했다.

맡긴다고는 했지만 그로부터 한동안은 제정신이 아니었다. 맡긴 씨앗에서 싹이 나지 않을 경우를 생각하면 아무것도 손에 잡히지 않았다. 마침내 슈지에게서 연락이 왔다. 네 알의 씨앗 중에서 하나가 무사히 싹을 틔워 순조롭게 자라고 있다고.

"유감이지만 다른 씨앗은 안 됐나봐. 역시 너무 오래된 탓이겠지."

"그래? 어쩔 수 없지."

그 유일한 발아에 전부를 걸 수밖에 없다고 두 사람은 얘기했다.

그런데 그로부터 얼마 후 뜻밖의 일이 일어났다. 나오토가 자살한 것이다. 그 소식을 들었을 때 그 씨앗과 관련이 있으리라고는 전혀 생각하지 못했다. 경찰의 질문을 받았을 때 짚이는 데가 전혀 없다고 대답한 것은 거짓말이 아니었다. 소중한 친구를 잃은 슬픔에 다른 사람들의 시선을 개의치 않고 눈물을 흘린 것도 연기가 아니었다.

아키야마 슈지와는 나오토의 문상을 갔다가 만났다. 손자의 갑작스러운 죽음을 그는 깊이 슬퍼했다.

"겨우 씨앗이 싹을 틔웠는데. 잘만 하면 6월 중에는 꽃이 필지도 모르는데." 슈지가 목소리를 낮추고 물었다. "그런데 왜 그 씨앗을 틔우려고 했니? 몇 번이나 나오토에게 물었지만 제대로 된 답을 듣지 못했구나. 아무래도 씨앗을 더 얻고 싶어하는 것 같던데 무슨 이유가 있는 게냐?"

마사야는 고개를 흔들었다. 자신은 나오토와 함께 갔을 뿐 자세한 사정은 모른다고 대답했다. 슈지는 마뜩잖은 표정이었지만 더는 캐묻지 않았다. 그런데 나오토의 사십구재 날, 생각지도 못한 말을 나오토의 어머니에게서 들었다. 자살했을 때 책상 위에 마시다 남은 콜라가 있었다고. 무시무시한 가능성이 떠올랐다. 나오토는 씨앗을 먹고 정신에 이상을 일으켜 뛰어내린 걸까. 그럴 리 없다고 생각하면서도 불안했다. 만약 그렇다면 그를 죽게 한 원인은 자신에게 있다.

그런 가운데 마사야는 가지고 있는 씨앗을 모두 사용하고 말았다. 새로운 곡의 아이디어는 전혀 떠오르지 않았다. 이제까지 함께해왔던 나오토도 없다. 모두 혼자 해내야만 한다는 초조함에 생각은 더 얼어붙었다. 그야말로 악순환이었다.

머릿속에는 단 하나의 생각만이 떠올랐다. 그 씨앗만 있다면.

마침내 6월이 되었다. 결심을 하고 마사야는 혼자 아키야마 슈지의 집을 찾았다. 씨앗은 어떻게 되었는지 물어봤다.

"순조롭구나. 보여주마."

슈지가 정원에서 보여준 화분에는 푸릇푸릇한 잎이 자라고 있었다. 줄기도 뻗어 세워진 가지를 감고 있었다.

"어떤 꽃이 필지 기대되는구나. 이번 달 말에는 꽃이 피기 시작할 테니, 보러 오너라."

그날은 알겠다고만 답하고 씨앗에 대해서는 더 묻지 못하고 돌아왔다. 솔직히 꽃에는 관심이 없었다. 중요한 것은 씨앗을 더 얻을 수 있느냐다. 그래서 달이 바뀌어 아키야마 슈지의 집을 찾았다.

그것이 그날이었다.

슈지가 마사야의 얼굴을 보더니 안타까워했다.

"조금만 빨리 왔으면 꽃이 핀 걸 봤을 텐데."

마사야는 마당의 화분을 봤다. 꽃은 보이지 않았다.

"하지만 사진은 찍어놓았단다. 들어오너라."

마사야는 거실로 들어갔다. 슈지는 냉장고에서 차가 든 페트병을 꺼내 유리컵에 따라주었다. 그러고는 주전자로 물을 끓여 찻잔에 부어 마셨다.

슈지가 붙박이장의 서랍을 열어 봉투를 꺼냈다. 거기서 한 장의 사진을 꺼내 마사야에게 보여줬다. 거기에 찍힌 것은 한 번도 본 적이 없는 꽃이었다. 노란색 꽃잎은 가늘고 길어서 께름칙했다.

"이건 말이야, 어쩌면 대단한 꽃일지도 모르겠구나." 슈지가 말했다. "지금, 이리저리 조사하고 있는 참이란다. 이렇게 흥미로운 씨앗을 맡겨주다니 고맙구나. 일단 이걸 건네야겠다고 생각했다."

슈지는 사진을 봉투에 넣고 마사야 앞에 놓았다.

봉투를 슬쩍 보고 나서 마사야가 물었다.

"씨앗은 어떻게 되었나요? 생겼나요?"

그러자 그때까지 온화했던 아키야마 슈지의 표정이 어쩐지 돌연 경직되었다. 그는 똑바로 마사야의 얼굴을 응시했다.

"이상하구나. 나오토도 그렇고 너도 그렇고, 꽃에는 전혀 흥미가 없구나. 어떤 꽃이 피는지 보고 싶다고 해놓고."

"그야 그렇지만……."

"만약 씨앗을 채취할 수 있으면 어쩔 셈이냐?"

"어쩌긴요, 그냥……."

말이 나오지 않았다. 이런 식으로 추궁당하리라고는 예상하지 못했다.

슈지는 노려보듯 마사야의 눈을 응시한 채 말했다.

"설마, 환각제 대신 사용하려는 건 아니겠지."

"네?"

"그것 때문에 내게 씨앗을 더 만들어달라고 한 거 아니냐?"

모든 것을 알고 있다. 마사야는 고개를 숙였다. 온몸이 뜨거워지고 귓속에서 박동 소리가 빨라졌다. 슈지는 깊은 한숨을 내쉬었다.

"너희가 너무 씨앗에 집착하기에 마음에 걸려 조사해봤다. 생각대로였어. 서양 나팔꽃 중에는 리세르그산 아미드를 포함한 것이 있는데 이 꽃은 그것이 수십 배나 많더구나. 리세르그산 아미드는 환각 작용이 있는 물질이지. 너희는 환각제를 대신해서 씨앗을 먹은 거야."

마사야는 입을 벌렸다. 그게 아니라고 항변하려 했지만 소리가 나오지 않았다.

"이런, 이런." 슈지는 한탄하듯 말했다. "설마 손자 녀석들이 환각제를 만들어달라고 할 줄이야. 오래 살다 보니 이런 끔찍한 일도 있구나."

"아닙니다. 할아버님. 그게 아니라⋯⋯."

"더는 얘기 안 해도 된다." 슈지는 고개를 저었다. "그래서 알았다. 나오토가 자살한 이유를 말이다. 아마도 환각 작용의 영향 탓이겠지. 너도 알고 있을 게다."

"⋯⋯그게 아닙니다."

"아니, 됐다."

슈지가 전화로 손을 뻗었다.

"어디에 전화하십니까?"

"당연히 경찰이지. 꽃의 씨앗을 먹는 게 뭐가 나쁘냐고 할지도 모르지만 사람이 생명을 잃었다. 그냥 놔둘 순 없지."

아키야마 슈지는 마사야에게 등을 돌리고 전화번호를 누르기 시작했다.

격렬한 초조함이 마사야를 덮쳤다. 환각제를 사용했다는 사실이 밝혀지면 앞으로 자신은 어떻게 될 것인가. 음악의 재능은 가짜였다는 게 모두에게 알려질 것이다. 경멸과 비웃음에 휩싸일 모습이 눈에 선했다.

말리지 않으면, 말리지 않으면…… 정신이 없었다. 뭔가를 손에 들고 아키야마 슈지의 후두부를 내리쳤다. 신음 소리와 함께 노인의 몸이 무너져내렸다. 하지만 손발은 움직이고 있었다. 그것을 본 마사야는 뒤에서 목을 졸랐다. 사고가 완전히 정지했다.

정신을 차렸을 때, 슈지는 전혀 움직이지 않았다. 곧바로 마사야를 덮친 것은 돌이킬 수 없는 짓을 저지르고 말았다는 후회와 무슨 일이든 하지 않으면 자신은 파멸하고 말 것이라는 공포였다.

선반 위에 놓인 장갑이 눈에 들어왔다. 슈지가 꽃을 돌볼 때 사용하는 것이었다. 장갑을 끼고 자기가 만졌던 것들을 닦았다. 그리고 집 안을 어지럽히기 시작했다. 모든 서랍을 열고 금품, 즉 강도가 가져갈 만한 것을 찾았다. 통장과 카드는 곧 발견했지만 그래도 찾기를 멈추지 않았다. 옆방의 옷장도 열어 그 안을 뒤졌다.

집을 떠나려 할 때야 탁상 위의 유리컵을 발견했다. 이걸 남겨선 안 된다. 싱크대에서 씻어서 행주로 닦고 지문이 묻지 않도록 조심스럽게 식기 선반에 올려놓았다.

주위에 인기척이 없다는 것을 확인하고 집을 나왔다. 도로 모퉁이를 돌고부터는 역까지 내달렸다.

현실감이 없었다. 악몽을 꾼 것 같았다.

## 37

고급스러운 시티 호텔은 복도를 걸어도 소리가 나지 않는구나 하고 소타는 생각했다. 들어가 본 호텔이라고는 싸구려 비즈니스호텔이나 리조트 정도가 전부다. 그런 호텔은 벽이 얇아 복도를 걷고 있으면 어느 방에 사람이 있는지 알 수 있다. 그런데 이 호텔은 숙박객이 한 사람도 없는 게 아닐까 싶을 정도로 조용했다. 물론 그럴 리 없으니 그만큼 방음이 잘되어 있다는 뜻이리라.

지정된 방은 긴 복도의 가장 구석에 있었다. 초인종을 울리는 스위치가 벽에 붙어 있다. 이런 것도 처음 본다.

작게 심호흡을 한 후 스위치를 눌렀다. 차임 소리가 희미하게 들렸다.

체인을 푸는 소리에 이어 문이 열렸다. 넥타이 없이 단추를 두 개 푼 와이셔츠 차림으로 요스케가 서 있었다. 오랜만에 보는 형의 얼굴은 뺨이 살짝 야위어 있었다. 요스케는 말없이 고개를 끄덕였다. 안으로 들어오라는 의사 표시이다. 표정은 부드러웠다.

소타는 실내에 발을 들여놓았다. 소파와 사무책상이 있는 방이었다. 책상 위에는 컴퓨터를 비롯해 여러 개의 파일이 쌓여 있다. 침대는 없다. 침실은 따로 있을 것이다. 이런 방을 스위트룸이라고 하나. 이런 방은 들어가보기는커녕 본 적도 없었다.

"대단한 방이네." 거대한 장식장을 보면서 소타가 말했다.

유리 너머로 와인잔이 보인다.

"일 박에 얼마야?"

요스케가 쓴웃음을 지었다.

"네가 생각하는 정도는 아니야. 매사에는 이면이 있지. 전에 이 호텔이 스캔들에 휘말렸을 때 그 일을 해결한 인연으로 이용할 때 편의를 봐주는 것뿐이야."

소타는 고개를 움츠렸다.

"역시 최고 관료는 누리는 게 많구나."

"그런 소리나 들으려고 널 부른 게 아니야. 우선 앉아."

소파 두 개가 L자 모양으로 놓여 있다. 창을 등진 쪽이 이인용이고 다른 하나가 일인용이었다. 어디에 앉아야 하나 고민하는 참에 요스케가 말을 꺼냈다.

"너는 손님이야. 망설이지 말고 큰 데 앉아. 겨우 그런 걸로 고민하면 그릇이 큰 사람이 못 된다."

"큰 사람이 되고 싶은 마음이 별로 없어서."

소타는 이인용 소파에 앉았다.

"가모 가문의 남자는 그래선 안 돼."

요스케가 방구석에 있던 수레를 끌고 왔다. 포트와 커피잔이 준비되어 있다.

"커피 괜찮니? 다른 게 마시고 싶으면 주문하면 되니까."

"아니, 커피면 돼."

요스케는 포트에 담긴 커피를 잔에 따르고 받침에 올려 소타 앞에 놓았다. 이런 대접을 형에게 받은 적이 없다 보니 소타는 왠지 불안했다.

오늘 정오가 지나 이야기를 하고 싶다며 요스케에게 전화가 왔다.

"무슨 용건인데?"

소타가 묻자 요스케가 반문했다.

"네가 알고 싶어하는 일이야. 아니면 아무것도 알고 싶지 않은가?"

"뭐든 제 맘대로라니까!" 소타는 말했다.

이쪽에서 연락을 취했을 때는 거절해놓고, 자기 좋을 때 갑자기 연락해서 불러낸다. 하지만 그에 대한 요스케의 대답은 "그게 관료야"라는 것이었다.

자기 잔과 크림, 그리고 설탕을 테이블에 늘어놓고 요스케도 자리를 잡았다.

"어머니는?" 소타가 물었다. "어차피 같이 있을 거라 생각했는데."

"응, 이 호텔 다른 방에 묵고 계셨지. 하지만 이미 체크아웃하셨어. 너를 이리로 불렀으니까."

요스케는 커피에 크림을 넣고 스푼으로 저었다.

"철저하게 나를 피할 셈인가?"

"어머니의 배려야. 본인이 어중간하게 얘기해선 안 된다고 생각하셔. 그래서 네 앞에서 일단 모습을 감춘 거야. 네게 진상을 얘기하는 것은 가모 가문의 장남인 내 일이라고 생각하셨을 테니까. 그건 그렇고……."

요스케는 고개를 들고 뚫어져라 동생의 얼굴을 바라봤다.

"용케 알아냈구나. 가모 가문의 남자에게는 경찰관의 피가 흐르나 보다."

소타는 허리를 곧추세우고 형을 마주 봤다.

"이제야 진짜 얘기를 해주려나 보네."

"그렇게 무서운 얼굴은 하지 마. 일단은 커피부터 마셔. 이렇게 형제가 마주하는 것도 드문 일이니까."

"드문 일이라기보다 한 번도 없었어." 소타는 블랙커피를 마셨다. "언제나 나는 소외된 사람이었으니까."

요스케는 잔을 놓고 고개를 끄덕였다.

"네가 그렇게 느낀 것도 무리는 아니야. 분명히 네게 여러모로 감춘 것이 많았어. 아버지의 방침이었지. 나는 언젠가 부작용이 생길 거라 생각했지만."

"도대체 뭘 숨긴 거야?"

그러자 요스케는 와이셔츠의 가슴주머니에서 작은 투명 플라스틱 케이스를 꺼냈다.

"아키야마 슈지 씨의 사건이 해결된 건 알고 있니?"

"뉴스와 인터넷으로 봤고 그전에 아키야마 리노 씨에게 연락도 받았어. 놀랐어, 설마 그가 범인일 줄은."

"오스기 마사야와 얘기한 적 있어?"

"몇 번."

그렇게 대답하고 소타는 형의 말에서 위화감을 느꼈다.

"내가 그와 아는 사이라는 걸 어떻게 알아?"

"뭐, 그 얘기는 나중에 하자."

요스케는 플라스틱 케이스를 테이블 위에 올렸다. 그 안에는 하얀 면이 깔려 있고 5밀리미터 정도의 검은 알갱이가 들어 있었다.

"이게 뭔지 알겠니?"

소타가 케이스 내용물을 손에 들고 들여다봤다. 두 알의 알갱이는 분명히 식물의 씨앗이었다.

"이거 혹시 오스기 마사야가 환각제 대신 먹었다는……."

"맞아."

"뉴스에서는 특수한 꽃의 씨앗이라고만 하던데."

요스케는 허리를 곧게 펴고 선고하듯 말했다.

"나팔꽃 씨앗이야."

"노란 나팔꽃?"

"맞아, 환상의 꽃이지."

"역시 그랬구나. 하지만 어째서 형이 이걸 갖고 있는 거야? 아니, 애당초……." 소타는 눈을 깜빡였다. "형과 노란 나팔꽃은 무슨 관계야?"

요스케의 입가에 희미한 미소가 떠올랐다.

"나 혼자 관련되어 있는 게 아니야. 가모 가문이 삼대에 걸쳐 관여해온 문제야."

소타는 저도 모르게 미간을 꿈틀거렸다.

"삼대? 그건 또 무슨 소리야?"

"너는 우리 할아버지 존함을 알고 있니?"

"할아버지? 바보도 아니고, 그 정도는 알아. 오키쓰구잖아."

"맞아, 가모 오키쓰구야. 아버지와 마찬가지로 경시청에서 근무하셨지."

"할아버지가 왜?"

"1962년 9월, 참혹한 사건이 일어났어. 메구로 구 주택가에서 일본도를 든 남자가 여덟 명을 살상했어."

"MM사건."

"그래. 그때 수사 지휘를 맡은 사람이 당시 수사1과장이었던 우리 할아버지야."

소타는 크게 숨을 들이쉬었다. 그런 식으로 이어져 있었단 말인가.

"범인은 다나카 가즈미치라는 남자였는데 다나카의 집 가택수사를 지휘했던 할아버지는 마당에서 기묘한 것을 발견했어. 본 적이 없던 식물 화분이 쭉 늘어서 있었던 거지. 혹시 위법 약초인가 싶어서 할아버지는 자세한 조사에 들어갔어. 그런데 뜻밖의 곳에서 압력이 온 거야. 상부와 경찰청이었지. 문제의 식물에 대해서는 일절 관여하지 말라는 명령이었어."

"왜……."

소타가 중얼거리자 요스케는 천천히 고개를 끄덕였다.

"지금의 너와 마찬가지로 할아버지도 받아들이지 못했어. 하지만 지시에 따를 수밖에 없는 얘기를 듣게 되었지. 그 내용은 절대 극비, 가족에게도 얘기해선 안 된다는 명령이었어. 하지만 할아버지는 자기 아들에게는 말했고, 그 아들도 또 장남에게는 밝혔어."

"그게 무슨 소리야? 잘난 체하지 말고 빨리 말해봐."

소타는 몸을 흔들었다.

"그렇게 조르지 마. 간단히 끝날 내용이 아니야. 몽환화에 대해 설명하려면 에도시대까지 거슬러 올라가야 하니까."

"몽환화?"

어디서 들은 적이 있다.

"이런 글자를 써."

요스케는 호텔에 비치된 메모장에 볼펜으로 갈겨써서 소타에게 보여줬다.

아니, 이건 치과의사인 다하라가 했던 말이다. 노란 나팔꽃은 몽환화라 그것을 쫓으면 본인이 멸하고 만다, 다하라는 삼촌으로부터 그렇게 들었다고 했다.

"몽환화라는 게 뭐야?"

"한마디로 말하면 환각 작용을 일으키는 식물의 총칭이야."

"아…… 대마나 양귀비 같은?"

"그렇게 이미 널리 알려진 것들은 몽환화라고 하지 않아. 일반적으로는 주로 관상용이라든가, 단순한 잡초나 야생초로만 알려져 있는 식물인데 사실은 환각 작용을 가진 것을 얘기해. 에도막부의 일부 그룹, 주로 농학사들만이 사용하던 일종의 은어였어. 그리고 그 중에서도 가장 중요한 게 바로 이거야." 요스케는 플라스틱 케이스를 턱으로 가리켰다. "분카분세이 때 나팔꽃 재배가 일대 붐을 이뤘어. 특히 변화 나팔꽃의 다채로움에는 눈이 휘둥그레질 정도지. 지금은 보지 못하는 이채로운 형태의 나팔꽃이 문헌에 남아 있어."

"그건 알아. 노란 나팔꽃도 그 무렵에는 드물지 않았어."

"그래, 맞아. 그런데 당시 에도에서는 기묘한 사건이 이어졌어. 그때까지 아무렇지도 않았던 사람이 어느 날 갑자기 난동을 부려 사람을 다치게 하거나 때로는 자살하는 것이었어. 그래서 막부가 조사한 결과 놀라운 사실이 밝혀졌지. 일부 사람들 사이에서 나팔꽃 씨앗을 먹는 게 유행이었던 거야."

"어떻게 그런 일이?"

"원래 나팔꽃은 약으로 일본에 들어왔으니까 먹는 것 자체는 이상한 일이 아니야. 하지만 그 용도는 설사약이나 이뇨제였어. 그런 일이 유행하리라고는 생각도 못 했지. 그런데 어떤 종류의 나팔꽃에는 강력한 환각 작용이 있다는 것을 알아냈어. 게다가 외관적으로도 큰 특징이 있었어."

"그게 혹시……."

소타는 플라스틱 케이스로 눈을 돌렸다.

"그래, 노란 꽃을 피우는 품종이었어. 원래 이 품종이 어디에서 발생했는지는 분명치 않아. 외래종이었는지 돌연변이였는지도 불분명해. 그러나 다른 나팔꽃과는 전혀 다른 유전자를 가지고 있는 게 분명했어. 환각 작용도 그 하나로 여겨졌어. 물론 당시에는 유전자라는 말이 없었지만 개념은 이미 확립되어 있었지. 그래서 막부는 이 위험한 꽃이 시장에 돌아다니지 못하도록 손을 썼어. 노란 나팔꽃을 보면 바로 확보해 확산되는 걸 막는 거야. 다만 그런 사실이 세상에 알려져서는 안 돼. 그런 이야기가 퍼지면 노란 나팔꽃을 이용한 암

거래 시장이 형성될 테니까."

소타는 수없이 고개를 가로저었다. 생각도 하지 못한 얘기였다. 하지만 이 얘기가 사실이라면 납득 가는 점이 있었다.

"혹시 노란 나팔꽃이 자취를 감춘 게 그것 때문이야?"

"똑똑한데?" 요스케가 말했다. "모든 노란 나팔꽃이 몽환화인지 아닌지는 모르지만 막부는 항상 촉각을 곤두세우고 혹시 그런 나팔 꽃이 출현하지 않는지 감시했어. 노란 나팔꽃 소문이 퍼지면 어떤 수단을 써서라도 그 씨앗을 회수했어. 세상에서 차츰 사라지는 게 당연하지. 하지만 멸종하지는 않았어. 노란 나팔꽃은 막부의 관리 아래에서 계속해서 은밀히 재배되었거든. 그 강력한 환각 작용을 효과적으로 활용하자는 제안이 있었기 때문이야."

"환각제를 어떻게 사용해?"

"마취약이야. 에도 말기에는 외과수술도 이뤄졌어. 때문에 안전한 마취 기술이 필요했지. 하지만 막부가 무너지자 그 계획은 좌절됐어. 다만 노란 나팔꽃 재배는 메이지 새 정부에서도 은밀히 이루어졌어. 이것을 알고 있는 사람은 얼마 안 되는 인원뿐이었고. 그런데 얼마 후 노란 나팔꽃을 의외의 방법으로 활용할 수 있다며 새로운 방안이 제안되었어. 내무성 윗선의 제안이었는데, 그들은 경찰 수사에서 자백제로 사용해보자고 생각했던 거야."

"경찰……."

그 말을 듣고 흠칫했다. 여기서 경찰이 얽히는 건가.

"그 연구를 한 의학자에게 의뢰했어. 그러나 결국 그 연구도 중단

되었지. 자백제로 사용할 수 없는 건 아니지만 너무 위험했거든. 피의자 몇 명이 난폭해지기도 했고 자살을 기도하기도 했어. 즉 뇌에 미치는 영향이 사람마다 개인차가 너무 큰 거야. 이렇게 노란 나팔꽃은 더는 재배되지 않았어."

단번에 말한 후 요스케는 잔에 남은 커피를 다 마시고는 말을 이었다.

"그래야만 했지."

"무슨 소리야?"

"무슨 일에나 완전함이란 없지. 엄중히 관리되었던 노란 나팔꽃의 씨앗이 다양한 이유로 외부에 유출되었어. 대량의 씨앗이 사라진 거야. 하지만 노란 나팔꽃이 완전히 자취를 감춤으로써 씨앗도 소실되었을 거라 생각했어. 그런데……."

"MM사건이 일어난 거로군." 소타가 말했다. "다나카 가즈미치의 집 정원에 있던 것은 노란 나팔꽃이었고."

"그랬어. 어떤 경로로 씨앗을 입수한 다나카는 자택에서 꽃을 키워 씨앗을 만들어냈고, 그것을 복용하고 환각 상태를 즐겼어. 그런데 그것이 점점 심해지면서 정신착란을 일으킨 거지. 경찰 윗선이 당황한 것도 무리는 아니야. 아무리 옛날 일이라고는 해도 예전 경찰이 활용하려고 키웠던 식물의 씨앗이 결과적으로 대량 학살사건을 일으켰다면 국민에게 얼굴을 들 수 없을 테니."

"그래서 진상을 덮은 거야? 우리 할아버지도 상부의 압력에 무릎을 꿇은 거냐고?"

그러자 요스케의 시선이 살짝 험악해졌다.

"할아버지에게도 받아들일 수밖에 없는 사정이 있었어."

"무슨 소리야. 그게 어떤 사정인데?"

"노란 나팔꽃을 자백제로 쓰자고 제안한 내무성 멤버 중 하나가 우리의 증조부, 즉 가모 오키쓰구의 아버지였어."

소타는 절로 허리를 쭉 폈다.

"설마 그런 우연이……."

"우연이라고 할 수도 없어. 아버지가 내무성에 있었기 때문에 할아버지는 경찰에서도 엘리트 코스를 밟았던 거야. 그 결과 노란 나팔꽃의 비밀도 알게 된 거였지."

소타는 머리를 긁적였다. 경찰관의 피라는 것은 참 지긋지긋하다고 새삼 생각했다.

"이렇게 MM사건은 단순한 심신 미약에 의한 것으로 정리되었어. 하지만 가모 오키쓰구는 그래서는 문제가 해결되지 않는다고 생각했어. 앞으로 제2, 제3의 다나카가 나오지 말란 보장이 없으니까. 그것을 막는 것이 본인의 사명이라고 생각했지. 이후 할아버지는 독자적으로 정보를 모으기 시작했어. 노란 나팔꽃이 폈다는 소문을 들으면 어디든 달려가 본인 눈으로 확인했어. 더 나아가 이상과 같은 감시 행동을 아들에게도 지시했지."

"아들이라면……."

"물론 우리 아버지지." 요스케의 입가가 풀어졌다. "그만큼 MM사건은 할아버지에게는 충격적인 일이었어. 한 번 상상해봐. 아무 죄

없는 사람들이 차례로 일본도에 참살되었어. 그 참극을 목격했다면 두 번 다시 이런 일이 일어나지 않도록 해야겠다고 생각하는 게 당연하잖아. 자기 아버지가 그것을 일으킨 장본인 중 하나라면 더욱 그럴 거야. 게다가 자신은 사건의 은폐를 도왔어. 죄책감이 보통이 아니었을 테지. 아버지는 자주 얘기했어. 할아버지는 죽음에 이르는 순간까지도 노란 나팔꽃을 걱정했다고."

형이 커피잔에 손을 댔기 때문에 소타도 블랙커피를 입에 머금었다. 손바닥에 땀이 차 있다는 사실을 깨달았다.

"우리 집안에 그런 복잡한 사정이 있으리라고는 생각도 못 했네……."

"그야 그렇지."

"형은 이 얘기를 언제 들었어?"

"초등학교 때 처음 아버지에게 들었어. 노란 나팔꽃 사진을 보여주며 사람을 미치게 만드는 꽃이라고 설명하시더라고. 사진은 할아버지가 입수한 것 같았어. 아버지도 할아버지의 뜻을 이어 틈만 나면 자료를 모았지. 그 존재를 안 것은 그때가 처음이었어."

"그 이야기를 들었기 때문에 경찰청에 들어간 거야?"

"설마." 요스케는 눈가에 주름을 잡았다. "아버지의 영향으로 경찰에 흥미를 가진 것은 사실이지만 몽환화인 노란 나팔꽃 이야기는 역사의 한 도막이라고 생각했어. 나팔꽃 시장에서 아버지와 함께 열심히 찾긴 했어도 아마 노란 나팔꽃을 내 눈으로 보는 일은 없을 거라 생각했지."

요스케는 일어나서 포트를 가지고 와 자기 잔에 커피를 따르고는 소타에게 물었다.

"너도 줄까?"

"응. ……아버지가 내게는 그런 얘기를 해주지 않았어."

요스케는 소타의 잔에 커피를 따르면서 말했다.

"당연하지, 이 건에 네가 관여해선 안 돼. 너는 피해자 측의 인간 이니까."

"MM사건의 피해자라고?"

"물론이지."

"아버지는 어머니가 MM사건의 유족이라는 걸 알고 결혼한 거 야?"

"응, 아버지는 그 사건의 피해자들이 그후 어떻게 사는지 은밀히 조사했어. 특히 신경쓰였던 것이 부모를 잃은 여자아이였겠지. 그리 고 어른이 된 그녀가 술집에서 일하고 있다는 사실을 알게 되었어. 아버지는 손님을 가장해 그 집을 다니기 시작했고 조금씩 그녀와 친 해졌어. 그녀의 신상 이야기를 듣고 아버지는 진상을 밝힐 수 없어 서 마음이 아팠다고 하시더라고. 자신까지 비열한 짓을 하고 있는 것 같은 느낌이 들었다고."

"그래서 아버지는 어머니와……."

요스케는 잔을 들고 입 끝을 올렸다.

"오해는 하지 마. 아버지가 결혼한 것은 동정심 같은 게 아니야. 순수하게 어머니에게 끌렸던 거지. 오히려 아버지는 고민했어. 자신에게 구혼할 자격이 있을까 하고. 그래서 아버지는 어머니에게 모든 것을 털어놓은 후에 결혼을 청했어. 어머니는 엄청난 충격을 받은 한편 아버지의 성의에 감격한 모양이야. 그렇게 두 사람은 결혼한 거야. 나도 그 결혼이 싫지 않았고."

"어머니도 가모 집안의 비밀을 알고 있었다고……."

"아버지는 어머니에게 맹세했다고 해. 둘 사이에 아이가 생기면 그 아이만은 이 사건에 관여시키지 않겠다고."

소타는 두 손을 깍지 끼고 한숨을 쉬었다.

"그런 일이 있었다니."

"네가 이런저런 불만이 있었다는 건 알아. 그러나 얘기할 수는 없었어. 아버지의 유지였으니까."

"그래서 이번에도 아무것도 얘기해주지 않았군. 게다가 내 앞에서 사라지기까지 하고."

요스케는 소파에 몸을 묻고 발을 꼬았다.

"네가 아키야마 리노 씨와 만나버린 것은 착오였어. 게다가 둘이 손을 잡다니."

"형이 그녀에게 접촉한 것은 아키야마 씨의 꽃 사진을 봤기 때문이지?"

"그래, 조금 전 얘기했듯 내가 노란 나팔꽃을 보리라고는 생각하지 못했어. 경찰청에 들어가고 안 사실인데 노란 나팔꽃에 대해 아는 사람은 거의 없었고 오랜 자료로만 남아 있었어. 다만 나는 아버지를 기리는 마음으로 이따금 인터넷으로 몇몇 단어를 검색했어. 그

단어는 노란 나팔꽃, 노란 꽃, 의문의 꽃, 이름을 모르는 꽃이었어. 십 년 이상 계속했는데 아버지가 보여준 사진의 꽃을 발견한 적은 없었어. 그날 발견한 '이름을 알 수 없는 노란 꽃'이라는 제목의 글이 실린 블로그 글도 보기 전까지는 어차피 관계없을 거라고 생각했지."

"그런데 그게 아니었구나."

"매사에 단언은 금물이더군. 그 사진을 봤을 때는 너무 놀라서 심장이 멈추는 줄 알았어. 무슨 착각이 아닐까, 아니 당연히 그렇다고 스스로를 다독였을 정도야. 하지만 보면 볼수록 그 사진 속 꽃은 예전에 아버지가 보여준 사진의 꽃과 흡사했어."

"그래서 서둘러 블로그 주인에게 연락을 취했고 꽃을 피운 장본인이 살해되었다는 것을 알았다는 거구나."

"씨앗을 어디서 구했는지 모른다는 점이 걸렸어. 게다가 화분이 도난당했다는 것도 마음이 쓰였고. 살인사건에 노란 나팔꽃이 관련되어 있을 가능성이 크다, 잘못하면 꽃의 존재가 세상에 알려진다, 정말 초조했어. 그래서 휴가를 내고 혼자 조사를 시작한 거야. 무슨 일이 있더라도 수사진보다 빨리 진상에 도달할 필요가 있었으니까."

"그런 일을 혼자 할 수 있다고 생각하다니. 달랑 혼자서."

"혼자가 아니야." 요스케가 눈썹을 치켜세웠다. "그건 너도 이미 알고 있잖아. 내게는 조력자가 있어. 나보다 훨씬 빨리 노란 나팔꽃의 부활을 알아차리고 움직이기 시작한 인물."

"이바 다카미…… 씨구나."

요스케가 고개를 끄덕였다.

"조금 전 자백제로 사용하자는 것을 어떤 의학자에게 연구해달라고 의뢰했다고 했지. 그 의학자가 이바라는 인물이었어."

"아……."

"유출된 노란 나팔꽃 씨앗은 이바 집안이 보관하고 있던 거였어. 그러니 이바 가문 사람들도 그 행방을 쫓았지. 몇 대에 걸쳐서 말이야. 우리 할아버지는 그것도 못하게 했어. 그런데 어떤 시기부터 이바 가문과도 정보를 교환하게 되었지."

"그래서 다카미도…… 그런 거구나."

"아키야마 리노 씨와 만난 후 나는 이바 씨에게 연락했어. 그러자 그녀도 노란 나팔꽃을 쫓고 있다고 하더군. 게다가 서로의 이야기를 조합했더니 하나의 접점이 발견되었어."

"도리이 나오토의 자살……."

"바로 그거야." 요스케는 고개를 크게 끄덕였다. "어떤 경로로 이바 씨는 구도 아키라를 주목했어. 도리이 나오토는 구도가 아끼던 밴드 멤버야. 한편 나오토는 아키야마 슈지의 손자이기도 하지. 이미 밴드에 잠입해 있던 이바 씨로부터 나는 몇 가지 중요한 정보를 얻었어. 그 하나가 이번 사건 해결의 결정적인 단서가 된 '후쿠만켄' 이야기야. 공연 장소에서 너와 마주치게 된 것도 들었어. 이제 밴드에서 탈퇴할 수밖에 없다고 말했지."

소타는 시선을 떨어뜨렸다.

"마치 돌림병을 몰고 오는 역병 취급이네."

"그런 건 아니야."

"그럴까?"

"어쨌든."

요스케는 소파 팔걸이에 두 팔을 올려놓고 천천히 소파에 기댄 몸을 일으켰다.

"이로써 한 건은 일단락이다. 한때는 잘못될까봐 걱정했는데 일단 안심이야."

"씨앗은 찾았어?"

"찾았어. 그 역시 이바 씨 덕분이야. 그러나 아직 안심하긴 일러. 몽환화가 완전히 없어졌다는 증거는 어디에도 없으니까."

"형은 앞으로도 계속 감시할 거야?"

"어쩔 수 없지. 누군가는 해야만 하는 일이야." 말의 무게에 비해 요스케의 말투는 가벼웠다. "내가 할 말은 이게 다야."

소타는 팔짱을 꼈다.

"아직 모르는 게 많아."

"그건 그녀에 대해서지?" 요스케가 입가를 일그러뜨렸다. "그런 거라면 본인에게 직접 듣는 편이 낫지 않을까? 나도 단편적으로밖에 파악하지 못했으니까."

"본인이라니……."

"물론 이바 다카미 씨지. 그녀도 자기 입으로 설명하고 싶다고 했어."

"만날 수 있어?"

"당연하지. 이제 몸을 숨길 필요가 없잖아."

"지금 어디에 있는데?"

그러자 요스케는 의미심장하게 웃으며 검지로 위를 가리켰다.

"맨 위층 바에 있어. 너, 술은 마실 줄 알겠지?"

소타는 미간을 찌푸리고 형의 얼굴을 마주 봤다.

"형제인데 그것도 몰라?"

"못 마시면 주스라도 주문해."

"술 정도는 마실 수 있어." 소타는 자리에서 일어섰다. "자, 바에 있다는 거지?"

요스케는 턱을 당겼다. "그래, 빨리 가봐."

소타는 입구로 향했다. 문을 열려고 손잡이로 손을 뻗은 순간 요스케가 불러 세웠다. 돌아보자 아버지와 아주 많이 닮은 형이 씩 웃었다.

"그동안 미안했다."

"뭐, 괜찮아."

소타는 어깨를 으쓱하고는 문을 열고 방을 나왔다.


38


바 입구에 서자, 검은 옷을 입은 남자가 다가왔다.


**383**

"혼자 오셨습니까?"

"아니요, 일행이 있는데……."

그렇게 말하면서 안을 둘러봤다. 아직 이른 시간이라 손님은 많지 않다.

창가 자리에 한 여자가 앉아 있다. 뒷모습을 보고 그녀라고 직감했다. 소타는 천천히 다가갔다.

이바 다카미는 휴대전화를 테이블에 놓는 참이었다. 소타는 그 자리에 멈춰서서 그녀를 내려다봤다.

다카미가 고개를 들었다. 그가 올 것을 알고 있었던 듯 놀라는 기색은 없었다. 입술을 살짝 벌려 미소를 지었다.

"방금 요스케 씨가 메일을 보내셨어요. 동생이 갈 거라고."

소타는 얼굴을 찡그리고 콧방울을 긁었다.

"항상 손잡고 같이 플레이를 하나봐."

"그것도 이제 오늘로 끝이에요. 앉아요." 다카미가 말했다.

소타는 의자를 당겨 앉았다. 테이블 위에는 노란 액체가 든 잔이 놓여 있었다.

"그건…… 주스?"

다카미는 미소를 지었다.

"미모사라고, 오렌지주스와 샴페인 칵테일이에요."

처음 듣는 이름이었다. 그것만으로 그녀가 훨씬 어른처럼 느껴졌다. 웨이터가 다가오자 소타는 맥주를 주문했다.

다카미가 소타 쪽으로 몸을 돌리고 고개를 숙였다.

"오랜만이에요. 지난 공연 때는 실례했어요."

"아니."

소타도 고개를 숙였다. 그리고 천천히 시선을 들었다. 하지만 다카미와 눈이 마주치자 다시 아래를 보고 말았다. 훗 하고 웃음소리가 났다.

"그때랑 똑같네, 여전히 사람 눈을 잘 못 맞추네요."

소타는 무뚝뚝하게 상대를 봤지만 역시 바로 눈을 피하고 말았다. 다카미의 눈빛이 뚫어져라 그를 보고 있었기 때문이었다.

맥주가 나왔다. 소타는 그녀를 보지 않은 채 한 모금 마셨다.

"왜 아무 말도 안 해요?" 다카미가 물었다.

소타는 눈을 깜빡이면서 마침내 그녀의 얼굴을 봤다.

"그 말투 좀 어떻게 안 될까. 엄청 긴장되거든."

다카미는 살짝 고개를 갸웃했다.

"옛날처럼 얘기하는 게 더 낫나요?"

"가능하다면."

그러자 다카미는 미소를 지으며 고개를 끄덕이고는 턱을 살짝 위로 올린 채 입을 열었다.

"오랜만이야. 잘 지냈어? 소타 군."

그 순간, 따뜻한 무언가가 가슴에 퍼졌다. 크게 한숨을 쉬고 입술을 축였다.

"이런 식으로 너와 만날 줄은 몰랐어."

"그건 나도 마찬가지야. 앞으로 평생 못 만날 거라 생각했어."

"언제 그렇게 생각했어? 중학교 2학년 여름?"

"물론 그렇지."

두 사람은 서로를 마주 봤다. 소타는 눈을 피하지 않았다. 온몸이 뜨거워져왔다.

"네게 묻고 싶은 게 너무 많아, 이번 사건에 대해서도. 하지만 제일 먼저 묻고 싶은 건 그 여름의 일이야. 그때 너희 집에서 무슨 일이 있었던 거야?"

다카미는 순간 괴로운 듯 눈썹을 꿈틀거렸지만 마음을 다잡은 듯 가슴을 폈다.

"우선 우리 할아버지에게 너희 아버지가 연락하셨어. 소타 군과 내가 종종 만나는 것 같은데 알고 있느냐는 내용이었을 거야. 할아버지는 놀라 어머니에게 확인했어. 하지만 어머니도 몰랐지. 나도 소타 군에 대해서는 얘기하지 않았으니까. 어머니가 물어보셔서 나는 솔직히 대답했어. 가모 소타 군과 친해졌다, 그게 무슨 문제가 되느냐고. 다소 반항적으로 말이야."

거기까지는 소타 자신과 마찬가지다.

"그래서?"

"할아버지와 어머니는 중요한 얘기가 있다고 내게 말했어. 무척 진지한 표정이었지. 어떤 이야기인지는 이제 소타 군도 알겠지? 가모 가문과 마찬가지로 이바 집안에는 주어진 역할이 있다는 이야기. 노란 나팔꽃에 대한 것도 MM사건에 대해서도 들었어. 소타 군의 어머니가 부모님을 잃은 것은 이바 집안에서 유출된 노란 나팔꽃 씨앗 때문이라는 사실에 무척 충격을 받았어."

"그래서 더는 나와 만나지 않기로 한 거야?"

다카미는 진지한 눈빛으로 고개를 끄덕였다.

"소타 군은 아무것도 모른다고 들었어. 가모 씨의 집에서는 둘째 아들만큼은 이 일에 연루시키지 않으려 한다고. 그렇다면 나와도 만나지 않는 편이 낫다고 생각했어. 친해지면 언젠가 얘기해버릴 것만 같았거든. 미안해, 지금까지 잠자코 있어서."

소타는 오른손으로 머리를 긁었다. 지금 와서 사과를 받아봐야 소용없다.

"너도 노란 나팔꽃을 찾는 길을 선택했어?"

"그렇지만 목적은 조금 달라. 단순히 노란 나팔꽃 씨앗을 회수하는 게 아니라 환각 작용에 대해 과학적으로 해명하고 싶어. 그 때문에 약학의 길을 선택한 거야."

"그랬구나……. 구도 아키라에 접근한 것은 어떻게?"

"우연히 어떤 사람의 페이스북을 본 게 발단이 됐어. 내용은 나팔꽃 씨앗을 먹고 환각을 겪었다는 것이었어. 매우 진귀한 종류의 나팔꽃으로 좀처럼 입수할 수 없다고 썼더라. 나는 신경이 쓰여서 그후에 올리는 글도 주시했는데 나팔꽃 씨앗 얘기는 두 번 다시 나오지 않았어. 그것을 계기로 나는 다시 씨앗을 찾아보자고 생각했어. 무엇보다 내내 걸렸던 일이 있었거든."

"걸려?"

"MM사건. 그 사건이 해결된 후에도 나팔꽃 씨앗은 발견되지 않았어. 그보다 제대로 가택수색도 이뤄지지 않았잖아. 당시 수사1과장의 지휘 아래, 사건은 신속하게 처리되었으니까."

다카미의 말끝에 빈정거림이 묻어났다. 수사1과장이 소타의 할아버지라는 것을 알고 있을 것이다.

"하지만 범인인 다나카 가즈미치는 분명히 씨앗을 어딘가에 보관했을 거야. 그것이 어디로 사라졌는지를 알아내야겠다고 생각했어. 무엇보다 조금만 생각하면 뻔하잖아. 다나카는 혼자 살았으니까 그의 유품은 가족에게 보내졌겠지."

"그래서 작년 가을에 가쓰우라에 갔던 거야?"

다카미의 눈이 커졌다.

"어? 알고 있네."

"게이메이 대학 연구실에 가서 네 탁상달력을 봤어."

"역시!"

그녀는 다시 봤다는 듯한 표정을 지었다.

"다나카의 생가가 어떻게 되었는지를 확인하기 위해 가쓰우라에 갔어. 그런데 집은 다른 사람에게 넘어갔더라고. 그런데 매입한 사람을 알고 깜짝 놀랐어. 왕년에 잘나갔던 스타였기 때문이 아니야. 그 페이스북에 나팔꽃 씨앗 얘기를 썼던 사람이 바로 구도 아키라의 팬인데, 그의 가게에 빈번히 드나든다고 썼거든. 나는 그것을 우연이 아니라고 생각했어."

"다나카의 생가를 사들인 구도 아키라가 나팔꽃 씨앗을 발견했다, 그렇게 추리했단 말이구나?"

"그게 가장 타당한 거 아냐? 나는 재빨리 구도 아키라의 가게에 가봤어. 하지만 그 가게 자체는 아주 건전했고 고객에게 환각제를 융통시키는 조짐도 없었어. 그래서 나는 이렇게 생각했어. 구도 아키라는 아주 친한 사람에게만 나팔꽃에 대해 얘기하고, 그 사람들끼리만 환각을 즐기고 있는 게 아닐까."

"그럴 만하네."

"그래서 나는 우선 구도 아키라의 열혈 팬으로 가장했어. 그러면 언젠가 씨앗 얘기를 알게 될 기회가 올지도 모른다고 생각했거든."

"그 작전은 잘됐어?"

다카미는 쓴웃음을 지으며 고개를 저었다.

"실패였어. 구도 아키라는 내가 생각한 것보다 신중하고 조심스럽더라고. 가게에 계속 드나들었더니 친한 사람들끼리 하는 파티에 초대받기는 했어. 그때 약물에 관한 얘기가 나오기도 했지만 실제로 사용하는 분위기는 아니었어. LSD를 한 적이 있네, 없네, 하는 얘기가 나왔을 뿐이야. 그래서 포기하려던 참에 뜻밖의 사건이 일어났어."

"그게 혹시 도리이 나오토의 자살?"

소타의 말에 다카미의 머리가 크게 아래위로 움직였다.

"맞아. 죽을 때의 상황을 듣고 몽환화가 틀림없다고 확신했어. 도리이 나오토와 오스기 마사야는 구도 아키라와 특별히 친했으니까 씨앗을 받았을 가능성도 높고."

"그래서 키보드로 위장하고 잠입한 거야?"

"이래 보여도 악기 연주에는 자신이 있어. 고등학교 때는 경음악부였고."

깜짝 놀랐다. 그러고 보니 그런 이야기를 들은 기억이 있다. 리노가 조사했었다.

"몽환화와 관계가 없는 것으로 밝혀지면 바로 그만두려고 했어. 그런데 네가 나타나는 바람에 모두 백지화됐지."

"미안하다고 사과해야 하나?"

"그럴 필요는 없어. 계획대로 되지는 못했지만 목적은 이뤘으니까. 완전히 다른 경로로 노란 나팔꽃의 존재를 확인했거든."

"아키야마 슈지 씨가 살해된 사건 말이구나."

"맞아, 요스케 씨가 연락해와서 우리는 정보를 교환했어. 그래서 전체상을 잡았지. 아키야마 씨에게 씨앗을 건넨 이는 나오토일 거라고 짐작했고. 하지만 해결해야 할 문제가 몇 가지 있었어. 하나는 아키야마 씨의 집에서 화분을 가지고 간 사람을 찾는 것. 그리고 또 하나, 어딘가에 남아 있을지 모르는 씨앗을 찾는 것. 이 두 가지를 해결하지 못한 채 범인이 체포되는 일은 피하고 싶었어. 아무것도 모르는 수사진이 물증을 압수했다가 혹시 세상에 공표되면 큰일이니까. 하지만 요스케 씨가 하야세라는 형사와 손을 잡음으로써 화분을 회수할 수 있었어. 게다가 진범도 알아냈고. 요스케 씨는 경찰청 인맥을 활용해 수사본부를 움직여서 노란 나팔꽃의 비밀은 덮은 채 사건을 해결한 거지. 다음으로 씨앗만 남았어. 요스케 씨는 구도 아키라와 거래했어. 씨앗을 모두 넘기면 도리이 나오토를 자살로 몬 사실을 발설하지 않기로 말이야. 구도 아키라는 바로 받아들였다고 해. 씨앗은 집 천장 속에서 발견했는데 거의 남아 있지 않았으니까 그로서는 아쉬울 게 없었겠지."

"일이 그렇게 됐구나……."

"내가 할 수 있는 말은 이게 다야. 뭐 또 궁금한 거 있어?"

소타는 고개를 흔들었다.

"너무 많은 얘기를 한꺼번에 들어서 지금은 아무것도 생각 안 나. 천천히 생각하면 또 뭐가 있을지도 모르지만. 하지만 사건 이외의 일이라면 네게 묻고 싶은 게 있어."

"뭔데?"

"그런 식으로 자신의 길을 선택한 것에 대해 불만은 없어? 중학생 때부터 노란 나팔꽃을 쫓으라는 지시를 받는다는 게 어쩐지 비합리적이라는 생각이 들어서."

다카미는 호호호 하고 웃었다.

"그렇지, 어떤 의미에서는 불합리하지. 하지만 그런 식으로 얘기하면 가모 집안도 그렇잖아. 요스케 씨는 어린 시절부터 의무를 짊어졌잖아."

"맞아, 형은 어쩔 수 없다고 했어."

"내가 불만이 전혀 없었다고 하면 거짓말이야. 하지만 세상에 나 같은 사람은 많아. 이를테면 가부키 같은 전통 예능은 그 집안에 태어난 사람이 당연히 뒤를 잇잖아. 오래된 가게도 마찬가지고."

"하지만 그건 유산이잖아. 이어나갈 의무와 함께 득도 있으니까."

"세상에는 빚이라는 유산도 있어. 소타 군." 다카미는 다정한 말투로 말했다. "모른 체해서 없어지는 거라면 그대로 두면 되지. 하지만 그렇지 않다면 누군가는 이어받아야 하잖아? 노란 나팔꽃의 씨앗이 완전히 사라졌다고 확신할 수 있을 때까지 누군가 감시를 계속해야만 해. 그것이 마성의 식물을 확산시켜버린 사람의 피를 물려받은 인간의 의무라고 생각해. 도망칠 수 없지."

물끄러미 소타를 바라보는 두 눈에는 일말의 망설임도 존재하지 않았다. 강한 각오와 신념이 다카미의 중심을 관통하고 있었다.

"고마워." 소타가 중얼거렸다.

"갑자기 웬 인사?"

다카미가 이상하다는 듯 고개를 갸웃거렸다.

"아주 좋은 말을 들려주었으니까."

"흠."

다카미는 석연치 않은 모습이었지만 곧 미소를 지었다.

"나는 다 말했어. 다음은 소타 군 차례야."

"나? 무슨 말을 해야 되는데?"

"물론 오늘까지의 경과지. 나도 요스케 씨도 두 손 들었어. 그야말로 굉장한 탐정이던데. 도대체 어떻게 해서 MM사건까지 도달한 건지 꼭 듣고 싶어."

다카미는 미모사 잔을 손에 들고 호기심 가득한 눈빛을 건넸다. 소타는 고개를 끄덕이고 맥주잔을 잡았다.

"좋지, 다만 조금 길어. 무엇보다 중학교 2학년 여름 때부터 이야기해야 하거든."


39


　리노가 도모키와 함께 도쿄 구치소를 방문한 것은 8월 중순이 지난 무렵이었다. 면회를 바란 것은 오스기 마사야 본인이었다. 그의 변호사가 도모키에게 연락했다고 한다.

　좁은 면회실에서 기다리고 있으니까 유리 너머에 있는 문이 열리더니 마사야가 들어왔다. 경찰관도 함께였다. 마사야는 리노와 도모키를 보고 어색한 미소를 지으며 의자에 앉았다. 전보다 야위어 왠지 몸집이 작아진 것처럼 보였다.

　"구태여 오라고 해서 미안."

　마사야의 목소리가 쉬어 있었다.

　"몸은 어때? 잘 먹고 있어?" 리노가 물었다.

　"응, 괜찮아. 미안해."

　마사야는 둘을 번갈아보며 말하더니 괴로운 듯 미간을 찌푸렸다.

　"둘 다 정말로 미안해. 소중한 할아버지께 그런 짓을 한 거, 용서받지 못할 거라고 생각하지만 용서해줘. 정말로 미안해."

　깊이 고개를 떨어뜨렸다. 그 어깨가 아주 가늘게 흔들렸다.

　리노는 도모키와 마주 봤다. 뭐라고 해야 할지 알 수 없었다. 이곳으로 오는 내내, 어떤 얼굴로 마사야와 얘기해야 좋을지 모르겠다는

**393**

말을 했었다. 할아버지를 죽인 범인은 증오스럽지만 마사야가 소중한 친구였다는 사실에는 변함이 없다.

"증오하는 마음은 전혀 생기지 않아. 어째서 일이 이렇게 되었나 하는 의문만 머릿속에서 맴돌아." 여기로 오면서 도모키가 말했다.

리노도 동감했다. 말없는 두 사람을 자신에 대한 원망으로 받아들였는지, 마사야는 고뇌하는 표정으로 양손으로 머리를 감싸안았다.

"이런 식으로 용서를 바라는 것 자체가 말이 안 되겠구나. 사과할 거였으면 왜 죽인 거냐고 말하고 싶겠지. 정말 바보였어. 나, 죽어버리고 싶어. 사형을 당해도 마땅해."

"마사야 형." 도모키가 웅얼거렸다. "약 때문이었잖아? 이상한 꽃씨앗을 먹은 탓에 머리가 이상해진 거잖아?"

마사야는 고개를 가로저었다.

"몰라. 그렇다고 해도 다…… 내 잘못이야."

눈물과 콧물로 그의 단정한 얼굴이 엉망이 되었다. 한동안 그가 훌쩍이는 소리만 들렸다. 어느 정도 가라앉고 나자 리노가 입을 열었다.

"우리에게 용서받고 싶어서 부른 거야?"

마사야는 옷소매로 얼굴을 닦았다.

"그것도 있지만 아무래도 얘기해두고 싶은 게 있어서. 특히 리노에게."

"내게? 무슨 말인데?"

마사야가 고개를 들고 충혈된 눈을 리노에게 향했다.

"나오토에 대한 거야. 그 녀석은 늘 고민했어. 옛날부터, 어릴 때부터."

"어떤 걸?"

"자기가 리노처럼 되고 싶은 것에 대해."

"나처럼? 그게 무슨 소리야?"

마사야는 공허한 미소를 지었다.

"리노는 잘 모를 거야. 하지만 그런 게 있어. 본인은 평범한 것 같은데 주위 사람에게는 눈부셔 보이는 거."

"잠깐만, 무슨 소린지 전혀 모르겠어."

마사야는 침을 삼키는 것처럼 목울대를 움직였다.

"나오토는 말이야, 재능을 원했어. 재능을 가진 인간이 되고 싶어 했어."

리노는 미간을 찌푸렸다.

"뭐라는 거야? 나오토만큼 재능이 많은 사람이 어디 있어? 운동도 만능이었고 학교 성적도 좋았어. 그림도 잘 그렸고 음악도 프로를 목표로 하는 수준이었잖아. 재능이 없기는커녕 지나치게 많았던 거 아냐?"

하지만 그녀가 이야기하는 도중에 마사야는 고개를 절레절레 흔들기 시작했다.

"그러니까 리노는 모른다는 거야. 분명히 나오토는 운동을 잘했지만 프로가 될 수준은 아니었지. 리노처럼 올림픽을 목표로 할 정도였나? 아니지? 학교 성적이 우수했다고 해도 그것도 한정된 범위에서였어. 나오토는 특히 수학을 잘했지만 그저 푸는 방법을 아는 것뿐이라고 늘 얘기했어. 그림도 그랬어. 하얀 종이를 보고 있으면 그림의 구상이 떠오른다고. 그에 맞춰 연필을 움직이면 멋진 그림이 완성되지. 하지만 그렇게 완성된 그림은 늘 어디서 본 것 같다는 사실을 깨닫는다고. 자신은 그저 그림에 대한 지식이 있어서 능숙한 것뿐이다, 다른 사람은 잘한다고 칭찬해주지만 그것은 감탄이지 감동이 아니다, 사람의 마음을 1밀리미터도 움직이지 못한다고."

마사야는 시선을 리노의 얼굴로 돌렸다.

"마침내 이런 식으로 생각하게 된 것 같아. 자신에게는 아무런 재능이 없다, 있는 척할 뿐이다, 라고."

리노가 입을 열었다. "하지만 그거야, 대부분의 사람이 그렇잖아. 재능이 있는 사람은 한 줌이야. 있는 척하고 있는 것뿐이라고 말하지만 그런 능력 자체도 대단한 거잖아."

"나도 그렇게 생각해. 나오토도 평범한 경우였다면 그렇게 생각했을 거야. 하지만 그 녀석의 경우 바로 옆에 리노가 있었잖아."

"나?"

"나오토에게 자주 들었어, 리노는 천재라고. 같은 수영장에 들어갔는데 리노 주위에만 물의 질이 달라진다고. 특별한 물이 그녀를 앞으로 나아가게 하는 것처럼 보인대. 자신들과는 다른 세계에서 헤엄을 치고 있다고."

"그럴 리가……."

"없다고 생각하는 것은 리노 본인뿐이야. 나오토도 수영은 잘했

다고 했잖아. 지역에서 주최하는 대회에도 몇 번 나갔고. 하지만 그
녀석이 수영을 그만두었을 때는 아무도 신경쓰지 않았다고 했어."

리노는 깜짝 놀라 옆에 있는 도모키를 봤다.

"그랬나?"

"그러고 보니 그러네. 형은 오랫동안 수영을 하지 않았어."

"리노를 보고 있으면 자신은 너무나 작은 인간으로 여겨진다면
서. 아무런 특징도 없는 한심한 인간 같다고." 마사야가 말했다.

"그럴 리가……."

"나오토는 음악도 아마 그럴 거라고 느끼고 있었어. 자신에게는
재능이 없다고 자주 말했으니까. 마사야는 재능이 있어서 부럽다고.
하지만 사실은 나도 나오토와 마찬가지야. 천재 같은 게 아니야. 재
능 같은 건 없어. 평범하고 흔한 능력밖에 없지. 어디서나 볼 수 있
는 인간이야. 그런 주제에 누구보다 빛나고 싶다는 꿈을 꾸고 있지.
어설픈 흉내만 내면서 그럭저럭 잘 굴러온 덕분에 괜한 욕심이 생겼
어. 진짜 천재가 되고 싶다고 생각했어. 그런 부끄러운 마음이 나와
나오토를 이상한 꽃씨에 빠지게 만들었어. 하지만 가짜는 어디까지
나 가짜야. 진짜가 될 순 없어."

마사야는 허리를 꼿꼿이 펴고는 말투를 가다듬었다.

"나오토가 늘 얘기했어. 리노는 바보라고. 재능을 한껏 가진 주제
에 그것을 쓸모없게 만들었다고. 리노는 수영선수로 살아야만 한다
고. 그것이 재능을 가진 자의 의무라고. 그걸 짐으로 생각한다면 사
치라고. 아무 의무도 가지지 못하는 게 얼마나 공허한지 리노는 모

른다면서……."

단숨에 말한 다음 그는 후 하고 숨을 내뱉고 웃었다.

"마사야……."

"그 말을 전하고 싶어서 오라고 했어."

리노는 고개를 끄덕이고 무릎에 놓았던 가방에서 손수건을 꺼냈
다. 그의 말을 어떻게 받아들여야 할지, 아직 잘 몰랐다. 그러나 마음
이 흔들리는 것만은 확실했다.

손수건으로 눈두덩을 눌렀다.

에
필
로
그

소타가 대학 정문을 지나는데 정겹다기보다는 신선하다는 느낌
이었다. 한 달 남짓 쉬었을 뿐이다. 그런데도 이전과 풍광이 꽤 달라
보였다.

연구실에는 후지무라가 혼자 책상 앞에 앉아 있었다. 그런데 연구
하고 있는 것 같지는 않았다. 노트북 화면에는 아이돌 블로그가 띄
워져 있었다.

발소리를 들은 듯 후지무라가 돌아보고는 눈과 입을 크게 벌렸다.

"어이, 소타. 잘 지냈어?"

소타는 옆 의자에 앉으며 말했다. "그럭저럭. 여기는 어때?"

"별 움직임은 없어. 조용하지. 너는 어때? 앞으로 어떻게 할지 식
구들하고 얘기해봤어?"

후지무라의 말투에 야유의 울림이 담겨 있었다. 어차피 결론은 나

와 있지 않느냐고 얘기하고 싶은 건지도 모른다.

"많이 얘기했어. 가족들이랑 그렇게 얘기한 건 처음이야."

소타는 요스케의 얼굴을 떠올리며 말했다.

"오호!" 후지무라는 의외라는 표정을 지었다. "그래서 어떻게 하기로 했어?"

소타는 후지무라의 책상에 놓여 있던 삼색 볼펜을 들었다. 본체는 흰색인데 상단 2센티미터쯤은 검은색이다. 그 부분은 원자력발전에서 사용하는 우라늄 연료 하나의 크기와 일치한다. 몇 년 전인가 발전소를 견학했을 때 받은 것이었다.

"결론부터 얘기하자면 계속하기로 했어." 소타가 말했다.

"계속해? 뭘?"

"물론 연구지. 나는 평생 원자력을 연구할 거야."

후지무라는 눈을 희번덕거렸다.

"정말?"

"응, 정말."

"무슨 소리야? 장래성이 없다고 전에 말했잖아."

후지무라는 몸을 웅크리듯 팔짱을 꼈다.

"2030년에 가동하는 원자력발전소가 제로가 된다고 해도 원자력발전 자체가 없어지는 건 아니야. 오히려 폐로 문제수명이 다한 원자력발전소의 원자로를 처분하는 것는 그대로 남아. 게다가 오십 기 이상의 원자력발전소에서 대량의 폐연료봉이 보관되어 있는 상태겠지."

"그야…… 그렇지." 후지무라가 고개를 끄덕였다.

"일반적인 집은 방치하면 폐가가 돼. 하지만 원자력발전은 달라. 방치한다고 저절로 폐로가 되는 게 아니야. 이를테면 발전을 중지해도 엄중하게 관리하고 신중하게 폐로 절차를 밟아야 해. 게다가 폐로 때는 방대한 양의 방사성 폐기물이 발생해. 그것을 처리하는 장소 또한 아직 결정되어 있지 않아. 그런 장소를 만들 수 있을지 없을지도 불분명하고. 가령 처리장이 생겨 거기에 묻어도 방사능 수준이 안전한 수치로 내려갈 때까지는 수만 년이나 걸리지. 실질적으로 이 나라는 이제 원자력발전에서 도망칠 수 없어. 그런 무서운 선택을 수십 년 전에 이미 내려버린 거야."

후지무라는 침통한 표정을 지으며 입을 다물었다. 그것을 보고 소타는 쓴웃음을 지으며 머리를 긁적였다.

"미안해, 괜한 잔소리였어."

"아니야, 그건 괜찮은데…… 그래서 그런 원자력을 계속하겠다고?"

"응." 소타는 턱을 당겼다.

"만약 앞으로도 일본이 원자력발전을 사용하지 않으면 안전을 포함해 지금까지보다 더 높은 기술이 요구될 거야. 가령 철수한다면 어떨까. 나는 추진할 때보다 더 높은 기술이 필요하다고 생각해. 이제까지 세상 누구도 경험하지 못한 문제에 직면해야 할 테니까."

후지무라는 얼굴을 찡그리고 낮게 신음소리를 흘렸다.

"네가 얘기하는 바는 알겠는데 그거, 엄청 배고플 거야. 세상으로부터 차가운 시선도 받아야 하고, 수십 년이 지나도 해결할 수 없는 문제를 안게 돼."

"세상에는 빚이라는 유산도 있어." 소타가 말했다. "그냥 내버려
둬서 사라진다면 그대로 두겠지. 하지만 그렇지 않다면 누군가는 받
아들여야 해. 그게 나라도 괜찮지 않겠어?"

후지무라는 소타의 얼굴을 뚫어져라 바라보며 천천히 고개를 흔
들었다.

"어떻게 된 거지. 도쿄에서 무슨 일이 있었던 거냐? 엄청나게 멋
있어졌네."

"아주 멋진 사람을 만났지. 두 사람쯤."

의자에서 일어나 창으로 다가갔다. 그때 휴대전화 메일이 들어왔
다. 아키야마 리노였다. 그녀와는 사건이 해결된 후 만나지 못했다.
한 번 느긋하게 데이트나 하자고 약속했었다.

메일 제목은 '재도전'이었다.


안녕. 오늘은 오사카일까. 여러모로 생각한 끝에 수영장으로 돌아
가기로 했어요. 제대로 헤엄칠 수 있을지는 모르지만 힘껏 뛰어들어
보려고요. 우선은 결의의 보고입니다.


메일을 읽고 소타는 어깨를 으쓱했다. 데이트는 당분간 힘들겠구
나 싶었다.

창밖으로 시선을 돌렸다. 하늘을 감싸고 있는 하얀 구름이 살짝
갈라지며 멋진 파란색이 드러났다.

# 역사물에 도전한 히가시노의 끈기

쓰기만 하면 팔린다는 히가시노 게이고! 그가 가장 약점으로 생각하는 역사물이라는 점만으로도《몽환화》는 히가시노 팬들에게 새로움을 선사할 작품이다. 이 책은 십 년 전, 〈역사가도〉라는 잡지에 연재되었던 작품으로 "내게 역사물은 무리"라며 거절했지만 본격적인 역사물이 아니어도, 역사와 살짝만 관계있으면 된다는 편집자의 말에 어찌어찌 시작하게 되었다는 사연이 있는 작품이다.

그런데 막상 읽기 시작하면 고개를 갸웃하게 될 것이다. 역사물이라기보다 히가시노의 장기인 과학을 소재로 한 것 같은 생각이 들기 때문이다. 이번에 작가가 빼어든 과학 분야는 식물학이다. '이름을 알 수 없는 노란 꽃'을 중심으로 장대한 미스터리가 펼쳐진다.

이야기는 1962년 9월의 아침, 주택가에서 벌어진 무차별 살상사건으로 시작해, 주인공 소타의 어린 시절 이야기, 여주인공 리노의 사촌인 나오토의 자살, 할아버지의 살해사건 등이 정신없이 이어진다. 소타는 평소 사이가 좋지 않은 형이자 경찰청 관료인 요스케의 비밀을 풀겠다고 나서는데, 그러다 할아버지 사건의 진상을 찾아나선 리노와 손을 잡고 미스터리를 함께 풀어나간다. 한편, 사건을 맡은 하야세라는 형사 역시 또 다른 쪽에서 사건을 파들어가기 시작한다.

소설은 소타와 리노, 하야세 이 세 사람이 번갈아 화자가 되어 전개된다. 의뭉스러운 형의 뒤를 쫓아보겠다는 단순한 호기심에서 시작한 소타는 첫사랑 여성과 조우하는가 하면, 집안의 비밀에 이르는 진실 앞에서 휘청거리게 된다. 리노는 할아버지의 죽음을 파헤치면서 외려 자신의 트라우마와 직면하기에 이른다. 또 불륜으로 별거중이라 아버지 노릇을 제대로 못 하고 있는 하야세는 이번 사건을 통해 아버지로서 자리를 되찾기 위해 몸부림친다.

이렇듯 이야기는 단순하지 않다. 수많은 사건과 사람들의 이야기, 그리고 그뒤에 얽힌 가족들의 이야기가 또다시 수많은 가지를 치고 그것은 하나의 커다란 그림을 구성하는 낱낱의 퍼즐 조각이 된다. 이 복잡한 퍼즐은 노란 나팔꽃을 중심에 두고 에도시대까지 거슬러 올라가면서 과학을 제재로 한 역사소설이자 전통 미스터리의 모습을 띠기 시작한다.

사실 이 작품은 연재에서 단행본 발간까지 십 년이라는 긴 세월이 걸렸다.

출간을 계속 연기하는 사이에 소설 속의 과학 정보가 한물간 것이 되어서 스토리 자체가 성립되지 않는 지경에 이른 것이다. 하지만 작가는 "몇 년이 걸리더라도 반드시 완성하겠습니다"라고 말했다고 한다. 책이 창고에 처박히는 일만은 피하고 싶었기 때문에 결국 '노란 나팔꽃'이라는 키워드만을 남기고 전면적으로 다시 썼다는 후일담도 있다.

그 부분이 진하게 드러나는 것이 바로 소타의 전공이다. 소설 속에서 소타는 원자력공학 박사과정에 있는 인물로 그려진다. 2011년 동일본대지진과 후쿠시마 원자력발전소 사고 이후의 상황에서 원자력을 '미래의 에너지'로 생각하고 청춘의 시간을 바친 소타의 상실감이 이야기가 전개되는 내내 고스란히 드러난다. 쓸모없어진 전공을 버리고 새로운 장래를 도모해야 했던 소타는 이번 사건을 통과하면서 새로운 교훈을 얻고 한 가지 결단을 내린다.

소설 막바지에 이르러 소타는 친구에게 이렇게 말한다. "세상에는 빚이라는 유산도 있어. 그냥 내버려둬서 사라진다면 그대로 두겠지. 하지만 그렇지 않다면 누군가는 받아들여야 해. 그게 나라도 괜찮지 않겠어?" 이것은 작가가 주인공을 통해 현시점의 일본에 대해 독자들에게 하고 싶은 얘기라는 생각이 들었다. 이야말로 작가가 십 년이라는 긴 시간을 거치면서까지 노란 나팔꽃을 버리지 않은 속내일 것이다.

2014년 5월

민경욱

夢幻花

히가시노 게이고

옮긴이 **민경욱**

고려대학교 역사교육학과를 졸업했다. 일본문학 전문 번역가로 활동하며 히가시노
게이고의 《미등록자》《꿈은 토리노를 달리고》《추리소설가의 살인사건》《방황하는 칼
날》, 유즈키 유코의 《달콤한 숨결》, 요코야마 히데오의 《그늘의 계절》, 신카이 마코토의
《날씨의 아이》, 오키타 밧카의 《죽고 싶지만 죽고 싶지 않아》 등 다양한 작품을 우리말
로 옮겼다.

**몽환화** 블랙&화이트 054

**1판 1쇄 발행** 2014년 5월 20일
**개정판 3쇄 발행** 2023년 1월 26일
**지은이** 히가시노 게이고 **옮긴이** 민경욱
**펴낸이** 고세규
**편집** 장선정 **디자인** 윤석진
**마케팅** 이헌영 **홍보** 이혜진

**발행처** 김영사
**주소** 경기도 파주시 문발로 197(문발동) 우편번호10881
**등록** 1979년 5월 17일(제406-2003-036호)
**주문 및 문의 전화** 031)955-3200 **팩스** 031)955-3111
**편집부 전화** 02)3668-3295 **팩스** 02)745-4827 **전자우편** literature@gimmyoung.com
**비채 블로그** blog.naver.com/viche_books
**인스타그램** @drviche **트위터** @vichebook
**ISBN** 978-89-349-4104-0 03830 책값은 뒤표지에 있습니다.

비채는 김영사의 문학 브랜드입니다.